약편

仙道 체험기

1

신선神仙되는 길이 보인다
경이적인 현상이 눈앞에 펼쳐진다!!
선도수련의 현장을 체험으로 파헤친 충격과 화제의 소설

글터
GEUL TEA

약편 선도체험기 1권을 내면서

선도. 회사 퇴직을 얼마 안 남겨둔 50대 가장으로 건강을 위해 1986년 1월 20일부터 시작한 이 심신 수련법이 삶을 바꾼 계기가 되었다. 소설가로서 나의 체험을 글의 소재로 삼는 습관이 있어, 단전호흡하면서 일어나는 일을 관찰하며 기록으로 남겨두었다. 이것이 『선도체험기』가 나오게 된 배경이다.

『선도체험기』는 단순한 선도 개론서나 수련 방법론이 아닌 필자의 생생한 수련 체험을 있는 그대로 실은 책이다. 오랜 역사 속에 묻혀왔던 선도를 세상에 알리고, 후배 수련자가 책만 보고도 수월하게 또 스스로 수련할 수 있도록 돕기 위한 사명감으로 임했다. 그 결과 기공부, 마음공부, 몸공부를 통해 심신을 단련하며 진리를 깨닫고 대자유인이 되는 수련체계인 삼공선도를 완성했으며 그 내용을 책에서 전했다.

1990년 1월 10일 『선도체험기』 1권이 나온 이래 2020년 6월, 120권이 나오기까지 어느덧 30년이 흘렀다. 1권부터 102권까지는 도서출판 유림에서 발행했지만, 103권은 도서출판 명보에서 발행했다, 그리고 104

권부터 120권까지는 글앤북(119권부터 글터로 상호변경)에서 발행하며 그 명맥을 유지해 왔다.

그런데 1권부터 103권까지는 시중에서 구하기 어렵고 재판을 찍는 것도 현실적으로 어려운 상황이다. 또 재판이 나온다 하더라도 바쁜 현대인이 많은 권수를 읽기에는 부담이 될 것으로 판단되었다. 그리고 송나라 때 나온 역사책인 『자치통감』이 294권의 방대한 분량인데, 이를 간추려 50권의 『통감절요』가 만들어진 사례가 있다. 이러한 상황을 감안하여 103권까지의 『선도체험기』 내용을 간추려 10여 권의 분량으로 줄인 『약편 선도체험기』를 발행하게 되었다.

『약편 선도체험기』 1권은 『선도체험기』 1권과 2권에서 선별한 이야기로 구성했는데, 단전호흡은 축기가 기본이라는 것으로 요약된다. 마지막으로 『약편 선도체험기』가 나오도록 작업을 도와준 조광, 책을 출판해 준 글터 한신규 사장님에게 감사의 뜻을 전한다.

단기 4353년(2020년) 11월 10일
서울 강남구 삼성동 우거에서 김태영 씀

선도체험기 1권을 내면서

종교는 믿음을 그 본질로 한다. 아무리 훌륭한 종교라도 믿음이 전제되지 않으면 종교 행위 자체가 성립될 수 없다. 그러나 선도(또는 단학)는 종교와는 달리 수련을 전제로 한다. 수련이란 쉽게 말해서 도를 닦는 행위를 말한다. 믿음을 통해서 영혼이 구원을 받는 종교와는 달리 선도는 수련 행위를 통한 인격 완성을 목표로 하고 있다.

종교와 선도의 이러한 현격한 차이에 깊은 매력을 느낀 나는 3년 전 (86년) 1월 28일부터 우연히 호기심에 사로잡혀 선도에 발을 들여놓게 되었다. 밑져야 본전이라는 어찌 보면 지극히 안이한 발상으로 시작해 본 선도수련이 처음 생각과는 달리 엄청난 심신의 변화를 가져왔다. 우선 내 몸이 변화하고 생리 체계가 서서히 탈바꿈하는가 하면 마음까지도 나도 모르게 변해가는 것을 알았다. 실로 놀라운 일이었다.

단학을 흔히 '몸공부'라고 하는데 과연 그랬다. 날이 가고 달이 가면서 호기심에서 시작된 수련이 마침내 본격적인 수련으로 빠져들게 되었다. 그러나 나는 어디까지나 한 가정의 가장으로서 처자를 거느린 직장인이다. 그 옛날처럼 도를 닦는다고 괴나리봇짐 싸 짊어지고 산속으로 들어갈 처지는 못 되었다. 그러니까 현 시대를 살아가는 지극히 평범한 직업인으로서 일상생활을 남들과 똑같이 영위하면서 선도수련을 해야 했다.

그것이 가능한 일일까? 나는 가능하다는 것을 입증하기 위해서 이 글을 쓴다. 물론 옛날 우리 조상들처럼 산속에 들어가 조용한 가운데 세상만사 다 잊고 오로지 자연만을 벗 삼아 도를 닦는다면 얼마나 좋겠는가? 그러나 그렇지 못한 처지에 있는 나 같은 평범한 인간도 마음만 있으면 선도수련을 할 수 있는 가능성은 충분히 있다는 것을 알게 되었다.

수련이 진척될수록 나 자신도 놀랄 정도로 심신이 자꾸만 변화되었는데 그것은 한마디로 경이(驚異)였다. 일상생활을 남들과 똑같이 하면서 짬짬이 도를 닦자니 어려운 일도 한둘이 아니지만 이런 것을 하나하나 극복하면서 착실히 수련을 쌓아나갈 수 있다는 데 나는 그야말로 야릇한 보람을 느끼게 되었다. 이러한 내 심신의 변화 양상을 나 혼자만이 알고 있기에는 이 땅에 태어난 한 사람의 작가적 양심이 용납하지 않는 일이었다.

수련 초기부터 나는 거의 하루도 빠짐없이 수련일지를 기록해 나갔다. 어느새 3년 1개월 이상이나 세월이 흘렀다. 나는 집요하게 내 심신이 변화하는 생생한 모습을 기록해 나갔다. 이 기록이 바로 이 책의 기본 자료가 되었다. 따라서 이것은 조금도 가식이나 과장이 없는 기록문학이다. 동시에 후배 수련인들과 선도에 관심이 있는 모든 사람들에게 두루 참고가 될 것으로 자부하는 바이다.

선배 수련자들의 말을 들어보면 어느 경지에까지 도달하면 천기(天機)가 누설될까 봐 아예 입을 다물어버리게 된다고 한다. 나는 아직 그 경지에는 이르지 못했다. 바로 그 경지에 이르기까지 앞으로도 내가 겪은 선도수련 체험을 기록해 나갈 작정이다. 그것이 작가로서의 의무요 사명이라고 생각되기 때문이다.

끝으로 꼭 한마디하고 싶은 것은 선도는 우리 민족의 생성과 더불어 시작된 우리 민족 고유의 심신수련 체계라는 점이다. 서기 전 3512년, 지금(서기 1989년)으로부터 꼭 5501년 전에 배달국 제5대 태우의 한웅천황에 의해 심신 수련법으로 체계화되어 널리 일반 백성들에게 보급되었다는 기록이『환단고기』중 이맥이 지은『태백일사』「신시본기」에 나와 있다.

그 뒤 서기전 1763년, 지금(서기 1989년)으로부터 3751년 전 단군조선 제13대 흘달제 때 국가적인 규모로 인재가 양성되었는데 그때 사람들은 이들을 천지화랑(天指花郎), 또는 국자랑(國子郎)이라고 불렀다. 천지화랑이란 당시 천지화, 즉 지금의 무궁화를 머리에 꽂고 다녔기 때문에 붙은 이름이다. 그 후 이 전통은 고구려의 조의선인, 신라의 화랑, 고려의 재가화상(在家和尙) 제도로 면면히 이어져 내려왔는데, 이들이 전부 선도를 필수 수련과목으로 택했던 것이다.

그 후 고려 때 묘청(妙淸)의 난과 몽골 침입 이후 선도는 사대주의와 외세의 압력으로 어쩔 수 없이 지하로 들어가 조선조 말까지 관(官)과 유생들의 극심한 박해를 받으면서 비밀리에 그 명맥을 이어오다가 최근에야 다시 햇빛을 보게 되었다. 선도가 이처럼 억압을 받아온 것은 이것이 바로 우리의 민족정기와 주체사상의 핵심이기 때문이다.

따라서 모화 사대주의자들과 몽골 또는 일제와 같은 외세의 철저한 박해를 받지 않을 수 없었다. 선도는 김부식의 『삼국사기』이래 끊어 졌던 우리 상고사의 맥을 잇는 뿌리 찾기 운동과도 불가분의 관계에 놓여 있음을 잊어서는 안 된다. 아무쪼록 이 책이 독자 여러분의 심신 의 건강을 확보하고 성통공완(性通功完)의 길을 가는 데, 그리고 민족 정기를 되찾는 일에 큰 도움이 되기를 충심으로 기원하는 바이다.

개천 5886년 단기 4322년

서기 1989년 12월 6일

서울 강남구 논현동 우거에서

저자 김태영 씀

차 례

Contents

〈1권〉

선도란 무엇인가

　선도란 무엇인가? 선도란 우리 민족 고유의 심신 수련법이다. 우리 나라 상고사가 자세히 기록된 『환단고기(桓檀古記)』라는 책에 보면 이에 대한 기록이 나와 있다. 지금으로부터 5893년 전(1996년 기준)에 거발한 한웅천황에 의해 세워진 신시배달국이 지금의 지나(중국)의 섬서성(陝西省)에 있는 태백산 기슭에 세워졌고, 이미 이때부터 『천부경(天符經)』과 『삼일신고(三一神誥)』라는 우리 민족 고유의 경전을 토대로 선교(仙敎) 또는 신교(神敎)라는 종교가 생겨났는데, 이것은 학자들의 연구 결과에 따르면 지구상의 모든 고등종교 예컨대 기독교, 유교, 불교의 시원(始源) 종교라는 것이 밝혀졌다. 바로 이 선교에서 파생된 심신 수련법이 선도이다.

　그러나 『환단고기』의 「소도경본훈(蘇塗經本訓)」 속에 나오는 『삼일신고』에 지감(止感), 조식(調息), 금촉(禁觸)이라는 뚜렷한 선도 수행법을 통해서 성통공완(性通功完), 즉 본성(本性)에 통달하여 마침내 공을 이룸으로써 영통개안(靈通開眼), 신인일치(神人一致), 즉 완전한 우아일체(宇我一體)의 경지에 이를 수 있다는 것을 알기 전까지 나 역시 선도의 본질을 전연 모르고 있었다.

그저 막연히 지나의 노장(老壯) 철학에서 나온 도교(道敎)와 비슷한 것이 아닌가 하고 생각했을 뿐이었다. 바로 이 선도 수행법의 첫 단계가 단전(丹田)호흡이다. 내가 단전호흡에 유독 관심을 기울이게 된 것은 1984년 9월에 출판된 『단(丹)』이라는 소설을 읽고부터였다. 이 책을 읽고 나서야 비로소 선도수련의 양상을 어느 정도 파악할 수 있게 되었다.

그것도 그럴 것이 그 소설에는 구체적인 인물의 체험기를 소재로 하여 씌어졌기 때문이었다. 신문광고를 보고 곧 책방에 가 사서 읽어보니 그 내용 중에 내가 『한국문학지(韓國文學誌)』 82년 9월호에 발표한 '가면 벗기기'라는 중편 소설의 주요 골자들이 그대로 옮겨져 있는 것이 눈에 띄었으므로 더욱 호기심이 발동되어 금방 읽어버렸다.

읽고 보니 독자들의 흥미를 끌기에 족할 만한 얘기들이 흥미진진하게 전개되고 있었다. 사실 도술 얘기는 우리가 어렸을 때 흔히 할아버지, 할머니들의 품안에서 익히 들어 온 것이지만 현실의 이야기라기보다는 다만 흥미를 돋우기 위한 이야기를 위한 이야기나 동화, 전설, 아니면 신화와 비슷한 것으로 치부해 왔던 것이 사실이다.

그러나 이 소설에는 그러한 얘기들이 생생한 사실로 구체적인 증거까지 제시되면서 서술되고 있으니 누구나 홀딱 반하지 않을 수 없었을 것이다. 과연 이 책은 황당무계하다는 일부 사람들의 비판에도 불구하고 그때까지 우리나라 출판사상 처음으로 60만 부나 팔려나가는 인기를 누렸다.

바로 이 소설 속에 단전호흡 이야기가 나오는데, 이 책을 토대로 막상 수련을 시작해 보려고 했더니 미흡한 데가 있었다. 좀더 체계적이고 구체적인 지침이 담긴 수련방법이 기술된 책이 있어야 했다. 그래서 선도수련이나 단전호흡에 관한 책이라면 모조리 책방을 뒤져서 구입해 들이기 시작했다. 10여 권의 책을 읽다 보니 어느 정도 머릿속으로는 단전호흡이 무엇을 말하는지 윤곽이 잡히기 시작했지만 정작 시작해 보려고 하니 역시 잘되지 않았다.

이런 때는 선도 수련원에 찾아가서 사범의 지도하에 수련을 받는 것이 원칙이라는 것은 잘 알고 있었지만 그게 그렇게 손쉽게 이루어지지 않았다. 직장에 매달려 규칙적인 출퇴근을 해야지, 틈틈이 창작도 해야 하는 내 처지에서는 시간을 내기가 여간 어려운 게 아니었다. 더구나 내가 다니는 직장의 성질상 일 년 열두 달, 신문의 날과 추석과 신정과 구정 이외에는 쉴 수도 없고 더구나 토요일도 평일과 똑같이 근무해야 하니 수련을 위해서 따로 시간을 내기가 여간 어렵지 않았다. 그렇다면 퇴근 후에라도 수련원에 갈 수 있지 않겠느냐고 반문하는 분이 있겠지만, 그것 역시 하루 종일 격무에 시달리고 보면 쌓인 피로 때문에 거의 불가능한 일이었다.

차선책으로 생각해 낸 것이 선도에 대한 서적만이라도, 이미 읽은 것 이외에 새로 나올 때마다 전부 구입하여 읽어보는 것이다. 이런 기간이 무려 일년 이상 지속되었다. 이러한 책들을 읽으면서 내가 느낀 것은 선도수련의 궁극적인 목적은 무슨 초능력을 발휘하여 84년도인가, 우리나라에서도 텔레비전에 나와 공전의 인기를 끌고 센세이션을 일으켰던 유리 겔라 모양 손도 안 대고 숟가락이나 꾸부리고 고장난 시계를 고치는가 하면, 즉석에서 배추씨의 싹을 틔우든가, 격벽(隔壁) 투시를 하는 따위 요술로 세상 사람들을 깜짝 놀라게 하는 도술 같은 것을 터득하자는 것이 결코 아니라는 것이었다.

그러면 선도수련을 통해서 궁극적으로 무엇을 어떻게 하자는 것인가? 그것은 어디까지나 인격완성에 있었다. 그런데 여기서 말하는 인격완성이란 우리가 상식적으로 알고 있는 도덕적 또는 윤리적 차원의 인격완성을 말하는 것이 결코 아니고 마음과 몸이, 다시 말해서 정신과 육체가 다 같이 수련을 통하여 변화함으로써 마침내 영통개안(靈通開眼)의 경지에 이르고 다시 한 걸음 더 나아가서『삼일신고』가 말하는, 본성을 통달하여 공을 맞히는 성통공완(性通功完)을 의미하고 마침내 신인일치(神人一致)의 경지에 이르는 것을 말하는 것이다.

우리의 민족종교에는 공통적으로 인내천(人乃天) 사상이 내포되어 있다. 다시 말해서 사람이 곧 하느님이라는 사상이다. 그래서 우리 민족은 예부터 천손족(天孫族)이라 불려왔다. 이스라엘 민족의 선민의식(選民意識)보다는 한 차원 높은 것임을 알 수 있다. 이스라엘 민족은 하늘이 선택한 민족이지만 우리는 곧바로 하느님의 혈통을 타고난 것이다.

『환단고기』의 일관된 사상이 바로 이것이다. 우리 민족의 본성은 하느님 그 자체라는 것이다. 이것이 온갖 욕망의 때에 절어서 가려져 있다는 것이다. 거울에 때가 잔뜩 끼어서 거울 본래의 구실을 다하지 못하는 것과 같다고 할까? 선도수련을 통해서 우리는 바로 이 인간의 본성과 하느님의 속성을 도로 찾자는 것이다. 우리 민족의 역사상 이 본성을 찾은 대표적인 인물이 안파견 한인 천제, 거발한 한웅천황, 단군왕검과 같은 나라의 시조(始祖)들이다. 그러니까 우리나라는 원래 성인(聖人)들이 세운 것이다.

선도의 궁극적인 목적이 바로 이러한 하느님의 경지에 이르는 것이다. 이 경지에 이르는 것을 불교에서는 견성(見性)이라고도 하며, 대각(大覺)에 이른다고도 한다. 기독교의 궁극적인 목적인 예수의 십자가 보혈에 의지하여 영혼을 구제받는 것과는 차원이 다르다는 것을 알 수 있다. 요컨대 기독교가 신앙의 힘으로 영혼의 구원을 표방하는 것과는 대조적이다. 신앙의 힘이란 근본적으로 타력(他力)에 의한, 다시 말해서 남의 힘(예수 그리스도의 십자가의 보혈)에 의지하여 영혼만을 구제하는 것과는 달리 선도에서는 영혼과 육체, 다시 말해서 정신과 육체가 분리되어 있는 게 아니라, 하나의 전체로 보고 이것을 스스로의 힘으로 수련을 통해서 신의 경지까지 변화시켜 나간다는 것이다.

그러니까 육체의 건강을 정신의 건강과 똑같이 소중히 한다는 것을 알 수 있다. 따라서 선도수련의 초기 단계에 들어서면 이미 건강과 장수, 다시 말해서 무병장수(無病長壽)가 보장되는 것이다. 선도에서는 보통 네 단계로 구분하여 이러한 목적에 도달할 수 있다. 즉 정충(精充), 기장(氣壯), 신명(神明), 견성(見性)이 그것이다. 정(精)이 충만해진다는 것은 육체적인 건강을 확보한다는 뜻인데, 이것은 선도수련의 기초 작업이라고 할 수 있다.

그다음에는 기(氣)가 자연히 몸속에 뻗어나가게 되며, 이 상태가 계속되면 자연히 신(神)이 밝아진다. 신(神)이란 여기서는 정신작용, 즉 두뇌 활동을 말한다. 정신이 밝아지면 자연히 본성(本性)을 찾을 수 있다는 것이다. 바로 이 본성을 찾는 단계에 이른 상태를 영통개안, 신인일치, 성통공완이라고 하는데, 이렇게 되면 어떻게 한다는 것인가? 이 세상에 살아 있는 한 남을 위해서, 좀더 구체적으로 말하자면 가정, 사회, 국가, 민족, 인류를 위해서 각기 제 능력에 따라 자기 신명을 바쳐 이바지한다는 것이다.

홍익인간(弘益人間), 재세이화(在世理化)는 바로 우리 민족이 세운 최초의 국가적 이상이기도 했다. 이것이 바로 지나의 도교와는 근본적으로 다른 점이다. 지나의 도교는 무위자연(無爲自然)을 주장한다. 사람이 활동을 하여 인공을 가하는 것 자체를 죄악시하여 철저하게 자연으로 돌아가 아무 일도 하지 않고 자연 그대로 살자는 것인데, 여기에는 이웃을 돕는다든가 국가와 사회를 위해서 봉사한다는 개념은 철두철미하게 배제되는 것이다.

이상과 같이 다소 철학적이기도 한 지식을 염두에 두고 수련 준비에 임하게 되었다. 여기서 꼭 잊어서는 안 될 것은 선도는 결코 지나(중국)에서 온 것이 아니고, 위에 지적한 바와 같이 우리 민족 고유의 심신 수련법이라는 것이다.

선도의 맥과 건강

따라서 우리 민족의 핏줄 속에는 원래부터 선도의 맥이 흐르고 있다는 확실한 인식을 그 바탕에 깔아야 한다. 그 이유는 우리들의 혈관 속에 조상의 피가 맥맥히 흐르고 있는 것과 마찬가지로 우리의 정신 속에는 원래부터 선도의 맥이 흐르고 있다는 것을 꼭 알아야 하기 때문이다.

아버지가 누구인지, 어머니가 누구인지 모르는 고아와, 자기 어머니와 아버지가 확실한 아이와는 어디가 달라도 다르다. 유구한 조상의 뿌리를 확실히 알고 있는 사람과 이를 전연 모르는 사람은 수많은 세월, 온갖 풍상을 견뎌온 거대한 소나무와 물 위에 떠다니는 한갓 보잘 것없는 부평초와도 같다고 할 수 있다. 실제로 수련을 해 보면, 선도에 대한 뿌리 의식이 강한 사람과 그렇지 않은 사람 사이에는 그 진전 속도에 큰 차이가 있음을 알 수 있다. 그런데도 지금 우리나라에서 나도는 선도에 대한 서적들 가운데는 이 뿌리를 분명히 밝힌 책은 몇 종류 되지 않고 대개가 일본인이나 중국인이 쓴 것을 적당히 베껴서 번안한 것이 대부분이다.

이러한 책들을 읽어보면 선도의 뿌리를 대체로 지나에 두고 있는데, 만약에 우리가 이러한 책들을 보고 수련을 한다면 자기 조상이 엄연히 있는데도 남의 조상을 숭배하는 것과 같다. 아무리 굴러들어온 아이가 귀엽다고 해도 자기가 낳은 친자식에게 비할 수 없는 법이다.

제아무리 남의 아버지를 섬겨 보았자 그것은 어디까지나 남의 아버지이지 자기 아버지는 될 수 없는 것이다. 그 남의 아버지는 아무래도 자기 친자식에게 정이 더 가지 굴러들어온 아이에게 더 정이 갈 리가 없는 것이다. 비록 지나의 도교의 원천이 배달국 제5대 태우의 천황의 막내아들 태호 복희(太昊伏羲)씨에 의해 퍼져나갔다고 해도 사정은 마찬가지다. 자기 아버지가 엄연히 있는데 작은 아버지를 아버지로 모시는 것과 같기 때문이다.

정신세계, 즉 신명계(神明界)에도 우리 인간의 부자 관계, 조상과 자손의 관계가 그대로 준수되고 있다는 것을 명심해 둘 필요가 있다. 육체의 혈통줄은 그대로 정신의 혈통줄로 연결이 되기 때문에 이것을 강조하는 것이다. 다시 말해서 핏줄을 통해서 조손(祖孫)의 정이 흐르고 있는 것과 같이 신명계에서도 엄연히 이 핏줄을 통해서 기(氣) 즉 생체 에너지가 흐르고 있는 것이다. 따라서 만약에 이 혈통줄을 제대로 붙잡지 못한다면 선도수련도 어느 한계 이상은 진전을 기대할 수 없다.

바로 이 혈통줄을 통해서 우리 몸에 에너지가 공급되고 있기 때문이다. 이것은 우주와 자연의 법칙이다. 이 법칙을 거스르면 결국에 가서는 파멸밖에 없다. 혈통줄의 문제를 강조하는 이유가 바로 여기 있다. 좌우간 나는 이러한 사전 지식을 바탕으로 곰곰이 생각해 보았다. 과연 나와 같은 한갓 범부도 영통개안, 신인일치, 성통공완의 경지에 들수 있을까? 더구나 성통공완에 이르는 과정에서 홍익인간 즉 남을 위해서 국가와 사회와 민족과 인류 전체를 위해서 신명을 바칠 수 있을까, 아무래도 너무나 벅찬 것만 같은 느낌이 들었다.

왜냐하면 나라는 존재가 내가 생각하기에도 너무나 초라하고 허약했기 때문이다. 육체적인 건강마저 시원치 않았던 것이다. 물론 궁극적인 목표는 그렇게 설정할 수 있다손 치더라도 우선은 심신의 건강부터 확실히 해두는 것이 순서라고 생각된 것이다. 처음부터 너무 목표를 크게 세우면 올라가지도 못할 나무를 쳐다보는 격으로 허망한 환상에 빠질 수도 있고 까딱하면 도중에 실망을 하는 수도 있어서 중도에 포기할 우려도 농후하기 때문이었다.

그렇다. 이것은 나의 솔직한 심정이었다. 건강도 변변치 못한 내가 어설프게 선도의 궁극적인 목적에만 매달리는 것은 고장난 자동차를 몰고 세계일주 여행길에 오르겠다는 만용만큼이나 위험천만한 일이 아닐 수 없었다. 우선 자동차부터 튼튼하고 확실한 것을 고르고 예비부속품도 연료도 충분히 확보해야 한다.

선도수련에 있어서 사람의 몸은 자동차와 같다. 그래서 나의 일차적인 목표는 우선 건강부터 확보하는 데 두었다. 나는 40대 중반부터 야금야금 건강이 허물어지기 시작하더니 날이 갈수록 악화일로를 걸었다. 불면증, 소화불량, 신경통으로 고생을 했다. 특히 가을에서 겨울로 접어드는 환절기에는 남보다 몇 배나 더 추위를 탔다.

물론 병원과 약국을 제집 안방 드나들 듯했지만 별로 효과를 거두지 못했다. 나와 비슷하게 도시의 봉급생활자로서 정신노동에 종사하는 사람에게 흔한 일종의 현대 문명병이라고 해야 할까? 만성적인 운동부족과 도시 공해가 그 주범이 아닌가 생각된다. 병원과 약국이 효험이 없으니 망연자실할 수밖에 없었다. 그러나 어떻게 하든 살아나가야 할 게 아닌가? 처자식들을 위해서라도 돈을 벌어야 하기 때문이다.

이런 때 누가 말했다. 그러한 병을 고치는 데는 등산 이상 가는 것이 없다는 것이다. 과연 그럴까? 나는 일 년을 두고 내내 등산을 생각했다. 등산에 대한 책도 구해 읽었다. 마침내 지금으로부터 10년 전, 10.26 사건(79년)이 터지기 직전 나는 아내와 함께 서울 강남구 개포동에 있는 구룡산에 올랐다. 고도가 해발 300미터도 채 안되는 이 산 꼭대기까지 오르는데 숨은 턱에 닿았고 다리는 천근같았다. 정상에서 내려와 버스 층계에 탈 때는 버스 층계에 다리를 옮겨놓을 수 없을 정도로 기진맥진이었다. 거의 기다시피 집에 돌아온 우리는 하도 피곤해서 저녁을 먹자마자 그대로 곯아 떨어졌다. 나른한 피로감 속에서도 뭐라고 한마디로 표현할 수 없는 감미로운 쾌감을 느낄 수 있었다.

이렇게 시작된 등산이었다. 관악산, 수락산, 북한산, 도봉산이 주 무대였다. 그러다가 나중에는 운동에 가장 알맞은 매력 만점의 도봉산으로 정착해버리고 말았다. 일요일이면 무슨 일이 있든지 빼놓지 않고 산에 올랐다.

아내도 악착같이 따라다녔다. 아내 역시 불면증, 변비, 비만증으로 고민이 이만저만이 아니었던 것이다. 이처럼 일요일이면 비가 오나 눈이 오나 바람이 부나 기온이 영하 15도로 내려가거나 영상 36도로 올라가거나 가리지 않고 산을 찾았다. 그 통에 일요일에 친지들의 애경사에 빠지는 일도 있었다. 직장이나 동창회나 동료들의 야유회에도 빠질 수밖에 없었다. 특히 일요일에 있는 야유회 같은 데 참석하느라고 등산을 한번 거르면 일주일 내내 몸이 쑤시고 아픈 것은 말할 것도 없고 공연히 우울하고 불안해서 도대체 일이 손에 잡히질 않는 것이었다.

이것을 일컬어 등산 중독증이라고 했다. 등산 중독증은 꼭 등산 이외의 방법으로는 풀 수 없다. 이 때문에 우리 부부는 어쩔 수 없이 친지들의 따가운 눈총을 받으면서도 야유회나 결혼식이나, 장례식 같은 데 빠지는 수도 있었다. 일주일 내내 고생할 것과 그런 행사에 참석하지 못함으로써 오는 원망을 비교해 보면 비록 원망을 듣는 한이 있을지언정 일주일 내내 그 고생은 할 수 없었기 때문이다.

산을 타는 시간은 보통 겨울은 다섯 시간, 여름은 여섯 시간에서 여덟 시간이었다. 이렇게 악착같이 규칙적인 산행을 한 결과 7년이라는 세월이 흐르면서 건강은 어느 정도 되찾을 수 있었다. 역시 현대인 특히 도시 생활자들은 내남없이 만성적으로 운동 부족증에 시달리고 있다는 것을 알 수 있었다.

인류가 지구상에 나타난 시기는 학자의 견해에 따라 5백만 년에서 1백만 년까지 차이가 난다. 가령 1백만 년 전이라고 해 두자. 농업이 정착화된 것은 고작 지금으로부터 1만 년 전 신석기 시대 말기부터이다.

그렇다면 그 이전 99만 년 동안 인류는 무엇으로 생계의 수단을 삼았는가. 수렵과 어업, 과실 채취였다. 다시 말해서 우리의 먼 조상들은 산과 들을 치달리고 내리뛰면서 사냥을 하거나 나무에 올라가 열매를 따거나 바다나 강이나 호수에서 물고기를 잡는 것으로 생활을 꾸려나갈 수밖에 없었다.

무려 499만 년, 적어도 99만 년 동안 인류는 이러한 생활에 길들여져 온 것이다. 따라서 인간의 체형은 이러한 생활에 알맞도록 진화되었던 것이다. 인류가 농업사회로 진입한 것이 지금으로부터 1만 년 전이라고 한 것은 최대한으로 그렇게 잡아본 것이고 실제는 5천 년에서 3천 년 이전까지만 해도 사실상 인류는 수렵, 채취, 어로를 생활의 주무기로 삼아온 것이다. 그 후 농업사회 때만 해도 인류가 운동 부족으로 고생을 한 흔적은 별로 찾아볼 수 없다. 그러나 최근 2, 3백 년 동안에 산업사회는 급격히 발달한 것이다.

특히 우리나라의 경우는 최근 수십 년 동안에 본격적인 산업사회로 진입한 것이다. 그러나 인간의 체형은 바로 이 산업사회에 적합하게끔 구조가 되어 있지 않는 데 문제가 있다. 제아무리 산업, 정보사회가 발달되어 인류가 두뇌를 많이 쓰는 시대에 살고 있다고 해도 우리의 몸은 여전히 산야를 달리는 데 적합한 체형, 나무에 올라가 열매를 따고 바다나 강이나 호수에서 고기를 잡는 데 편리하게 진화되어 있는 것이다.

따라서 그러한 체형이 요구하는 절대의 운동량이 부족한 것이다. 이 때문에 특히 도시 생활자들에게는 각종 질환 즉 신경통, 위장병, 비만증, 당뇨병, 고혈압, 불면증, 변비 따위 온갖 잡병이 생기게 된다. 등산이 장려되는 이유는, 비록 일주일에 단 하루에 지나지 않지만, 이러한 만성적인 운동 부족증에서 해방되어 신선한 자연의 공기를 호흡하자는 것이다.

과연 등산을 일주일에 한 번씩 규칙적으로 한 결과 나는 불면증과 소화불량에서는 곧 해방이 되었다. 그러나 신경통과 환절기에 추위 타는 증세는 호전되지 않았다. 군대생활 시절에 전쟁터에서 비록 총탄으로 심한 부상을 당한 일은 없었지만 여러 번 죽을 고비를 넘기면서 산에서 구르고 바위에 부딪치는 충격을 받았고 또 군대 시절에 흔히 있던 심한 기합 같은 것을 받아서 그것이 신경통의 원인이 되었을까?

젊을 때는 별로 아픈 줄 모르고 지냈는데 중년이 지나면서 신경통은 점점 더 악화되기만 하여 어떤 때는 길을 걷다가도 통증으로 숨이 콱콱 막혀 가던 길을 멈추고 한참씩 서 있어야 할 때가 있었다.

일주일에 한 번, 6에서 8시간의 등산만으로는 부족하다고 생각되어 나는 아침에 일어나자마자 독일제인 불워커라는 운동기구로 퇴근 뒤 식사 전에 30분씩 운동을 규칙적으로 해 보았다. 그러나 신경통과 추위 타는 병은 약간 차도가 있는 듯하다가도 다시 도지곤 하여 쉽사리 나을 줄 몰랐다.

나의 선도수련의 일차적인 목표는 바로 이 두 가지, 즉 신경통과 추위 타는 병을 고치는 데 두었다. 이미 말한 대로 국내에서 발간된 10여 권의 선도수련에 대한 책들을 읽고 나는 어느 정도나마 수련의 요령만은 터득할 수 있었다. 그 책들 중에는 순전히 국내 인사들에 의해 쓰인 책도 있었지만, 일본인으로서 대만에 가서 지나의 전통적인 선도를 수련받고 돌아온 어느 정도의 경지에 이른 사람이 쓴 것도 있었다.

단전호흡과 진동

단기 4319년(1986년) 1월 20일경부터 나는 책으로 익힌 단전호흡을 조금씩 틈날 때마다 시험적으로 실시해 보았다. 배꼽 아래 5센티 거기서 다시 안쪽으로 5센티 되는 곳에 있는 단전에 의식을 집중하고 숨을 될 수 있는 대로 깊고 길고 가늘고 고르게 단전을 불룩하게 내밀고 들이쉬면서 아랫배를 부풀렸다가 유연하고 천천히 단전에 가득찬 숨을 밖으로 내쉬는 심장세균(深長細均) 동작을 되풀이했다.

이렇게 일정한 시간을 정한 것도 아니고 생각날 때마다 단전호흡을 사흘쯤 되풀이했더니 이상하게도 심한 몸살 증세가 엄습해 왔다. 그러나 멈추지 않고 계속했다.

1986년 1월 28일 화요일 드디어 뚜렷한 변화가 왔다. 아침에 직장에 남보다 두 시간쯤 일찍 출근하여 책상을 마주하고 의자에 앉은 채 단전호흡에 열중하고 있노라니까 나도 모르게 몸이 앞뒤로 흔들리기 시작했다.

호흡 시작한 지 일주일에서 한 달 안에 대체로 진동(振動) 현상이 일어난다는 말을 책에서 읽은 일이 있는데, 혹시 그런 것이 아닐까 하는 느낌이 들었다. 호흡을 길게 할수록 진동은 점점 더 뚜렷해졌다. 그 진동의 폭이 점점 더 커지면서 몸이 마치 사시나무 떨 듯 전후로 진동했다. 하도 신기해서 양을병이라는 직장 동료에게 말했더니, "그거야 우정 그렇게 할 수 있는 게 아니오?" 하면서 믿으려 하지 않았다. 단전호흡이 무엇인지도 모르는 사람에게 그런 질문을 한 것 자체가 잘못이었다. 그러나 생전 처음으로 그런 신기한 경험을 한 나로서는 좀이 쑤셔서도 가만히 입을 다물고 있을 수만은 없었다. 양을병 씨는 여지까지 멀쩡하던 내가 그런 말을 하는 것을 들으니까 이상한 생각이 들었던지 다시 입을 열었다.

"전에 우리 편집국에 카피리더로 있다가 한국에서 사망한 영국인 민츠 씨는 말년에 알콜 중독증 때문에 손이 부들부들 떨리는 수전증이 있는 것을 보았는데 김 선생은 술도 별로 하시지 않는데 갑자기 떨린다는 게 아무래도 이상한데요. 병원에라도 가보시는 게 어떻겠습니까?"

이렇게 동문서답 격으로 나오는 그에게는 더이상 말을 해 보았자 소용이 없을 것 같아서 대답을 하지 않았더니, 그는 아무래도 이상하다는 듯 머리를 외로 꼬면서 자기 자리로 돌아갔다.

처음에 숨을 들이쉴 때에 특히 강하게 진동을 일으키더니 나중에는 내쉴 때에도 들이쉴 때와 똑같이 진동이 되었다. 단전호흡을 하고 있는 동안에 일어나는 진동을 내 의지로는 도저히 제어할 수 없었다. 그러나 일단 단전호흡만 중단하면 언제 그랬더냐 싶게 진동은 멈춰지는 것이었다. 불교 계통의 수련원에서 1년 동안이나 수련을 해 왔다는 임승규라는 후배에게 이 사실을 얘기했다.

"그래요?" 하면서 그는 두 눈을 크게 떴다.

"전 1년 동안이나 수련을 해오면서도 남들이 진동을 일으키는 것은 무수히 보아 왔지만, 저 자신이 직접 진동을 일으킨 일은 아직껏 없었거든요. 그래서 나도 한번 저렇게 진동을 일으켜 보았으면 하고 늘 생각해왔는데, 아니, 그럼 김 선배님은 도대체 얼마나 수련을 하셨습니까?"

"수련이라야 일주일 전부터 조금씩 하다가 오늘 아침부터 본격적으로 아침에 출근하자부터 책상에 앉아서 책에 씌어있는 대로 단전호흡을 했을 뿐이죠 뭐."

"아니, 그런데 벌써 그렇게 진동을 일으키신단 말씀이에요?"

"그렇다니까."

"아무래도 믿어지지 않는데요. 혹시 김 선배님은 전생부터 도를 닦았던 분이라면 몰라도."

"전생부터 도를 닦다니? 그런 일도 있을 수 있나요?"

"있고말고요. 금생에 일어나는 모든 일은 다 전생부터 그 원인이 마련되니까요." 그는 불교도답게 전생론을 폈다.

"하긴 그런 말을 들으니까 짚이는 데가 있는 것도 같은데, 그럼 그 전생이라는 것은 어떻게 알 수 있죠?"

"좌우간에 남이 못하는 특이한 재주가 있다든가, 저처럼 1년 동안이나 수련을 했는데도 하지 못하는 진동을 수련을 시작한 당일로 하신다든가 하는 것은 모두가 전생에 그만큼 공덕을 쌓은 것이 금생에 어떤 계기가 마련되면 나타나게 되는 것이죠. 혹시 김 선배님은 도술 영화 같은 거 보신 경험이 없으십니까?"

"있죠."

"그때 뭔가 좀 이상하다는 생각이 든 일은 없으셨습니까?"

전생과 빙의(憑依)

"그러고 보니 생각나는 게 있군요. 한 20년 전에 도술 영화를 본 일이 있었는데, 홍안백발(紅顔白髮)의 늙은 도사가 석환장(石環杖)을 짚고 바위 위에 서서 무슨 경문(經文)을 한참 외다가 하늘 높이 비상하는 장면이 나왔었는데, 그걸 보다가 갑자기 나도 모르게 온몸이 찌릿하고 감전이라도 된 듯한 전율을 느낀 적이 있었죠. 그때의 느낌은 지금도 생생하게 남아 있습니다."

"그것 보세요. 그게 바로 전생에 김 선배가 도사였으니까 그런 장면이 특별히 어필한 게 아니겠어요? 전생에 노래를 잘 부르던 사람은 성악가가 노래 부르는 장면만 보아도 찌르르 전율이 일고 홀딱 반해버리고, 만약에 전생에 글을 쓰던 문사였다면 글 쓰는 데 특별한 솜씨를 발휘할 것입니다."

"그러고 보니 또 생각나는 게 있소."

"말씀해 보세요."

"한 십 년 전에 내가 불면증으로 몹시 고생을 한 일이 있었어요. 무려 십 년 동안이나 밤잠을 못 자는 고생을 하다가 보니 병원이나 약국, 한의원, 안 가본 데가 없었지. 그래도 낫지를 않으니 정말 한심한 생각이 들더군."

"그 불면증이 구체적으로 어떻게 왔는데요?"

"대개 밤 열한 시나 열두 시경에 잠이 들면 두 시나 세 시에 깨어나게 되는데 그때부터는 아침까지 잠을 이루지 못했다고. 그러니 직장에 나가서도 일이 제대로 될 리가 없었지. 좌우간 모든 일에 의욕을 상실하고 허탈 상태에 빠지게 되더라고.

그러다가 하루는 안동민(安東民)이라는 소설가가 특수한 방법으로 진동수(振動水)를 만들어 내는데 그걸 먹으면 불면증 따위는 금방 고칠 수 있다는 말을 듣고는 그의 집으로 찾아갔지. 글을 쓰는 사람끼리 만났다는 동류의식 같은 것도 작용되어 그는 나를 유심히 관찰했어요.

그분은 내 눈을 지긋이 마치 꿈꾸는 듯한 시선으로 응시하는 것이었어요. 잠시 그러고 있더니 대뜸 한다는 소리가 김 선생 혹시 개하고 무슨 특별한 인연이 있었던 일이 없었습니까, 하고 묻는 거예요. 곰곰이 생각해 보니 개와 관련된 일이 생각났어요.

그로부터 꼭 10년 전에 강아지 한 마리를 기른 일이 있었는데 병이 들어서 가축병원에 데리고 가 보았더니 뱃속에 기생충이 잔뜩 창궐하고 있는데 너무 늦었다는 거예요. 그래도 어떻게 살려볼 수 없겠느냐니까 주사를 몇 대 놓아주면서 오늘밤을 무사히 넘기면 살 수 있지만 그렇지 못하면 죽을 거라는 거예요."

"그래서 그 개를 집에 데려다가 내 서재에 모포로 감싸주고는 깽깽거리면서 투병하는 애처로운 모습을 지켜보고 있었죠. 제발 살아나기를 바라면서. 집사람은 개라면 질색이어서 내다 버리라고 성화였지만 나는 그럴 수가 없었어요. 그래서 그 투병하는 강아지하고 꼬박 밤을 새우고 있었는데, 강아지는 끝내 병을 이겨내지 못하고 새벽 나절에

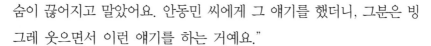

숨이 끊어지고 말았어요. 안동민 씨에게 그 얘기를 했더니, 그분은 빙 그레 웃으면서 이런 얘기를 하는 거예요."

"아하 그게 바로 김 선배님의 전생 얘기였군요."

"우선 들어 보세요. 그분 말은 자기는 상대의 뇌파의 주파수와 자신의 뇌파의 주파수를 맞출 수 있다는 거예요. 그렇게 되면 자신은 그 상대의 뇌파와 동조되어 그의 전생을 볼 수 있는데, 이것은 자연의 섭리 즉 신의 뜻에 어긋나는 행위라는 거예요. 다시 말해서 천기(天機)를 보는 것과 같은 것인데 그 내용은 함부로 발설을 할 수 없다는 겁니다. 다만 상대의 질환을 치료하는 데 도움이 될 수 있는 부분만은 얘기할 수 있다는 거예요. 상대의 전생도 대개 이처럼 병을 치료하는 데 도움이 되는 한도 내에서 나타난다는 거예요."

"무슨 뜻인지 알겠는데요. 그래 도대체 김 선배님의 전생이 어떻게 나타났다는 겁니까?"

"마치 컬러 텔레비전 장면과 같이 선명하게 내 전생이 나타나더라는 거예요. 때는 명나라 말엽쯤이었는데, 산동성 어느 마을길에서 일어난 일이라는 거예요. 키가 헌칠한 장년의 도사 한 사람이 그 길을 터벅터벅 걸어가다가 길가에 널부러져 있는 젊은이를 발견했답니다.

옷이 형편없이 찢겨지고 머리는 까치둥지 모양 헝클어져 있고 얼굴은 피투성이가 되어 거의 알아볼 수 없을 지경이었다는 겁니다. 도사는 얼른 젊은이의 맥을 짚어보았는데 아직 숨은 끊어지지 않았더래요. 어떻게 살려볼 수는 없을까 하고 일으켜 안았는데, 인기척을 알아차린 그 피투성이 청년은 가느다랗게 눈을 뜨고는 스승님 죄송합니다 하드래요. 자세히 살펴보니 바로 아침나절까지 수련을 지도하던 제자였다는 겁니다. 어떻게 된 거냐니까, 숨넘어가는 소리로 한다는 소리가 '제가 죽일 놈이었습니다. 개만도 못한 짓을 했거든요. 그래서 그 벌을 받은 겁니다' 하드래요.

사연인즉 그 제자는 수련 도중에 스승이 외출만 하면 그 틈을 타서 마을에 내려가 처녀, 과부, 유부녀 할 것 없이 치마 두른 여자라면 다 꼬여내어 모조리 작살을 냈다는 겁니다. 이 때문에 벼르고 벼르던 마을 사람들한테 범행 현장을 들켜 몰매를 맞았다는 거예요. 마을 사람들은 몰매를 안기면서 개만도 못한 놈이라고 죽여버려야 한다고 했다는 겁니다. 하도 매를 맞아 거의 다 죽게 된 것을 장정 몇이 마을 경계 밖 길가에 내팽개치고 가버렸다는 거예요."

"그래서 어떻게 되었죠?" 후배가 바싹 긴장된 눈을 반짝이면서 다그쳤다.

"그래서 그 도인은 비록 못된 짓을 해서 뭇매를 맞아 그렇게 되었다고는 해도 3년 동안이나 가르치면서 미운 정 고운 정이 들대로 들어버린 제자의 처지가 안스러워 혼잣소리처럼 말했답니다. 이 세상에서는 너와의 인연이 다했나 보다. 스승으로서 제자를 제대로 못 가르쳐 이 꼴을 만든 내 잘못도 크구나. 이 담에 후생에라도 다시 만나면 너를 선도하고 말리라. 이 말을 마지막까지 귀담아 들은 제자는 끝내 숨을 거두었답니다."

"아하 그러니까 그 도인이 전생의 김 선배였다 그거군요."

"맞아요."

"그러면 그동안 김 선생님과 그 제자는 어디에 있었단 말입니까?"

"그야, 유계(幽界) 아니면 영계(靈界)에 있었겠죠."

"유계와 영계는 어떻게 다릅니까?"

"사람이 죽으면 영혼이 가는 곳인데 유계가 좀 낮은 단계라면 영계는 그보다 더 높은 단계라는군요. 그런데 유계나 영계의 하루는 이승의 백 년 또는 천 년에 해당되는 수도 있다는 겁니다. 그러니까 그쪽 동네의 시간관념은 우리와는 다르다는 얘기죠. 다시 말해서 시간과 공간을 초월한 4차원 이상의 세계가 바로 유계나 영계라니까요."

"알쏭달쏭해서 얼른 감이 잡히지 않습니다."

"물론 우리가 살고 있는 현세의 개념으로는 파악하기 힘든 세계죠? 좌우간 그곳에서 심판을 받아 인과응보의 원칙에 따라 나는 한국 땅에 다시 태어났고 그 제자는 개만도 못한 죄를 지었기 때문인지 정말 개로 태어났는데, 그때의 그러한 사제지간의 인연에 따라 내가 다시 그 제자의 화신인 개와 만나게 되었다는 겁니다. 그때 그 도사의 말대로 그 제자의 화신은 나를 의지하게 되었답니다. 그러나 불행히도 얼마 같이 지내지도 못하고 병사하였는데, 그 개의 영혼만은 후생에나 선도(善導)하겠다던 말을 잊지 않고 있다가 그대로 옛날 스승인 나에게 빙의(憑依)되어 버렸답니다."

"빙의가 무슨 뜻입니까?"

"왜 귀신이 들렸다는 말이 있지 않습니까? 바로 내가 그 개 귀신이 들린 겁니다. 개의 특성은 낮에 잠자고 밤에 도둑을 지키는 것이 아닙니까? 개는 죽어서 귀신이 되어도 그 특성만은 그대로 가지고 있다는 겁니다. 육체가 없는 개의 영혼은 스스로 에너지를 공급받을 능력이 없으므로 순전히 과거의 스승의 육체에 기생하여 살아간 것이죠.

비유해서 말하자면 여기 자전거가 한 대 있다고 칩시다. 그 자전거는 인간으로 말하면 육체에 해당되고 그 자전거를 탄 사람은 영혼에 해당됩니다. 자전거는 구조와 성능 면에서 한 사람의 무게를 지탱할 수 있게 설계된 것입니다.

그와 마찬가지로 인간의 육체도 하나의 영혼만을 실을 수 있게 만들어져 있는 겁니다. 그런데 자전거 한 대에 두 사람이 무리하게 타고 다닌다면 오래가지 못하고 고장이 나는 것과 마찬가지 이치로 하나의 영혼만을 지탱하게 되어 있는 나의 육체에 또 하나의 군식구가 붙어 있으니 그 육체가 온전할 리가 있겠습니까? 게다가 그 개의 영혼은 낮에는 자고 밤에는 깨어서 도둑을 지키는 특성을 갖고 있으니 불면증에 시달릴 수밖에 없었다는 것입니다."

"그래서 어떻게 했습니까?"

"안동민 씨 얘기는 그러니까 그 개의 영혼을 잘 타일러서 유계로 보내는 수밖에 없다는 거예요. 제령(除靈)을 해야 한다는 겁니다."

"제령이라니요?"

"그 개의 영혼을 잘 타일러서 원래 가야 할 곳으로 천도(薦度)하는 것이랍니다."

"그러면 진짜 제령을 하셨나요?"

"물론이죠. 날을 받아가지고 아침 식사를 들지 말고 빈속으로 아침 일찍 오라고 하데요. 그대로 했더니 그분은 나를 자신의 서재에 앉히고는 개의 보호령(保護靈)과 나 자신의 보호령을 불러 제령하는 데 협조해 달라고 신신당부를 하고는 개의 영혼에게 비록 전생의 인연으로 스승에게 기생하긴 했지만 그것은 우주의 법칙과 천리(天理)에 어긋나는 일이라고 간곡히 타이르더군요."

"보호령이라는 건 무어죠?"

"18세기 이후 미국에서부터 급격히 발달해 온 심령과학(心靈科學)에 따르면 사람에게는 보통 서너 명의 보호령이 붙어 있어서 피보호자를 보호하고 선도하고 위험으로부터 미리 막아주기도 한답니다. 가령 임형이 수련을 열심히 하여 인격이 그전보다 고매하여지면 그 수준에 맞춰서 보호령이 임무 교대를 한답니다. 가령 술이나 먹고 계집질이나 열심히 하는 사람에게는 그에 상당하는 보호령이 있어서 점점 더 술과 계집질에 놀아나게 만드는데, 그가 어떤 계기로 심경의 변화를 일으켜 술도 끊고 계집질도 안 하고 가정에 충실한 남편이요 아버지가 되었다면 보호령 역시 임무 교대를 하여 보다 고상한 격이 높은 영이 그 사람의 보호를 맡게 된다는 겁니다.

보호령은 대개 조상신(祖上神) 가운데서 그 자손에게 특별히 관심을 가진 분이 맡게 된답니다. 그런가 하면 당사자가 특히 존경하고 숭모하는 위인이나 성인이 맡는 수도 있고요. 단군 할아버지를 열심히 숭배하는 사람은 단군왕검의 신령이, 예수를 열심히 믿는 사람은 예수의 신령이, 부처를 열심히 믿는 사람은 부처의 신령이, 거발한 환웅천황을 열심히 숭모하는 사람은 거발한 환웅천황의 신령이 보호령의 임무를 다하는 것입니다. 그러니까 이러한 성인이나 위인을 받드는 사람들에게는 함부로 잡신이 접근하지를 못한다는 말이 됩니다."

"그러면 예수를 열심히 믿는 사람이 정신병에 걸리는 수가 있거든요. 그건 어떻게 된 겁니까?"

"그 열심히 믿는다는 것이 문제입니다. 남이 보기에 열심히 믿는 것으로 보였을 뿐 속사정은 그와는 반대였는지 누가 압니까? 그 신앙의 정도는 하늘만이 아는 것입니다. 수행의 정도 역시 하늘만이 아는 것이죠. 어딘가 수련이나 신앙에 틈이 있었거나 전생의 인연으로 잡신에 빙의된 경우라고 생각됩니다.

그건 그렇고 얘기가 너무 빗나갔습니다. 제령을 하는 데는 이 보호령들의 협조가 절대로 필요하다는 것입니다. 안동민 씨는 저와 저에게 빙의된 개의 영혼의 보호령을 함께 불러 우주의 법칙을 간곡히 설명하고 도움을 청했습니다. 제자의 비참한 최후를 불쌍히 여긴 스승의 입장에서 자기도 모르게 해내버린 말이 빌미가 되어 이렇게 무고한 사람에게 빙의하여 괴롭히는 것은 사제지간의 도리가 아닐 뿐 아니라 하늘의 도리에도 어긋나는 것임을 그 개의 영혼에게도 간곡히 설명하여 감동을 하게 만들었습니다.

안동민 씨는 이렇게 설득을 하는 동안 어느 정도 분위기가 무르익었다고 생각되는 순간에, "자 갑니다! 업!" 하는 고함 소리와 함께 백회(百會, 사람의 머리 정수리에 해당되는 부위로서 기(氣), 즉 생체에너지가 통하는 중요한 경혈이다)를 통해서 선뜩한 냉기가 빠져나가는 느낌이 들면서 느닷없이 개 비린내가 확 풍겨오는 거예요. 그러자 안동민 씨는 이제 제령이 끝났다고 하더군요."

"개 비린내가 왜 갑자기 났을까요?"

"그게 나도 수수께끼였습니다. 안동민 씨 얘기는 귀신의 형태로 존재하기는 하지만 역시 개의 특성은 그대로 지니고 있기 때문에 마지막으로 내 육체를 떠나면서 그러한 냄새를 풍겼다는 겁니다. 그렇지 않으면 그런 냄새가 날 리가 있겠습니까? 그때 서재 안에는 개라고는 그림자도 보이지 않았거든요. 그리고 그 집에 개가 있기는 했지만 대문쪽에 개집에 있었지 서재에는 얼씬도 못했거든요."

"그래 그 뒤에는 불면증은 없어졌습니까?"

"물론 그 당장엔 없어졌습니다. 좌우간 10년 동안 못 잔 밀린 잠을 벌충이라도 하려는 듯 낮에 걸어가면서도 잠이 왔고, 직장에서는 책상에 앉아서 글을 쓰다가도 끄떡끄떡 졸기가 일쑤였습니다. 저녁에도 밥숟갈을 놓기가 무섭게 곯아떨어지면 아침에 집사람이 흔들어 깨워야 겨우 눈을 떴습니다. 그런데 그때 제령을 한 직후에 안동민 씨 얘기가 10년 동안이나 그 개의 영혼이 빙의되어 있었기 때문에 내 체질 자체가 다른 영혼이 빙의되기 쉽게 바뀌어져 있었다는 겁니다.

그러니까 까딱하면 다른 영혼이 또 빙의할 우려가 있으니까 조심하라는 겁니다. 아닌 게 아니라 그렇게 해서 한 일주일 동안 10년 묵은 잠의 뿌리를 빼고 나니까 또 옛날의 불면증이 도지려고 합디다. 그래서 등산도 하고 요즘에는 선도수련도 해서 지금은 불면증에 시달리는 일은 없어졌습니다."

"김 선배님 얘기 듣고 아주 귀중한 교훈을 하나 얻었습니다."

"그래요. 그것 참 다행이군요. 그렇다면 내가 임 형에게 이런 얘기한 보람이 있네요."

"그게 뭔지 아십니까?"

"글쎄, 뭘까?"

"절대로 남에게 해내버리는 말로라도 함부로 약속이나 입에 발린 소리를 하지 말아야겠다는 겁니다. 박완서의 소설에 나오는 얘긴데요. 주인공의 작은 아버지 중의 한 분이 부부 동반하여 남해안 지방에 관광 여행을 떠났답니다. 그런데 그때 남해안 어느 지방 도시에서 묵을 때 자기 집에서 3년 동안이나 식모살이를 하던 노파를 만났다는 거예요. 벌써 30년 전 일이었는데 하도 반가워서 그 노파가 이끄는 대로 그 여자의 집에서 하룻밤을 묵고 떠나게 되었답니다.

그런데 노파의 집에는 이제 서너 살 된 손주들이 세 명이나 있더랍니다. 떠날 때는 자기네가 재배중인 귀중한 한약재를 가을이 되면 보약용으로 부쳐주겠다고 하더랍니다. 그저 그런가 보다 생각하고 관광을 마치고 집에 돌아왔는데 그 해 가을에 그 노파의 약속대로 아주 귀중한 한약재를 한 꾸러미나 소포로 보내 왔답니다. 하도 고마워서 반례로 얼마간의 돈과 함께 언제든지 시간 나면 손주들 데리고 한번 서울에 놀러 오면 어린이대공원 관광을 시켜주겠다고 편지를 했답니다. 작은 아버지 내외분은 그 후 새까맣게 그 일을 잊어버리고 있었는데 아니나 다를까, 몇 해 뒤 봄에 손주 셋을 거느리고 그 노파가 올라 왔습니다. 그런데 며칠을 묵고 나서 떠날 만한 때가 되었는데도 어쩐지 미적미적하면서 지내다가 할 수 없다는 듯 며칠 뒤에 떠나고 말았답니다.

물론 떠날 때 차비도 섭섭지 않게 주어 보냈죠. 헌데 아무래도 찜찜

하고 이상한 느낌이 들었어요. 그 사람들이 떠난 뒤에 방안 청소를 하던 작은 어머니가 이상한 편지 한 장이 구겨져 있는 것을 발견했답니다. 그걸 무심코 펴보니 서울 오면 어린이대공원 구경을 꼭 시켜 줄 테니 손주들 데리고 한번 놀러 오라고 자기가 보낸 편지의 구절이 눈에 띄었어요. 그제서야 작은 아버지 내외는 잘못을 뉘우쳤지만 일은 이미 끝나 버린 뒤였죠. 숙부와 숙모는 자기네가 그런 편지를 띄워놓고도 그 일은 새까맣게 잊고 있었던 것입니다."

"참으로 말이라는 것은 함부로 해내버릴 일이 아닙니다. 꼭 책임지고 이행할 각오도 되어 있지 않은 채 그저 상대방이 듣기 좋으라고 함부로 입에 발린 소리를 한다는 것은 까딱하면 무서운 인연의 사슬을 뒤집어쓰는 것과 꼭 같은 것입니다. 사실 나는 전생이 있는지 없는지 지금도 알쏭달쏭하고 그때 안동민 씨가 한 말이 혹시 아무렇게나 생각나는 대로 소설가답게 창작을 해낸 것이 아닐까 하고 의심을 해보는 때도 있기는 하지만 그 뒤 불면증이 상당이 나은 것을 보면 전연 그렇다고만 단정할 수도 없어요. 혹 어떤 사람은 그게 바로 최면술이라고 하더군요. 그러나 반드시 그렇지도 않은 것 같습니다.

최면술이란 어디까지나 일시적으로 피시술자를 최면상태에 빠뜨릴 수는 있겠지만 있지도 않은 전생 같은 것을 조작해서 개 비린내까지 나게 할 수는 없다고 봅니다. 최면술에서는 피시술자가 시술자의 유도에 따라 개 비린내가 난다고 반복함으로 그러한 느낌을 갖게 하는 수도 있지만 아무런 사전 유도도 없이 갑자기 왈칵 개 비린내를 풍기게 할 수는 없는 것이니까요.

　또 최근 외신 보도에 보면 미국이나 영국 같은 선진국에서도 전생을 과학적으로 입증한 예가 허다하거든요. 미국의 어떤 중년 부인은 고혈압 치료차 최면술 시술을 받았답니다. 최면 중에 그녀의 병의 원인을 더듬어 과거를 거슬러 오르다가 전생까지 말해버렸다는 겁니다. 그것은 일일이 녹음이 되어 세밀히 분석이 되었는데 그녀의 전생은 지금으로부터 200년 전 영국의 어떤 시골 가문의 외동딸로 태어났고 그때의 아버지 어머니 이름은 물론이고 그녀가 다니던 학교 이름, 남편 이름, 자식들 이름, 거리 이름, 주변 산과 내의 이름 따위를 죄다 말했는데, 이것이 과연 사실인가를 확인해 보기 위해서 과학자들이 연구조사팀을 구성해서 영국에 건너가 그녀가 한 말이 전부가 사실임을 입증한 일도 있거든요.”

　“그것뿐이 아니죠. 인도에서는 전생의 부모를 만나서 사이좋게 지내는 일도 허다하답니다.”

　“티베트의 달라이 라마는 임종시에 다음에 자기는 누구의 집에 몇 번째 아들로 태어날 것이라는 예언을 해놓는데 그때 그 애의 등에는 달라이 라마라는 표시가 분명 있을 것이라고 유언을 한답니다. 그 유언대로 추적해 보면 틀림없이 그러한 아이가 태어나는데 바로 그 아이가 다음 번 달라이 라마가 된다는 겁니다.”

　“전생이 존재한다는 것은 이제 거의 확실한 것 같습니다. 그렇다고 이 세상일이 반드시 전생에만 그 원인이 있느냐 하면 그렇지는 않다고 생각합니다. 지성이면 감천이라는 말도 있듯이 선도수련을 하는 데 있어서도 전생의 인연보다는 오히려 금생에 얼마나 성의를 갖고 용맹정진 하느냐에 따라서 성패는 크게 좌우된다고 생각합니다."

"과연 그럴까요?" 임승규 씨는 눈을 반짝이면서 제법 관심을 보인다.

"그렇고말고요. 제가 제아무리 전생의 공덕으로 선도수련 진도가 빨라지고 있다고 해도 그 전생에도 그전 전생의 공덕으로 수련이 빨라졌다는 보장은 없지 않겠습니까? 언젠가는 전생과는 아무런 상관없이 수련을 시작한 생도 있었을 게 아닙니까. 그런 것을 생각하면 전생 운운하는 것 자체가 그야말로 부질없는 일이 아닌가 하는 생각도 듭니다. 단지 시간의 차이가 있을 뿐이라고 생각됩니다. 제아무리 전생에 공덕을 쌓았다고 해도 금생에 선도수련에 아무런 관심도 보이지 않았다면 그 공덕은 그대로 파묻혀 버릴 것이고 또한 제아무리 전생에 공덕을 쌓지 않았다고 해도 금생에 열심히 정진하면 전생에 공덕을 쌓은 사람보다 더 큰 전진을 이룩할 수도 있을 것입니다.

그것은 마치 부잣집에 태어난 아이가 반드시 성공을 한다는 보장은 없고, 가난한 집에 태어났다고 해서 반드시 대성하지 말라는 법은 없는 것과 같은 이치가 아니겠습니까? 그러니까 임 형도 과거 일 년 동안이나 해온 수련에 지금 뚜렷한 변화가 없다고 해도, 조금도 실망할 것은 없다고 봅니다."

"곰곰이 생각해 보면 김 선배님의 말씀이 옳습니다. 왜냐하면 전 사실 1년간이나 수련을 받았다고는 해도 열심히 정진을 한 것은 아니거든요. 중간에 며칠씩 빼먹은 때도 있었고, 맘 내키면 하고 하기 싫으면 안 하고 하는 식으로 무성의하게 해 온 게 사실입니다."

"그것 보세요. 그러니까 이제부터라도 한눈팔지 말고 열심히 정진해 보세요. 반드시 무슨 소식이 있을 겁니다."

"그건 그렇고 김 선배님, 전 이제까지 전생이니 윤회니 하는 말은 불교에서만 하는 말로 알았는데 이제 보니까 그렇지만은 않은 것 같네요."

"전생과 윤회는 절대로 불교만의 전유물은 아닙니다. 그것은 엄연히 존재하는 보편적인 현상일 뿐이죠. 과학적으로도 입증할 수 있는 사실이며 또한 현실입니다. 기독교 성경에도 전생에 관한 얘기가 나옵니다. 이것은 우주의 법칙입니다. 인과응보의 구체적인 현상이기도 하구요."

"또 한 가지 의문이 있습니다. 어떻게 돼서 김 선배님은 전생에 하필이면 명나라 말엽에 산동성에서 도인으로 계셨을까요? 우리나라하고는 아무 관계도 없는 것 같은데."

상고사의 뿌리

"그것은 임 형이 잘못 생각한 겁니다. 『환단고기』라는 책을 한번 보세요. 『소설 한단고기』라는 책을 쓰느라고 나는 이 책을 좀 자세히 여러 번 읽어 보았는데, 이 책이야말로 우리 민족의 진정한 뿌리를 밝히는 상고사의 보전(寶典)입니다.

이 책을 토대로 우리 민족사를 훑어보면 산동성은 한때 발해 땅이었어요. 발해 이전 신시 배달국 1565년, 단군조선 2096년은 말할 것도 없고 삼국 시대의 백제를 거쳐 발해가 망할 때까지 무려 4천 3백 년간 내내 우리 땅이었습니다.

물론 그동안에 약간의 공백 기간은 있었지만 대체로 배달민족이 주축을 이루어 살았습니다. 지금은 그 지방 사람들이 비록 지나 민족으로 동화되었지만, 아직도 풍습과 기질적인 면에서 우리와 상통하는 데가 많습니다."

"처음 듣는 얘기인데요."

"그럴 수밖에 없죠. 지금까지 우리는 전부 식민사학자들이 쓴 교과서로 역사 공부를 해 왔으니까 그럴 수밖에요."

"그래서 역사 찾기 운동이라는 것이 그렇게 줄기차게 벌어지고 있군요."

"그게 남의 일이 아니고 모두 다 우리 민족의 생존과 직결되는 문제죠. 그런 얘기를 하자면 끝이 없겠고 다만 이 자리에 밝혀두고 싶은 것은 산동성, 적어도 양자강 이북 동쪽 땅은 우리 민족이 어느 땐가는 꼭 회복해야 할 우리 땅이라는 사실입니다."

"참으로 거창한 얘기군요. 그건 그렇고 김 선배님은 중국이라는 낱말 대신에 꼭 지나라는 말을 쓰시는 것 같은데 무슨 이유라도 있습니까?"

"있죠. 있고말고요. 중국이라는 말 속에는 손문(孫文) 이래의 저들의 중화사상이 깃들어 있습니다. 다시 말해서 자기네가 세계의 으뜸이니까 중앙에 위치해 있고 그 주변에 있는 민족들은 전부 야만족으로 치부해버리는 오만무례한 사고방식이 잠재해 있는데, 1911년 신해혁명으로 수립된 손문 정부에 의해 역사상 최초로 중국이라는 나라 이름이 등장했습니다.

그 이전에는 중국이라는 낱말이 쓰이기는 했지만 나라 이름이 아니라 제왕이 거주하는 지역을 뜻하는 지명이었을 뿐입니다. 그것도 모르고 우리는 중국, 중국 하고 불러줌으로써 저들의 방자한 중화적 사고방식을 인정해 준다는 것은 우리 스스로를 비하하는 꼴밖에 안 된다 그겁니다. 저들의 동쪽에 사는 우리를 보고 그들은 동이(東夷)라고 하는데 원래는 동쪽에 사는 어진 사람, 또는 동쪽에 사는 큰 활을 쏘는 사람이라는 뜻으로 쓰였는데, 중화사상이 대두되면서 어느 틈에 〈동쪽 오랑캐〉라는 뜻으로 전락이 되어버렸죠. 김부식의 『삼국사기』가 나온 이후에는 우리나라 사대모화주의자인 유학자들이 극성을 부리는 통에 지나인들이 우리를 부르는 동쪽 오랑캐를 스스로 인정하는 추태를 부려 온 것입니다.

저들은 또 북쪽에 사는 민족을 북적(北狄), 남쪽에 사는 민족은 남만

(南蠻)이라고 깔보는 명칭을 사용했었죠. 우리가 중국이라고 불러주면 지나인들의 방자한 주장을 인정해주는 꼴이 된다 그겁니다. 그럴 필요가 어디 있습니까? 그래서 나는 지나(支那)라는 말을 즐겨 씁니다.

상고 시대의 우리 조상들은 저들을 서토인(西土人)이라고 불렀죠. 우리의 서쪽에 있다고 해서 말입니다. 차이나(China)라는 말은 원래 진(秦)에서 유래된 말이라는 것은 잘 알려진 일이고 이 단어는 지금 전 세계적으로 차이나(China)로 영어화되어 쓰여지고 있습니다.

소련에서는 끼따이스키라고 합니다. 이것은 거란(契丹)이라고 우리는 부르고 있지만 원래는 계단(契丹)입니다. 그러나 우리는 계단을 거란이라고 부릅니다. 이 말에서 끼따이스키라는 낱말이 생긴 겁니다. 지나라는 낱말은 일본에서 주로 사용되는데 차이나에서 온 말입니다.

지나의 세계적인 석학인 임어당(林語堂) 박사도 자기 나라를 일컬어 지나라고 했습니다. 전 세계의 공통어가 되어버린 차이나 또는 지나를 사용하는 것이 가장 합당하다고 생각합니다. 그것이 싫으면 우리 조상들이 쓰던 대로 서토라고 하는 것이 오히려 나을 것입니다. 그러나 중국이라는 낱말은 피하는 것이 좋다고 생각합니다.

지나의 전설적인 시조인 반고(班固)가 누군지 아십니까? 그는 바로 신시 배달국의 시조인 거발한 한웅천황의 부하였습니다. 환국(桓國)에서 갈라져 나올 때 반고는 거발한 환웅천황의 허락을 받아 서쪽으로 가서 저들의 조상이 된 것입니다.

또 태호 복희씨가 누군지 아십니까? 이 사람 역시 소위 삼황(三皇) 중의 한 사람인 서토인들의 조상입니다. 그는 배달국 제5대 태우의 한웅 천황의 열두 아들 중 막내아들이었는데 우사(雨師)라는 벼슬을 지내다가 누이동생 여와(女媧)와 함께 서토로 가서 그곳 조상이 된 겁니다. 그러니까 지나(支那)는 문자 그대로 우리에게서 갈라져 나간 도읍이라는 뜻으로 합당한 것이죠..."

대화는 여기서 끝났다. 생전 처음으로 단전호흡을 해 보고 진동을 겪었던 이야기에서 나도 모르게 너무나 엉뚱한 데로 대화는 빗나가 버렸다. 선도(仙道)는 우리 민족 고유의 심신 수련법이기 때문에 우리 민족의 역사와 그 영욕을 같이 해왔다. 특히 우리 민족의 상고사, 예컨대 『환단고기』나 『규원사화(揆園史話)』를 자세히 읽어보면 선도의 역사라고도 할 수 있다.

구약성경은 이스라엘 민족의 역사이며 유태교의 경전이기도 하고, 기독교의 역사이기도 하다. 예수를 철저히 올바로 믿으려면 신구약 성경을 파악해야 하는 것과 마찬가지로 선도를 제대로 하려면 바로 선도의 역사이기도 한 우리 민족의 상고사인 『환단고기』를 철저히 공부해 둘 필요가 있다.

내가 우연한 기회에 선도에 관심을 갖게 되고 독자적으로나마 수련을 하여 남보다 빠른 진척을 보인 것이 있다면 그것은 순전히 우리나라 상고사에 대한 확고한 신념이 있었기 때문이라고 자부하고 싶다.

나는 바로 이 상고사 연구 결과를 작품화했는데 그것이 바로 민족미래 소설인 『다물』과 『소설 한단고기』이다. 이 중에서 『다물』은 우리 민족의 30년 미래를 그린 소설인데, 공교롭게도 이 소설이 나온 뒤 5년이 지나는 동안의 사건들이 소설의 줄거리와 비슷하게 전개된 때문인지 지금도 꾸준히 팔려나가고 있다. 문예지에 이따금 작품을 발표함으로써 겨우 작가로서의 명맥을 유지하고 있던 내가 이 작품으로 문학 이외에 민족의 미래에 관심을 가진 광범위한 독자층을 확보할 수 있었던 것은 전연 뜻밖의 수확이 아닐 수 없다.

여기 갑이라는 병사와 을이라는 병사 두 사람이 있다고 치자. 갑은 무슨 영문인지도 모르고 덮어놓고 싸움터에 끌려와 총알받이 신세가 되었다. 그런데 바로 그 갑과 같이 전쟁터에 서게 된 을은 이 전쟁에 이기지 못하면 자신의 부모, 처자는 말할 것도 없고 나라의 운명도 위태롭다는 철저한 애국심을 바탕에 깔고 있다고 치자.

어느 쪽이 싸움을 잘할 것인지는 삼척동자도 알 수 있는 일이다. 선도수련도 마찬가지다. 수련을 왜 해야 하는가 하는 이유를 분명히 알고 그것이 우리 민족의 역사와 더불어 어떻게 생성 발전되어 왔는가를 분명히 깨달은 사람과 그렇지 않고 선도란 단지 지나의 태호 복희씨에게서 유래된 것이라는 막연한 인식만을 가지고 있는 사람과는 수련의 질이 근본적으로 다를 수밖에 없다.

개인도 마찬가지다. 조상의 뿌리를 확실히 알고 있는 사람과 그렇지 못한 사람과의 차이는 이렇게 엄청나다는 것을 강조하고 싶다. 뿌리를 제대로 잡은 사람은 마르지 않는 생명의 샘을 소유한 것과 같고 그렇지 않은 사람은 남의 샘에서 어쩌다가 한두 바가지 정도의 물을 얻어먹을 수 있을 뿐이다. 두 사람 수련의 진도는 자연히 하늘과 땅의 차이가 날 수밖에 없다. 선도수련의 요령은 전생이 어쩌니저쩌니하는 것보다는 바로 이 뿌리를 제대로 찾았느냐의 여부가 성패를 판가름한다고 할 수 있다.

진동이 일어나는 이유

다시 진동 얘기로 돌아가자. 진동에 대한 설명은 『단학』이라는 책에 나와 있다. '단학 수련가들이 정신을 통일하여 어느 정도 호흡 수련을 하다 보면 하단전(下丹田)에 단기(丹氣)가 축적되어 이것이 경락(經絡)을 타고 유통되는 징조가 나타난다. 그동안 잠자다시피 해왔던 기(氣)가 활성화(活性化)되면서 전신으로 확산되는데 이때 진동 현상이 일어나게 되는 것이다.

인체 내의 내기(內氣)가 외기(外氣), 즉 천지기운(天地氣運)과 상호 감응이 일어나는 순간 격렬한 떨림이 일어나고 내기는 경락을 타고 전신으로 유통된다. 수련자가 진동이 올 무렵에는 상당한 축기(蓄氣)가 이루어져 그의 몸 주위에는 강한 생체(生體)에너지 성질을 띤 자장(磁場)이 형성되고 이것이 천지기운과 상호 감응을 일으키는 것이다.

이와 동시에 인체 내적으로도 기가 더욱 활성화되고 사지백체(四枝百體)에 두루 확산되면서 평소에 전혀 느낄 수 없는 떨림이 찾아오게 된다. 진동이 오면 자신도 모르게 몸이 뜨거나 멀리 점프를 하기도 하므로 언덕이나 바위 위, 또는 난로, 어린이가 있는 주변에서 하면 위험하다. 자신도 모르게 몸이 치솟아 언덕 아래로 굴러 떨어지기도 하고 난로를 넘어뜨려 화재를 일으킬 수도 있기 때문이다.

또한 가족이나 주위 사람들에게 사전에 예비 지식을 주지시켜 주지 않으면 깜짝 놀라거나 무척 당황하기도 하므로 알려주어야 한다. 될 수 있으면 가족이나 대중이 보지 않는 조용한 곳에서 해야 한다. 또 진동이 처음 일어나면 신기하기도 하고 몸의 상태가 극도로 좋아지므로 장시간 수련하게 되는 수가 종종 있으나, 무리하면 머리가 아프기도 하고 더욱 지나치면 일어나기조차 어려울 때도 있다. 이럴 때는 즉시 중단하고 싱싱한 과일 등을 먹고 푹 쉬어야 한다. 배고플 때, 격렬한 진동을 장시간 하면 특히 머리 아픈 증세나 현기증이 일어나기 쉽다.

더구나 진동이 옴과 동시에 정력이 갑자기 세어져서 성욕을 억제하기 어려울 때가 있는데, 이때 절제하지 못하고 과색(過色)하거나, 음주 후에도 별 탈이 없다는 것을 알고 자만심이 일어 과음(過飮)하게 되면 그동안 쌓은 공력(功力)이 수포로 돌아가게 되니 명심해야 한다. 진동 현상은 기(氣)의 세계에 입문(入門)하는 순간에 지나지 않는다.'

진동에 대해서는 이 밖에 할 이야기가 많지만 지금 한꺼번에 다 해버리면 지루할 것 같고 또 필자가 훨씬 뒤에 보고 느낀 일들이므로 시간의 순서에 따라 차근차근 피력해 나가도록 하겠다. 나의 선도수련은 처음부터 일정한 수련 장소가 따로 없이 그저 아침에 일어나서 30분간 도인체조를 시행하고 아침 식사를 하고는 전철에서도 단전호흡을 하고 직장에서는 타자를 한다든가 누구와 대화를 한다든가 식사를 하든가 하는 시간을 빼놓고는 항상 단전호흡을 하도록 유의했다. 이것을 이른바 생활행공(生活行功)이라고 한다. 나의 선도수련은 전적으로 이 생활행공에 의존하는 수밖에 없었다. 퇴근 때도 역시 전철에서 단전호흡을 하고 집에 와서는 식사 전에 30분간 도인체조를 했다.

그러니까 내가 하는 도인체조 방식이 제대로 되고 있는지 아무의 지도도 확인도 받지 못한 상태에서 단독으로 내 나름대로 한 것이다. 지금 생각하면 위험천만하기 짝이 없었다. 뒤에 안 일이지만 선도수련을 혼자 하다가 심한 부작용으로 고생한 사람이 많다는 것을 그때는 아직도 모르고 있었다.

심한 경우 정신병에 걸린 사람도 많다. 내 깐에는 책에 씌어있는 대로 철저히 따라서 했다고는 해도 위험하기는 마찬가지였다. 선도라는 것이 원래 고려 때의 묘청의 난과 몽고 침입 이후 지하로 숨어 들어간 이후부터는 스승과 제자간에 비밀리에 전해져 온 것이므로 책만 가지고는 아무래도 그 진수를 전달받지 못하게 되어 있다.

지나에서도 사정은 비슷하다. 그런데도 어떤 책은 책에 있는 대로만 하면 얼마든지 수련이 될 수 있는 것처럼 말하고 있는데 이 때문에 많은 사람들이 부작용을 일으키는 실례를 숱하게 보아 왔다. 그러나 이러한 위험이 도사리고 있다는 것도 모르고 나는 책에만 매달려 진동을 일으키고 보니 어느 정도 자신감이 생겨서 선도도 별것이 아니라는 자부심을 품게 되었다. 단지 호흡을 본격적으로 하기 시작한 첫날에 이처럼 뚜렷한 변화를 체험한 나는 바짝 재미를 붙이기 시작했다. 그다음 날도 단전호흡을 맹렬히 했다. 마치 무엇에 쫓기기라도 하듯, 몸의 떨림도 차츰 강렬해 졌다. 꼭 신들린 무당이 신장대를 잡은 듯 내 몸은 앞뒤로 떨리기 시작했다. 그런가 하면 기독교 교회에서 간혹 있는 일이지만 성령을 받은 성도가 몸을 격렬하게 떠는 것과도 흡사했다.

기(氣)의 작용이라는 점에서는 세 경우가 공통된다고 생각된다. 다 같은 기의 작용인데도 무당들은 '신이 내렸다'고 하고 기독교에서는 '성령이 내렸다'고 한다. 다만 해석이 이처럼 다를 뿐이다. 무당이 자기가 모시는 신에게 무엇을 간절히 빌 때, 그리고 기독교도가 하느님에게 자기의 소망을 간절히 기도할 때의 몸과 마음의 상태는 선도수련하는 사람이 단전호흡을 하는 것과 비슷하게 된다. 무당과 기독교도는 자기도 모르게 일종의 단전호흡을 하고 있는 것이다. 단전호흡이 일정한 단계에 이르면 필자가 겪은 진동 상태에 들어가게 되는 것이다.

신이 내린 사람은 굉장한 의식(儀式)을 거쳐 무당이나 무격(巫覡)이 되고, 성령을 받은 신도가 나타난 교회에는 큰 경사나 난 듯이 특별 예배를 보고 축제 분위기에 휩싸이게 되는데 이것도 따지고 보면 기, 즉 생체에너지의 감응 현상에 지나지 않는 것이다. 성령을 받은 신도는 하느님의 특별한 은혜를 받은 것으로 치부되어 교회 내에서 상당한 대우를 받는다. 단전호흡을 모르고 기의 작용을 모르니까 이러한 넌센스가 예사로 벌어진다.

단기 4319(서기 1986)년 1월 29일 수요일

진동을 느낀 다음 날에도 나는 마치 뒤에서 누가 쫓아오기라도 하는 듯한 강박감을 느끼면서 행공을 계속했다. 진동이 좀더 격렬해지는 것 이외에 약간의 두통이 일어나면서 눈꺼풀이 무거워졌다. 눈꺼풀이 무거워지니까 자연 눈이 감기는 것이었다.

선도수련을 시작한 지 2년 가까이 되는 시점에서, 이 글을 쓰는 나에게 그것이 무엇을 의미하는지 지금은 알 수 있지만 그 당시에는 도대체 무엇 때문에 눈꺼풀이 무거워지는지 알 재간이 없었다. 마치 젖먹이 시절에 자장가를 부르면서 할머니나 어머니가 눈꺼풀을 쓰다듬어 주는 것과 같이 내 눈은 자연스럽게 감겨오는 것이었다.

우리 인체에는 혈관과는 성질을 달리하는 기(氣)가 흘러 다니는 경락(經絡)이 있다는 것은 한의학에서 오래전부터 알려져 온 일이다. 한의학 얘기가 나왔으니 꼭 짚고 넘어가야 할 일이 한 가지 있다. 한의학하면 종래에는 이것을 한자로 漢醫學이라고 적어 왔는데 이것은 모화사대주의자들과 일제의 식민사학자들이 날조해낸 말이지 원래는 환(桓) 또는 한(韓)의학이었다. 최근에 정부의 고시로 한(韓)의학으로 되돌아 왔는데도 아직도 낡은 버릇을 못 고치고 漢의학이라고 쓰는 어리석은 사람들이 있는데 이것은 큰 잘못이다.

서울을 꿰뚫고 흐르는 강 이름을 그전에는 '한(漢)강'이라고 불리다가 최근에는 '한(韓)강'으로 바뀐 것과 같다. 원래는 한자를 쓸 필요가 없이 순전히 한글로 '한'이라고 쓰는 것이 옳다. 왜냐하면 '한'은 원래가 우리 민족을 가리키는 낱말이고 '크다', '신성하다', '밝다'를 비롯하여 서른여섯 가지 뜻이 있는 '한 철학'에서 나온 말이기 때문이다.

서토에 한(漢)나라가 생겨났을 때 그들은 우리의 '한'을 한자로 빌어서 나라 이름으로 삼았을 뿐이다. 오늘날 한자(漢字)가 동이족이 세운 은(殷)나라에서 비롯되었다는 것은 지나의 석학은 물론이고 전 세계가 동의하고 있다. 따라서 한자는 '漢字'가 아니라 '桓字'로 써야 된다는 주장이 강력히 대두되고 있으며 설득력이 있다. 바로 이 한의학이 우리나라에서 시작되어 서토로 건너간 것이다. 그것은 서토 의학의 창시자라는 신농씨(神農氏) 역시 우리 배달족이기 때문이다. 한의학에서 말하는 바로 이 경맥에는 12정경(正經)이 있고 기경팔맥(奇經八脈)이 있는데 이 기경팔맥은 선도수련과는 아주 밀접한 관계가 있다.

이 기경팔맥 중에 중추를 이루는 것이 임맥(任脈)과 독맥(督脈)인데 독맥은 생식기 부근의 회음(會陰)을 통해서 장강(長强)을 지나 척추를 따라 주욱 정수리 즉 백회(百會)까지 올라갔다가, 인당(印堂)을 통하여 안면을 거쳐 목구멍으로 하여 명치를 통해서 단전으로 통해 있다. 임맥과 독맥을 기가 일주하는 것을 소주천(小周天)이라고 하는데 백회에서 안면을 통하여 기가 후두, 즉 목구멍 쪽으로 흘러갈 때 바로 이 기의 통로에 있는 눈은 자연 이완되어 감기게 되는 것이다.

기경팔맥은 선도수련을 하지 않는 사람에게는 거의 이용되지 않는 기의 통로인데 일단 수련을 하면 기의 움직임이 활발해지면서 활동을 재개하게 되는 것이다. 그것은 수련의 정도가 훨씬 높아져서 백회가 뚫려서 이곳으로 외기(外氣)가 들어오게 되면 두 눈이 걷잡을 수 없이 감겨오는 것만 보아도 알 수 있는 일이다. 초보자에게는 다소 복잡하겠지만 수련 도중에 눈꺼풀이 무거워진다는 것 자체는 수련이 잘 진행되고 있다는 증거라고 알아두면 될 것이다.

식량이 줄어들다

1986년 1월 30일 목요일

식량이 줄어들기 시작했다. 이러한 현상은 책에도 나와 있기 때문에 그리 놀랄 일은 아니지만, 신기하기 짝이 없었다. 우리의 상식으로는 식량이 줄어드는 일은 몸이 아프거나 먹은 것이 체했거나 아니면 굉장한 심리적인 충격을 받았을 때에 흔히 일어나는 것으로 되어 있다.

그런데 이러한 사정과는 아무런 관계도 없이 식량이 갑자기 줄어든 것이다. 한끼에 한 공기 반 정도 먹었었는데 한 공기만 먹어도 더이상 먹을 수 없을 정도로 배가 불러오는 것이었다. 식사의 정량이 줄어들면 보통 배가 그만큼 빨리 고파와야 정상인데 그렇지 않았다. 게다가 보통 때보다 적게 먹으면 그만큼 근력도 줄어드는 것이 정상인데 그렇지 않고 오히려 더 힘이 나고 몸이 가벼워지는 것이었다.

나는 이러한 생리상의 변화를 되도록 세밀히 관찰하기 시작했다. 선도수련에 있어서는 자기 몸 자체가 유일한 실험 대상이 되기 때문에 아주 편리한 면도 없지 않았다. 수련을 착실히 실천하면 우선 자기 몸의 생리적인 메커니즘에 변화가 오는 것이다. 이것을 하나도 놓치지 않고 면밀히 관찰해 보면 누구나 수도(修道)의 보람을 느낄 수 있고, 느낌과 가시적인 현상으로 그 변화를 알 수 있다는 특징이 있다.

이런 의미에서 선도는 종교와는 완전히 그 차원이 다르다. 가령 기독교는 믿음, 즉 신앙이 전제 조건이 된다. 믿음 그 자체가 과학적으로 입증이 되든 말든, 인간의 오감으로 감촉을 할 수 있건 말건 우선 믿음이 전제되어야 한다. 믿지 않고는 종교 행위 자체가 성립될 수 없다. 그러나 선도는 믿음 따위와는 하등 상관도 없이 선도의 원리를 알고 그저 단전호흡을 성실히 실시하기만 해도 이처럼 신체적인 변화를 일으킨다는 데 묘미가 있다. 수련 진척 상황 역시 자기 몸을 통하여 스스로 확인할 수 있다.

단전호흡을 시작한 지 사흘째 되는 날에는 아침부터 단전이 뜨뜻해 오기 시작했다. 우리 몸에는 단전호흡 같은 것을 하지 않아도 생명 유지에 필요한 최소한의 기는 늘 흐르고 있다. 그런데 이 기에는 두 가지 종류가 있다. 하나는 지기(地氣)라는 것으로 땅에서 재배되었거나 양육된 식물이나 가축의 고기를 요리하여 섭취함으로써, 구강과 식도와 위와 장을 통과하는 동안 우리 몸에 영양분으로 흡수된다. 그런데 이들 식품들은 소화기관을 통과하는 동안 분해되어 나중에는 기체의 형태로 우리 몸에 흡수되어 에너지를 공급해 준다.

이 에너지의 열량을 우리는 칼로리라는 단위로 표시하기도 한다. 자동차의 연료가 기화되어 엔진을 돌리듯이. 그래서 겨울에 점심때가 가까워져 오면 시장기를 느끼게 되고 특히 다른 때보다도 추위를 더 타게 되는데 이때 점심을 포식하고 나면 어느덧 몸이 훈훈해 옴을 누구나 느낄 수 있다.

이것은 말할 것도 없이 섭취된 음식물이 에너지로 흡수되어 우리 몸에 활력을 공급해 주기 때문이다. 이것을 지기(地氣)라고 한다. 그러나 인간은 이 지기로만 살 수 있는 것은 아니다. 우리는 호흡을 통해서 산소라는 구체적인 물질과는 다른 기(氣)를 흡수하는데 이것을 천기(天氣) 또는 외기(外氣)라고 부른다. 원래 인간은 이 천기와 지기를 균형 있게 흡수하여야 완전한 건강을 유지할 수 있다.

그러나 우리는 물질에 대한 욕망에 사로잡혀 흔히 먹고 마시는 음식물만 흡수하면 건강은 저절로 확보되는 줄 착각하고 있다. 음식은 눈으로 확인할 수 있고 코로 냄새를 맡아볼 수 있고 손으로 만져볼 수 있으므로 맛있고 영양가 높고 건강에 좋은 음식이라면 누구나 되도록 많이 섭취하여 건장해지려고 무던히 애를 쓰는 경향이 있다.

천기와의 조화를 이루지 못한 채 이처럼 지기만을 흡수한 나머지 체중이 불어나고 순환기 장애가 오고 동맥경화, 고혈압, 당뇨병 따위 난치병이 만연하게 된다. 이러한 성인병, 즉 현대 문명병을 치료하기 위해서 현대 의학은 필사적인 노력을 기울이고 있지만 뚜렷한 치료약은 아직 개발되지 못하고 있다.

그러나 이러한 질병들에 대한 확실한 치료 방법은 현대 의학이 아니라 수련을 통해서 천기를 몸안에 끌어들이는 것임을 나는 실 체험을 통해서 깨닫게 되었다. 그것은 천기가 흡입되어 단전이 따뜻해 오면서 내 몸에 여러 가지 변화가 일어난 것을 보고 또 숱한 동료 수련가들의 체험을 통해서 얼마든지 확인할 수 있었다. 천기는 호흡을 통해 인체로 들어오는데 수련을 하지 않는 보통 사람들에게는 겨우 생명 유지에 필요한 최소한의 양이 들어올 뿐이다. 그러나 단전호흡이라는 조직적인 수련을 통해서는 이를 대량으로 흡입할 수 있는 것이다. 이 천기가

바로 하단전(下丹田)에서 지기와 기묘한 조화를 이루게 되는데 바로
이 과정에서 전보다 많이 흡입된 천기와 지기의 조화로 단(丹)이 형성
되면서 따뜻한 느낌을 갖게 되는 것이다.

또 한 가지 강조해 두고 싶은 것은 수련이 진척되면 누구나 모든 감
각이 예민해진다는 것이다. 내 경우는 촉감이 예민해졌다고 할 수 있
다. 촉감뿐만 아니라 뒤이어 후각, 시각, 청각, 미각도 민감해지고 이것
이 계속 발달하게 되면 제육감인 직감력도 발달한다는 것을 역시 실
체험을 통해서 알 수 있었다. 그러나 우선은 촉감으로 단전이 따뜻해
진 것을 느낀 경과부터 말하고자 한다. 단전이 따뜻해지면서 이상하게
도 몸이 훈훈해지는 것이었다.

첫머리에 이미 말했지만 나는 특히 환절기에 추위를 몹시 타는 편이
었다. 환절기뿐만이 아니고 겨울에는 남보다 언제나 추위를 더 탔다.
남들이 아무렇지도 않게 앉아서 일을 하는데도 나만은 추워서 오들오
들 떨거나 앉아 있지를 못하고 안절부절하고 재채기를 하면서 서성대
는 일이 잦았었다.

그런데 단전이 따뜻해 오면서 이상하게도 나에게만 유달리 찰거머
리 모양 붙어서 떨어질 줄 몰랐던 추위가 서서히 물러나는 것을 느낄
수 있었다. 그와 동시에 이상하게도 마음이 느긋해지고 여유가 생기는
것 같았다. 추위 때문에 늘 초조하고 안절부절하던 심리 상태에서 해
방이 되니까 마치 백만장자라도 된 듯이 아니 그러한 금전상의 물질적
인 차원과는 비교도 안 되게, 마음이 흡족해지는 것이었다. 마치 장원
급제라도 한 서생처럼 한자리에 눌러앉아 있기가 거북할 정도로 기분

55

이 둥둥 하늘로 치솟는 것 같았다. 의자에만 앉아 있을 수 없었다. 어디든 몸을 움직여 봐야 할 것만 같았다.

　사무실을 나와서 무작정 걸었다. 내 발은 나도 모르게 한국일보 건물을 나와 교보문고 쪽으로 향하고 있었다. 발걸음이 유난이 빨리 움직여졌다. 마치 내 의지와는 상관없이 어떤 초자연적인 힘에 의해 조종을 받는 것과도 같았다. 어렸을 때 짓궂은 친구들이 걸어가는 내 뒤에서 갑자기 등을 밀어줄 때와 같은 힘이 분명 작용하는 것을 느꼈다.

　미지의 힘이 내 등을 밀어주니까 걸음은 자꾸만 빨라지고 나는 마치 하늘에 붕 떠가는 듯한 착각 속에서 눈 깜짝할 사이에 교보문고 앞에 도달했다. 책방 안에 들어가서 그동안 사려고 벼르던 책을 몇 권 사 들고 사무실로 향했다. 몸은 역시 새털처럼 가벼웠다. 단전호흡 시작한 지 사흘 만에 겪는 놀라운 변화였다. 더구나 평소에 먹던 식량까지 3분의 1정도 줄어들었다.

　단전호흡으로 내 몸속에서 지금껏 잠자고 있던 내기(內氣)가 외기(外氣)의 흡입으로 기의 흐름이 활발해지면서 나는 이른바 '기를 타는 사람'이 된 것이다. 우리 민족의 상고사인 『환단고기』 중 「삼성기전(三聖紀全)」 상편에 보면 승유지기(乘遊至氣)라는 말이 나오는데 말 그대로 "극한 기운을 탄다"는 뜻이 혹 이런 것이 아닌가 하는 느낌이 들었다.

　그러나 승유지기란 수련이 아주 깊어진 사람들이 체험하는 풍류와 멋과 운치의 세계를 말하는데 나는 이제 겨우 선도의 문턱을 넘어선 처지이니 그 정도는 못 된다고 해도 그 언저리에만은 온 것 같은 느낌이 들었다. 좌우간 이처럼 뚜렷한 변화를 겪어보니 신바람이 나지 않을 수 없었다. 나는 아직 이 세상에 태어나 이렇게 신기한 몸의 변화를 경험해 본 일이 없었다. 늘 남보다 몸이 약하거나 체력이 부족하여 달리기를 해도 언제나 꼴찌를 겨우 면할 정도였는데 지금이라면 달리기를 해도 선두 그룹에 능히 낄 자신이 있었다. 선두 그룹 정도가 아니라 일등이라도 할 것만 같았다.

1986년 2월 1일 토요일

수련에 더욱 박차를 가했다. 누가 옆에서 돈을 듬뿍 줄 터이니 그만두라고 해도 마다하고 계속했을 것이다. 지금까지보다 더 열심히 했다. 이 다음에는 어떠한 변화가 일어날 것인가 자못 큰 기대를 갖고서. 내가 일하는 안국동 한국일보사의 코리아타임스 편집국 사무실은 공기로 난방이 되는 중앙집중식인데, 더운 공기가 공급될 때에는 실내 온도가 25도에서 28도까지 오르지만, 연료를 절약하느라고 한참 열기 공급을 중단할 때는 20도 이하로 뚝 떨어지는 수가 있다.

일정한 온도를 기준으로 하여 그 이하로 온도가 떨어질 때에는 자동으로 열기가 보충되는 최신식이 아닌 아주 구식 난방 시스템이었다. 그래서 혈기 왕성한 젊은 축들이나 어렸을 때 인삼 녹용깨나 다려먹은 사람들은 이 정도의 온도 변화에도 끄떡도 않지만 나 같은 허약 체질은 온도가 28도에서 갑자기 17도로 곤두박질하면 추워서 몸을 웅크리게 된다.

몸만 웅크리게 되는 게 아니고 당장 재채기가 나고 한기가 엄습해오는 판이다. 그래서 나는 언제나 이에 대비하여 두꺼운 내복을 껴입는다. 그래도 열기가 17도 이하로 떨어질 때는 사무실이 햇볕이 안 드는 북쪽 바람맞이에 있기 때문에 종아리가 싸늘하게 식어 들어온다. 그래서 할 수 없이 감기에 걸리지 않기 위해서 등산용 스타킹을 내복 위에 껴 신었다.

그런데 단전호흡으로 몸이 더워지면서 이제는 온도가 17도 이하로 떨어지더라도 종아리가 시려오는 일은 없게 되었다. 내복 위에 착용한 스타킹이 후덥지근하고 갑갑해 오기 시작했다. 생각 끝에 스타킹을 벗었다. 그랬더니 그렇게 시원할 수가 없었다. 내복 입은 것도 갑갑해 오기 시작했지만 아직은 그것까지 벗어버릴 엄두는 나지 않았다. 벗었다가 감기라도 걸리면 결국 골탕을 먹는 것은 나밖에 없을 터이니까.

단전호흡을 계속했다. 그러자 이번에는 두 눈썹 사이인 인당(印堂) 부위 상단전(上丹田)이 묵직해 오기 시작했다. 마치 상단전 안에 납덩이라도 들어가 있는 듯이 그 부분이 무거워 온 것이다. 그뿐 아니라 그 부분에 파리나 개미가 기어가는 것처럼 간질간질하기까지 했다.

1986년 2월 2일 일요일

수련 시작한 지 닷새째이고 첫 번째 맞이하는 일요일이었다. 이날 나는 특이한 경험을 했다. 도봉산 냇골 코스는 험하고 기묘한 바위가 많기로 이름난 곳이다. 그래서 바위 좋아하는 산악인들이 즐겨 찾는다. 냇골 입구에서부터 바위꾼들의 의욕을 자극할 만한 직벽이 눈앞을 가로막고 있다. 아침 아홉 시 삼십 분경에 여느 때처럼 그곳에 당도했더니 늘 만나는 동료 산악인 한 사람이 기다리고 있었다. 언제나 그러하듯 둘이 동시에 등산을 시작했다. 그와 나는 바위 타는 실력이 막상막하였다. 그런데 이날 나는 유난히 몸이 가벼워서 출발 당시부터 그를 앞질러갔다.

"아니, 김 선생 어떻게 된거요?" 뒤따라오는 동료 바위꾼 황 씨가 물었다.

"네에? 왜 그러십니까?" 나는 무엇이 잘못되었는지 아직 깨닫지 못하고 되물었다.

"왜 오늘은 여느 날보다 그렇게 빨리 오르십니까?"

"그래요? 어쩌다 그렇게 됐습니다." 난 그 자리에서 뭐라고 설명을 할 수 없어서 이렇게 대답할 수밖에 없었다.

"그렇게 됐다니요. 갑자기 산삼이라도 고와 드셨습니까?"

"산삼이 아니고요. 뭐라고 말해야 할까? 좌우간 이따가 위에서 만나서 자세히 말씀드리죠." 이렇게 말하는 동안에 그와 나 사이의 거리는 점점 더 벌어지기만 했다.

"허어, 참 세상에 별일 다 있네요. 언제나 나와 나란히 가시던 분이, 꽁무니에 불붙은 황소처럼 치달려 오르기만 하시니……."

뒤에서 들려오는 불평의 소리가 간간히 이어졌다가 끊어졌다가 했다. 나는 힘이 치솟는 대로 계속 바위를 탔다. 밑에서 누가 치받쳐 주기라도 하는 것처럼 몸이 가벼웠다. 기를 써야 간신히 오르던 난코스도 별로 힘들이지 않고 거뜬히 오를 수 있었다. 그럴수록 더욱더 신바람이 났다. 어느덧 냇골 정상에 올라서서 아래를 굽어보니 황 씨는 이제 겨우 반밖에 오르지 못하고 있었다.

2월 2일이면 아직 겨울이다. 영하의 날씨에 바람맞이 정상에서 오래 있을 수도 없어서 황 씨를 기다리지도 못하고 다시 발길을 재촉했다. 이날 등산에는 늘 따라다니곤 하던 아내도 급한 일로 동행을 하지 못해서 혼자서 마음대로 속력을 높일 수 있었다. 평소보다 훨씬 수월하고 빠르게 정해진 코스를 달릴 수 있었다.

이때부터 나는 지하철 층계나 건물 층계를 오르고 내릴 때는 두 계단 또는 세 계단씩 한꺼번에 건너뛸 수도 있게 되었다. 그전처럼 계단 오르는 데 다리가 아프든가 힘이 드는 일도 없어지게 되었다. 내 나이 55세. 환갑을 앞둔 초로의 나이답지 않는 일이다. 등산을 하든 시내에서 걸어가든 이때부터 나는 언제나 앞서 가는 사람을 따라잡는 데 재미를 붙이게 되었다. 아무리 걸음이 빠른 사람이 내 앞에서 걸어가도 나는 기어이 뒤쫓아서 앞장을 서고야 말았다. 그전 같으면 생각지도 못했던 일을 거뜬히 해내어도 조금도 힘이 부치지 않고 오히려 신이 났다.

이 무렵부터였다. 나는 슬그머니 나와 만나는 모든 사람들이 어쩐지 나와 같은 핏줄을 가진 같은 형제자매려니 하는 느낌이 들어서 공연히 사랑스럽고 측은한 느낌이 들었다. 늙어 꼬부라진 할머니를 보면 친어머니 같은 느낌이 들었고 머리가 파뿌리마냥 센 할아버지를 보면 내 친아버지와도 같은 애정이 불현듯 속에서 솟구치는 것이었다.

이러한 느낌은 다만 내 동족에게만 느끼는 것이 결코 아니었다. 거리에서 흔히 눈에 띄는 백인이나 흑인이나 얼굴이 가무잡잡한 중동의 아랍인이나 인도인을 볼 때도 공연히 그들이 측은해지면서 사랑스럽고 불쌍한 생각이 드는 것이었다. 이 모든 인종들을 내 품으로 안아보아도 오히려 부족할 것만 같은 느낌이 드는 것이었다. 그런가 하면 어떤 때는 길거리를 지나는 개나 하늘을 나는 참새나 비둘기도 그렇게 귀엽고 사랑스러울 수가 없었다. '기가 몸안에 충만하면 신이 밝아진다(氣壯神明)'는 뜻이 어렴풋이 이해가 될 것도 같았다.

몸이 더워진다

1986년 2월 3일 월요일

단전호흡 시작한 지 이레째 되는 날이었다. 단전호흡으로 몸안에 열기가 충만해지면서 겨울옷이 점점 더 후덥지근하고 갑갑해서 견딜 수가 없었다. 마치 한여름에 겨울옷이라도 입고 있을 때처럼 거추장스럽고 답답했다. 그러나 그렇다고 해서 아직은 겨울인데 내복을 선뜻 벗어버린다는 것은 상상도 할 수 없는 일이었다. 겨울에는 응당 내복을 입어야 하고 여름에는 팬티, 러닝 차림에 얇은 겉옷을 입어야 한다는 것은 이미 나에게는 움직일 수 없는 고정관념이 되어버린 지 오래다. 벌써 몇십 년 동안을 그러한 통념 속에서 살아온 것이다.

그런데 이제 몸이 약간 더워졌다고 해서 내복을 훌러덩 벗어 버릴 수 있단 말인가. 그랬다가 감기라도 들면 앓는 것은 나뿐이다. 다른 어떠한 사람도 나를 대신해서 내 병을 앓아주는 사람은 없는 것이다. 더구나 나는 다른 사람보다도 유난히 추위를 더 타는 체질이 아닌가? 그러나 이것은 곰곰이 생각해 보면 어디까지나 기성관념에 지나지 않았다. 일정한 시간과 공간에서 내 몸과 의식을 지배했던 습관적인 현상이 빚어낸 고정관념이었다.

이제 내 체질 자체가 그전과는 판이하게 변화한 이 마당에 그전 관념만을 고집할 수 없게 된 것이다. 마치 어린이가 자라나면 몸뚱이의 크기에 알맞게 옷을 바꾸어 입어야 하듯 새롭게 변화된 내 체격과 체질에 알맞은 옷을 찾아 입어야 했다. 그렇지 않으면 일상생활을 영위할 수 없을 정도로 불편하기 때문이다. 내 몸은 겨울 내복을 완강하게 거부하고 있었다. 텁텁하고 거추장스러워서 내복을 입고서는 더이상 견딜 수가 없었다. 할 수 없이 화장실에 들어가서 내복을 훨훨 벗어버리고 말았다. 그야말로 날아갈 듯이 기분이 상쾌하고 마음이 안정되었다.

이후 나는 지금껏 내복을 입어 보지 못했다. 수련이 진척되면서 가끔 심한 몸살을 앓는 때는 하도 몸이 떨려서 하루, 이틀 얇은 내복을 입었다가 답답해서 금방 벗어버린 일은 있었다. 그러나 이젠 기온이 영하 15도 이하까지 내려가는 한이 있어도 내복은 입지 않는다. 이것은 누구에게 과시하기 위한 것은 물론 아니다. 아무리 기온이 내려가도 내복을 입으면 갑갑해서 견딜 수 없기 때문이다. 어떠한 기성 개념이나 습관이나 상상이나 환상이 끼어들 여지가 없다. 순전히 수련을 통해서 얻은 체험과 심신의 변화를 바탕으로 그렇게 느끼고 깨달았을 뿐이다.

퇴근을 하여 귀가하자 아내는 갑자기 머리가 쿡쿡 쑤신다고 아픔을 호소해 왔다. 나는 아무 생각도 없이 아내의 이마에 손을 대고 이미 습관화된 단전호흡을 했다. 하단전이 따뜻해 오기에 아내의 이마에 댄 손으로 의식적으로 기를 보냈다. 그리고 한참 있자니까 아내가 말했다.

"이젠 됐어요. 어쩐지 시원하네요."

"그럴 수밖에. 내 손이 약손이니까."

나는 나도 모르게 이런 소리를 입 밖에 냈다. 내복을 벗어 던질 정도로 기가 강하게 흐르는 이상, 이 기는 남에게 전달도 할 수 있다고 생각된 것이다. 이런 일이 있은 뒤부터 아내는 골치가 아프다든가 팔이 결리든가 하면 으레 만져달라고 했다. 만져주면 그 당장엔 시원해진단다. 그러나 얼마 후면 또 아프단다. 아무래도 나는 근본적으로 누구를 치료할 만큼 강한 기는 흐르지 않는 것 같다.

1986년 2월 4일 화요일 8일째

어제는 내복을 벗었는데 오늘은 두꺼운 겨울 겉옷을 벗어버리고 말았다. 역시 갑갑하고 거추장스러워서였다. 수련은 하루가 다르게 진척되고 있는 것을 피부로 느낄 수 있었다. 이에 자극을 받아 단전호흡에 점점 더 열의를 다했다. 그러자 양 눈썹 사이의 인당 즉, 상단전이 욱씬욱씬 쑤셔오기 시작했다. 그것은 통증에 가까운 것이었다. 상단전에 기가 찰 때 일어나는 현상이라고 책에 씌어 있기에 별로 당황하지는 않았다.

1986년 2월 5일 수요일 9일째

단전호흡을 하면 할수록 진동이 점점 격렬해졌다. 상단전이 하도 욱씬대고 그 주변이 달아오르기에 거울을 보았더니 두 눈에는 버얼겋게 핏발이 서 있었다. 수련에 너무 욕심을 부리는 게 아닌지 모르겠다. 과유불급(過猶不及), 지나침은 모자람과 같다. 무슨 일에든지 지나치면 오히려 손해를 본다는 격언이 문득 떠오르면서 호흡의 강도를 조금씩 줄여나갔다. 몇 시간 뒤에 거울을 보니 핏발이 약간 가라앉고 상단전의 통증도 줄어들었다.

1986년 2월 6일 목요일 10일째

조반상을 들고 들어오는 아내가 왠지 모르게 귀엽고 사랑스럽고 하여 보듬어 안아주고 싶었다. 그렇다고 행동에 옮기지는 못했다. 그럴 환경이 아니기 때문이다. 곧 출근길에 올랐는데 전철에서 마주치는 여자들이 유난히 눈에 띈다. 소 닭 보듯 하던 여자들이 왜 이렇듯 눈앞에 가까이 어필해 오는 것일까. 백회가 이제 막 봉오리를 트려고 하는 듯하다. 이 나이에 사춘기처럼 여성에 눈을 뜨려는 이유가 무엇일까? 곰곰이 생각해 보다가 무릎을 쳤다. 아하, 이제야 알겠다. 단전호흡으로 기가 강하게 흐르면 성욕이 강해진다고 했는데 바로 그러한 현상이 나에게 일어나고 있는 것이다. 일단 이 사실을 깨달은 이상 스스로를 경계하지 않을 수 없었다.

수련으로 인한 체질 변화인데 이때 조심하지 못하고 욕망에 그대로 맡겨버리면 도 닦은 것이 말짱 다 물거품으로 돌아간다는 것이다. 책에도 그렇게 씌어 있고 옛 도인들에 대한 전설에도 그러한 말이 나와 있다. 그래서 옛날 사람들은 도를 닦으려면 당연히 산속으로 들어갔다. 산속에서 10년이고 20년이고 깨달음의 경지에 이르기까지 내려오지 않았다. 지금도 그렇게 도를 닦는 사람이 있다는 말을 들었다. 그러나 내 경우 지금 당장 보따리를 싸 짊어지고 산속으로 들어간다면 어떻게 될까? 나를 지금껏 키우고 교육시킨 사회에 대한 책무 따위는 차치하고라도 내가 마땅히 부양해야 할 가족은 어떻게 된단 말인가? 어느 모로 생각해 보아도 한 가정을 거느린 가장으로서 자기 혼자만 신선이 되겠다고 입산수도(入山修道)를 결행한다는 것은 도리에 어긋나는 일이 아닐 수 없었다.

그런 의미에서 처자식을 버리고 출가한 석가모니의 행위는 나에게 별로 마땅치 않았다. 물론 그의 본을 따라 2천 5백여 년 동안 숱한 사람들이 입산수도를 결행했지만 가정을 가졌건 아직 미혼이건 간에 입산수도를 한 사람의 가족 또는 그가 속한 사회에 대한 책무와 기대를 저버렸다는 면에서는 오십보백보의 차이밖에 없는 것이 아닐까.

이 세상에 태어난 사람은 누구를 막론하고 혼자 독불장군처럼 하늘에서 떨어진 것도 땅속에서 치솟은 것도 아니다. 부모가 있음으로써 이 세상에 태어난 것이다. 그 부모의 기대를 꺾고 가슴에 못을 박은 채 산속으로 들어간다는 것은 아무리 생각해 보아도 지나친 이기주의의 발로이고 자연의 도리가 아닌 것이다.

부모의 저버림을 당한 고아라면 모를까 그렇지 않은 대다수 사람들은 산이나 숲속으로 도를 닦으러 들어가는 행위 자체가 자연의 흐름을 외면한 것 같은 느낌이 든다. 만약에 입산수도를 결심할 만큼 단단한 각오가 된 사람이라면 그 결심을 가진 채 이 사회에서 가장으로서 또는 자식 된 도리를 다하면서 뜻을 이룰 수는 없을까. 물론 훨훨 털어버리고 홀가분하게 혼자서 고요히 수도에 전념하는 것에는 도저히 미치지 못할 것이다. 그러나 만약에 사회적인 의무도 다하면서 수도를 겸행할 수만 있다면 가장 이상적인 수련이 될 것이 아닌가? 물론 그렇게 하려면 산속에 들어가는 것보다도 몇 배의 인내력이 필요하다. 산속에서는 상상도 할 수 없는 온갖 유혹을 받아가면서 이를 극복해 나가야 할 것이기 때문이다.

문제는 얼마나 자기와의 싸움에 견딜 수 있느냐가 성패를 좌우할 것이다. 그것이 제아무리 고되고 힘든 일이라고 하더라도 나는 그 길을 택하기로 했다. 만약 그렇지 않고 수련을 한답시고 제각기 산으로만 들어간다면 가정은 파괴되고 사회는 와해되고 민족과 국가의 존립 자체도 위태로울 것이고 궁극적으로는 인류의 생존 자체가 벽에 부딪칠 것이다. 이 세상에서 남과 똑같이 생활해 나가면서 수도를 병행하여 자기도 선하게 변하고, 그 여세를 몰아 가까운 사람으로부터 감화시켜 나갈 수만 있다면 얼마나 좋겠는가.

1986년 2월 7일 금요일 11일째

단전이 점점 더 따뜻해진다. 단전에 열기가 쌓이면 쌓일수록 마음도 느긋해지고 무슨 일을 하든지 여유를 갖게 되었다. 조급증과 성급함을 바로 이 열기가 무산시켜버리는 것 같다. 지금까지 전연 모르고 지냈던 새로운 나를 하나 더 발견한 것 같은 느낌이다.

1986년 2월 8일 토요일 12일째

단전이 점점 더 달아오르더니 이제는 후끈후끈 열기를 뿜어댔다. 그와 함께 손끝 발끝이 감전이라도 된 듯 쩌릿쩌릿하다. 지금까지 막혀 있던 경혈(經穴)이 뚫리면서 기가 통할 때 일어나는 현상이란다. 그와 함께 상단전에 조약돌 같은 게 들어가 있는 듯한 이물감(異物感)을 느낄 수 있다. 그런가 하면 그 속에서 저울추 같은 것이 왔다갔다 하는 것도 느낄 수 있다. 책에는 상단전에 기가 축적될 때 일어나는 현상이라고 나와 있다. 이 상태가 계속되어 일정한 단계에 이르면 두뇌가 명석해지고 정신이 맑아지고 기억력이 향상된단다. 그러다가 그것이 발전되면 예지력도 생기고 마주앉아 말하는 상대의 심중도 꿰뚫어 볼 수 있는 초능력이 생긴단다. 과연 그럴 수 있을까? 정말 그렇다면 놀라운 일이고 신나는 일이 아닐 수 없다.

기(氣)는 시공(時空)을 초월하는 존재니까 능히 미래를 내다볼 수 있을 것이 아닌가? 타임머신을 타고 미래와 과거를 자유자재로 넘나들 수 있는 초능력이 생긴다면! 생각만 해도 전율을 느낀다. 나와 같이 소설을 쓰는 사람은 미래 세계를, 추리에 의해서보다, 훨씬 더 리얼하고 현장감 있게 소설 장면을 그릴 수 있을 것이 아닌가. 나는 미래 소설 『다물』을 쓴 경험이 있기에 미래에 대해서는 유달리 관심을 갖고 있다. 만약에 정확하게 미래를 내다볼 수만 있다면 이미 출판된 『다물』의 내용을 훨씬 더 구체화할 수 있는 소재를 찾아낼 수 있을 것만 같았다. 소년과 같이 부푼 꿈속을 헤매었다.

저녁나절에 느닷없이 뱃속이 뒤틀리더니 소장과 대장이 살아있는 동물 모양 꿈틀꿈틀 용트림을 한다. 물론 식중독 현상과는 다르다. 분명히 수련 때문에 일어나는 현상임에 틀림없다. 얼마 동안 그러다가 저절로 가라앉았다. 지금까지는 단전호흡 시작한 뒤 한참 있어야 하단전이 따뜻하게 달아오르기 시작했는데, 이젠 호흡을 시작하자마자 후끈후끈 달아올랐다. 또 지금까지는 앉아서 호흡할 때만 단전이 달아올랐는데 걸으면서도 호흡만 하면 단전이 훅훅 달아올랐다. 뜨거운 수증기가 아랫배에서 소용돌이치는 것 같다.

1986년 2월 9일 일요일 13일째

혼자서 등산을 했다. 도봉산 냇골 바위를 타느라고 가쁜 숨을 몰아쉬다가 아랫배가 유난히 뜨거워 옴을 느꼈다. 수련 시작한 이후 나는 내 몸의 미세한 변화도 놓치지 않고 관찰하려고 애쓰고 있다. 내 몸은 수련의 효과를 측정할 수 있는 유일한 대상이기 때문이다. 말하자면 내 몸은 내가 하는 수련의 바로미터의 역할을 해주는 것이었다. 의식적으로 단전호흡을 하지 않아도 기가 호흡을 통해서 단전에 전달된다는 것을 말해주는 것이다.

가파른 바위를 오르느라고 거친 숨을 쉴 때는 더 많은 기(氣)가 쌓인다는 것도 알아냈다. 격렬한 사지 운동을 하고 난 뒤여서 그런지 점심식사 후 양지쪽에 앉아서 단전호흡을 했더니 아주 잘되었다. 등산 자체가 도인체조와 같은 효과를 냈기 때문일 것이다. 사지 운동을 활발하게 하면 자연 기혈의 순환이 좋아지고, 뼈와 근육도 이완되어 수련하기에는 가장 알맞은 조건을 갖추게 되는 것이다. 더구나 오염 안 된 싱그러운 산의 정기는 호흡을 더욱 유쾌하게 했다.

고요히 산속에 홀로 앉아 살며시 눈을 감고 느긋한 단전호흡 속에 빠져드니 바로 선경(仙境)에 든 듯한 착각마저 일었다. 대자연의 안정된 분위기가 그러한 느낌을 한껏 돋우어주었다. 이따금 등산객들의 야호 소리와 산새 소리만 들려올 뿐 주위는 조용했다. 잠깐 사이에 한 시간이 흘렀다. 피로가 말끔히 무산되고 몸은 의외로 가벼웠다.

1986년 2월 10일 월요일 14일째

근 10년 동안 불워커라는 운동기구로 아침저녁 각각 30분씩 하던 체조를 도인체조로 바꾸었다. 불워커는 독일의 체육 전문가들이 고안한 획기적인 운동기구이다. 이 기구를 규칙적으로 사용한 결과 우선 근육이 강화되어 건강 증진에 이바지해온 것은 사실이지만 그것 이상의 것은 기대할 수 없었다.

이왕에 선도수련을 하기로 작정한 이상 선도에 도움이 되는 도인체조를 하는 것이 당연한 일이다. 불워커는 근육 단련이 주목적이지만 도인체조는 선도수련을 원활히 하는 것이므로 이를 택하기로 했다.

소주천(小周天)

1986년 2월 11일 화요일 15일째

아침에 직장에 출근하여 습관적으로 단전호흡을 하고 있자니까 이 상한 현상이 일어났다. 이제까지는 단전이 한껏 달아올라 보았자 뜨거운 수증기가 아랫배에서 소용돌이치는 것 같았던 게 고작이었다. 그러던 것이 그 소용돌이치던 뜨거운 수증기가 어느새 뜨거운 물로 변하면서 서서히 단전에 고이기 시작하는 게 아닌가? 단전에만 고이던 그 뜨거운 물이 이번에는 아랫배 전체에 서서히 퍼져나가다가 왼쪽으로 몰리더니 차츰 위쪽으로 기어오르는 것이 마치 살아있는 파충류가 열기를 뿜어내면서 움직이는 것 같았다.

바로 이 순간 나는 머리가 아찔했다. 무엇이 잘못되어도 단단히 잘못된 게 아닐까? 책에는 분명 단전에 쌓인 기는 회음, 장강을 통해서 독맥으로 흘러야 한다고 나와 있었는데 어떻게 되어 명치 쪽으로 기어오른단 말인가? 바로 이럴 때 선배나 스승이 있었으면 물어보면 즉각 해결이 될 일인데도 나에게는 그럴 만한 상대가 없었다.

선도에 대한 10여 권의 책을 이미 읽었지만 이럴 때 어떻게 하라는 말이 적혀 있는 구절을 기억할 수 없었다. 과연 만 권의 책보다도 한 사람의 스승이 더 낫다는 말은 이런 때를 두고 한 말임에 틀림없었다. 그렇다고 망연자실 앉아 있을 수도 없는 일이었다. 열탕과도 같은 기운은 지금도 점점 더 명치 쪽으로 치오르고 있었던 것이다. 후배인 임 승규에게 물어보았다. 선도에 대해서 조금이라도 아는 사람은 사무실 안에 그밖에는 없었던 것이다. 그러나 그는 자기는 아직 기를 느껴보 지 못해서 그럴 때 어떻게 해야 되는지 알 수가 없다고 했다. 내가 하 도 당황해 하는 것을 본 그는 잠깐만 기다려보라고 하고는 자기의 사 범한테 전화를 걸었다. 그러나 사범은 부재중이란다.

그때 마침 수중에 있던 책의 뒷면을 보니 K도장 전화번호가 나와 있 기에 무조건 걸어보았다. 여직원이 나왔다. 사정 얘기를 했더니 사범 이 없어서 모르겠다고 했다. 『백두산족 단학 지침』이란 책의 뒤표지를 훑어보았더니 전화번호는 없고 주소가 있기는 한데, 한 호흡 시간이 적어도 1분 이상 되어야 하고 그러한 호흡을 30분 이상 계속할 수 있는 사람이 아니면 찾아올 필요가 없다고 씌어 있었다. 나는 아직도 한 호 흡 시간이 30초 이상을 넘지 못했다. 그러니 단념할 수밖에 없었다. 다 음에는 『단의 실상』이란 책에 나와 있는 구차원단원에 전화를 걸어보 았다. 마침 사범이 나왔다.

"전화로 죄송합니다. 단전호흡을 혼자서 시작한 지 보름째 되는데 요. 단전에 뜨거운 물 같은 기운이 고이더니 독맥 쪽으로 흐르지 않고 배꼽 위 명치 쪽으로 자꾸만 퍼져 올라가고 있으니 무엇이 잘못되었는 지 알고 싶습니다."

"그래요? 겨우 보름밖에 안되었는데 기(氣)가 그 정도로 강하게 흐른 다면 아주 빠른 편입니다. 수련을 상당히 열심히 하신 모양입니다. 기 가 그렇게 명치 쪽으로 흐르는 것은 평소에 기가 흐르는 통로를 잘못 알고 계셨기 때문에 그것이 고정관념이 되어 그런 현상이 있어나는 겁니다. 마음이 가는 곳에 기가 흐르게 되어 있거든요. 다시 말해서 의식이 가는 쪽으로 기도 가게 되어 있습니다. 그러니까 선생님의 경우는 의식으로 미려(꽁무니 부위)를 통해서 독맥 쪽으로 기를 보내십시오."

"아니, 기를 보내다니요? 어떻게 보냅니까?"

"의식으로 보내면 됩니다. 마음이 있는 곳에 기(氣)도 가게 되어 있으니까 독맥 쪽으로 흐른다고 생각하면 기는 그쪽으로 가게 되어 있습니다."

"아니, 그렇게 기가 엿장수 맘대로 흐른단 말입니까?" 나는 하도 의심쩍어서 되묻지 않을 수 없었다.

"선생께서는 이미 기를 느끼셨으니까 그 기를 마음대로 조종도 할 수도 있습니다. 확신을 가지십시오. 그렇게 일단 해 보십시오. 꼭 그렇게 됩니다." 사범은 조금도 당황하지 않고 침착하게 말했다. 그것이 나에게는 신뢰감을 주었다.

"한번 그렇게 해보긴 하겠습니다만 아무래도 자신이 없는데요."

"틀림없이 그렇게 될 겁니다. 책에도 그렇게 나와 있습니다. 한번 우리 단원에 찾아오십시오. 돈 안 받고 자세히 지도해 드리겠으니 안심하고 찾아오십시오."

단원의 위치를 물었더니 자세히 가르쳐 주었다. 구세주라도 만난 듯 반갑고 고마웠다. 나는 수화기를 놓자마자 그 사범이 시키는 대로 명치 쪽으로 치올라가는 기를 의식의 힘으로 임맥 쪽으로 흘려보냈다. 처음에는 명치 쪽으로만 올라가던 기가 제자리걸음을 하는 것 같았다.

이에 고무되어 좀더 정신을 집중하여 미려 쪽으로 강하게 흘려보냈
다. 그러자 실로 놀라운 일이 벌어졌다. 과연 그 사범의 말대로 치오르
기만 하던 기가 서서히 방향을 바꾸어 마치 바람에 밀려 흘러가는 안
개 모양 서서히 미려 쪽으로 흘러가는 것을 또렷이 느낄 수 있었다. 지
금까지 내 신경과 근육의 힘이 아닌 의식의 힘으로 할 수 있는 일이란
고작 상상력을 구사하는 것 정도였다. 그런데 그 의식의 힘으로 기를
움직일 수 있게 되다니. 정말 놀라운 일이 아닐 수 없었다. 지금까지
내 속에 잠재해 있던 새로운 능력에 놀라움을 금할 수 없었다.

그러나 조금만 의식이 딴 곳으로 흩어져도 기는 원래의 방향을 찾아
위쪽으로 올라가려고 몸부림쳤다. 뒤이어 곧바로 배꼽 위로 올라가 명
치 쪽으로 자꾸만 퍼져 올라가고 있었다. 의식의 고삐를 놓아버리면
한술 더 떠서 뜨거운 김이 가슴의 명치 부위로 차츰차츰 퍼져 올라가
고 있었다. 이거 큰일 났다고 생각하고는 황급히 의식을 집중하여 미
려 쪽으로 기를 흘려보냈다.

그러면 또 서서히 방향 전환을 하는 것 같았지만 조금만 주의가 산
만해도 다시 위쪽으로 치오르려고 했다. 그렇다고 금방 또 그 사범한
테 전화를 걸 수도 없고 하여 혼자 곰곰이 그 원인을 생각해 보았다.
도대체 무엇 때문에 이런 현상이 벌어지는 것일까? 기는 분명 의식의
흐름에 따라, 다시 말해서 의식의 명령에 따라 흐른다면, 내가 지금까
지 무엇을 착각했던 것은 아닐까? 무의식중에 형성된 어떤 잘못된 관
념이 기를 유도하기 때문에 이런 일이 벌어진 것이라고 생각되었다.
자꾸만 생각을 그쪽으로 집중하다 보니 생각나는 것이 있었다.

"하단전에 기가 쌓이면 전중 즉 명치 부위의 중단전으로 기가 모이고 이곳에 기가 충분히 쌓이면 인당이 있는 상단전에 기가 쌓인다. 상단전에 충분히 기가 쌓이면 격벽 투시도 가능하게 되고 예지 능력도 생기고 두뇌활동 능력이 획기적으로 향상된다"는 내용을 어느 책에서 읽는 동안 은연중에 독맥은 생각지 않고 하단전에서 중단전으로 가까운 거리로 기가 직접 올라가 쌓이고 거기서 다시 상단전으로 올라간다는 개념이 나도 모르는 사이에 형성되어 있었다는 것을 어렴풋이 깨닫게 되었다.

바로 이 구절을 여러 번 읽는 동안에 나는 자꾸만 무의식적으로 이런 관념이 깊이 자리잡게 되었다는 것을 알아냈다. 그것은 순전히 책의 내용을 내가 잘못 파악한 데 그 원인이 있었던 것이다. 무의식중에 깊이 인상 지어진 이러한 잘못된 개념을 빨리 털어버리지 않는 한 기를 독맥 쪽으로 흘려보내기가 어렵다는 것을 깨닫게 되었다.

문제는 이러한 잘못된 개념을 어떻게 하면 빨리 해소해버릴 수 있는가 하는 것이다. 궁리 끝에 나는 다음과 같은 것을 고안해 냈다. 독맥과 임맥을 흐르는 기의 통로를 그림으로 그려서 나의 뇌리 속에 깊이 인상 지어 줌으로써 이 잘못된 개념을 빨리 교정해 주자는 것이었다. 즉시 독맥과 임맥을 흐르는 기의 통로를 16절지에 사람의 상체의 그림과 함께 그림으로 그렸다. 기의 통로는 새빨간 색연필로 그리고 화살표를 수 없이 그려서 기의 흐름의 방향을 표시해 놓았다. 나는 그 그림을 뚫어지게 응시하면서 강하게 단전호흡을 했다. 몇 시간이고 틈나는 대로 계속 그렇게 했더니 기가 명치 쪽으로 올라가는 일은 없게 되었다.

1986년 2월 12일 수요일 16일째

독맥과 임맥의 그림을 계속 응시하면서 아침부터 단전호흡을 했다. 기가 회음을 지나고 장강을 넘어 척추 부위의 명문을 지나 독맥을 따라 서서히 오르고 있다. 더운물이 대롱 속으로 흐르는 것 같은 느낌이 든다. 처음엔 따뜻한 수증기가 흐르는 것 같더니 그것이 점차 더운물로 바뀌는 것이었다. 미려(장강)와 명문을 지나 뒷머리 부분인 옥침에 잠시 머물러 있다. 계속 호흡을 강하게 하니까 드디어 옥침을 지나 백회로 올라가고 백회에서 잠시 머물던 기는 다시 인당(상단전)으로 내려오면서 따뜻한 기운이 더운물을 덮어씌우듯 눈을 중심으로 얼굴 전면에 퍼져 내린다. 다시 입을 지나 입천장으로 해서 그곳에 닿아 있던 혀끝을 통해 목구멍으로 내려가는데 여기서부터는 뚜렷한 느낌이 오지 않는다.

그러나 금방 전중(중단전)으로 기가 내려오면서 따뜻한 기운이 강하게 느껴지는 것이었다. 전중에서 기는 다시 하단전으로 흘러 들어간다. 선도에서 말하는 소주천(小周天)을 이룬 것이다. 이렇게 해서 일단 소주천을 한 바퀴 돌게 된 기는 한번 뚫려진 통로를 따라 단전호흡만 하면서 소주천에 의식만 집중해도 자동적으로 흐르는 것이었다.

마치 컴퓨터에 프로그램을 입력하는 것과 비슷한 과정이 지금까지 되풀이된 것이다. 이제는 단추만 누르면 단전호흡을 하는 한 기는 이 통로를 따라 흐르는 것이었다. 이렇게 해서 일단 소주천을 성취하기는 했지만, 이때 나는 뒷날 이 때문에 큰 장애에 부딪치게 된다는 것을 미처 몰랐다.

　사범이나 선사 또는 선배의 지도 없이 혼자서 수련을 할 때 흔히 범하기 쉬운 잘못을 바로 여기에서 저지르게 되는 것이다. 바로 이 때문에 나는 1년 6개월이라는 세월을 낭비하는 어리석음을 범하게 된다. 수련원에서 제대로 수련을 받았더라면 간단히 극복할 수 있는 잘못을 안은 채 그대로 수련을 강행했기 때문이다.

　이 체험기 자체가 선도수련을 시작한 지 2년쯤 뒤에 그동안의 수련 일기를 읽어보면서 정리한 것이니까, 이것을 읽은 독자들의 수련에 참고가 되기 위해서라도 이 점은 분명히 밝혀두고 넘어가는 것이 이 책을 쓰는 필자의 도리라고 생각한다.

축기(蓄氣)에 대하여

첫째 필자가 소홀히 한 점은 축기(蓄氣 또는 築氣)다. 기를 임독으로 돌리기 전에 반드시 거쳐야 할 축기 과정은 생략한 채 넘어갔기 때문에 나는 이후 수련하는 데 있어서 큰 난관에 봉착하게 되는 것이다. 이 때가 바로 그 갈림길에 해당되는 시기이다.

축기란 하단전에 일정한 기간 동안 기를 쌓아두는 것을 말한다. 보통 단전이라고 하면 바로 이 하단전을 말하게 되는데 도대체 단전이란 무엇을 말하는 것일까?

필자가 보기에 단전이란 큰 저수지와도 같다. 저수지에 물이 가득 차면 물이 모자라는 논에 언제라도 물을 공급해 줄 수가 있는 것이다. 저수지에 물이 언제나 가득차 있지 않는 상태라면 그러한 저수지는 있으나 마나다. 그와 마찬가지로 단전에도 기가 가득차 있어야 신체의 필요한 부분에 마음대로 기를 보낼 수 있는 것이다. 가령 발목을 삐었다고 할 때, 그 삔 부위에 기를 집중적으로 보냄으로써 아픈 데를 신속히 치료할 수 있다. 그것은 곧 물이 모자라서 모가 자라지 못하는 논에 물을 보내려면 저수지에 어느 정도 물이 차 있어야 하는 것과 같은 이치이다.

선도수련의 첫 번째 관문을 제대로 통과했느냐의 여부는 바로 이 축기 과정을 제대로 마쳤느냐의 여부에 달려 있는 것이다. 그런데 대부분의 선도에 관한 서적들이 이처럼 중요한 축기 과정에 대해서 소홀하게 다루었기 때문에 책만 보고 수련을 하던 사람들이 필자처럼 기를 독맥과 임맥으로 우선 돌리기부터 하는 잘못을 저질러 '기가 떠버리는' 이상 현상이 벌어진다.

기가 떠버린다는 것은 마치 연줄이 끊어진 연이 제멋대로 하늘로 날아다니다가 아무데나 떨어져 버리는 것과 같은 위험천만한 불균형 현상을 말한다. 이처럼 기가 떠버린 상태가 되면 빈혈 현상이 일어나기도 하고, 공기 좋은 곳을 택한다고 산신령이나 잡신들이 우글거리는 깊은 산중에서 단전호흡을 하다가 허령(虛靈)이나 사신(邪神)에 빙의(憑依)되어 까딱 잘못하면 정신 이상자가 되는 수가 있다. 그런가 하면 무당이나 박수가 되어버리는 기현상까지 벌어지는 일이 허다하다. 필자가 축기 과정을 소홀히 하지 말 것을 재삼 강조하는 이유가 바로 여기에 있다.

1986년 2월 14일 금요일 18일째

기는 독맥과 임맥으로 점점 더 강하게 흐른다. 이에 자극을 받은 나는 신이 나서 단전호흡에 열중했다. 그러자 이번에는 척추가 후끈후끈 달아오르기 시작했다. 등대기에 마치 뜨거운 막대기를 걸쳐 놓은 것 같은 느낌이 들었다. 슬그머니 왼손을 등뒤로 돌려 겉옷을 비집고 척추 부위를 만져보았다. 확실히 평소에는 상상도 할 수 없는 열감을 느낄 수 있었다. 하도 신기하고 대견해서 내 옆을 지나는 한 동료를 보고, "내 등 좀 만져 보아 줄래?" 했다. 그러자 그는,

"왜 어디가 아파요?"

"좌우간 만져 보시오."

그의 손이 내 척추에 닿는 순간 얼음장처럼 차가운 느낌이 들었다.

"이크, 열이 대단하구만. 왜 그래요? 빨리 병원에 가 보아야지 그렇게 앉아 있으면 어떻게 할 거요?" 그는 두 눈이 휘둥그래서 나를 유심히 살펴보다가 척추에 댔던 손으로 내 이마를 짚어보는 것이었다.

"으응? 이상한데, 이마에는 아무 열도 없구만, 그런데 왜 등대기는 그렇게 뜨겁지?" 그는 아무래도 이해할 수 없다는 듯 고개를 갸웃거리다가, "왜 그래요?" 하고 물었다. 그러나 뭐라고 설명을 해야 그가 이해해 줄지 막연했다. 단전호흡이나 선도에 대해서 아무것도 모르는 그에게 얘기를 해 보았자 오히려 나만 이상한 사람이 되어버리고 말 것이다.

"이 담에 차차 알게 될 거요."

"아아, 그러지 말고 좀 알고 지냅시다."

그는 호기심이 바짝 동하는 모양이었다. 할 수 없이 단전호흡과 선도수련에 대해서 간단히 설명해 주었다.

"아니, 그럼 김 선배께서는 도인(道人)이나 신선이 되려는 게 아니오?" 하고 엉뚱한 질문을 했다.

"글쎄, 그거야 두고 보아야 알 일이지. 지금은 초기 단계인데 뭐라고 말할 수 있겠소."

"그러고 보니 어쩐지 얼굴이 훤한 게 도인처럼 빛이 나고 화기가 도는 것 같습니다. 정말 신선이 되면 잘 좀 보아주십쇼."

"내가 공연한 소리를 했나 보군."

역시 하지 말아야 할 소리를 했다는 뉘우침이 엄습했다. 그가 비록 진지하게 한 말이라고 해도 나에게는 어쩐지 약간의 비양기가 섞인 말로 들렸다.

"아닙니다. 진정입니다."

이렇게 말하고 있을 때 전화가 걸려 왔다는 소리를 듣고 그는 황급히 제자리로 돌아갔다. 이때 임승규가 다가왔다. 선도수련을 받고 있는 그였기에 맘놓고 등을 만져보아 달라고 했다.

"어이쿠, 뜨겁군요! 혹시 독맥이 뚫린 거 아닙니까?"

역시 임승규와는 얘기가 통했다. 한참 얘기를 나누고 나니 다소 속이 후련했다. 역시 나라는 인간은 입이 가벼운 범인에 지나지 않나 보다. 이럴 때일수록 의연하게 침묵을 지킬 줄 알아야 하는데, 이게 무슨 오두방정이란 말인가? 그러나 침묵만을 지키기에는 내 몸에 일어나는 변화가 너무나 신기하고 엄청났다.

1986년 2월 15일 토요일 19일째

식량이 한동안 줄어들더니 이번에는 또 전과 마찬가지로 되었다. 들쭉날쭉이다. 이유는 알 길이 없지만 수련 때문에 내 신체 조건이 다소 불안한 상태에 있기 때문이 아닐까? 한 가지 확실한 것은 배가 고프면 수련이 잘 안된다는 것이다. 땅에서 나는 음식을 통해서 흡수하는 기를 지기(地氣)라 하고 호흡을 통해서 공기 속에서 흡입하는 기를 천기(天氣)라고 하는데 이 지기와 천기가 단전에서 만나 단(丹)이라는 기운을 형성한다고 한다. 수련이 아주 깊은 경지에 도달한 옛 도인들은 지기(地氣)를 흡수하지도 않고 이슬만 먹고 천기만으로 삶을 영위할 수 있었다고 하는데, 범인들에게는 해당되지 않는 말인 것 같다.

보이지 않는 보호막

1986년 2월 16일 일요일 20일째

지난주 일요일보다도 등산하는 데 확실히 힘이 덜 들었다. 몸이 한층 더 가벼워진 것을 분명히 알 수 있었다. 10여 년을 계속하던 불워커 운동을 그만둔 지 겨우 일주일밖에 안되었는데 그동안 단련되었던 근육이 다 빠져버리고 말았다. 다소 허황된 느낌이 든다. 그 시간만큼 선도 수련을 했으면 이렇게 되지는 않았으리라는 생각이 들었다. 목욕탕에 가서 이상한 현상을 체험했다. 냉온탕을 번갈아 하는 것이 오랫동안 습관이 되어 있는 나였다. 그런데 열탕에 들어갔더니 전과 같은 온도인데도 그전처럼 뜨겁지 않다. 사우나실에 들어갔을 때도 역시 그랬다.

마치 내 몸 주위에 어떤 보이지 않는 막이 형성되어 있어서 나를 보호해주는 것 같다. 냉탕에 들어갔을 때도 마찬가지였다. 내 몸 주위에 형성된 이 보이지 않는 보호막 때문에 나는 그전보다 사우나실이나 열탕이나 냉탕 속에서 더 오래 견딜 수 있었다. 단전호흡을 통해서 천지 기운이 내 몸을 감싸고 있는 듯한 느낌이 들었다. 바로 이 기운이 나를 보호해 주는 것이다.

티베트의 달라이 라마가 중공에 나라를 빼앗기고 체포를 피하여 일행과 함께 영하 10도 이상의 겨울 눈 속을 뚫고 사흘 이상이나 굶으면서 산속 길을 헤쳐 인도로 망명을 했는데 이상하게도 그들 일행 중 아무도 동상에 걸리지 않았다고 한다. 그들은 라마교의 관습에 따라 단전호흡을 생활화하고 있었다 한다. 만약에 그들이 이러한 수련을 쌓지 않고도 사흘을 굶으면서 영하 10도 이상의 눈 속을 헤매면서도 동사는 고사하고 동상도 걸리지 않는 기적을 낳을 수 있었을까?

또 이러한 생각도 문득 들었다. 사명대사가 임진왜란 직후 왜국에 사신으로 갔을 때 왜인들은 그를 시험하기 위해서 무쇠 집 속에 가두고 그 둘레에 장작을 산같이 쌓아놓고 밤새도록 불을 지폈는데 다음날 아침 불이 다 사윈 뒤에 무쇠 집 문을 열어보니 사명대사는 성애가 허옇게 낀 무쇠 집 속에서 수염에는 고드름을 단 채 추워서 벌벌 떨면서 '이놈들아 상국의 사신을 이렇게 대접하는 법이 어디 있단 말이냐!' 하고 호통을 쳤단다. 왜인들은 기절초풍을 하고 당장 그 자리에 꿇어 엎드려 큰절을 하고는 잘못을 빌었다고 한다.

기의 존재를 느끼고 알게 된 나에게는 이 이야기가 전연 허황된 전설로만 들리지 않았다. 사명대사쯤 되신 분이라면 도력이 최고의 경지에 도달한 도인이었을 것이다. 우리나라에 수입된 불교는 이미 초기부터 선교(仙敎)를 등에 업고 한국화되었던 것은 널리 알려진 사실이다. 원효대사는 그러한 한국화 과정에 일단 매듭을 지은 분이라고 할 수 있다. 따라서 선도의 맥은 한국 불교 속에서 엄연히 살아 숨쉬고 있음을 우리는 알 수 있다.

불교가 이처럼 선교의 힘을 빌어 한국에 토착화되었다는 사실을 전연 모르는 불교 맹신자들은 이 말에 반발을 할지도 모른다. 그러나 의심이 나거든 『환단고기(桓檀古記)』를 자세히 읽어보면 의문이 풀릴 것

이다. 불교도 유교도 초기에는 모두가 선교의 통제를 받았었다는 기록
이 엄연히 나와 있다. 이 밖에도 도저히 움직일 수 없는 두 가지 증거
가 있다. 첫째가 우리나라 불교 사찰에 가면 어디나 대웅전(大雄殿)이
사찰 단지 중앙에 자리 잡고 있다. 불교의 발상지인 인도와 불교국인
태국이나 스리랑카나 그 밖의 지나를 위시한 어떠한 나라에도 대웅전
이라는 이름은 없다.

대웅전(大雄殿)의 대(大) 자는 환(桓)의 뜻을 딴 것이다. 그러니까 환
웅전(桓雄殿)이 원래 이름이었다. 환웅전은 두말할 것도 없이 환웅천
황을 모시던 전각이었는데 불교가 들어와서 슬그머니 그 이름을 도용
한 것에 지나지 않는다. 이렇게 함으로써 불교는 토착 종교인 선교와
이를 믿는 백성들의 거부감을 무마하려는 시도가 성공을 거둔 것이다.
또 우리나라 사찰에만 있는 산신각(山神閣)은 원래는 삼신(三神)을 모
시던 전각이었는데 선교 즉 수두교(蘇塗敎)에서는 사찰 중앙에 자리
잡고 있던 것을 슬그머니 절 뒤쪽으로 옮겨버리고 말았던 것이다. 그
렇게 함으로써 토착 종교의 반발을 교묘하게 회피한 것이다.

또 한 가지 그냥 넘겨버릴 수 없는 증거가 있다. 그것은 석가모니의
탄신일, 소위 '부처님 오신 날'이 음력 4월 초8일로 되어 있는데, 이것
역시 한국에만 있는 독특한 현상이다. 우리나라 이외의 세계 어느 나
라도 석가 탄신일은 음력 4월 8일이 아니다. 의심이 나면 다른 나라 불
교 신자들에게 알아보면 될 것이다. 좌우간 우리나라처럼 4월 8일은
절대로 아니다. 왜 그럴까? 이것 역시 우리나라 고유 종교인 선교의 힘
을 교묘하게 이용한 불교의 생존 수단에서 나온 지혜였다.

사실 음력 4월 8일은 북부여의 시조인 해모수(解慕漱)의 집권일이다. 해모수는 단군조선의 법통을 계승한 군주였다. 그가 집권할 당시에는 전체 한국민의 숭앙을 받았던 제황이었다. 따라서 이날은 전 국민적인 축제일이었던 것이다. 불교는 이 날을 교묘히 석가의 탄생일로 둔갑을 시켜버림으로써 외래 종교에 대한 백성들의 거부감을 무마하려고 했었던 것이다. 불교의 끈질긴 생존력에 탄복을 금할 수 없다. 한갓 보잘것없는 김성주라는 청년이 독립투쟁의 전설적 영웅인 김일성의 이름을 도용하여 힘 안들이고 우리 민족의 숭앙을 받으려 했던 것은 바로 이러한 수법을 원용한 것이다.

이처럼 불교도 초기에는 선교의 절대적인 영향 하에 이 땅에 발을 붙였건만 선교가 그 후 차츰 쇠퇴하면서 지금은 그 흔적만 남았고 요즘 불교도들은 이러한 사실조차 전연 모르고 있지만 우리나라 불교 속의 선교의 맥은 역력히 살아서 숨쉬고 있음을 알아야 한다. 우리 민족이 '한 정신'에 눈뜰 멀지 않은 장래에 불교 속의 선도의 맥이 다시금 주인의 위치를 되찾을 날도 찾아 올 것임을 의심치 않는다. 다시 말해서 주인이 부실한 틈을 타서 잠시 주인 행세를 하던 객이 다시 원래의 객의 위치로 되돌아가고 주인은 본래의 주인의 자리를 되찾게 된다는 말이다.

불교뿐만 아니라 유교도 기독교도 마찬가지다. 지금은 비록 기독교가 단군 성전 건립을 반대하지만, 이것은 객이 취할 태도가 아니다. 남의 집에 들어왔으면 그 집주인에게 경의를 표할 줄 알아야지, 경의는 고사하고 주인을 무시하고 자기가 주인 행세를 하겠다고 날뛰는 교만

방자한 행위는 지극히 위험천만한 행태가 아닐 수 없다. 기독교가 정말 이 땅에 발붙이고 뿌리를 내리려고 한다면 불교가 이 땅에 들어왔을 때 발휘하던 지혜를 마땅히 본받아야 할 것이다. 토착 종교인 선교를 제외한 모든 잡다한 수입 종교들은 이 땅에 들어온 이상 우리 민족의 살이 되고 피가 되어야지 뼈까지 되겠다는 욕심은 버려야 한다. 뼈대만은 어디까지나 선교임을 잊지 말아야 한다. 선교는 이 모든 외래 종교를 포용하여 거대한 하나로 용해하여 나감으로써 홍익인간 이화세계의 목표를 달성할 수 있을 것이다. 그것이 바로 '한 정신'의 구현이다.

1986년 2월 17일 월요일 21일째

한 호흡 시간을 재어보니 여전히 30초였다. 그러나 아직도 30초 호흡을 30분 이상 계속 유지할 수는 없었다. 인당 즉 상단전 부위에 통증을 느낀다. 처음에는 스멀스멀 벌레가 기어가는 듯한 느낌이 들다가 시계추가 왔다갔다 하는 것 같기도 하다가 드디어 통증까지 일게 된 것이다. 상단전에 기가 쌓일 때 일어나는 현상이라고 한다. 몸이 점점 뜨거워져서 내복을 이미 벗어버렸는데도 갑갑하여 겉옷도 얇은 것으로 바꾸어 입었다.

어떤 신경과 의사가 기(氣)라는 것은 결코 존재하지 않는다고 자신의 의학 지식을 총동원하여 이를 입증하려고 시도했다. 기가 없다고 끝까지 부인하려고 작정한 사람에게는 기는 없는 것이나 마찬가지일지도 모른다. 적어도 그의 의식에서만은. 그러나 그는 자신의 의학 지식이 얼마나 얕은 것인가는 미처 모르고 있다. 그러한 그의 몸에도 기는 여전히 흐르고 있는 것이다. 지구가 도는데도 돌지 않는다고 고집하고 공기를 호흡하면서도 공기가 없다고 주장하는 것과 똑같은 발상에 지나지 않는다. 그러한 사람은 다만 기를 느끼지 못할 뿐, 기가 없는 것은 결코 아닌 것이다.

어쨌든 나는 비록 촉감에 의해서이긴 하지만 기가 존재하고 있다는 것을 분명히 느끼고 있다. 그렇기 때문에 하단전에 따뜻한 기운을 느끼고 이 기운이 전신을 돌고 있는 것을 분명히 느끼고 내 독맥에 흐르는 더운 기운을 타인의 촉감으로 확인까지 하게 할 수 있고, 바로 이 기운으로 내 몸이 더워져서 내복도 벗어버리게 되었고 뒤이어 아직 겨울인데도 불구하고 두꺼운 겉옷까지 얇은 것으로 바꾸어 입지 않을 수 없게 된 것이다. 기가 존재하고 있다는 분명한 사실을 나는 나 자신뿐만 아니라 타인의 촉감을 통해서도 확인할 수 있었다. 그렇게 함으로써 기의 존재를 객관적으로 입증한 셈이 되었다. 드디어 나는 선도의 문턱을 넘어선 것이 아닌가 하는 자각을 갖게 되었다.

내 몸이 이처럼 더워지니까 불현듯 생각나는 것이 있었다. 작년 (1985년) 정초에 정신세계사 송순현 사장과 같이 소설 『단(丹)』의 주인공 우학도인 권태훈 옹을 만났을 때였다. 그때 나는 미래 소설 『다물』을 구상 중이었으므로 우학도인에게서 무슨 참고될 만한 얘기라도 얻어 들을 수 있을까 해서 찾아갔었던 것이다. 북악산 골짜기에서 흐르는 냇물가에 지어진 그의 숙소인 넓은 방은 영하 10도의 한겨울인데도 전연 난방이 되어 있지 않았다. 권 옹은 찾아간 우리들을 그 널찍한 방으로 안내했는데, 방석도 하나 주지 않고 냉방 바닥에 앉으라고 했다.

　젊었을 때 치질 수술을 받은 일이 있는 나는 엉덩이에 찬 것이 닿는 것을 몹시 싫어한다. 한여름에라도 찬 바위 같은 데 오래 앉았다 일어서면 그 부위에 통증을 느끼곤 한다. 이러한 나였으므로 방석도 없이 냉방에 엉덩이를 붙인다는 것은 참을 수 없는 고통이었다.

　그러나 나는 권 옹이 앉은 모습을 보고는 말문이 막혀버렸다. 그는 86세의 고령인데도 허연 수염을 쓰다듬으면서 바로 그 냉방에 그냥 반가부좌을 틀고 앉아 있는 것이었다. 그를 본 나는 방석이라도 달라고 하려던 소리가 쑥 들어가 버렸다. 그래서 그와 장장 두 시간 동안이나 대화를 나누는 동안 두 발로 엉덩이를 받치고 꿇어앉아서 버텨보기로 했다. 그러나 찬 방바닥에 닿는 내 무릎과 다리가 온전할 리가 없었다. 차가운 냉기가 뼛속까지 스며드는 것이 꼭 칼침이라도 맞는 것처럼 괴로웠다. 그러나 86세의 권 옹은 저처럼 의연히 앉아서 얼굴엔 근엄한 도인다운 표정을 띠우고 조금도 불편한 기색 없이 도도하게 얘기를 전개하고 있지 않은가. 그분의 아들뻘밖에 안 되는 내가 어찌 감히 이 자리에서 그분도 깔지 않은 방석을 요청할 수 있단 말인가?

　다리와 발이 치쏘는 냉기로 시리다 못해 저려 왔다. 의자와 침대 생활만 최근 수년 동안 해온 나에게는 이것은 무서운 고문이 아닐 수 없었다. 다리와 발이 얼어들고 아프고 하여 나는 어쩔 수 없이 자주 앉는 자세를 고치면서 어떤 때는 두 손으로 방바닥을 짚고 다리의 통증을 덜어보려고도 해 보았다. 생각다 못해서 입었던 겉옷 하나를 슬그머니 벗어서 깔아보기도 했다. 이처럼 앉은 자리가 불편하니 권 옹과의 대화가 순조로울 리가 없었다. 내가 꼭 물어보고 싶었던 질문에 대한 대답의 요점만을 머릿속에 기억하고 그 밖의 권 옹의 이야기들은 하나도 머리에 들어오지 않았다. 1분, 1분이 흘러가는 것이 마치 영원처럼 지루했다. 드디어 그와의 회견이 끝나고 자리를 일어섰을 때는 무서운 고문에서 해방된 것 같은 기분이었다.

나는 그때 손님의 처지를 생각 않는 권 옹의 처사에 은근히 부화가 치밀었다. 장장 두 시간 동안이나 대화를 나누는 동안 따뜻한 보리차 한잔을 내오지 않는 것이었다. 송 사장은 사과를 한 궤짝이나 들여놓았건만. 그러나 이제 와서 생각해 보니 권 옹의 그러한 태도를 이해할 것 같았다. 이런 경우 사람은 언제나 자기중심으로, 좀더 정확히 말해서, 자기의 신체적 조건을 중심으로 생각하게 마련이다. 권 옹은 지금보다 더 열악한 환경 속에서 수십 년 동안이나 수련을 해 왔을 터이니 냉방 정도는 아무 것도 아니었을 것이다. 더구나 아들이나 손자뻘밖에 안 되는 방문객은 자기보다 더 혈기 왕성할 것으로 응당 생각했을 것이다.

각종 부작용

1986년 2월 20일 목요일 24일째

하단전에 충분한 축기가 되지 않은 상태에서 기를 독맥과 임맥을 통하여 한 바퀴 돌리는 소주천이 계속되면서 생리에도 여러 가지 변화가 찾아왔다. 물론 이때에는 축기를 적어도 1백일 동안을 하고 전문가의 점검을 받아 그 축기 상태를 확인받아야 한다는 것도 미처 몰랐었다.

그러기 때문에 지금 생각하면 여러 가지로 부작용이 일기 시작한 것이 아닌가 생각된다. 그 변화의 특징은 모든 감각 기관이 비정상적으로 예민해졌다는 것이다. 그중에서도 특히 후각이 그러했다. 직장에서 앞자리에 앉은 동료가 피우는 담배 연기 냄새가 전에 없이 불쾌한 자극을 주었다. 그전까지는 으레 그렇겠거니 생각하고 있었는데, 이제는 도저히 참을 수 없을 정도로 불쾌감이 심해졌다.

담배 연기 이외에 나를 괴롭히는 것은 만원 전철이나 버스 속에서 옆 사람에게서 때때로 맡게 되는 체취였다. 특히 몸에 지병이 있는 사람이 내 옆에 끼어 설 때는 지독한 악취가 풍겨왔다. 위장병, 간질환, 소화장애, 식체, 심장병, 중이염 그 밖에 갖가지 병을 앓고 있는 사람은 얼마든지 있다. 이런 사람이 우연히 내 옆에 붙어 서 있을 때는 전에는 별로 맡지 못했던 지독한 악취 때문에 남모르게 고생을 해야 한다. 더구나 여름철에는 한층 더 심했다. 게다가 이렇다 할 특별한 병은 없으면서도 독특한 체취를 발산하는 남녀들이 있다. 이럴 때는 만원 찻간에서 자리를 옮길 수도 없고 고스란히 당하는 수밖에 없다.

무척 가까이 지내는 후배 한 사람이 점심때 직장으로 찾아와서 자꾸만 점심을 내겠단다. 그를 따라 나갔다. '버드나무 집'이라고 하는 한식 대중음식점이면서도 방안에 들어가 앉아서 먹는 방석집이었다. 둘이 겸상을 하고 앉아서 식사를 하다가 별 대수롭지 않은 일로 논쟁이 벌어졌다. 어느덧 말싸움이 한창 고조되었다. 무슨 말 끝에 그 후배는, "김 선배의 상식이 의심스럽습니다" 했다. 이 소리에 나도 모르게 화가 벌컥 치밀면서 주먹으로 밥상을 쳤다. 바로 이 순간이었다. 나는 분명히 가볍게 상을 두드리는 정도로 여겼었는데 마치 태권도에서 나무판자를 격파하듯 밥상이 산산조각이 나 버렸다.

후배의 두 눈이 휘둥그래졌다. 그러나 정작 후배보다도 더 크게 놀란 것은 나 자신이었다. 나는 아직 평생 이런 거친 짓을 저질러 본 경험이 없었다. 그러나 나에게 언제부터 이런 파괴 본능이 잠재하고 있었단 말인가? 국사발, 김치 보시기, 간장 종지, 찌개 냄비 따위가 부딪치고 엎어지면서 국물이 사방에 튀는 바람에 둘은 스프링처럼 튀어 일어날 수밖에 없었다. 이 통에 싸움이 벌어진 줄 알고 주인아주머니가 뛰어들어왔다.

"아니, 무슨 짓들이에요! 싸우려면 댁들끼리 나가서 싸울 것이지 왜 남의 세간까지 짓부수는 거예요!" 하고 눈에 쌍심지를 거꾸로 켜고 대들었다. 후배도 나도 전연 뜻밖의 돌발 사태에 어쩔 줄 모르고 허둥대었다.

선도수련은 일종의 극기력을 배양하는 훈련이기도 하므로 자기와의 싸움에서 이기느냐 지느냐에 따라 성패가 좌우된다고 할 수 있다. 그런데 나는 멋도 모르고 책이나 보고 다분히 호기심까지 가미된 허술한 자세로 이 방면에 뛰어든 것이다. 이것은 크나큰 오산이었다. 수련에 임하는 기본자세는 바른 마음, 바른 생각, 바른 행동이다. 이러한 다짐도 없이 함부로 수련에 뛰어들었다가는 엉뚱한 부작용을 빚을 수도 있다는 것을 나는 깊이 깨달았다.

자동차를 운전하는 사람들은 운전을 막 배운 뒤 1년 동안이 가장 위험하다고 한다. 그때에는 자기도 모르게 치솟는 자만심 때문에 위험을 무릅쓰고 속력을 내거나 거칠게 차를 모는 수가 흔히 있기 때문이다. 그와 마찬가지로 선도수련 역시 초기엔 기를 느끼고 기가 전신에 흐르면서 몸이 가벼워지고 걸음이 빨라지고 갑자기 힘이 드세어진다. 바로 이때 모르는 사이에 자신은 마치 선택받은 특수 인간이기라도 된 듯한 특권의식에 사로잡히기 쉬운 것이다. 속에서 불끈불끈 치솟는 힘을 다스리기 어려운 상태가 된다. 이런 때일수록 조심하고 신중하고 자중할 일이다.

1986년 2월 24일 월요일 28일째

어제 심한 암벽 등반을 했는데도 이상할 정도로 몸이 거뜬하다. 물론 워킹 코스로 슬슬 걸어가는 등산이 아니고 험하고 짜릿짜릿한 전율이 따르는 위태롭기 짝이 없는 바위를 타는 고된 암벽 등반이다. 서울 주변에서 이러한 코스로 이름난 곳은 도봉산 냇골로부터 시작되어 포대 난코스, 와이계곡, 신선대, 뜀바위, 관음봉, 사발바위, 째진바위, 칼바위, 기차바위, 할미바위, 쪽바위(또는 처녀 바위), 그리고 가장 위험한 끝바위를 잇는 코스가 있다.

다른 하나는 북한산 원효암으로부터 원효능선을 따라 험준한 북한산성의 천연 성벽을 타고 백운대에 이르고 거기서 다시 쪽두리봉, 만장봉, 병풍바위로 가는 코스와, 백운대에서 왼쪽으로 빠져 한여름에도 얼음이 그대로 있는 그 옛날의 호랑이의 서식처였다는 껌껌한 '호랑이 굴'을 한참 기어서 빠져나와 가파롭고 아슬아슬한 '숨은 벽'을 타는 코스가 있다. 이들 두 암벽 코스는 볼더링(밧줄 없이 손발만으로 암벽을 오르내리는 기술)하는 산악인들이 즐겨 찾는 전국적으로 이름난 곳이다. 그런데 북한산의 원효능선 코스보다는 도봉산 쪽이 훨씬 더 아기자기하고 경치가 수려하고 다양하고 운치도 있어 나는 이곳을 즐겨 찾는다.

가을이나 겨울철에는 보통 여섯 시간. 한여름에는 일곱 시간에서 여덟 시간이나 걸리는 이 험준한 코스를 다 타고 나면 월요일에는 거의 녹초가 되어 몸은 나른하기 짝이 없다. 나른하다고는 해도 결코 일에 지장을 줄 정도는 아니지만 몸이 가볍지 않은 것만은 사실이다. 이 나른한 피로감은 일종의 쾌감을 수반한다. 이것은 나에게는 앞으로 일주일 동안의 일을 위한 일종의 충전 작용과 같은 활력소 구실을 7년 동안이나 해 온 것이다.

그런데 선도수련을 한 지 28일 만에, 등산 다음 날인 월요일이면 느끼게 마련인 이러한 피로감이 씻은 듯이 사라져버리고 말았다. 등산을 하지 않은 다음 날과 거의 같은 컨디션이었다. 몸도 가볍고 기분도 좋았다. 내 몸은 확실히 변화를 일으킨 것이 틀림없음을 확인했다. 등산하고 나서 대체로 사흘 동안은 식욕이 왕성해지곤 했었는데 식량은 오히려 줄어들었다. 한 공기 반에서 두 공기씩 먹던 밥을 한 공기로 끝냈다.

새벽에 깊은 잠에서 문득 깨어났다. 깨어난 김에 내 몸의 상태를 면밀히 관찰해 보기 시작했다. 전연 의식을 가미하지 않은 채 호흡 상태를 살펴보았다. 아랫배가 자동으로 움직였다. 잠자리에서도 단전호흡을 무의식적으로 하고 있었다. 몸이 후끈후끈 달아올랐다. 가만히 생각해 보니 내가 잠이 깬 것은 더워서였다. 그전 같으면 침대 시트 밑에 전기장판을 깔았을 테지만 이미 빼어버린 지 오래다. 아내만 일인용 전기장판을 깔고 잔다. 그런데도 몸이 이렇게 달아오른 것은 나도 모르는 사이에 잠자는 동안 단전호흡을 했으므로 운기(運氣)가 되어 몸이 더워진 탓이었다. 할 수 없이 잠옷을 벗어버렸다. 날아갈 듯이 시원했다.

이때쯤에는 자전하는 지구가 잠에서 깨어나면서 지구의 기의 활동이 한창 왕성할 때여서 호흡수련을 하는 사람은 바로 이 우주의 기와 체내의 목기가 상호감응을 일으킨다고 『단의 실상』(홍태수 저)이란 책에는 나와 있는데 바로 그 때문인지 여느 때보다 더 많은 열기를 느끼곤 했다. 낮에 의식적으로 하던 단전호흡은 이처럼 잠자리에서도 이어졌다. 길게 숨이 들이쉬어질 때마다 단전에는 뜨거운 기가 그득히 고이는 것이었다. 그것은 등산객이 물을 퍼낸 뒤 비어있던 옹달샘에 샘물이 고여 오르는 것과 같았다. 그러니까 잠이 들 때 약간 추위를 느끼면서 이불을 목까지 덮고 자다가도 밤중에는 더워서 나도 모르게 이불을 걷어차게 되는 것은 바로 단전호흡으로 뜨거운 기가 돌기 때문이었다. 그것은 마침내 몸 자체가 하나의 컴퓨터와도 같아서 단전호흡 방법을 입력시키고 엔터키만 눌러 놓으면 자동적으로 그 동작이 되풀이되는 것과 같다고 할 수 있다. 여기까지 관찰한 나는 나의 호흡 시간을 측정해 보았다. 우선 내 호흡 빈도와 옆에서 정신없이 곯아떨어져 자는 아내의 호흡수를 비교해 보았다. 내가 한 번 호흡할 때 아내는 무려 일곱 번의 호흡을 했다. 평균 호흡 시간을 재어보니 30초 내외였다.

1986년 2월 25일 화요일 29일째

회사에서 일을 하는 동안 호흡을 하면서 소주천을 계속하다 보니 손끝과 발끝이 전기에라도 닿은 듯 짜릿짜릿했다. 그러면서 으실으실 한기를 느낀다. 전형적인 몸살 증세였다. 저녁 식사 때면 오가피주를 작은 소주잔 한 잔씩 했었는데 까닭 없이 그게 싫어졌다.

1986년 2월 26일 수요일 30일째

어제는 술이 싫어지더니 오늘은 육식이 또 공연히 싫어졌다. 쇠고기나 돼지고기만 보아도 속이 울렁대고 구역질이 나려고 한다. 그 대신 과일이나 채소가 전보다 더 좋아졌다.

1986년 2월 27일 목요일 31일째

사무실에서였다. 모 대형 출판사에서 왔다는 신득수란 체격이 훤칠

96

하고 단단하게 생긴 청년이 책을 사란다. 단전호흡 얘기가 나왔다. 자기는 7년간이나 단전호흡을 했고 태권도 5단이라고 소개했다.

"단전호흡을 7년 동안이나 하여 왔다구요?"

나는 귀가 번쩍 뜨였다. 한 달 동안이나 단전호흡을 해 왔지만 실제로 이것을 실천하고 있다는 사람은 7년간의 경험이 있다는 장연선 양을 만난 뒤로는 남자로서는 처음인 것이다. 내가 깜짝 놀라 보이자 그는 신바람이 났는지,

"무술은 역시 내공(內攻)이 깊어야 큰 효과를 거둘 수 있습니다."

"내공이라뇨?"

"단전호흡으로 기를 단련하는 것을 내공이라고 합니다. 내공이 깊은 사람은 외공(外功), 즉 태권도 운용에서도 큰 파괴력을 발휘 할 수 있습니다. 외공만 하는 사람은 가령 수도(手刀)로 상대방을 가격해도 외상은 입힐 수 있겠지만 그것으로 그만입니다. 그러나 내공 수련을 많이 한 고수(高手)들은 같은 동작을 취해도 상대가 한번 맞으면 내장이 파열한다든가 혈관이 터진다든가 속으로 골병이 들게 됩니다. 급소를 한번 슬쩍 건드리기만 해도 그대로 갑니다."

"그래요? 그러면 형께서는 내공 수련이 어느 정도입니까? 실례지만."

"이제 단전에 따뜻한 기를 느끼는 정도가 되었습니다." 이렇게 말하는 그의 얼굴엔 득의양양하고 지극히 만족스러워하는 표정이 역력히 떠올랐다.

"7년이나 수련을 했는데두요?" 나의 이 말속에는 분명 상대를 깔보는 듯한 억양이 들어있었다. 신득수 씨는 그것을 재빨리 간취한 것이다.

"아니, 왜 그러세요? 7년 아니라 10년을 해도 아직 기를 못 느끼는 친구들도 얼마든지 있는데요."

이렇게 말하는 그는 내가 자기를 알아주지 않는 것이 섭섭하기 짝이 없다는 눈치였다. 그의 이 말은 분명 나에게 놀라움을 안겨 주었다. 내 경우와 비교해 보면 하늘과 땅의 차이가 아닐 수 없었다. 대답 대신에 나는 숨을 깊이 들이마시면서 하단전에 기를 한껏 모아 장강과 미려를 통해 독맥과 임맥으로 흘려보내기 시작했다. 몇 번 호흡을 하는 사이에 기는 독맥을 뜨겁게 달구면서 소주천이 형성되고 있었다.

"자아, 그러면 신득수 씨 내 등줄기를 좀 만져 보십시오."

나는 상의를 뒤로 걷어 올리면서 그의 손바닥을 내 등에 대게 했다. 그는 영문도 모르고 내 등줄기에 손바닥을 찰싹 붙였다.

"이크, 뜨거운데요. 이게 왜 그렇습니까?"

"왜 그러냐구요? 생각해 보십시오. 단전호흡을 7년이나 하신 분이라면 알 수 있는 일이 아닙니까?"

"아니. 그렇다면 선생님께서는 소주천을 하고 계시다는 겁니까?"

이렇게 놀란 소리로 외치는 그의 억양이 갑자기 부드러워지면서 지극히 고매한 스승이라도 대하는 듯한 겸손한 얼굴로 변하는 것이 아닌가? 상대가 이렇게 나오니까 공연히 우쭐해지는 자신을 나는 걷잡을 수 없었다. 자기 자랑을 한창 떠벌이고 싶은 욕망이 꿈틀댔다. 지금껏 나는 내 수련의 효과에 대해서 자랑해 볼 수 있는 상대를 만나보지 못했던 것이다. 내 주위 사람들은 거의가 선도의 선자도 모르는 사람들이어서 내가 겪은 얘기를 하면 모두가 나를 약간 돈 사람 정도로 오해

할 소지가 충분히 있었기 때문이다.

그러나 이 순간 다음과 같은 내면의 소리도 들려왔다. 〈자중하라. 소인배들처럼 자랑을 일삼지 말라. 이런 때일수록 입을 무겁게 하고 더욱더 수련에 깊이 정진하라. 혹 공든 탑이 무너질까 저어하노라.〉 나는 그에게 자랑을 하려던 속된 욕망을 꾹 눌러버리고 말았다.

"그렇다고 할 수 있겠죠. 기가 분명 임독맥을 타고 흐르고 있으니까요."

이처럼 말을 절약하자니까 자연 내 얼굴은 근엄해질 수밖에 없었던 모양이다. 그는 갑자기 몸을 일으켜 깊숙이 경례를 하면서 "이거 미처 몰라뵈어 죄송하게 됐습니다. 선생님."

지하철 계단이나 사무실 건물 충계를 오르내릴 때 전처럼 한 계단 한 계단씩 오르내리는 것이 아니고 한꺼번에 두세 계단씩 오르내려도 숨이 가쁘거나 힘들지 않았다. 몸이 가벼워지고 순발력도 분명 향상되었다. 젊었을 때도 느껴보지 못했던 힘이 치솟는다.

1986년 3월 2일 일요일 맑음 34일째

아침밥을 반 공기밖에 안 들었다. 그래도 배고픈 줄을 모르겠다. 도봉산 포대 입구 직벽에서였다. 이 직벽은 건물로 치면 3층 높이는 된다. 경사도는 80도쯤. 양발로 약간씩 굴곡진 바위를 짚고 올라가야 한다. 이곳을 정기적으로 타는 바위꾼은 몇 안 된다. 멋모르고 덤벼들다가 떨어져서 사고를 빚는 일도 잦은 곳이다. 약간이라도 습기가 있거나 눈가루가 끼어 있어도 단념해야 한다. 비 온 뒤 습기가 덜 말랐을 때 이 바위를 타다가 두 번이나 미끌어진 경험이 있는 나는 항상 조심해야 했다. 순발력과 힘이 있어야 한다.

바로 이 바위의 가장 위험한 고비에서 손끝에 나도 모르게 바짝 힘을 주자 내 몸은 뒤에서 누가 떠받혀 주는 것처럼 서서히 위로 솟구쳐 올랐다. 전에 없던 일이다. 놀랐다. 고비를 넘긴 뒤에 뒤돌아보았지만 보이는 것은 절벽뿐이었다. 신선대에서도 이와 비슷한 난코스가 있는데 여기서도 같은 현상이 벌어졌다.

선도에는 심기혈정(心氣血精)이란 말이 있다. 마음이 있는 곳에 기가 있고, 기가 있는 곳에 피가 있고, 피가 있는 곳에 정이 있다는 뜻이다. 암벽 등반 시 위험한 고비에서 꼭 오르고야 말겠다는 마음이 간절하니까 기가 따르는 모양이었다. 기가 있으니까 피와 정기도 따라붙는 바람에 몸 전체가 위로 솟구쳐진 것이 틀림없다는 생각이 들었다. 힘든 암벽 등반을 하고 난 뒤 점심 식사를 하고 나면 식곤증으로 몸이 일시 나른해지는 것은 자연의 이치다. 그런데 오늘은 이상하게도 점심을 먹은 뒤에도 전연 몸이 나른해지지 않았다.

목욕탕에서 체중을 재어보니 평소 70킬로그램 정도 나가던 것이 62.5 킬로그램이었다. 수련 시작한 지 한달 만에 7.5 킬로그램이 줄었다. 식량이 반 이상 줄어들었으니 체중이 줄 수밖에 없을 것이다. 그런데도 근력은 조금도 줄어들지 않았을 뿐 아니라 오히려 늘어난 것이다. 오늘 등산에서도 그것은 확인되었다.

1986년 3월 3일 월요일 갬 35일째

구내 식당에서였다. 오랫동안의 관습에 따라 지금 내가 단전호흡을 하고 있다는 사실을 깜빡 잊고 그전처럼 점심 식사를 들었다. 먹을 때는 미처 몰랐는데 숟가락을 놓을 때쯤 되어서야 가슴과 뱃속이 거북한 것을 알았다. 나도 모르게 과식을 한 것이다. 후회막급이었다. 먹은 것을 토해낼 수도 없고, 오후 내내 남 모르게 고생을 하면서 혼자 삭이느라고 진땀을 흘렸다.

1986년 3월 4일 화요일 갬 36일째

아침 식사를 한 공기도 못 드는 것을 보고 아내가 걱정을 했다.

"덩치에 비해서 식사량이 너무 작아요. 그러다간 뼈도 못 추리겠어요."

내 신장은 20대 전후와 별로 변화가 없이 173cm이다. 체중도 대체로 70kg 전후를 오락가락 했었는데, 요즘은 62.5kg으로 뚝 떨어졌다. 확실히 내 덩치에 비해서 식사량이 적은 것은 나도 인정한다.

"그래도 병은 없으니 걱정말아요. 오히려 전보다 힘은 더 난다구."

"그건 상식적으로 이해할 수 없는 일이에요. 상식이 통하지 않으면 벌써 무슨 이상이 있는 거예요. 그 보기 좋던 얼굴이 가죽만 남아가지고 눈만 반짝반짝 이상한 빛을 발산하고 있으니 아무래도 이상하단 말이예요."

아내의 얼굴빛이 전에 없이 진지했다. 어떻게 하면 아내를 이해시킬 수 있을까? 단전호흡을 권해 보아도 몇 번 해보고는 힘이 들어서 못 하겠다고 한다.

1986년 3월 5일 수요일 37일째

정신세계사 송순현 사장이 『다물』 증보판, 20권을 가져왔다. 책이 그래도 계속 잘 나가는 모양이다. 원고지 150매를 추가한 증보판이 나온 것이다. 오래간만에 만났고 마침 점심때여서 그는 나를 식당으로 데리고 갔다. 5천 원짜리 족발을 사주었는데, 전연 먹히지 않는다. 밥은 한 술도 못 들고 족발만 조금 들다가 말았는데도 과식 증세로 오후 내내 고생을 했다. 식도락마저 빼앗긴 느낌이다.

송 사장은 선도에 대해서 상당한 관심을 가지고 있어서 대화가 수월하게 전개되었다. 좋은 얘기 상대를 만나, 하고 싶은 얘기를 맘 놓고 털어 놓으니 속이 다 시원했다. 남들은 3년을 수련해도 현빈일규(玄牝一竅, 단학 수련에서 성스러운 한 구멍이 뚫어져서 기초를 완성했다는 뜻)도 얻기 어렵다면서 대단히 진도가 빠르다고 했다. 특이한 예라면서 될 수 있으면 그 과정을 상세히 기록으로 남겨놓으면 좋을 것이라고 했다.

1986년 3월 6일 목요일 갬 38일째

새벽 4시에 잠이 깨었다. 한참 애쓰다가 선잠이 들었다. 이틀째나 그렇다. 8시 20분에 출근을 했다. 이상하게도 단전호흡이 잘 안된다. 어제 박모 씨와 다툰 때문일까? 9시 20분이 지나서야 호흡이 정상으로 돌아왔다. 남과 다투거나 그로 인해 기분이 상하면 수련이 잘 안된다는 것을 알 수 있다. 점심 식사를 평소의 4분의 1밖에 들지 못했다. 중단전이 뜨뜻해지면서 꼭 음식물이 체한 것 같다.

3월 8일 토요일 갬 41일째

아침 식사를 한 공기도 채 못 드는 것을 보고 아내가 "밥이 보약보다 낫다고 했는데 그렇게 식사를 못하면 어떻게 해요?" 하고 걱정이 이만저만이 아니다.

"그래도 병이 없고 근력은 더 늘고 있으니까 걱정은 안 해도 될 거요. 그건 그렇구 내가 그동안 변한 데는 없소?"

"몸이 비쩍 말라 사흘은 굶은 사람 같아요."

"그 이외에는 달라진 데가 없소?"

"눈에서 반짝반짝 정기가 발산되고 있어요."

"또 변한 거 없소?"

"목소리에 힘이 들어 있는 것 같아요. 어떤 때는 쨍쨍 쇳소리가 나요."

목소리가 격해질 때마다 중단전이 따뜻해진다는 얘기는 벌써 몇 번이나 했는데 뒤에 알고 보니 선도수련 하는 사람의 목소리는 중단전과 연결이 되어 있다고 한다. 상단전은 시선과 연결이 되어 있고 손이나 팔다리의 육체적인 움직임은 하단전과 연결이 되어 있다는 것이다.

정기신(精氣神)의 순서이다. 육체의 힘은 정에 속하고 목소리의 힘은 기에 속하고 시력은 신에 속하는 것을 알 수 있다. 신문 지상에 자주 오르내리는 안수 기도는 하단전을 통하여 나오는 정기를 손에 받아 환자를 치료하는 것이다. 어떤 스님이 간장병 환자를 보고 "당신 병은 이미 나았으니 가보시오" 하고 말만 했는데도 벌써 병이 나은 일이 있다.

또 상대방의 눈을 쏘아 보기만 해도 병이 낫는 어떤 노파의 이야기도 신문에 난 일이 있다. 이것은 모두가 필자가 보기에는 중단전 또는 상단전에서 우주의 생체에너지를 받아 환자에게 전달한 결과 병이 낫고 앉은뱅이 보고 일어서라고 말만 했는데도 벌떡 일어섰다는 얘기가 나오는데 이것도 다 이러한 원리로 설명이 가능하다고 본다.

숨을 깊이 들이쉴 때 하단전, 독맥, 상단전, 중단전이 동시에 달아오른다. 전에는 하단전, 독맥, 상단전, 중단전 순서에 따라 한 군데씩만 열기가 전달되었는데 어느새 이렇게 변해 있었다.

언쟁을 벌이다가 흥분이 되어 격한 말이 나올 때는 중단전이 달아오름과 동시에 내 몸 주위에 일종의 기의 막이 형성되는 것 같은 느낌이 든다. 이 때문에 나는 더이상 화를 낼 수 없고 자제하게 된다. 상단전이 자꾸만 욱신댄다. 퇴근해 보니 주안 살 때의 아내의 친구 부부와 딸, 아내 친구의 여동생과 그녀의 딸이 와 있었다. 실로 11년 만에 만나보는 얼굴들이다. 해병대 대령 출신인 남자는 나를 보더니, "그전보다도 몸은 마른 대신 단단한 인상을 줍니다" 했다. 단전호흡 얘기를 했더니 그는 이런 말을 했다.

"내 친구 중에도 단전호흡을 하는 사람이 하나 있지요. 그 친구는 다른 때는 시간이 없어서 못 하고 꼭 출퇴근 버스칸 속에서만 몇 해 동안 단전호흡을 했답니다. 그랬더니 소화불량, 불면증, 신경통, 비만증 같은 병들이 말끔히 다 나았고 근력도 세어지고 몸도 튼튼해져서 이제는 한겨울에도 내복을 안 입고 다닌답니다. 그 친구 말을 들으면 단전호흡은 옛날부터 내려오는 무병불로장수법(無病不老長壽法)이라고 하더군요."

"어찌 무병불로장수뿐이겠습니까. 그 길을 계속 밀고 나가면 영통개안(靈通開眼), 신인일치(神人一致)의 경지에까지 갈 수 있습니다. 그렇게 되면 인격이 완성되는 최고의 경지에 도달하게 되는 거죠. 그러나 범인들이야 어디 그런 데까지 바라보겠습니까? 우선 건강 하나만이라도 확보할 수 있다면 그게 어딥니까."

11년 전보다 몸이 비대해지고 무기력해진 그의 몸집을 살펴보면서 내가 말했다. 사람은 이 세상을 사는 동안 무엇이든지 생산적인 일에 종사해야 사는 보람을 느끼는 법인데, 그는 벌써 10년 가까이 아무 일도 안하고 지낸단다. 그래서 그런지 그전의 고급 장교 시절의 발랄하던 생기는 간 곳이 없었다. 외모로 보아도 건강이 하나하나 망가지고 노쇠해가고 있음을 알 수 있었다. 그래서 말이 나온 김에 나 자신을 실례로 들면서 단전호흡의 이점을 설명하고 한번 해보기를 권했다. 그러나 어쩐지 별로 반응이 신통치 않았다.

직장에서도 내 주위에는 신경통이나 고혈압, 불면증, 소화불량을 호소하는 동료들이 많다. 백약이 무효라고 한탄만 한다. 내가 보기에는 그들이 단전호흡 수련만 착실히 한다면 거뜬히 병마에서 해방될 수 있을 것 같은데도, 별로 관심을 기울이지 않는다. 어디 그뿐인가? 나와 한방을 쓰는 아내조차도 불면증에 그렇게 시달리면서도 단전호흡 하라는 남편의 권고를 등한시한다. 이런 것을 보면 선도수련은 누가 권한다고 해서 이루어지는 것은 결코 아닌, 그 밖의 다른 어떤 요인이 있어야 하는 모양이다. 그게 무엇일까? 흔히 말하는 대로 인연이라는 것일까.

윤회의 사슬

1986년 3월 10일 월요일 수련 42일째

식사량 조절하기가 요즘은 아주 어렵다. 보통 한 공기를 드는데도 어떤 때는 과식 증세를 느끼곤 한다. 또 어떤 때는 같은 양을 먹었는데도 때도 되기 전에 허기를 느끼는 일이 있다.

출근길에 습관적으로 단전호흡을 했는데도 유난히 기가 잘 유통된다. 손끝과 발끝이 감전이라도 된 듯 짜릿짜릿하다. 손의 피부에 윤기가 돈다. 기를 느끼는 쾌감에 취하여 더욱 열심히 호흡을 했다. 그랬더니 머리가 띵해 오는 것이 마치 한여름에 강한 직사광선에라도 장시간 노출된 것 같다. 공연히 단전호흡을 한다고 오히려 건강을 망치는 게 아닌가 하는 회의가 한순간 머리를 추켜든다. 그래서 호흡의 강도를 낮추었다. 거의 호흡을 의식하지 않는 자연호흡을 했다. 그런데도 하단전, 중단전, 상단전에 기가 느껴진다.

1986년 3월 11일 화요일 오전에 갬 43일째

기(氣)가 세어져서 자꾸만 밖으로 발산하려고 해서 그럴까. 조금만 불쾌한 일이 있어도 금방 감정이 격해진다. 그럴 때마다 기(氣)를 안으로 잠재우려고 애쓴다. 보통 어조로 말을 하는데도 사무실에서 10미터 이상 떨어진 곳에 앉아서 일하는 동료가 와서 꼭 옆에서 말하는 것처럼 쨍쨍 울린단다. 이러다간 나도 모르게 누구를 헐뜯는 소리를 했다 간 큰일이다. 목소리를 낮추려고 무척 신경을 썼다. 그래도 잘 안되니까, 탁상일기에 '낮은 소리로'라고 써놓고 잊지 않으려고 조심했다. 특히 문제가 되는 것은 개인 사정으로 전화가 올 때였다. 통화하다가 보면 나도 모르게 언성이 높아지는 수가 있는데, 나는 보통 목소리로 말한다고 하지만 남이 듣기에는 또렷하고 분명하게 들리기 때문에 까딱했다간 사생활의 비밀까지 들통이 날 우려가 있었다. 동료가 귀띔을 해 주지 않았더라면 나는 본의 아니게 여러 사람의 빈축을 살 뻔했다.

조금만 크게 호흡을 해도 마치 기다리고 있었다는 듯이 하단전에 기가 쌓이면서 독맥과 임맥으로 흐르는 것을 환히 느낄 수 있다. 임자도에서 3년간이나 열심히 수행을 한 어느 수련가도 느끼지 못했다는 기를 나는 이처럼 쉽게 느낄 수 있게 되었으니 축복받은 인생이 아닌가?

타자기를 칠 때도 열 손가락에 힘이 들어가서 일하기가 한결 수월했다. 점심때였다. 의식적으로 호흡을 하지 않았는데도 중단전에 더운 기가 가득 모이고 식욕이 없다. 겨우겨우 밥 한 공기를 물을 말아서 먹었다. 하단전에 소형 난로를 품고 있는 것 같은 기분이다.

1986년 3월 13일 목요일 흐림 수련 45일째

12시경 이상하게도 온몸에서 열기가 내뿜는다. 『선인입문(仙人入門)』(정신세계사 간)이란 책의 소주천 부분을 읽었다. 그래서 그런지 소주천이 유난히 잘되는 것 같다. 심기혈정(心氣血精), 즉 마음이 가는 곳에 기가 따라가고 기가 가는 곳에 피가 가고 피가 가는 곳에 정이 따른다는 원칙이 철저히 적용된다는 것을 알 수 있다.

소주천을 하고 있노라니까 중단전 주위, 가슴 전체, 어깨 주변이 점점 더 따뜻해졌다. 그 열기는 허벅지까지 전달되었다. 용천에 의식을 집중하니까 그곳도 따뜻해졌다. 중단전 부위가 갑자기 시원해지면서 막혔던 체증이 확 뚫린 기분이다. 중단전 부위의 경혈이 뚫린 것인가? 시원한 기운이 양팔을 타고 손가락 끝까지 흐른다. 동시에 하단전에서도 양다리를 지나 발가락 끝까지 시원한 기운이 흐른다.

그 상쾌한 기분을 무엇으로 표현할 수 있을까? 10년 묵은 체증이 뚫려 나가는 기분이 이럴까. 뒤이어 몸 전체에 따뜻한 기운이 모래사장에 밀려드는 파도 모양 폭넓게 퍼져나간다. 그리고 보니 지난 열흘 동안 식사를 제대로 못 한 것은 중단전에서 기가 적체되어 있었기 때문일까?

실로 오래간만에 퇴근 무렵에 시장기를 느낀다. 저녁 식사 때까지 기다릴 수가 없어서 꿀 한 숟갈을 더운물에 타 마셨는데도 허기가 가시지 않는다. 습관이 된 도인체조를 서재에서 하고 있는데 아내가 들어 와서 세금이 상상외로 많이 나왔다면서 자꾸만 이것저것 따져 묻기에 이따가 물으라고 하면서 어서 나가라고 하니까 단전호흡 한다더니 신경질만 부린다고 문을 확 닫았다. 식후에도 아내는 계속 불만을 털어놓는다. 직장일, 집안일에 피로한 사람 위로할 줄은 모르고 신경질만 부린다고. 듣고 보니 구구절절이 당신 말이 옳다고 했더니 아내는 화가 풀어졌다. 중단전에 생체에너지가 충분히 쌓이면 다른 경락에도 유통이 된다는 말이 옳은 것 같다.

1986년 3월 16일 일요일 갬 바람 48일째

놀라운 진전이 있었다. 전에도 등산 시에는 하단전에 숨을 들이쉴 때마다 따뜻해지는 것을 느껴왔었지만 오늘은 후끈후끈 달아오르다 못해 모닥불 쬘 때 모양 아랫배 전체가 뜨거워 왔다. 이제는 의식적으로 단전호흡을 할 필요가 없게 되었다. 무의식적으로 자연호흡을 하는데도 단전에 계속 뜨거운 열기가 쌓인다. 한참 그러다 보면 한여름에 직사광선을 쏘였을 때처럼 머리가 띵하다. 점심때가 되었는데도 식욕이 나지 않는다. 아내는 샌드위치와 빵을 곁들여 먹고도 밥과 찌개를 나보다 두 배나 더 먹었다. 그 왕성한 식욕이 자꾸만 부러웠다.

차갑기만 하던 손발이 따뜻해졌다. 다시 젊어지는 기분이다. 목욕 뒤에는 으레 손가락 발가락 끝에 허옇게 무좀 같은 것이 피어나곤 하여 꺼풀이 벗겨지곤 했었는데 수련을 시작한 뒤로는 그것이 없어졌다. 20년 이상 고질적으로 애를 먹이던 무좀이 없어진 것이다. 심한 암벽 등반을 하는 바람에 손이나 무릎에 상처를 입는 일이 많았다. 대체로 바위 모서리에 피부가 찢기기 일쑤였다. 한번 상처를 입으면 보통 사나흘이 지나야 아물었다. 그런데 요즘은 상처 입은 다음 날이면 벌써 깨끗이 아물어버렸다.

또 나는 치아가 고르지 못해서 가끔 가다가 나도 모르게 입안의 근육을 씹어서 상처를 내곤 했다. 항상 물기가 있는 구강 내의 근육 상처가 쉽게 아물 리가 없다. 짧아도 일주일, 대체로 2주일이 지나야 상처가 아물곤 하는데 그 고통은 당해 보지 않은 사람은 모른다. 특히 음식을 씹을 때 상처를 피해야 하니까 그 불편은 이루 말할 수 없다. 그런데 수련을 시작한 뒤로는 그러한 상처 역시 사나흘이면 아물어버리는 것이었다. 기가 강하게 유통되면 상처도 빨리 아무는 것이 틀림없다. 같은 크기의 상처라도 한창 혈기왕성한 젊은이와 노인들과는 치료 기간에 현격한 차이가 있는 것만 보아도 알 수 있는 일이다.

1986년 3월 17일 월요일 수련 49일째

공복 시에는 수련이 잘 안되고 오전보다는 오후에 더 잘된다. 여느 때보다도 하단전에 기가 빨리 쌓인다. 어제 등산할 때와 비슷한 현상이다.

1986년 3월 18일 화요일 흐린 후 오후부터 비 수련 50일째

이제 걷기만 해도 단전에 따뜻한 기가 쌓인다. 빨리 걸으면 그만큼 더 뜨거운 열기가 많이 쌓인다. 주목할 만한 변화임에 틀림없다. 호흡 시간이 약간 길어졌다. 아내가 여덟 번에서 아홉 번 호흡을 하는 동안 나는 한 번 호흡을 했다. 전에는 내가 한 번 호흡하는 동안 아내는 일곱 번 호흡을 했었다.

수련 시작한 지 벌써 50일이 되었다. 평생에 잊지 못할 변화들이 나를 어리둥절케 한 나날이었다. 1월 28일 본격적으로 수련을 시작하면서 진동을 느낀 며칠 뒤 기가 단전에서 아랫배의 옆과 위로 흘렀다가 독맥과 임맥으로 흐르고 그것이 한동안 계속되다가 중단전에 충분한 기가 쌓이는 동안, 한 열흘간, 식사량이 크게 줄어들면서 식체(食滯) 현상을 겪다가 3월 13일 드디어 중단전 부위의 여러 경락들이 시원하게 뚫리면서 기가 전신에 고루 미치고, 3월 16일부터는 등산 시 무의식적인 호흡 시에도 기가 현저히 쌓이더니 이제는 걷기만 해도 열기를 느낀다. 차갑던 손발도 따뜻해졌다. 지난 50일간의 수련을 요약해 보았다.

양을병 씨가 단전에 처음으로 기를 느꼈고, 임승규 씨는 장강(長强)에 통증이 인단다. 우리 사무실에서 단학에 관심을 가진 사람은 나까지 셋이다. 두 사람은 조금만 변화가 있어도 나와 상의했다. 외롭지 않아서 좋다. 최은희, 신상옥 비엔나 탈출 사건으로 하루 종일 편집국 안이 어수선했다. 그래서 그런지 오후엔 어쩐지 수련이 잘 안되었다.

전신주천(全身周天)

1986년 3월 20일 목요일 갬 52일째

아침에 일어나니 몸이 가뿐해진 느낌이다. 출근차 전철역으로 가려고 집 앞 20미터 차도를 막 건넜을 때였다. 항문에서 왼쪽 볼기 쪽으로 갑자기 뜻뜻해지는 것이 아닌가. 반사적으로 가던 길을 멈추고 왼쪽 볼기께를 만져보았다. 마치 유년 시절에 자다가 나도 모르게 오줌을 지렸을 때 모양 볼기가 뜻뜻해지면서 그 뜨거운 기운이 허벅지와 종아리를 거쳐 발바닥의 용천까지 일정한 맥을 타고 흐르는 것이었다. 아무리 만져보아도 물기는 감촉되지 않았다.

다행이라고 생각하면서 계속 걸음을 재촉했다. 그러자 이번에는 왼쪽 다리 전체가 뜨거운 김에라도 쏘인 듯 후끈후끈 달아오르는 것이었다. 막혔던 물길이 시원히 뚫려나가는 통쾌한 기분이었다. 그때까지 나는 단전에서 발생한 기가 장강을 통해서 임독맥으로 흐르기만을 염원하고 있었으므로 엉뚱하게도 왼쪽 다리로 흐르자 처음에는 독맥으로 돌리려고 했지만 그쪽으로 한번 뚫린 길을 통해서 계속 흐르는 것을 걷잡을 수 없었다. 임맥과 독맥에 어느 정도 기가 차니까 자연히 기경팔맥 중에 속하는 양유맥과 양교맥으로 흐른 것이다.

마루나 방바닥에 쪼그리고 앉았다가 일어날 때는 지금까지는 허리가 끊어져 나가는 듯이 저리고 시큰거리고 아팠었는데 요즘은 그 증세가 없어졌다.

1986년 3월 21일 금요일 갰다가 흐림 수련 53일째

왼쪽 다리의 양교맥과 양유맥이 트이면서 손과 발이 더워지고 몸 전체가 훈훈해졌다. 며칠 동안 몸살기 때문에 입었던 스웨터와 두꺼운 겉옷을 벗었다. 사무실에서는 창문을 많이 열어놓았는데도 더위를 느꼈다. 오전 11시, 드디어 족소음(足小陰) 신경(腎經), 족태양(足太陽) 방광경(膀胱經), 족태음(足太陰) 비경(脾經), 족태양(足太陽) 위경(胃經), 족궐음(足厥陰) 간경(肝經), 족소양(足小陽) 담경(膽經), 수태음(手太陰) 폐경(肺經), 수양명(手陽明) 대장경(大腸經), 수궐음(手厥陰) 심포경(心包經), 수소양(手小陽) 삼초경(三焦經), 수소음(手小陰) 심경(心經), 수태양(手太陽) 소장경(小腸經)이 다 열리고, 오른쪽 다리의 음유맥과 음교맥이 어제 왼쪽 다리의 양유맥과 양교맥이 열릴 때처럼 시원하게 뚫려나가는 것이었다. 뒤이어 허리를 감고 있는 대맥과 복부를 뚫고 인후 쪽으로 흐르는 충맥도 뚫렸다. 이른바 선도에서 말하는 12 정경(正經)과 함께 기경팔맥(奇經八脈), 즉 임맥(任脈)과 독맥(督脈)이 외에도 양교맥(陽蹻脈), 음교맥(陰蹻脈), 음유맥(陰維脈), 양유맥(陽維脈), 대맥(帶脈), 충맥(衝脈)이 전부 뚫린 것이다.

이런 경험을 하기 전에는 한의학에서 말하는 경락(經絡)이니 맥이니 하는 것이 무엇을 말하는 것인지 구체적으로 이해할 수 없었다. 그저 막연한 짐작으로 그러한 기의 흐름이 있나 보다 했었다. 또 기라는 것 자체에 대해서도 아무런 확신도 가질 수 없었다. 그런데 한의학에서는 이러한 경락이 막힐 때 병이 생긴다는 것이다.

실제로 경험을 하고 나니까 기의 존재는 말할 것도 없고 기가 몸안에서 흐르는 통로의 요새인 경락이라는 것도 확실히 존재한다는 것을 알 수 있었다. 존재한다는 것을 알 수 있을 뿐만 아니고 그 기가 흐르는 경락의 위치까지도 정확히 짚어낼 수 있었다. 그것은 마치 혈액이 혈맥을 타고 흐르듯 기도 역시 기의 맥과 경락을 타고 흐르는 것을 알 수 있었다. 경락은 기경팔맥뿐이 아니고 12정경(正經), 15낙맥(絡脈), 손맥(孫脈), 12경근(經筋) 등등 수없이 많은 가지가 뻗어있다.

적어도 12정경과 기경팔맥까지는 기의 흐름을 감지할 수 있었다. 그렇다면 보통 사람의 경우는 어떤가? 자신이 감지할 수 없을 정도로, 생명 유지에 필요한 최소한의 기는 위와 같은 경락을 통해 늘 흐른다. 오직 수련을 통해야 비로소 감지할 수 있을 만큼 강하게 흐를 뿐이다. 12정경과 기경팔맥이 뚫리면 다른 경락도 자연 열리게 되는데 이것을 선도에서는 대주천(大周天)이라고 부르는 유파가 있다. 그러나 내 경우는 이제 수련 시작한 지 겨우 53일째밖에 안 된 주제에 감히 대주천을 한다고 감히 말하기는 낯간지러운 느낌이 들었다.

대주천을 한다면 적어도 영통개안(靈通開眼)의 경지에 들 정도로 정신적으로 높은 경지에 이르러 거기에 부수되는 예지 능력, 격벽 투시라든가, 텔레파시라든가, 아니면 유리 겔라 모양 손도 안대고 숟가락을 꾸부린다든가, 무 씨앗의 눈을 즉석에서 틔게 하는 초능력을 발휘할 수 있어야 한다고 생각된다. 그러나 나는 비록 12정경과 기경팔맥이 열리기는 했지만, 아직 그런 경지에는 이르지 못했으니 대주천은 나에게는 해당되지 않는다고 생각되었다. 그러니까 이런 경우 기가 단순히 전신을 유통하는 것을 느낄 뿐이니까 전신주천(全身周天)이라고 하는 것이 나에게는 알맞다고 할 수 있다.

단독 수련 53일 만에 거둔 개가였다. 그림에 표시된 경락을 따라 팔, 다리, 허리, 척추, 명치, 옥침, 백회 등으로 따뜻한 열기가 끊임없이 흐르는 것을 손에 잡힐 듯이 감지할 수 있었다. 기가 전신을 유통해서 그런지 기분이 좋고 마음이 흐뭇했다. 이 기쁨을 혼자만 알고 삭이기에는 입이 간지러워서 못 견딜 지경이었다. 그러나 나와 비슷한 경험을 한 사람이 내 주위에는 없으니 내 경험을 아무리 얘기해 봤자 이해해 줄 만한 사람은 아무도 없었다. 그렇다고 남들이 이해도 할 수 없는 소리를 혼자 지껄여 보았자 머리가 약간 돈 사람 취급받기 십상이다. 지금까지의 경과로 보아 좋은 진척을 보이고 있는 것만은 틀림이 없는 것 같았다.

한의학을 개척한 옛 선조들은 모두 기공부를 한 도인들이었을 것이다. 왜 그러냐 하면 도인이 아니고는 경락을 통해서 흐르는 기의 경로를 그처럼 정확하게 알아낼 수는 없었을 것이기 때문이다. 경락을 정확히 알고 있던 옛 의원들은 어떤 병의 증세는 어떤 경락이 막혔기 때문이라는 것을 알아냈으므로 그 부분에 침을 놓던가 뜸을 뜨던가 해서 기의 유통을 원활히 했던 것이다. 그래도 듣지 않으면 첩약을 다려서 먹게 함으로써 기혈을 돋우고 막혔던 기의 흐름을 터 주었다.

그러나 선인이나 신선들은 수련의 힘으로 막힌 기를 유통시켰다. 그러니까 그들은 무병장수(無病長壽)를 누리면서 성통공완할 수 있었을 것이다. 그러나 이 길은 게으른 사람들이 가기에는 너무나 험난한 길로 여겨졌을지도 모른다. 그래서 구태여 선도수련을 하지 않고도 막혔던 경락을 뚫을 수 있는 방법을 연구한 끝에 생겨난 것이 바로 한의학이었을 것이다. 그러니까 한의학은 어디까지 의술(醫術)이지 선도(仙道)는 아니었다.

1986년 3월 22일 토요일 안개 54일째

단전호흡을 할 때마다 열기가 발가락 끝에서 손가락 끝까지 짜릿짜릿한 쾌감을 수반하면서 흐르는 것을 느꼈다. 기가 장강으로 흐를 때는 마치 유아 시절에 어머니에 의해 따뜻한 물이 담긴 세수대야에 엉덩이가 담가졌을 때와 같은 열감을 느낀다.

변보국 부장이 이런저런 얘기 끝에 과거 나에게 못되게 굴던 동료들의 얘기를 일깨워주었다. 통금이 실시될 때 야근을 끝내고 집이 같은 방향에 있는데도 혼자만 회사차를 타고 가버린, 지금은 외국으로 이민 간, 동료 얘기도 했다. 또 어느 눈 많이 온 날 꼭 가야 할 결혼식에 가려고 택시를 잡다가 끝내 못 잡고 어느 동료의 자가용에 편승하려다가 거절당한 얘기하며 기억하고 싶지도 않은 불쾌한 일을 자꾸만 상기시켰다. 그전 같으면 그러한 동료들에게 뒤에서나마 실컷 욕이라도 해주어야 직성이 풀렸을 것이다. 그런데 그럴 기분이 나지 않았다. 비록 나에게 괘씸하게 굴었다고 해도 그가 안 듣는 데서라도 욕을 해대면 나도 같은 인간이 되어버릴 것이다.

남을 용서할 줄 모르는 생활은 얼마나 삭막하고 천박한가? 더구나 단학 수련을 하는 마당에 말이다. 오히려 나를 섭섭하게 했던 그 동료들이 불쌍한 생각이 들었다. 기가 쌓이면 심성(心性)도 변화한다더니 그래서 그럴까? 좌우간 나에게 모질게 굴었던 사람들을 널리 용서하는 심정이 되면서 어쩐지 자꾸만 마음이 너그러워지고 속이 편해졌다. 그럴싸해서 그런지 수련도 오전 오후 다 잘되었다. 내가 뜻밖에도 겨우 53일 만에 전신주천을 하게 된 것은 하늘이 나에게 사회와 민족과 국가와 인류를 위해서 다해야 할 무슨 큰 임무를 맡기려는 것이 아닐까 하는 막연한 느낌이 어렴풋이 들었다.

1986년 3월 25일 화요일 갬 수련 57일째

새벽에 눈을 뜨고 내 몸을 찬찬히 살펴보았다. 단전호흡이 자동적으로 잘되었다. 전신에 뜨거운 물이 골고루 흐르는 것 같다.

1986년 3월 31일 월요일 갬 수련 61일째

오전 오후 수련은 다 잘되는 편인데, 후각이 점점 더 예민해진다. 5미터에서 10미터 이상 떨어진 데서 피우는 담배 연기 냄새, 지하철 안에서 가까이에서 풍겨오는 속병 있는 사람들의 독특한 체취에 그전보다 더욱더 민감해졌다.

수련을 통해서 무디었던 감각이 회복되는 것은 좋은 현상일지 모르지만, 이 때문에 불필요한 신경을 자꾸만 쓰게 되니 손해인지 이득인지 잘 구분이 되지 않는다. 더욱이 체취가 심하게 나는 여자가 내 바로 옆자리에 앉을 때는 이제는 도저히 그대로 앉아서 참을 수 없는 지경에 이르렀다. 비록 서서 가는 한이 있더라도 잡았던 자리에서 일어나는 수밖에 없다. 충혈되었던 오른쪽 눈이 회복되었다.

지난 2년 동안의 수련 과정을 살펴볼 때 여기까지를 숱한 심신의 변화가 수반된 발흥기라고 한다면, 차후부터는 별로 뚜렷한 진전을 볼수 없는 소강상태가 가을까지 지속된다. 다시 말해서 1월 28일에 시작되어 3월 31일까지 두 달 여 동안이 나에게는 평생 잊을 수 없는 눈부신 심신 변화의 시기였다. 경이적이고 발랄하고 어리둥절할 정도의 격변이기도 했다. 사람의 일생을 놓고 볼 때 우주만물에는 일정한 리듬이 있어서 그 율동에 따라 흥망성쇠를 거듭하는 것이 아닌가 생각된다. 앞으로는 수기체(手記體)와 일기체(日記體)를 번갈아 가면서 구사할 작정이다.

1986년 4월 8일 화요일 갬 4-11℃ 수련 71일째

3월 31일 이후 별 뚜렷한 변화가 없이 소강상태를 유지해 오다가 약간의 변화가 있었다. 수련이 이유 없이 잘 안될 때는 선도에 관한 책을 사보는 것이 버릇이 되었다. 교보문고에 나가서 일본 사람 고등총일랑(高藤聰一郎)이 쓴 『선(仙), 불로불사(不老不死)』, 홍만종(洪萬宗)의 『순오지(旬五志)』와 『해동이적(海東異蹟)』을 구입.

고등(高藤)은 일본인으로서 대만에 가서 그곳 선인들에게서 선도를 전수받고 스스로도 일정한 수준에 이른 수련가다. 『선인입문(仙人入門)』이란 책이 이미 나와 있다. 그가 쓴 글 속에는 지나인들의 실용적이고 현세적인 다소 왜곡된 선도의 면모가 보인다.

선도가 원래 지금으로부터 5,500년 전에 배달국 제5대 태우의 한웅천황의 막내아들인 태호 복희씨에 의해 그 당시의 서토(西土, 즉 중국을 상고 시대 우리 선조들은 이렇게 불렀다)에 옮겨진 것은 『환단고기』 「태백일사」에 소상히 나와 있다. 그러나 이 선도는 서토인들의 풍토와 개성이 가미되어 순수성을 잃고 오늘날의 그들의 도교 또는 왜곡된 선도로 그리고 공산화 이후에는 기공(氣功)으로 발전, 변형된 것이다. 그래서 지나인 특유의 방중술(房中術)이라는 인륜도덕에 어긋나는 파렴치한 술(術)이 나오게 된 것이다. 『선인입문』에는 바로 이 방중술이 소개되어 있어서 읽는 사람들의 낯을 뜨겁게 만들기도 한다. 그러나 어쨌든 고등은 일본의 대표적인 선도 전문가이며 수련가이기도 하고 선도에 관한 많은 저서를 내기도 했다.

『선(仙), 불로불사(不老不死)』를 읽기 위해서 그전에 구입한 『선인이 되는 법』(역시 고등이 쓴 것이다)을 읽기 시작했다. 『선인입문(仙人入門)』, 『선인이 되는 법』, 『선, 불로불사』는 출판사는 달라도 같은 사람이 쓴 시리즈다. 일을 하면서 틈틈이 『선인이 되는 법』을 읽어서 워밍업이 되어서 그런지 오래간만에 수련이 아주 잘되었다. 온몸이 후끈후끈 달아올라서 아직 봄철인데도 한여름의 더위를 느꼈다.

1986년 4월 10일 목요일 10-20℃ 아침 흐림 수련 73일째

단전호흡을 할 때는 누구나 혀를 입천장에 가볍게 댄다. 입천장과 혀끝은 닿아 있어야만 기가 유통하기 때문이다. 운기(運氣)가 활발할 때 혀를 입천장에서 떼어보았더니 마치 자력이라도 있는 듯 다시 쩍쩍

달라붙었다. 그뿐만 아니고 뜨거운 열기까지 혀끝과 입천장에서 느낄 수 있었다. 혀를 입천장에서 떼면 기의 흐름이 중단된다는 것을 알 수 있다.

저녁에 회사에서 집에 돌아와 대문을 열려고 자물쇠 구멍에 열쇠를 갖다 대면 파란 불꽃이 반짝 반짝 일면서 약한 감전 현상이 인다. 운기가 활발할 때에는 대전(帶電)현상이 인다고 하는데 그 때문인지 모르겠다. 아니면 보통 있는 정전기 현상일까?

선도(仙道)와 성(性)

부부생활을 하면서 선도수련을 하는 경우엔 어떤 변화가 일어날까? 관심거리가 아닐 수 없다. 옛날 사람들은 도를 닦으려면 으레 산속으로 들어갔지만, 현대 생활을 영위하는 사람들은 그렇게 할 수도 없다. 도를 닦겠다고 너도 나도 산속을 찾는다면 가정적으로 사회적으로 또는 국가적으로 큰 문제가 발생할 수도 있다. 신라 말에는 너도나도 승려가 되겠다고 출가를 하는 바람에 병역을 치를 젊은이가 고갈되고 생산력이 떨어져 국력이 피폐하여 망국을 재촉했던 예를 찾아볼 수 있다.

오늘날의 한국의 뜻있는 사람들이 너도나도 선인이 되겠다고 산을 찾는다면 우리나라는 북한 공산군의 남침을 초래하고, 세계에서 가장 뒤떨어진 후진국이 될 우려도 있다. 어차피 정상적인 사회생활을 하면서 수련을 하는 길을 모색할 수밖에 없다.

수련을 하는 사람이라면 누구나 경험하는 일이지만, 단전에서 발생한 기가 독맥으로 이어지는 미려와 장강혈을 뚫지 못했을 때는 성기를 자극하여 강한 성욕을 유발시키는 일이 흔하다. 바로 이러한 고비를 슬기롭게 넘기지 못하고 좌절하는 예가 허다하다. 사실 웬만한 의지력이 아니고는 부부생활을 하는 처지에 이를 극복하기는 손쉬운 일이 아닐 것이다.

섹스를 즐기면서도 선도의 목적을 달성해 보겠다는 중국의 술사(術

士)들이 개발해 낸 것이 바로 방중술(房中術)이라는 것인데, 이 방중술의 기본 골격이 바로 접이불루(接而不漏)이다. 다시 말해서 이성과 접촉은 하되 정은 새어나가지 않게 하겠다는 것이다. 그러나 정통으로 선도수련을 하려는 사람에게는 소주천은 수련의 한 단계일 뿐 그 이상도 이하도 아니다. 접이불루의 경지는 바로 이 소주천 단계에서 달성될 수 있다. 이 단계에만 집착한 나머지 그 이상의 수련을 게을리하고 색욕에만 몰두한다면 그 사람은 수련이 그 이상의 진전을 보지 못할 뿐 아니라 오히려 퇴보할 수밖에 없는 것이다.

이에 대해 의문을 제기하는 사람이 틀림없이 있을 것이다. 성욕은 의식주 다음의 기본적인 인간의 욕구 중의 하나인데 이 성욕을 정상적으로 발산하는 방법은 방사(房事)이며, 방사의 극치는 남성의 경우 뭐니 뭐니 해도 성합이 일정한 단계에 도달하여 그 극치를 이루는 사정(射精)인데 그것을 무시한다는 것은 말도 안 된다고 할 것이다. 그러나 그것은 운우지정(雲雨之情)이 무엇인지도 모르는 극히 원시적이고 본능적인 차원밖에 모르는 것이다. 사정은 자손 번식을 위한 극히 동물적인 생식행위에 지나지 않는다.

선도수련을 통하여 정을 기로 바꿀 수 있는 소주천의 단계가 정착되면 성행위 시 보통 사람들과는 다른 특징이 나타난다. 정이 밖으로 새어나가지 않게 되므로 성 생리 기능은 사춘기 이전의 상태로 돌아간다고 할 수 있다. 그러나 사춘기 이전과 꼭 같은 상태는 아니고 성인의 과정을 거친 후의, 성 생리 기능만이 그때와 비슷한 상태로 돌아가는 것이다. 다시 말해서 성기능 자체를 조절할 수 있는 능력을 갖게 된다는 말이다. 생식, 즉 임신 목적 이외에는 정을 누설할 필요가 없는 것이다. 성욕 자체도 스스로 조절할 수 있는 능력을 갖게 된다. 본능의 힘에 지배되어 자기도 모르게 사정을 하는 식의 지극히 동물적이고 본능적인 단계에서 벗어나 운우지정 자체를 주도적으로 즐길 수 있다는 말이다. 비록 사정은 하지 않는다고 해도 사정 이상의 성감을 만끽할 수 있다.

조선 왕조 중종(재위 기간 1506~1544) 때의 명기(名妓)인 황진이는 도학자인 서경덕(徐敬德), 박연폭포(朴淵瀑布), 그리고 자기 자신을 송도(松都) 삼절(三絕)이라고 일컬었다. 서경덕은 어떻게 해서 이 삼절 속에 낄 수 있었던가? 또 어떻게 그는 당대 지식인(유생)들을 뇌쇄(惱殺)시켰을 뿐만 아니라 손아귀에 가지고 놀다시피 했고, 생불(生佛)이라고까지 자타가 공인했던 당대의 명망 높은 승려였던 지족선사(知足禪師)를 간단히 함락시켰던 콧대 높은 황진이의 존경을 받는 유일한 인물이 될 수 있었던가. 그뿐 아니고 그녀에 의해 송도삼절 중의 으뜸 자리에 오를 수 있었단 말인가?

누구나 다 알다시피 황진이는 재색(才色)을 겸비한 당대 우리나라 최고의 지성(知性)이었다. 일류 스타, 시인, 학자, 음악가 등등을 두루 한 몸에 고루 갖춘, 누구도 감히 추종할 수 없는 최고의 예능인이요 지식인이었다. 내로라하는 시인묵객(詩人墨客)들은 다투어 그녀와 사랑을 나누기를 갈구하는 판이었다. 그러나 황진이는 그렇게 지조 없는 여성이 결코 아니었다. 자기 맘에 드는 남성이 아니면 절대로 상대를 하지 않았다. 지족선사, 벽계수, 서화담 선생 같은 분이 그녀가 상대해준 대표적인 인물이다. 지족선사와 벽계수 같은 남성들은 황진이의 유혹에 간단히 넘어갔건만 서화담 선생만은 그렇게 호락호락 하지 않았다.

어찌되었던 황진이는 서경덕 선생과 한방에서 하룻밤을 지내게 되었다. 물론 황진이가 꾸민 계략이었다. 그러나 서화담 선생은 황진이의 난숙한 미모와 능란하고 농밀한 유혹에도 끝끝내 넘어가지 않았다. 추호의 동요도 없이 유혹의 고비를 넘겼을 뿐만 아니라 오히려 그 도도한 황진이를 무릎 꿇게까지 했던 것이다.

나는 청년기에 이 이야기를 읽고는 비록 학문이 높은 도학자라고는 하지만 혈기왕성한 남성으로서 어떻게 그 고혹(蠱惑)적인 황진이의 유혹을 끝끝내 이겨낼 수 있었을까 하고 깊은 의문에 사로잡혔었다. 그 의문은 최근까지도 풀 수 없는 수수께끼였다. 그러나 요즘에 와서야 서화담 선생은 당대 제일의 구도자요 선도 수련인이었다는 것을 알아냈고, 내가 소주천의 경지를 터득한 뒤에야 비로소 그 의문이 풀렸던 것이다. 비록 서화담 선생이 선도 수련인이라는 것을 막연히 알았다고 해도 나 자신이 소주천을 체득하지 못 했다면 그 의문은 끝끝내 풀어내지 못했을 것이다.

필자의 경우 수련 시작한 지 2개월이 지나면서부터 서서히 변화가 오기 시작했다. 물론 사람에 따라 개성과 생활환경이 다르니까 백인백색이라고 할 수 있어서 일률적으로 어떻다고 말할 수는 없다. 그러면 구체적으로 어떠한 변화가 오는지 살펴보기로 하겠다.

선도에서는 사람은 정(精), 기(氣), 신(神) 세 가지 요소가 조화를 이루고 있다고 보고 있다. 그런데 선도수련을 착실히 진행하면 정은 서서히 기로 변해가게 된다. 이렇게 되면 심령과학에서 말하는 이른바 유체(幽體)가 발달하게 된다. 이 단계에서 운명한 사람은 유계(幽界)에 간다는 말은 이래서 나온 것으로 보인다. 유체가 수련을 통해서 계속 발달하면 영체(靈體)로 변하는데 영체가 발달한 사람은 이 세상을 하직한 후 영계(靈界)에 간다고 한다. 영체가 계속 발달하면 마침내 신체(神體)로 변하는데 이 경지가 다시 말해서 성통공완(性通功完), 신인일치(神人一致)로, 영통개안(靈通開眼)의 경지로서 우아일체(宇我一體)로, 잃었던 본성(本性)을 되찾아 완전히 신선이 되어 마침내 하느님과 하나가 되는 것이다.

그런데 바로 수련의 초기 단계인 단순한 육체(肉體)에서 유체(幽體)로 변하는 과정에서부터 성행위 자체에도 변화가 오기 시작하는 것이다. 건강한 남자라면 누구나 성욕을 느낀다. 그 성욕을 느끼고 발산하는 방법이 남녀가 각각 다르다는 것은 누구나 다 아는 일이다. 그런데 남녀의 성 문제에 있어서 여자보다도 유독 남자에게 더 주의가 쏠리는 것은 남자는 성행위에 있어서 능동적이고 공격적이고 체력 소모적이기 때문이다. 같은 성행위를 하면서도 여자는 한 번의 행위에 여러 번 오르가즘을 경험해도 몸이 남자처럼 그렇게 현저하게 수척해지지 않는다. 그것은 생리적인 매커니즘의 차이 때문이다. 남자가 처음에는 공세로 나오다가도 곧 백기를 드는 것은 이 때문이다.

그러면 선도수련이 정상 궤도대로 진척되어 소주천의 경지를 넘어 연정화기(練精化氣)의 단계에 들어서면 어떻게 되는가? 무골 장군은 반월성에 침입하여 전진, 후퇴를 아무리 거듭한다고 해도 백혈을 토해

125

내는 일은 없어지게 된다. 정(精)이 기(氣)로 화하기 때문이다. 사춘기 이전의 사내아이는 비록 음경이 발기하더라도 정을 발산하지는 않는다. 바로 이와 비슷한 현상이라고 생각하면 대차가 없다고 본다.

성의학자들의 말에 따르면 단 한 번의 성합에서 남자는 보통 세 시간 동안 중노동한 에너지가 소모된다고 한다. 세 시간 동안의 중노동에서 소모된 에너지는 휴식을 통해서 또는 칼로리 보충을 통해서 금방 회복이 되지만 그때 새어나간 정(精)은 그렇게 간단히 회복되지 않는다. 물론 20대 또는 30대 남성은 불과 몇 시간 안에 회복이 되는 수도 있겠지만 나이가 40대, 50대, 60대가 되면 얘기는 달라진다. 그 회복 속도는 가속도적으로 완만해져서 빠른 경우는 3일에서 늦는 경우는 일주일 열흘 또는 보름 심지어 한 달씩 걸리는 수도 있다.

중국의 선도에서는 심지어 사람은 태어날 때 일정량의 정액을 할당받아 가지고 나오는데 이것을 젊을 때 무분별하게 낭비하면 중병에 걸리든가 오래 못 살고 요절한다고 한다. 서구 의학자들이 정액이란 쓰면 쓸수록 신진대사를 일으켜 새로 생성된다고 하는 이론과 정면으로 배치된다. 필자는 아무래도 전자가 맞는 게 아닌가 생각된다.

비록 소주천의 경지에 들어섰다고 해도 방사 중에 정을 발사하지 않겠다는 각오를 처음에는 가질 필요가 있다. 오랫동안의 습관을 하루아침에 뜯어 고칠 수는 없기 때문이다. 뜻이 있는 곳에 기가 있고, 기가 있는 곳에 피가 있고, 피가 있는 곳에 정이 있다(心氣血精)는 원리를 명심하고 그렇게 뜻을 세우면 그대로 이루어진다. 그것이 어느 정도 시간이 흐르면 아주 습관화되어 방사 중에도 정은 새어나가지 않게 된다. 그러나 도중에 조금만 주의가 흩어져도 실패하는 수가 가끔 있다. 이러한 기간이 약 두 달간 계속되고 나면 그때부터는 새어 나오는 정액의 양은 차츰 줄어들고 마침내 그것이 습관화되어 좀처럼 사정을 안하게 된다.

사람들은 흔히 방사의 극치는 사정(射精) 시의 쾌감인데 그것을 참는다면 그게 무슨 재미냐고들 하지만 막상 시작해 보면 그렇지 만도 않다. 자기 자신은 사정을 하지 않더라도 배우자는 절정에 도달한다. 그때 남성 쪽도 같이 절정감을 맛보게 된다. 이것이 음양의 기묘한 조화가 아닌지 모르겠다. 평상시에도 배우자가 기분이 좋으면 자기도 덩달아 기분이 좋은 경험은 누구나 가지고 있을 것이다. 이러한 경험이 좀더 짙은 농도로 양자 사이를 감싸게 되고 한 사람의 오르가즘은 상대에게도 전이되어 동일한 기쁨과 쾌감을 맛보게 되는 것이다. 좌우간 사정 때의 성감과 조금도 차이가 없는 오히려 더 농도 짙은 쾌감을 맛보게 된다.

상대가 그렇듯 절정을 향해 치달을 때 이쪽도 동시에 거의 같은 절정을 맛보지만 정이 새어나가지 않기 때문에 허탈감이나 무력감을 느끼지 않는 무골장군은 계속 기염을 토하면서 조금도 기세가 수그러들지 않는다. 시간과 체력만 허락한다면 그리고 배우자의 컨디션만 좋다면 성합의 시간은 얼마든지 연장이 가능하다. 그동안에 여자 쪽에서는 몇 번이든지 거듭 오르가즘을 맛볼 수 있는데, 이때는 남녀의 처지가 정상적인 경우와는 정반대가 되어 여자 쪽이 오히려 지쳐서 손을 먼저 들게 되는 것이다. 내가 아는 어떤 친구는 방뇨 시간을 빼고는 12시간을 계속적으로 접전을 감행했는데 놀라운 현상이 벌어졌다는 것이다. 시간이 흐르면 둘이 다 기진맥진할 줄 알았는데 오히려 성합 도중에 피로가 회복되고 활력이 되살아나서 보통의 성합에서는 도저히 맛볼 수 없는 황홀한 경지에 도달했다고 한다.

이것도 남자에게서 정이 새어나가지 않았기 때문에 가능했던 것이다. 12시간 동안에 여자 쪽에서 느낀 오르가즘의 횟수는 이루 헤아릴 수 없을 정도였단다. 또한 여자는 발뒤축에 2주쯤 치료를 요하는 자그마한 상처를 가지고 있었는데 12시간 후에는 감쪽같이 나아 버렸다는 것이다. 음양의 조화란 가히 상상을 뛰어넘는다고 할 수 있다. 남녀 화합으로 기력이 상승작용을 일으킨 본보기다.

이것이 이른바 방중술에서 말하는 접이불루(接而不漏)의 경지이고 제왕학(帝王學) 제 1조인 소주천의 경지이다. 남녀의 성합을 최고 이상으로 삼는 사람이라면 이 경지에서 멈추려고 할지 모른다. 3천 궁녀를 거느린 제왕들은 아마도 이 경지에서 머물러 장수를 누리면서도 숱한 꽃들과 번갈아 가면서 운우지정을 즐겼을 것이다.

이 글을 읽는 일부 독자들은 파음(破淫)의 쾌감, 사정(射精)의 절정감을 느끼지 못하는 성합이 무슨 의미가 있겠느냐고 아직도 반문할지도 모른다. 남녀의 성합에서도 비록 남자가 사정을 하지 않는다 해도 그 행위로 인한 여자의 기쁨은 남자의 기쁨을 오히려 배가시키는데 그 이치는 수혜자와 시혜자, 성악가와 청중, 코미디언과 관중의 관계와 같다고 할 수 있다. 삼천궁녀를 거느렸던 제왕들은 그 시대의 제도가 그것을 합법화시켰으므로 제왕들은 조금도 양심의 가책 따위 받지 않고

도 얼마든지 여색을 탐할 수 있었다. 현대에도 돈 많은 호색한(好色漢)
이나 색마(色魔), 오입쟁이, 엽색한(獵色漢), 팔난봉꾼들은 가능하면
바로 이 경지에 언제까지나 머물러 있으려고 할 것이다. 어디 그뿐이
겠는가. 여색을 탐하는 모든 남성들 역시 이 경지에 언제까지든지 주
저앉고 싶어 할 것이다.

본격적으로 선도수련을 하려던 사람도 이 경지의 희열에 집착한 나
머지 더이상 앞으로 나아가려고 하지 않으려고 할지도 모른다. 만약에
정말 이렇게 된다면 그는 선도의 숭고한 목적을 달성하려다가 중도작
파(中途作破)하는 것과 같다. 정상을 목표로 정상을 향했던 등산객이
중도에 흐드러지게 핀 진달래에 혹하여 정상 등정을 포기하는 것과 같
다. 접이불루(接而不漏)의 경지에 연연하여 선도수련을 포기한다면 그
것은 주지육림(酒池肉林)을 탐하여 나라를 망친 은나라의 주왕(紂王)
과 다를 바 없고 주색에 빠져서 패가망신한 난봉꾼과 무엇이 다르겠는
가? 그것은 처음부터 선도수련을 시작하지 않은 것만 같지 못하다.

똑같은 물이라도 소가 먹으면 우유가 되고 독사가 먹으면 독이 되는
것과 같다. 접이불루의 경지는 선도수련 과정중의 한 단계일 뿐이다.
이것에만 집착한다면 그는 성욕의 노예로 전락하고 말 것이다. 그러나
이 경지를 슬기롭게 극복하여 한발 더 전진한다면 보다 차원 높은 새
경지에 도달할 것이다. 그러니 선도수련을 어찌 그 정도에서 그칠 수
있단 말인가? 예수 그리스도가 광야에서 40일간 금식 기도할 때에도
온갖 마귀의 유혹을 받은 일은 잘 알려져 있다. 선도수련에도 수많은
유혹이 중간중간에 복병처럼 도사리고 있는데, 그중의 하나가 바로 접

이불루의 경지이다. 유혹에 지지 말고 계속 정진하여 다음 단계로 넘어가기까지의 기간은 일정하진 않지만 1년 10개월에서 2년쯤 된다.

세심한 독자라면 한 가지 의문을 꼭 품게 될 것이다. 선도수련으로 접이불루의 경지에 들게 되면 임신은 어떻게 할 수 있는가 하는 것이다. 수련에 계속 용맹 정진하려는 사람이 배우자가 있고 자녀를 갖고 싶을 경우라면 문제가 아닐 수 없다. 이때도 역시 심기혈정(心氣血精)의 불변의 원리를 명심하면 된다. 비록 사정(射精)을 안 할 수 있는 경지에 도달했다고 해도 그것은 어디까지 수련하는 사람 자신의 뜻에 좌우되는 것이다. 사정을 하겠다고 마음을 먹으면 그렇게 된다.

다시 말해서 '내 몸은 내가 아니라 내 것이요 나의 도구다'라는 사실을 언제나 명심할 필요가 있다. 선도수련은 그 정도가 높아질수록 극기력이 향상되고 자신의 몸을 조절할 수 있는 능력이 증가된다. 그렇게 되면 자율신경 조작까지도 마음대로 할 수 있게 된다. 자율신경이란 심장의 박동이라든가 소화 작용을 관장하는 신경을 말하는데 이것은 저절로 조절되므로 사람의 뜻대로 움직일 수 없는 것이지만 고도의 수련을 쌓은 사람들은 이것까지도 마음대로 조정할 수 있다. 그것에 대면 성의 생리 작용을 조절하는 것쯤은 훨씬 쉬운 단계이다.

축기(蓄氣)가 완성되고 소주천의 경지에서 한발 더 앞으로 나아가면 백회(百會)가 열리게 된다. 백회가 열리는 과정은 뒤에 자세히 다루겠지만 본 항목을 마무리하기 위해 간단히 말하겠다. 머리 꼭대기에는 백 가지 혈(穴)이 모이는 경혈이라고 해서 백회(百會)라는 이름이 붙은 경혈(經穴)이 있다. 이 정수리는 유아 시절에는 누구나 말랑말랑하여 숨을 쉴 때마다 발딱발딱 뛰노는 것을 볼 수 있다. 철모르는 어린애들은 바로 이 백회를 통하여 우주의 생체에너지를 흡수한다. 다시 말해서 이 순진한 아기들은 이곳을 통해서 천지기운을 빨아들이는데 이 기운을 우리는 기(氣), 우주에너지, 천지기운, 프라나(prana), 플라즈마(plazma), 소립자(素粒子), 기독교에서는 성령(聖靈)이라고 말한다.

이처럼 어린애들은 무의식적으로 천지기운과 통하고 있으므로 성인보다는 직감력이 훨씬 더 예민하다. 말 못하는 아이들은 누가 자기를 좋아하고 싫어하는지를 직감으로 알아차린다. 그러나 나이를 먹어가면서 긴장, 공포, 증오, 분노, 이기심 등 그 밖의 온갖 스트레스가 쌓이면서 백회는 거의 막혀버리고, 겨우 생명 유지에 필요한 극소량의 에너지만을 흡수할 수 있을 뿐이다.

그러나 수련이 진전되어 축기가 완성되면 이 백회가 자연히 열리게 된다. 그렇다고 해서 어린애 시절처럼 정수리가 다시 말랑말랑해지는 것은 아니고 비록 뼈로 굳어지기는 했을망정 천지기운은 자유롭게 통과하게 된다. 이처럼 백회가 열리는 것을 선도에서는 대천문(大天門)이 열린다고도 말한다. 백회가 일단 열리기 시작하면, 수련자의 컨디션에 따라, 어떤 때는 시원한 기운이, 어떤 때는 더운 기운이 폭포처럼 쏟아져 들어오는 것을 느낄 수 있다. 특히 청량한 기가 수도 물줄기 모양 쏟아져 들어올 때는 그 상쾌하고 황홀한 느낌은 필설로 표현할 길이 없다.

이러한 상태는 천지기운 또는 하느님과의 성합(性合)이라고 표현할 수 있다, 남녀의 육체적인 결합과 대조되는 표현이다. 이 경지에 들게 되면 남녀의 육체적인 결합은 지극히 원시적이고 동물적이고 어린애 소꿉장난처럼 시시해진다. 제아무리 요염한 여자의 유혹을 받아도 끄떡도 하지 않을 뿐 아니라, 오히려 그녀를 귀엽고 깜찍한 딸이나 여동생이나 조카딸을 볼 때와 같은 시선으로밖에는 대하지 않게 된다. 서화담 선생이 황진이를 대하는 태도가 바로 이 경지가 아니었을까 생각된다.

다시 말해서 제아무리 아름답고 섹스어필한 여성이 접근해 오더라도 정욕이 일어나지 않는 것이다. 그는 이미 정욕의 단계를 초월해 버린 것이다. 석가모니나 예수 그리스도의 시선에 어디 정욕의 그림자라도 비치고 있었던가를 생각해보면 쉽사리 이해가 갈 것이다.

평생을 독신으로 지낸 성직자. 즉 고승이나 일반 승려, 가톨릭 신부도 바로 이 범주에 든다고 할 수 있다. 다만 쌀에 뉘가 섞이듯 수련이 덜된 성직자나 승려들이 끼여 있어서 신부와 수녀, 비구와 비구니 사이에 갖가지 추문을 빚어내어 종교를 먹칠할 뿐이다.

신부들은 선도수련을 하지도 않았는데 어떻게 백회가 열릴 수 있느냐고 의문을 제기할 수 있겠지만, 그들은 오랫동안의 기도와 명상 생활을 통해서 바로 이러한 경지에 도달하여 하느님과 교류를 튼 것이다. 바로 이 때문에 신부와 승려는 배우자 없이도 평생을 독신으로 오직 복음을 전파하거나 중생을 제도하는 일에 일생을 바칠 수 있는 것이다.

일반 사람들과는 차원이 다른 세계에서 그들은 살고 있는 것이다. 이것을 일반 사람들의 척도로 재려니까 온갖 무리가 따르게 마련이다.

4차원 세계를 3차원 세계의 척도로 재려고 하는 것과 같다. 석가나 예수는 선도의 입장에서 볼 때는 신선이다. 예수와 막달라 마리아의 관계는 순수하다는 것도 인정한다.

그러나 이 경지를 모르는 일반인의 척도로 보니까 예수와 막달라 마리아를 보통 남녀의 성합 관계로 각색하여 기독교도의 눈으로 볼 때는 지극히 모독적인 일도 벌어지는 것이다. 선도수련이 높은 단계에 이르면 물욕, 명예욕과 함께 색욕까지도 뛰어 넘을 수가 있게 된다. 불교에서는 여기에다가 식욕과 수면욕까지 합쳐서 오욕(五慾)이라고 한다. 그래서 식사는 되도록 간소하게 하고 건강 유지에 필요한 정도 이상으로 잠을 자지 않는다. 다시 말해서 먹고 자는 데 결코 욕심을 부리지 않는 것이다.

이 다섯 가지 욕망을 선도에서는 인간의 본성을 흐리게 하는 요인으로 간주하고 있다. 현존하는 갖가지 민족 종교의 뿌리는 선교이다. 그런데 이들 한국 고유 종교의 기본적인 공통점이 인내천(人乃天) 사상이다. 다시 말해서 사람이 곧 하늘이라는 것이다.

한민족은 천손(天孫)이라는 개념도 여기에서 유래되었다. 배달국의 시조인 거발한 환웅천황도 환국(桓國)의 7대 임금인 지위리(단인) 환인천제의 아들이다. 환인천제는 하느님과 동격이다. 단군왕검은 제18대 거불단(단웅) 환웅천제의 아들이다.

한민족은 모두 다 이들 환인, 환웅, 단군 천제들에게서 갈라져 나온 후손들이다. 따라서 한민족은 천손(天孫)일 수밖에 없다. 하느님에게서 선택받은 이스라엘 민족보다 한 차원 높은 하느님의 직손(直孫)이다. 따라서 한민족의 본성은 하느님이다. 또 세계의 각종 민족과 인종들은 모두가 같은 뿌리에서 나왔으므로 사람은 모두가 하느님의 속성을 가지고 있는 것이다. 홍익인간(弘益人間)·재세이화(在世理化) 사상은 바로 이러한 천손 사상을 바탕으로 발전되었다.

   그런데 원래가 하느님과 똑같은 본성을 타고난 인간이 지금처럼 타락하게 된 것은 기독교에서 말하는 것처럼 인류의 조상인 아담과 이브가 무화과나무 열매를 따먹고 뱀의 유혹에 빠져서가 아니라 바로 위에 말한 다섯 가지 욕심에 눈이 어두워지면서 비롯되었다. 거울이 공장에서 갓 나올 때는 반짝반짝 빛을 내고 대상물을 추호의 오차도 없이 그대로 반영하지만, 시간이 흐르면서 거울 소유주가 관리를 잘못하면 먼지가 앉고 더러운 때가 끼고 하면 마침내 거울의 본성을 잃고 추하게 변해버리고 마는 것과 같이 인간은 욕망의 때에 절어서 원래의 하느님의 본성을 잃은 것이다.

선도(仙道)의 목표

선도의 목적은 인간의 심성에 켜켜이 앉은 이 묵은 때를 깨끗이 닦아 내어 본성을 되찾자는 것이다. 그러한 의미에서 선도는 불교와 흡사한 점이 있다. 그러나 기독교와는 그 본성을 찾는 방법이 판이하다. 선도는 수련을 통하여 스스로 심신이 변화함으로써 본성을 되찾자는 것인데 반해서 기독교는 신앙의 힘으로, 타락한 영혼을 구원하자는 것이다. 방법이 다를 뿐이지 궁극적인 목적은 같다고 할 수 있다.

거울에 켜켜이 앉은 묵은 때를 스스로 차츰차츰 닦아 나가는 것과 같은 과정이 바로 선도수련이다. 물욕과 명예욕과 정욕의 때를 하나하나 벗겨 나가는 과정이 바로 본성에 접근해 나가는 방법인 것이다. 그런데 이러한 수련은 누구의 힘에 의지해서 되는 것이 아니라 수행자 자신의 힘으로 조금씩 조금씩 스스로 변화해 나가다가 마침내 거울에 앉은 묵은 때를 말끔히 벗겨내듯 우리 자신의 맑은 본성을 되찾게 되는 것이다.

이러한 자기 수련에 성공하여 인류에게 서광을 보여준 사람들이 바로 성인(聖人)들이다. 환인천제, 환웅천황, 단군천제, 석가모니, 예수 그리스도 같은 분들은 바로 이러한 인간의 본성을 되찾은 사람들이다. 우리나라 상고 시대부터 전해 내려오는 3대 경전 중의 하나인『삼일신고(三一神誥)』마지막 부분에 보면 다음과 같은 구절이 보인다.

"뭇사람들은 착하고 악함과 맑고 흐림과 두텁고 얇음을 서로 섞어 허망한 길을 따라 제멋대로 달리다가, 나고 자라고 늙고 병들어 죽는 괴로움에 빠지느니라. 그러나 깨달은 사람은 느낌을 그치고 숨쉼을 고루며 부딪침을 금하고 한 뜻으로 나아가 허망함을 돌이켜 참에 이르고 마침내 크게 하늘 기운을 펴니, 이것이 바로 본성을 통달하고 공을 완수하는 것이니라."

衆은 善惡淸濁厚薄相雜하여, 從境途任走하여, 墮生長消病歿苦하고, 哲은 止感調息禁觸하여, 一意化行返妄卽眞 發大神機하나니, 性通功完이 是니라.

여기서 '느낌을 그치고 숨쉼을 고루며 부딪침을 금하고' 하는 뜻은 무엇인가. 원문대로 말하면 지감 조식 금촉(止感調息禁觸)을 말하는데 구체적으로 무엇을 말하는 것일까. 그 해답은 바로 윗 구절에 나와 있다.

"느낌에는 기쁨과 두려움과 슬픔과 성냄과 탐냄과 싫어함이 있고, 숨 쉼에는 맑음과 흐림과 차고 더움과 마름과 젖음이 있고, 부딪침에는 소리와 빛깔과 냄새와 맛과 음탕과 살닿음이 있나니라."

이것은 선도수련의 기본 요령과 골자를 간추린 것이다. 다시 말해서 희로애락, 탐심, 공포 따위의 일체의 감정을 잠재우고 단전호흡을 하여 온갖 촉감에서 해방되자는 것이다. 요컨대 감정과 촉각을 뛰어넘어 마음을 텅 비워 무사무념의 상태가 되어 단전호흡을 하자는 것이다.

마음을 완전히 비우지 않으면 큰 기운을 받아들일 수 없다. 마음속에 욕심이 꽉 차있는 사람은 모처럼 만에 하늘이 내려준 천재일우의 기회도, 수련이 선사하는 밥상도 제대로 찾아 먹을 수 없는 것이다. 마음이 청정한 허공이 되면 만물을 감싸안을 능력을 갖게 되고 그렇지 못하면 혼란과 시비의 구렁텅이 속으로 빠져 들어가는 수밖에 없다. 마음은 티 없이 맑은 허공처럼 완전히 비우게 되면 만물이 이미 그 안에 있으므로 사상, 종교, 철학, 온갖 이해관계 등 그 무엇과도 충돌을 일으키지 않게 된다. '깨달은 사람은 느낌을 그치고 숨쉼을 고르게 하며 부딪침을 금하고 한뜻으로 나아가 허망함을 돌이켜 참에 이르고 마침내 크게 하늘 기운을 펴니, 이것이 바로 본성을 통달하고 공을 완수하는 것이니라.'

이것으로 상고 시대부터 우리 민족에게 전수되어 내려오는 선도수련의 기본 골격이 밝혀졌다. 다시 요약해 말하자면 다섯 가지 욕망, 즉 소유욕, 명예욕, 정욕, 식욕, 수면욕을 조절하고 지감 조식 금촉(止感調息. 禁觸)을 통하여 성통공완(性通功完)하는 길을 명료하게 밝혀 놓았다.

그렇다면 이것만으로 인간은 잃었던 본성을 찾을 수 있단 말인가? 그렇지 않다. 옛날에는 도를 닦으려면 으레 산속으로 들어가 자기와의 외로운 싸움을 벌였지만 성공한 예는 극히 드물었다. 자기 자신만이 신선이 되어야겠다는 발상 자체에 문제가 있었다. 인간은 누구나 인류 공동운명체의 일원임을 알아야 한다. 그러면 무엇이 더 필요하단 말인가? 세 가지가 있다.

첫째가 법을 전하는 것이다. 법을 전한다는 것은 이러한 선도의 원리를 뭇사람들에게 깨우쳐 알게 함으로써 한 사람이라도 더 많이 깨달음의 길에 들어서도록 유도하는 것이다. 기독교식으로 말하면 복음을 전파하는 것과 같다.

두 번째는 병고에 시달리는 사람에게 의술을 베푸는 것이다. 이것은 물론 의사가 할 일이다. 그러나 선도수련이 높아지면 의통(醫通)이 열리게 된다. 의사는 돈을 받고 환자를 치료해 주지만 수련으로 의통이 열린 사람은 돈을 받지 않고 환자를 치료해 준다. 의통이 크게 열리면 손을 대기만 해도 병이 낫는다. 이것이 더 발전하면 말만 해도 병이 낫는다. 이것이 한층 더 진전되면 눈으로 보기만 해도 병이 저절로 물러가는 것이다. 우리의 옛 선인(仙人), 신선(神仙)들은 모두 다 이런 능력을 가지고 있었다. 지금도 가끔 이런 사람들이 나타나 신문 기사거리가 되곤 한다.

그러나 이들이 명심해야 할 것은 결코 자기 자신의 개인의 힘으로 그러한 능력이 발휘되는 것이 아니라는 것이다. 어떤 인연으로 수련을 통하지 않고도 이러한 능력을 발휘하는 사람들이 간혹 있다. 가령 예수 그리스도가 앉은뱅이에게 일어나라는 말 한마디로 병이 깨끗이 치료되었다는 기적 같은 얘기가 성경에 실려 있다. 현대 과학으로는 해명할 수 없는 기적이요, 수수께끼지만 선도의 입장에서 보면 능히 있을 수 있는 일이다. 불과 몇 해 전에도 우리나라 남쪽 어느 시골에는 환자를 눈으로 쳐다보기만 해도 온갖 고질병을 낫게 한 여인이 있어서 신문 기사화된 일도 있었다. 기독교에서 안수기도로 병을 고쳤다는 얘기는 얼마든지 있다.

그러나 이때에도 시술자는 그러한 능력이 결코 자기 자신에게서 나왔다는 오만한 생각을 가져서는 안 된다. 어디까지나 진리의 힘, 우주의 섭리, 쉽게 말하면 우주만물을 창조 주관하는 하느님의 능력을 중 개하는 역할에 지나지 않는다는 겸허한 태도를 가져야 한다는 것이다. 조금이라도 사(邪)가 끼거나 개인적인 욕심이 발동되어 자기 개인의 이기적인 목적에 이런 능력을 이용할 경우에는 반드시 무서운 재앙이 덮쳐온다. 시술자는 단지 하늘의 큰 능력을 대신해서 수행하는 하나의 도구이며 기계에 지나지 않는다는 겸손한 생각을 가져야 한다.

다시 말해서 그들은 지구상 곳곳에 편재되어 있는 전파를 잡아 소리 와 화면을 제공해주는 라디오나 텔레비전의 구실을 할 뿐이다. 눈에 보이지 않는 전기를 잡아 우리의 일상생활에 알맞게 변경시켜주는 발 전기와 변압기의 구실을 한다는 겸손한 자세를 가져야 한다. 그런데도 흔히 이러한 능력을 가진 사람들은 그것을 깨닫지 못하고 곧 자만하고 사리사욕에 이용하려 들기 때문에 곧 그 능력을 상실할 뿐만 아니고 무서운 재앙까지 받게 된다.

그러면 도대체 성(性)이란 무엇일까? 우리는 일상적으로 성 하면 남 녀의 성별(姓別)이나 아니면 남녀의 성행위, 다시 말해서 섹스를 뜻하 는 것으로 알고 있다. 모두가 틀리는 말은 아니다. 그러나 선도에서 말 하는 성은 이보다 한 차원이 높다. 선도의 성은 본성(本性)을 말한다. 우리가 일반적으로 알고 있기에는 본성하면 우선 사물의 근본 성질 또 는 사물의 기본적이고 고유한 성격을 말하는 것으로 알고 있다.

개의 본성은 수상한 사람을 보면 짖어서 도둑을 막아내는 것이고, 고양이의 본성은 쥐를 잡아먹는 것이고, 금의 본성은 희귀한 금속으로 서 잘 변하지 않고 돈으로 바꾸어 쓸 수 있고 귀중한 장식품에 쓰인다든가 하는 것과 같은 것이다.

그러나 선도의 본성은 사물의 근본을 말한다. 다시 말해서 성은 신(神)이고 불(佛)이며, 법(法)이고 사물과 우주의 원리이며, 진리이고 공(空)이고 깨달음이고, 허(虛)이며 한이고 천지기운이고, 성령(聖靈)이고 도(道)이며 삼라만상의 근본이다.

원래 성(性)이라는 한자는 마음심(心)변에 날생(生)자가 합친 글자이다. 그러니 마음이 태어난 자리가 바로 성이다. 그 뜻이 한 단계 낮아져서 남녀의 생식행위를 말하는 성도 되는 이유가 바로 여기에 있다. 남녀의 성합은 바로 인간을 새로 태어나게 하는 행위이기도 하기 때문이다. 이것은 선도에서 볼 때 저차원의 개념에 지나지 않는다. 우리는 선도수련을 통해서 바로 저차원의 성을 고차원의 성으로 고양시켜야 한다. 바로 이 과정을 『삼일신고』에서는 본성을 통달하고 공을 완수하는 것, 즉 성통공완(性通功完)이라고 표현한 것이다. 여기서 말하는 성(性)은 결코 남녀의 성행위를 말하는 성이 아니고 우주의 근본 원리, 삼라만상의 기본 바탕을 말하는 성인 것이다.

고차원의 성행위

어떤 사람은 이렇게 말할지도 모른다. 서화담이 제아무리 뛰어난 도학자라 해도 황진이의 유혹에 마음이 이끌리지 않을 리가 없었을 것이다. 단지 그는 오기로 참고 견디었을 것이다. 그러니까 그는 위선자임에 틀림없다고, 그러나 약간의 선도수련 경험을 가지고 있는 필자의 견해는 그와는 다르다.

그렇게 말하는 사람은 선도가 무엇인지 전혀 모르는 일반 사람들의 척도로 그렇게 말했을 뿐이다. 그러나 선도를 어느 정도 경험해 본 사람은 결코 그렇지 않다는 것을 알게 될 것이다. 축기가 완성되어 대맥(帶脈)이 열리고 기를 임독맥으로 돌릴 수 있을 만한 경지에 도달해야 성욕 같은 것은 자기 뜻대로 간단히 조절할 수 있는 능력이 생긴다는 것을 비교적 자세히 설명한 바 있으니까 되풀이하지 않겠다.

그리고 한걸음 더 나아가서 백회로 기를 끌어들일 수 있는 경지(뒤에 상세히 언급하겠지만)까지만 도달하면 저차원의 성(性)에서 고차원의 성(性)을 향해 심신이 서서히 변모하게 된다. 서화담 선생은 분명 이러한 경지를 넘어선 선인(仙人)이었다.

천지기운과의 백회를 통한 성합이 이루어지는 무아의 황홀한 경지를 체험하게 되면 제아무리 황진이나, 양귀비나, 클레오파트라나 마릴린 몬로와 같은 관능적이고 요염한 미녀가 유혹을 해도 철없는 소녀가

141

할아버지나 아버지 앞에서 재롱을 부리는 정도로밖에는 보이지 않는다. 남녀의 음양 조화나 성행위 자체도 어린애 소꿉장난으로 밖에는 여겨지지 않는 것이다.

이러한 경지에 이른 선인(仙人)들은 구태여 그 거추장스러운 육체적인 이성 접촉을 통하지 않고도 이성끼리 마음만 통한다면 단지 손을 만져보는 것만으로도 보통 사람의 성행위에서 얻는 것 이상의 성적 쾌감을 얻을 수 있다.

손을 서로 만지는 것까지도 거추장스러울 때는 단지 시선만 교환하는 것으로도 소기의 목적을 충분히 달성할 수 있다. 이것마저도 거추장스러울 때는 시공(時空)을 초월하여 단지 서로가 상념을 교환하는 것만으로도 목적을 달성할 수 있을 것이다. 이것을 텔레파시라고 한다. 꿈같은 얘기라고 도리질을 할 분들이 있을지 모른다. 그러나 좀더 마음을 가다듬고 찬찬히 살펴보면 반드시 그렇지만도 않다는 것을 곧 알게 될 것이다.

우리는 일상생활에서도 상대방이 자기를 좋아하는지 싫어하는지는 눈빛 하나만 보고도 직감적으로 알아맞힐 수 있는 경우가 허다하다. 선거 때 입후보자들은 온 신경을 유권자들의 반응에 집중시키고 있으므로 상대방의 눈빛 하나만 보고도 자기에게 표를 찍을 것인지 안 찍을 것인지 직감적으로 알아맞힌다.

유권자들이 보내는 따뜻한 시선만 순간적으로 대하고도 입후보자는 백만 원군을 얻은 듯 마음 든든해지고 더없는 행복감을 느낄 수 있다. 사랑하는 애인의 정겨운 눈초리 하나만 보고는 연인들은 무한한 행복감에 폭 젖을 수 있다. 그들 사이에는 이미 진정이 통했기 때문이다. 거추장스러운 악수나 포옹 이상의 정신적인 만족을 우리는 이 순간에 얻을 수 있는 것이다. 이것은 각자의 기(氣)를 매체로 하여 서로의 뜻과 진정이 교류되었기 때문이다.

선도수련이 깊이 진전이 되면 될수록 이와 비슷한 경지가 더욱 구체적인 현실로 굳어지게 된다. 이것을 '신(神)이 밝아진다'고 선도에서는 말한다. 이렇게 되면 본성(本性), 즉 하늘과의 교류가 점점 더 빈번해지게 되고 심성(心性) 자체가 변한다.

과거에는 계산하는 데만 몇십 년이 걸렸을 복잡한 수학 문제도 지금은 컴퓨터로 단 몇 분 또는 몇 초 동안에 처리되는 것과 마찬가지로 저차원의 성(性) 역시 고차원의 성(性)으로 바뀌면 그 존재 양상이 달라질 수밖에 없다. 따라서 평생을 독신으로 지내야 하는 계율이 준수되는 천주교나 불교의 성직자들은 성직자가 되기 전에 자기 자신의 능력을 엄격히 시험해 보아야 할 것이다. 다시 말해서 한평생을 여자 없이 과연 지낼 수 있을지 없을지 냉정하게 판단해 보아야 할 것이다.

일시적인 신앙의 힘이나 의지력만으로 되는 일이 결코 아닌 것이다. 심신이 다 같이 그것을 감당할 수 있을 것인가를 엄격하게 판단해야 한다. 이러한 과정을 제대로 거치지 않고 단지 충동적인 신앙의 열기나 단순한 결심 정도로 섣부르게 대어 들었다간 뒷날 성직생활을 하다가 중간에 이성과의 접촉으로 불미한 사태가 벌어져 결국은 파문을 당하는 수치를 감수하지 않을 수 없게 된다.

유럽의 중세 교회에 얽힌 뒷이야기는 이렇게 파문당한 신부들과 수

녀들의 연애 사건들이 주종을 이루는 것만 보아도 알 수 있다. 일단 엄숙한 서약을 하고 성직자가 되었다가 수녀나 그 밖의 여자들과의 사랑에 빠져 파문을 당하고 나서는 새로운 교파를 세우고 인간의 해방을 부르짖는 묘한 자기 합리화를 꾀한 일들도 있다. 그런가 하면 지금 가톨릭에서는 전 세계적으로 성직자들의 결혼생활을 합법화하자는 운동이 일어나고 있다. 불교계에는 대처승들이 새로운 교파를 형성하고 있다.

이 모든 사태들이 독신생활을 감당할 수 있을 만한 신체적인 조건이 구비되지도 않은 채 성직자다 되겠다고 성급하게 뛰어들었기 때문에 벌어지는 웃지 못할 현상이다. 이러한 사람들에게 선도는 서광을 비쳐 줄 것이다. 선도수련을 통해서 신체적으로 독신생활을 아무 불편 없이 즐겁게 영위해 나갈 수 있는 능력이 생긴 연후에 그러한 결심을 하면 될 것이다.

이렇게 말하면 어떤 성직 지망생은 선도는 자기가 믿는 종교와는 상치되므로 그럴 수 없다고 할지 모른다. 그러나 그것은 큰 오해이다. 선도는 어디까지나 심신 수련법이지 종교는 아니다. 그러므로 선도는 어떠한 종교와도 상치되지 않는다. 어떤 맹신자는 선도의 핵심 부분이며 우리 민족 고유의 경조(敬祖) 사상을 자기네 종교와 배치된다고 한다. 그러나 곰곰이 생각해 보면 자기 부모를 받드는 것과 자기가 믿는 신을 믿는 것과는 하등의 모순이 될 수 없다. 일부 광신자나 맹신자들이 경조 사상을 우상숭배라고 생억지를 쓸 뿐이다.

따라서 선도는 모든 종교를 초월한다. 초월할 뿐만 아니라 일체의 종교를 포용한다. 선도의 핵심은 '한' 사상인데 한 철학은 일체의 삼라만상을 너그러이 품어 안아 하나로 용해시킨다. 바로 이 한 사상만이 천 갈래 만 갈래로 갈라지고 흩어진 얽히고설킨 종교와 사상과 이념을 하나로 통합시킬 수 있다. 성(性)은 '한'이고 '한'은 우주와 삼라만상의 본바탕이기 때문이다.

불교도들이 수도를 통하여 깨달음을 얻는 것과 기독교도들이 믿음으로 예수 그리스도의 십자가의 보혈에 의지하여 영혼을 구원받는 것과 선도수련을 통하여 심신이 다 같이 변하여 본성을 통달하고 공을 완수하는 것(性通功完)은 각기 그 표현은 달라도 지향하는 목표는 우주와 삼라만상의 본바탕인 하느님과 하나가 되자는 것이다.

단지 다른 것이 있다면 정해진 높은 산꼭대기에 오르는 데 어떤 사람은 자기가 믿는 사람의 등에 업혀서 올라가는가 하면 어떤 사람은 누구의 힘에도 의지하지 않고 자기 자신의 팔과 다리를 힘차게 놀려서 산에 오르는 도중에 점점 더 몸과 마음을 단련해 가면서 정상을 오르는 것과의 차이가 있을 뿐이다. 선도는 이 목적에 도달하는 데 어떠한 방법을 택하든 상관하지 않는다. 다시 말해서 어떤 종교라도 배척하지 않고 다 같이 수용한다.

그러기 때문에 지금 한국은 종교 백화점이 되어 세계의 온갖 종교들이 다 들어와 설치고 있어도 국민들의 큰 저항을 받지 않고 번영을 구가하고 있다. 다만 일부 기독교 맹신자들이 우리 민족의 고유의 미풍양속인 경조(敬祖) 사상과 조상 모시는 제사를 우상숭배라고 몰아붙이는 통에 약간의 마찰이 일어나고 있을 뿐이다. 객이 주인 행세를 하려는 것과 같은 어처구니없는 망발이 아닐 수 없다.

선도의 유래

선교는 현존하는 세계의 모든 종교의 원류라는 것이 입증되고 있다. 신라 말의 학자 고운 최치원(孤雲 崔致遠)은 난랑비서(鸞郞碑序), 즉 화랑이었던 난랑이라는 사람의 비문 첫 머리에 나오는 글을 말하는데, 거기엔 다음과 같은 내용이 적혀 있다.

"나라에 풍류도라고 하는 현묘한 도가 있어서 많은 백성을 교화해 왔으며, 유불도(儒佛道) 세 종교를 포함하고 있고 그 유래는 선사(仙史)에 상세히 기록되어 있다 … (國有玄妙之道曰風流 設敎之源詳備仙史 實乃包含三敎接化群生 …)"

더구나 최근에는 기독교의 원류인 이스라엘 민족의 구약성서 역시 한민족의 한 갈래인 소호금천씨(少昊金天氏)가 메소포타미아 지방에 세운 수메르 문화와 그 전통을 이어받은 것임이 밝혀지고 있다(문정창 저『한국·이스라엘 민족사』참조). 최치원 선생이 말한 풍류도는 선도의 다른 이름이다. 선도는 고려조까지도 국가적으로 권장되어 왔다. 그러다가 고려 인종 13년(서기 1135년)에 일어난 '묘청(妙淸)의 난'이 당시 모화 사대주의자인 김부식(金富軾) 일파에 의해 진압된 후 선도의 맥은 단절의 위기를 맞아 지하로 숨어들어가야 하는 비운을 맞게 되었다.

그 이유는 묘청대사가 선도와 불교를 대변하는 민족 주체 세력이었던데 반해 김부식은 모화 사대주의(慕華 事大主義)적 유학자(儒學者)

의 대변자였는데, 김부식 일파가 승리하여 선도에 대한 대대적인 탄압을 가하여 각종 선사(仙史)를 불살라 없애는가 하면 그가 서기 1145년 고려 인종때 저술한 『삼국사기(三國史記)』를 통하여 우리 민족의 주체사상을 말살하고 민족정기를 왜곡시키는 민족 반역행위를 서슴지 않고 자행했기 때문이다.

우리 민족 전체가 흠모하는 민족사학자 단재 신채호(丹齋 申采浩) 선생은 거발한 환웅천황의 배달국 개국 이래 면면히 이어져 온 우리의 사상적 원류의 맥이 끊어진 역사적 계기를 '김부식 일파 대 묘청 일파의 싸움인 서경전역(西京戰役)'이라고 지적하면서 이것이 고려와 조선 왕조를 통틀어 '1천년래의 한국 역사상 가장 큰 사건'이라고 했다. 이를 계기로 모화 사대주의가 득세하고 선도를 바탕으로 한 민족 주체사상이 역사의 뒷전으로 물러나면서 우리나라는 외세의 침략에 시달리는 약소국가로 전락하고 말았다. 그러나 이제야 그 오랜 동면에서 선도는 서서히 기지개를 펴고 있다.

비록 845년의 장구한 세월 동안 햇볕을 보지는 못했지만 선도는 수천 년 동안 우리 민족의 심성 속에 깊이 침투되어 있어서 우리의 의식 구조와 사고방식을 지배하여 왔다. 우리나라가 세계 종교의 전시장이 되었어도 큰 마찰이 없는 것은 이를 다 수용하고 조화시킬 수 있고 큰 하나로 융합시켜 홍익인간(弘益人間)할 수 있는 소질이 우리 민족에게 잠재해 있기 때문이다.

상고 시대의 우리 민족의 경전인 『천부경(天符經)』, 『삼일신고(三一神誥)』, 『참전계경(參佺戒經)』의 삼대경전의 내용은 하나같이 우주의 생성과 공생공존의 원리, 홍익인간의 원칙을 강조하고 있다. 이것은 선도의 기본 경전이기도 하다. 또한 세계의 모든 종교의 발원점이기도 하다. 이러한 삼대경전의 원리들은 선도수련을 통하여 우리 민족의 일 상생활 속에 뿌리 박혀 체질화되었고 그 정신은 우리의 핏속에 지금도 맥맥이 흐르고 있는 것이다. 이것이 바로 우리 민족 고유의 심성이다. 이러한 심성은 바로 하늘의 본성과도 통한다.

모든 이질적이고 대립적인 요소들을 어느 것도 희생시키거나 버리지 않고 공생공존할 수 있도록 큰 하나로 용해하여 통일할 수 있는 용광로와 같은 소질을 선천적으로 타고난 민족은 지구상에 한민족밖에 없다. 다가오는 태평양시대의 주역이 될 소질은 너 죽고 나 죽자는 식의 파괴적인 자학 정신을 가진 민족에게서는 나올 수 없고, 너도 살고 나도 살고 다 함께 번영을 누릴 수 있는 철학과 이념을 가지고 그것이 체질화된 민족에게서만 나올 수 있다.

선도수련은 바로 이러한 인간의 본성을 되찾게 해주는 심신 단련 체계이다. 이러한 인간의 본성이 바로 하느님이다. 따라서 선도는 외래 사상과 저급한 욕망의 그늘에 가리워졌던 본성을 되찾는 수련인 것이다.

선도수련을 꾸준히 지성껏 하다가 보면 자기도 모르게 정충기장신명견성(精充氣壯神明見性)의 단계를 하나씩 하나씩 밟아 나아가게 된다는 것을 누구나 체험할 수 있을 것이다. 하루에 적어도 한두 시간씩 열심히 수련을 하다 보면 적어도 3, 4개월쯤 되면 정이 충만해지는 단계, 즉 축기(蓄氣)가 완성되는 단계에 이르게 된다.

이 단계에서 한층 더 분발하여 정진하면 기(氣)가 왕성해지는 단계,

즉 기장(氣壯)의 단계에 이르게 된다. 다시 말해서 기(氣)를 느끼고 몸 안의 여기저기에 마음대로 보낼 수 있게 되고 뒤이어 기는 차츰 안정 단계에 들게 되어 고요하고 맑아지게 된다. 이 정도의 단계에 이르면 누구나 자연과 사물의 이치를 있는 그대로 기(氣)를 통해서 느끼고 알게 된다. 기독교도처럼 기도를 통하여 울부짖으면서 영혼을 구원받으려고 하지 않아도, 불교도처럼 목탁을 두드리며 깨달으려고 애쓰지 않아도 자연히 깨닫게 된다.

제아무리 술과 담배와 고기와 여자를 금하고 남근을 잘라도 깨달음과는 상관이 없다는 것을 알게 될 것이다. 제아무리 의식적으로 이것들을 멀리하려 해도 본능적인 욕구가 살아 있는 한 어쩔 수 없다. 그러나 선도수련을 착실히 하다 보면 마음과 몸이 자연스럽게 바뀌어지는 것이다.

그때는 황진이가 제아무리 아양을 떨어도 서화담 선생처럼 꿈쩍도 안 할 수 있게 심신이 변하는 것을 알게 될 것이다. 교태를 부리는 황진이는 재롱을 부리는 계집아이 정도로밖에는 보이지 않게 될 것이다. 왜냐하면 그때는 여자가 주는 쾌감보다는 몇 배나 더 큰, 차원 높은 환희를 기를 통해서 하늘로부터 받고 있기 때문이다. 본성을 깨닫는 길은 수련밖에는 없다는 것을 재삼 강조한다.

내 몸에 일어난 변화

1986년 9월 18일 추석 날

오래간만에 맞이하는 공휴일이었다. 나는 오래전부터 이날을 기다려왔다. 1979년 10월부터 1983년 4월까지 4년 동안이나 일요일이면 하루도 빼놓지 않고 찾곤 하던 관악산엘 가기로 한 것이다. 산이란 일단 정들여 놓으면 떨어져 있어도 자꾸만 찾아가고 싶게 마련이다. 오랜만에 찾을 땐 멀리 떨어져 있던 고향이라도 찾을 때처럼 가슴이 설렌다.

아침 8시에 차례를 지내고 나서 식사를 마치고 등산 준비를 하는데 왜 그런지 머리가 갑자기 어찔어찔 하고 눈앞이 노오래지면서 주저앉고 싶도록 맥이 쏘옥 빠져 나가는 것이었다. 그런가 하면 뒷머리가 욱신욱신 쑤시는 것이었다.

방안에 들어가 한참 누워 있은 뒤에야 안정을 되찾았다. 도대체 무슨 일일까? 무엇 때문에 이런 일이 벌어지는 것일까? 아무리 생각해 보아도 그 원인을 알 수가 없었다. 곰곰이 생각을 곱씹어 보았다. 아침식사를 하기 전에는 이런 증상이 없었다. 식사 후에 이런 일이 벌어졌으니까 아무래도 식사에 원인이 있는 것만 같았다. 혹시 차례 지낼 때쓴 쇠고기에 원인이 있는 게 아닐까 하는 의심이 들었다. 그렇다면 간단히 실험을 해 보면 알 수 있는 일이었다.

나는 주방에 들어가 쇠고기를 한 점 입에 넣고 천천히 씹어 삼켰다.

삼키고 나서 가만히 반응을 살펴보았다. 아니나 다를까. 머리가 다시 금 어찔어찔 현기증이 일면서 뒷골이 욱신욱신 쑤시기 시작하고 눈앞 이 노오래지는 증상이 다시 나타나는 것이었다. 역시 쇠고기 때문이라 는 것을 알았다. 닭고기와 돼지고기도 있기에 한 점 맛보려 하니까 속 에서 거부반응이 일었다.

그러나 모처럼 4년 동안이나 정들었던 관악산엘 가기로 오래전부터 정해 놓았던 터였으므로 아내는 이미 출발 준비를 끝내놓고 떠날 차비 를 하고 있는데, 못 가겠다고 할 수도 없었다. 아내가 내 안색이 좋지 않은 것 같다고 했지만 나는 아무렇지도 않다고 얼버무리고 배낭을 둘 러메었다. 버스칸에서도 전에 없이 속이 울렁거렸다. 지금까지는 그래 도 좋은 방향으로만 심신이 변화해 왔었는데 이 무슨 뜻하지 않은 부 작용이란 말인가?

그동안 소주천을 하게 되고 뒤이어 전신주천을 하게 되면서 20대 청 년시절부터 줄곧 나를 괴롭혀 온 신경통은 완전히 나아버렸다. 처음에 는 가슴 부위에서 등으로 왔다갔다하면서 특히 환절기면 숨이 넘어갈 만큼 심한 아픔을 몰고 오던 신경통이 사라지더니, 이따금 예고도 없 이 들이닥치곤 하던 안면신경통도 말끔히 가셔버리고 말았다. 30여 년 동안 찰거머리 모양 붙어다니던 신경통에서 이젠 완전히 해방이 된 것 이다. 이것 하나만 가지고도 나는 선도수련을 시작한 보람은 충분히 있다고 할 수 있다.

어디 그뿐인가? 열여덟 살에 군대생활을 시작하고 행군을 하면서부 터 여름철이면 어김없이 찾아와 나를 지지리도 괴롭혀온 무좀도 말끔히 없어졌다. 물론 그동안 병원에도 다녀 보았고 좋다는 약은 다 써 보았다. 그러나 쓸 때뿐이었다. 제법 몇 개월 동안 재발이 안 되는 때도 있었다. 그러나 다음해 여름이 오면 작년에 왔던 각설이 죽지도 않고 또 오는 각설이처럼 어김없이 찾아와서 발가락 끝에도 희끗희끗 피부가 벗겨지는 반갑지 않은 기묘한 현상이 일어났었는데 이것까지 말끔히 없어진 것이다.

여름철 산에 갔다 오면 으레 옻나무에 나도 모르게 접촉되어 벌겋게 좁쌀알 같은 것이 피부에 돋아나면서 미치고 환장할 정도로 가렵곤 하여 밤잠을 설치곤 했었는데 그것도 없어졌다. 또 내 체질은 산성이 되어서 그런지 물것을 많이 탔었다. 모기나 벼룩 같은 해충이 단골로 내 몸에서 피를 빨아먹곤 했었다. 게다가 여름철 등산 시에는 산에서만 사는 시꺼멓게 생긴 독한 모기, 벌, 그 밖의 각종 해충의 집중 공격을 받곤 하여 내 살갗은 언제나 염증이 가시지 않았었는데, 이제는 이러한 해충들이 얼씬도 하지 않았다.

체질이 산성에서 알카리성으로 바뀌어서 그런지 어쩐지 알 수 없는 일이지만 신기할 정도다. 간혹 가다가 그래도 지독한 해충에게 물리는 일이 아주 없는 것은 아니었다. 그러나 비록 물린다 해도 그전과는 양상이 판이했다. 아무리 독한 해충에게 물려도 그저 따끔하기만 할 뿐 물린 자리가 그전처럼 붓거나 가렵거나 하는 일이 없다.

침침하던 눈도 더 밝아졌다. 신체검사 때 실제로 시력을 측정해보니까, 0.4이던 것이 0.6으로 오히려 더 좋아졌다. 내 눈은 원래 1.0이었던 것이 일선에서 군대생활을 할 때 촛불이나 호롱불 밑에서 밤이면 무리

하게 독서를 몇 해 동안 하다가 보니까 갑자기 0.5 이하로 시력이 떨어졌었다. 지금은 일선에도 구석구석 전기가 들어가지만 내가 군대생활을 하던 때만 해도 촛불 아니면 석유나 오일 등잔이 밤이면 유일한 조명기구였다.

0.5면 근시에 속한다. 그래서 안경을 쓸 수밖에 없었는데, 이상하게도 안경만 쓰면 코에서 피가 나고 눈앞이 어지러운 부작용이 일어나곤 하여 안경을 안 쓰고 30여 년 동안을 지내온 것이다. 그러던 것이 내 나이 50대가 되면서부터는 두드러지게 눈이 침침해지기 시작하더니 시력이 떨어지는 것 같았다. 그런데 선도수련을 시작한 이후로는 악화일로를 걷던 시력이 오히려 좋아진 것이다.

나이는 속일 수 없어서 내 동년배들은 돋보기를 쓰지 않고는 신문이나 영어 사전을 보지 못한다. 그러나 나는 지금도 제아무리 작은 영어 사전 활자도 젊었을 때와 똑같이 선명하게 볼 수 있다. 아내는 나보다 다섯 살이나 아래인데도 벌써 바늘에 실을 꿰지 못하고 날보고 도와달란다. 선도수련은 이처럼 육체적인 젊음도 되찾아주는 것을 알 수 있다.

나는 일요일이면 어김없이 등산을 하는데, 대다수의 등산객들 모양 쉬운 워킹 코스를 걷는 게 아니고 험준한 바위를 타기 때문에 아무리 숙달이 되고 조심을 한다고 해도 자칫하면 바위 모서리 같은 데 사지가 찢기거나 부딪쳐서 찰과상이나 타박상을 입기 쉽다. 특히 여름철이면 아무래도 노출을 많이 하게 되고 얇은 옷을 입지 않을 수 없으므로 몸에서 상처가 아물 날이 없었다. 그런데 수련을 한 뒤 그전에는 사흘에서 일주일은 걸려야 아물던 상처도 하루 이틀이면 거뜬히 아물어버렸다.

바위를 타다 보니까 아무래도 점프를 하게 되는 일이 많아서 발목을 삐는 일이 자주 있다. 그전 같으면 한번 발목을 크게 삐면 몇 개월씩 낫지 않을 때도 있었다. 빨리 낫는다고 해도 몇 주일은 걸렸다. 그러나 지금은 삐자마자 그 자리에서 나아버린다.

수련을 통해서 기(氣)가 몸안에 왕성하게 순환하다가 고장난 부위, 아픈 부위, 또는 세균이 침투된 부위에 자동적으로 집중이 된다. 삐긋 하면서 통증을 느끼는 순간 바로 그 발목 부위로 기가 몰려드는 것을 금방 느낄 수 있다. 그것은 마치 전방에서 어느 한 곳이 적의 집중 공격을 받아 뚫렸을 경우 대기 중이던 예비대가 긴급히 달려가 쳐들어온 적을 순식간에 물리쳐 버리는 것과 같은 느낌이다.

기(氣)가 삔 부위로 몰려들 때는 마치 물파스를 발랐을 때와 같은 시원하고 상쾌한 느낌을 준다. 그러나 파스를 발랐을 때는 살갗에서 안으로 스며드는 상쾌함이지만 몸안의 기가 그쪽으로 몰리는 것은 피부 깊숙한 내부에서 경락을 타고 몰려드는 것이므로 그 느끼는 강도가 사뭇 다르다. 파스가 인공적이고 얄팍한 데 비해서 기(氣)는 자연적이고 두터운 상쾌감과 함께 파스의 효과보다 몇 배나 더 빨리 통증을 낫게 해준다. 그 치료 속도는 거의 순간적이다.

이 밖에 몸이 훈훈해져서 한겨울에도 내복을 못 입는다든가, 피로가 없어지고 몸이 가벼워져서 층계를 두 계단, 세 계단씩 한꺼번에 뛰어오르고 내린다든가, 하단전 부위가 항상 따뜻하다든가, 조금만 상처를 입어도 금방 곪곤하던 살성이 변해서 금방 아물어 버린다든가, 눈망울

이 맑아지고 반짝반짝 빛이 난다든가, 목소리가 나도 모르게 쨍쨍 쇳
소리를 내어 주위 사람은 물론이고 나 자신도 놀랄 때가 있다든가 하
는 얘기는 이미 자세히 했으므로 되풀이하지 않겠다.

수련으로 알게 된 혈통줄

이상은 육체적인 변화이고 정신적인 변화도 있었다. 성급하던 성격이 많이 누그러져서 자제력이 현저히 늘어났고 남의 허물을 꼬집고 헐뜯기 좋아하던 성격도 많이 변해서 이제는 대인관계가 한결 부드럽고 원만해졌다. 특히 대인관계에서 내가 좀 손해를 보더라도 한발 양보하는 아량을 베풀게 되고, 별로 관심을 두지 않고 지내오던 조상에게 깊은 관심을 기울이게 되었다.

충효(忠孝) 사상을 새롭게 인식하게 되었다. 충(忠)은 물론 자기가 속한 국가와 민족에게 봉사하자는 것이고, 효(孝)는 조상님과 부모님의 은혜에 보답하는 것이다. 그러나 충이든 효든 자기 몸이 있고 나서의 일이다. 자기 몸이 없이는 충이고 효고 있을 수 없다. 그렇다면 내 몸은 어디서 유래되었는가? 어떤 종교에서처럼 하나님이 만들었을까? 물론 그 말도 부인은 하지 않는다. 그러나 그것은 어디까지 인류의 생성에 관한 종교적이고 철학적인 해석이지 피부에 와닿는 건 아니다.

그렇다면 나라는 존재가 이 세상에 태어나게 된 직접적인 원인은 무엇인가? 그것은 두말할 여지도 없이 자기의 어머니와 아버지다. 이것은 종교나 철학이나 그 밖의 추상적인 해석과는 차원이 다른 가장 현실적이고 구체적이고 가시적이고 감각적으로 느낄 수 있는 일이 아닌가. 자기의 부모가 아니라면 어찌 내가 이 세상에 어떻게 태어날 수 있었겠는가? 이것은 누구도 부인할 수 없는 자연의 이치이고 하느님의 섭리이다.

우리가 어렸을 때 병이 나서 죽게 되었다고 치자. 그때 가장 가슴 아파하고 자기의 살이라도 베어서 고칠 수 있다면 서슴지 않고 그렇게 할 수 있는 사람은 부모님밖에 없다. 물론 예외적인 경우도 있을 수는 있지만 일반적으로 그렇다는 말이다. 자기 자식의 죽음과 아픔을 가장 뼈아프게 슬퍼할 사람은 부모님밖에 없다. 이 부모의 마음이 바로 하느님의 마음인 것이다. 하느님은 구체적으로 부모를 통해서 사랑과 아픔을 나타내는 것이다.

그런데도 이 부모의 아픔과 간절한 자식 사랑의 진정을 무시하고 하나님 아버지만 찾는 종교가 있다면 그것은 그야말로 문제가 아닐 수 없다. 그 부모의 부모가 바로 우리들의 조상이다. 조상의 조상이 바로 하느님인 것이다. 이 하늘의 원리, 자연의 섭리를 무시하고 자꾸만 멀쩡하게 살아있는 부모를 외면하거나 그 부모의 부모인 조상은 무시하고 이스라엘 민족신인 여호와 하나님만을 찾는 데에 종교의 맹목성이 있지 않을까?

나는 이러한 원리를 수련을 통해서 깨닫게 되었다. 부모와 조상은 우리에게 육체만을 제공한 것이 아니고 정신도 제공한다는 것을 또한 깨닫게 되었다. 부모는 이 세상에 있을 때만 자식들을 키우느라고 진자리 마른자리 골라 누이면서 극진한 정성을 다하는 게 아니고 이 세상을 하직하는 마당에, 아니 이 세상을 하직한 뒤에도 자식의 안위를 걱정한다. 이것이 부모의 자식 사랑이다. 우리의 조상님들은 이 세상을 하직한 뒤에도 늘 후손의 안위를 걱정한다.

따라서 우리가 지극한 정성으로 수련을 하게 되면 신기(神機)가 발동되어 바로 이 조상들의 기운(氣運), 즉 에너지의 혈통과 이어지게 되는 것이다. 선도수련이 깊은 단계에 들어가면 갈수록 우리는 바로 이 조상들의 은덕에 힘입고 있다는 것을 피부로 느끼고 깨닫게 될 것이다. 선도에서 바로 혈통을 강조하는 이유가 여기에 있다.

수련의 정도가 깊어지면 깊어질수록 우리는 영계(靈界)를 거쳐 신명계(神明界)와 가까워지게 되는데 이때 후손을 인도해 주는 주체가 바로 조상신이라는 것을 조만간 깨닫게 된다. 우리가 이 세상에 태어날 때 부모님의 은덕으로 그분들의 피와 살을 빌어 육체를 갖추었듯이 우리가 신명계로 향할 때도 역시 우리는 조상신들의 영적인 에너지의 영접과 인도를 받게 되어 있다.

바로 이 혈통줄을 타야만이 선도의 깊은 경지에 들어갈 수 있다. 이 세상, 아니 이 우주의 누구도 바로 이러한 대자연의 법칙이자 하느님의 섭리를 벗어나서는 생존할 수 없는 것이다. 이 지구상의 모든 생물들이 각각 고유한 자기네 생태학적 발생 진화의 계보에 따라 생존하고 번영할 수 있듯이 인간도 바로 이러한 생태계의 진화의 법칙을 무시할 수 없다. 제아무리 하찮은 벌레 한 마리도 엄연히 자기가 속해 있는 계보가 있다. 그 계보를 이탈한 어떠한 생물도 이 우주상에는 존재할 수 없는 것이다.

실례를 하나 들어 보자. 문필가 김태영은 강화 김씨(江華金氏) 23세 손이다. 고려 명종(明宗)때 강화도의 수령인 하음백(河陰伯)을 지낸 성

(晟)자라는 분이 강화 김씨를 창시했는데, 이분의 7세 윗대가 신라 마지막 임금인 경순왕의 셋째 아들 명자(鳴字) 종자(鐘子)이다. 경순왕의 먼 직계 윗대에는 신라 46대 임금인 문성왕(文聖王)이 있고, 직계로 그 윗대에는 38대 원성왕(元聖王)이 있으며, 그 위에는 또 17대 내물왕(奈勿王)이 있고, 그 위가 신라 김씨의 창시자 김알자(金閼智) 즉 김 알자 지자가 있다.

여기까지는 강화 김씨 족보상에 밝혀진 것이고 우리나라 상고사를 더듬어 보면, 김알지의 머나먼 윗대는 배달국 시대의 소호금천씨(少昊金天氏)라는 하나의 큰 씨족이 등장한다. 바로 이 소호금천씨에서 갈라져 나간 한 종족이 메소포타미아에 수메르국을 세웠고 그 뒤를 이은 것이 아담이다.

아담의 20대 후손이 아브라함이고 아브라함의 14대 후손이 다윗 왕이고 다윗 왕의 26대 후손이 바로 예수 그리스도라고 성경에는 나와 있다. 이러한 사실은 작고한 민족사학자 문정창 선생이 그의 저서『한국, 스메르, 이스라엘 역사』에서 소상하게 밝혀 놓았다. 그뿐만 아니라 이 소호금천씨는 중국[支那] 상고 시대의 제왕 노릇을 해 온 것으로 그들의 각종 기록은 밝혀 놓고 있다. 그렇다면 이 소호금천씨의 윗대는 어떻게 되었을까? 배달국 시대에 주곡이라는 벼슬을 지낸 고시(高矢)씨이다. 그 이상은 기록이 없어서 누구라고 이름을 밝힐 수 없지만 있었던 것만은 틀림이 없다.

이름을 모른다고 해서 조상이 없었다고는 할 수 없다. 이름을 모른다고 해서 없었다고 단정해 버린다면 지금 존재하는 김태영의 존재도 역시 부인해야 하기 때문이다. 나뿐만 아니라 신라 김씨 전체와 김해 김씨 전체의 공동 조상인 소호금천씨의, 해안의 모래알같이 전 세계에 퍼져있는 자손들 전체의 존재를 부인할 수밖에 없기 때문이다.

그래서 그 이름 없는 조상의 윗대를 자꾸만 더듬어 올라가다 보면 우리 민족 전체의 공동 조상이 나타난다. 2096년 동안의 단군조선의 창시자인 단군왕검이나 그 윗대인 1565년간의 배달국의 창시자인 거발한 환웅천황이나 그 윗대인 3301년간 지속되어 온 환국연방(桓國聯邦)의 창시자인 안파견 환인천제(安巴堅 桓因天帝)로까지 거슬러 올라갈 수밖에 없고, 그 윗대로는 부도지(符都誌)에 따르면 6만 9천 66년 전에 마고성(麻古城)을 세운 마고 할머니가 있다.

그 윗대를 자꾸만 거슬러 올라가면 나반(那般)과 아만(阿曼)이 나오고 그 위에는 인류를 창조한 하느님이 나타나게 된다. 이러한 추측은 비단 신라 김씨뿐 아니라 어느 성씨를 가진 사람에게든 적용이 되는 것이다. 이처럼 우리나라 국조(國祖)들은 우리의 혈통상의 조상들과도 일치되는 것이다. 우리가 국조를 받들어야 하는 이유가 바로 나라의 조상이자 핏줄의 조상이기도 하기 때문이다.

그런데도 엉뚱하게도 우리는 고려 인종 때의 김부식의 『삼국사기(三國史記)』 이후 서역인(西域人) 즉 중국인을 상고 시대의 우리 조상이나 되는 듯이 잘못 알았다. 모화사상과 사대주의적 유학자들에 의해 우리의 국조가 마치 주(周)의 책봉을 받은 기자(箕子)인 것처럼 허위 조작되어 신봉되었다. 그러나 모화사상과 사대주의가 무려 8백여 년 동안이나 지속되어 오다가 지금으로부터 2백 년쯤 전에 기독교가 우리

나라에 들어왔었는데 그 뒤 점점 교세가 확장되더니 지금은 단군왕검이 바로 이스라엘 민족의 후손이라고까지 생억지를 부리는 판국이 되었다. 그들은 이스라엘의 민족신인 '여호와 하나님'이 우리 민족의 조상신인 것처럼 숭앙하고 있다.

이것은 갈데없는 환부역조(換父易祖) 행위다. 민족정기는 말살되고 자연의 섭리와 우주의 법칙을 무시하는 가증스러운 소행이다. 조상들이 이를 지켜보면서 얼마나 통분해 할 것인가? 하늘을 거역하는 행위는 언젠가는 꼭 천벌을 받게 되어 있다. 서역인을 국조로 모시던 유학자(儒學者)들은 결국 거세당하고 말았다. 지나친 사대주의로 나라까지 일본에게 35년 동안이나 빼앗기는 치욕까지 겪어야 했다. 기독교의 일부 세력은 지금 유학자들이 범한 것과 똑같은 실수를 저지르려 혈안이 되었다.

선도수련에 깊이 몰두하다 보면 이러한 자연과 우주의 이치를 스스로 깨닫게 된다. 이 밖에도 많은 정신적인 변화를 겪게 되었다. 가령 불안, 공포, 강박관념 같은 데 얽매이지 않게 되었다든가. 비관적이고 소극적이던 사고방식이 낙관적이고 적극적으로 변했다든가, 과격하고 공격적이던 성격이 온화하고 관대해졌다든가, 자신만 알던 것이 남을 돕고 남의 이익을 생각하고 항상 인간관계에서 화해를 중시하고, 의협심을 갖게 됐다든가, 천지기운의 존재, 우주에너지의 존재를 알게 되고 이 세상 모든 일이 바로 이 에너지의 조화에 의해서 생성 발전되고 창조 또는 진전, 소멸된다는 이치도 깨닫게 되었다. 이상 말한 모든 것은 내가 선도수련에서 얻은 긍정적인 측면이었다.

　나는 버스를 타고 관악산 입구를 향해 가는 동안 내내 지난 9개월 동안 겪었던 선도수련의 가지가지 경험들을 되새겨보면서도 계속되는 현기증에 시달렸다. 먹은 것이 체했다던가 해서 일어나는 현상과는 근본적으로 성질이 달랐다는 데 문제의 심각성이 도사리고 있었다. 그렇다고 모처럼 친정 나들이라도 하듯 기대와 흥분에 들떠 있는 아내에게 그런 내색을 할 수도 없어서 애써 평범을 가장했다.

　이번 추석날을 계기로 나의 선도수련은 침체의 늪에 빠져서 허덕이게 되었다. 추석 다음 날 아침이었다. 늘 하던 대로 아침에 일어나 도인법 수련을 하는 마지막 과정으로 10회씩 하는 팔 굽혀 펴기를 다섯 번을 하는데 갑자기 눈앞이 캄캄해지면서 펑크난 타이어처럼 바람 새듯 힘이 쏘옥 빠져나갔다.

　어쩔 수 없이 그 자리에 엎드려 한참 안정을 취한 뒤에야 정신을 다시 수습하고는 팔 굽혀 펴기를 끝까지 10회를 마쳤다. 웬만하면 그 자리에서 중단하고 자리에 누웠어야 하는 건데 좌우간 나도 끈질긴 데가 있었다.

　한번 시작한 일은 끝까지 밀고 나가 끝장을 보아야 직성이 풀리는 성격 때문이다. 그래서 과거에도 무슨 운동이든지 한번 시작하면 중병으로 몸이 말을 안 들을 때까지는 무슨 일이 있든지 중간에 거르지 않고 계속해 왔다. 한번 하기로 작정한 일을 중간에 부득이 못 하게 되면 꺼림칙하고 귀중한 무엇을 꼭 잃은 것 같은 느낌 때문에 하루 종일 마음이 불안하다.

　불워커 운동을 매일 아침 하기 시작한 지가 어느덧 3년쯤 되었을 때였다. 아침에 운동을 하다가 불워커 끈이 끊어지고 말았다. 웬만하면 그날은 그만두고 낮에 새로 사도 되련만 나는 그것을 참을 수 없어서 그 길로 달려나가 운동기구점에 가서 새로 사다가 운동을 마치고 출근을 한 일까지 있었다.

그러나 제 아무리 오랫동안 습관이 되어온 운동이라고 해도 일단 결점이 발견된다든가, 더 나은 운동이 있다는 것을 알게 된다면 미련 없이 내던지고 마는 성질도 있다. 8년 동안이나 해 오던 불워커는 선도의 도인체조로 하루아침에 바꾸어버린 것도 이 때문이었다. 이러한 끈질긴 노력은 자기 자신과의 싸움을 필요로 한다. 일종의 극기 훈련인 것이다. 극기는 자기 통제를 말한다. 자기 자신을 마음대로 조종할 수 없이 무슨 성취를 바랄 수 있을 것인가.

악착같이 도인체조를 마치고 식사를 했다. 평소의 반도 먹히지 않았다. 점심도 평소보다 적게 먹었다. 그런데도 저녁에 집에 돌아와 습관대로 도인체조를 했다. 그러나 중간에 또 현기증이 일었다. 이렇게 하루 종일 현기증이 계속된 일이 없었는데, 아무래도 심상치 않았다. 어쩔 수없이 도인체조를 중단하고 침대에 길게 누워버렸다. 한참 누워 있자니까 현기증이 가셨다.

육식 기피 현상

1986년 9월 21일 일요일

하도 비가 많이 쏟아져서 도봉산 냇골 난코스는 엄두가 나지를 않았다. 할 수 없이 그 옆 능선을 타기 시작했다. 우리 외에 다른 등산객은 눈에 띄지 않았다. 떼어지지 않는 걸음을 힘겹게 옮겨놓기 시작했다. 전에 없이 힘이 들고 숨까지 가빠왔다. 나는 등산을 계속하고 싶은 의욕을 깡그리 상실하고 말았다. 문제는 기운이었다. 기운이 없으니까 만사가 귀찮았다. 나는 싸움터에서 사기가 땅에 떨어진 병사처럼 가던 발길을 되돌리지 않을 수 없었다.

그 좋아하던 등산을 중도에 포기하고 되돌아와야 하는 이변이 있은 뒤부터 두드러지게 내 몸에 일어난 변화는 육식을 할 수 없게 되었다는 것이다. 전에는 일시적으로 한 일주일씩 육식 기피 현상이 일었다가도 금방 수그러들곤 했었는데 이때부터는 지속적으로 육류만 보면 구역질이 솟구쳐 올랐다. 특히 쇠고기, 돼지고기, 닭고기 따위 우리가 일상적으로 대하는 가축의 고기는 근처만 가도 속이 울렁거렸다.

이처럼 보름 이상을 육식은 일체 못하고 밥과 채소만 먹게 되니까 체중이 자꾸만 줄어들면서 후각만 예민해져 갔다. 특히 담배 연기에 대해서는 거의 신경질적인 거부 반응이 일어났다. 사무실에서 일을 하다가도 앞자리의 동료가 피우는 담배 냄새를 참지 못하고 일어서서 밖으로 나가야 할 때가 가끔 있었다. 이럴 때마다 우리나라에서는 아직도 염연권(壓煙權)이 사무실에서 전연 보장되지 않고 있는 현실을 혼자서 개탄을 하곤 했다.

더구나 젖 떨어진 뒤 밥을 먹기 시작하면서부터 길들여져 온 육식을 오랫동안 못 하게 되니까, 영양의 균형이 깨지기 시작했다. 뭐라고 꼬집어 말할 수 없지만 몸이 안정이 되지 않고 편치 않았다. 따라서 그전처럼 마음도 편치 않고 언제나 허공에 붕 뜬 것 같은 불안감 속에서 하루하루를 지내야 했다. 그렇다고 일상생활을 영위하지 못할 정도로 건강이 깨어진 것은 결코 아니었다. 등산을 포기하고 돌아온 이후 며칠 만에 어느 정도의 기력은 회복되어 도인체조를 할 수 있을 정도는 되었다.

제일 불편한 것이 가족들과의 식사 때였다. 나만을 위해서 육류가 들지 않은 음식을 따로 장만할 수는 없기 때문이다. 직장에 나가야 하는 아내는 그렇게 하고 싶어도 할 수 있는 시간과 여력이 없었다. 이렇게 육류를 못 먹게 되니까 평소에는 생각지도 못했던 새로운 사실을 발견하게 되었다.

김치 이외에는 찌개도 그렇고 국도 그렇고, 그 밖의 온갖 반찬 중에 육류가 들어가지 않는 것이 없다는 것이다. 그럴 수밖에 없는 것이 육류를 빼놓으면 반찬을 장만할 길이 없다는 것이었다. 더구나 요즘은 채소보다는 육류 쪽이 더 값이 싼 경우가 있다는 것이다. 채소 값이 하도 비싸서 김치를 '금치'라고 할 정도라는 것이었다. 어떤 때는 밥과 김치만 먹어야 할 때가 허다했다. 친구들과 같이 회식을 할 때도 나만 육식을 못하게 되니까 그 불편은 이만 저만이 아니었다. 식당에서도 육류를 완전히 뺀 음식은 별로 없기 때문이다.

한번은 이런 일이 있었다. 점심때 직장 구내 식당에서였다. 구수한 냄새가 나는 쇠고기국이 나왔는데 제법 구미가 당겼다. 이상한 일이 아닐 수 없었다. 육류 요리 냄새만 나도 속이 울렁거리곤 했었는데 이 날은 그전처럼 입안에 군침까지 돌았다. 평소의 구미가 되돌아온 것이라 생각되었다. 쇠고기를 잘게 다져 넣고 무채와 파와 계란을 풀어서 끓인 것인데 속에서 당겼다. 오래간만에 국과 밥 한 그릇을 게 눈 감추듯 해버렸다. 그런데 일단 먹고 나서 자리를 일어서려고 하는데 머리가 아찔했다.

다음 순간 가슴이 답답해 오면서 눈앞에 무수한 돈짝이 가물대는 것이었다. 속이 메슥메슥한 게 금방 토할 것 같았지만 억지로 참아보기로 했다. 사무실에 올라와 앉았다. 이번에는 뒷골이 욱씬욱씬 쑤시는 것이었다. 누가 두 손으로 뒷머리를 꽉 조이는 것 같기도 했다. 그리고 소화기관 전체가 완전히 그 기능을 정지해 버린 듯 앞뒤가 꽉 막힌 것 같고 답답해서 견딜 수 없었다.

밥과 김치만으로 식사를 때우자니 자연 영양실조가 될 수밖에 없었다. 현기증이 자주 일어나는 것은 영양실조로 인한 일종의 빈혈 현상 때문이었다. 그렇지만 나는 그게 빈혈이라는 사실을 미처 깨닫지 못하고 있었다. 수련을 하다가 보면 일어나는 하나의 부작용이겠지 하고 간단히 접어두었다.

선도수련이 고도로 진행되면 식사량도 점점 줄어들고 어떤 때는 며칠씩 먹지 않고도 호흡만으로 살 수 있다는 말을 선도 책에서 읽은 일이 있기 때문에 나는 이에 대하여 지나치게 신경을 쓰지 않았다. 그러나 그것은 너무나도 안이한 생각이었다. 식사를 며칠씩 거르고도 아무렇지 않을 정도로 수련이 높아지려면 나 정도의 수련 가지고는 어림도 없는 일이라는 것이 곧 드러나고 말았다. 책이나 보면서 혼자서 9개월 정도 수련을 해가지고 그 정도의 경지에 올랐다고 생각한 것은 지나친 환상에 지나지 않았다.

하긴 이처럼 육식을 생리적으로 기피하게 되고 식사량이 줄어들면서부터 단전호흡은 오히려 더 잘되었다. 호흡을 할 때마다 뜨거운 기가 단전에 수북수북 쌓이는 바람에 바로 기가 쌓여서 단(丹)이 형성되어 음식을 못 먹어 줄어드는 식사량을 보충해 주리라고 은근히 기대했었다. 그러나 이것 역시 하나의 환상에 지나지 않았다. 아직 나 정도의 수련을 가지고는 어림도 없다는 것이 곧 밝혀지게 된다.

나는 이러한 몸의 변화를 혼자서만 삭일 수 없어서 직장 동료인 임승규에게 말했다. 그는 단전호흡을 해 본 경험이 있어서 내 말을 진지하게 들어주었다. 그는 자기가 지도를 받고 있는 스님에게 전화를 걸어 나에게 바꾸어 주었다. 그 스님은 다음과 같이 말해 주었다.

"수련이 진행되면 될수록 체질이 변화되어 향상되는 징후입니다. 너무 걱정할 필요는 없습니다. 이러한 과정을 거치면 노화도 방지되고 세포 조직 자체도 다시 젊어지고 활력을 되찾게 됩니다. 육류가 싫어지면 우유나 해산물, 어패류는 괜찮으니까 들어보십시오."

스님의 말대로 해산물과 어패류를 먹어보았더니 과연 부작용이 일지 않았다. 그러나 우유는 역시 생리적으로 받지를 않았다. 반찬으로는 김치만 먹다가 해산물과 어패류를 먹게 되니까 영양 상태는 한결 좋아졌다. 그러나 어패류는 육류보다도 훨씬 값이 비쌌다. 그게 큰 단점이었지만 이러한 정보를 알게 된 것만도 나에게는 다행이 아닐 수 없었다. 한 달 이상을 이처럼 육식을 못하게 되니까 체질이 바뀌어 남들이 쇠고기나 돼지고기, 닭고기 같은 것을 맛있게 먹는 것을 보면 징그럽기까지 했다.

일상생활에서의 불편은 갈수록 더해갔다. 사람이 살아가는 데 의식주는 기본적인 것이다. 이 세 가지 기본 요건 중에서도 먹는 것이 가장 중요하다. 의복과 주거는 다소 변동이 있어도 그리 큰 불편은 느끼지 않지만 식사에 변동이 생기면 생명 활동과 직접 관련이 되는 것이므로 그 영향이 거의 절대적일 수밖에 없다.

비록 속에서 육류를 받아들이지 않는다고 해도 수십 년 동안 길들여 온 습관이라는 것은 그렇게 간단히 바뀌는 것이 아니었다. 혁신 대 보수 세력의 싸움에 비할 수 있을까? 육식을 싫어하면서도 한편으로는 조금씩은 다시 먹어도 괜찮지 않을까 하는 요행 때문에 기회만 있으면 다시 먹어보고 싶은 욕구가 일었다.

1986년 10월 10일

육식을 못하게 되니까 밥을 먹고 나서도 그전처럼 느긋한 포만감 같은 것을 즐길 수 없었을 뿐 아니라 언제나 무엇인가 꼭 뱃속에 들어와야 할 것이 빠진 것처럼 허전했다. 몸에서 기름기가 빠져나간 듯이 늘

메마른 것 같았다. 마치 윤활유가 말라버린 기계모양 몸이 유연하지를 못했다. 그리고 기름이 거의 바닥난 등잔모양 속에서 무엇이 바싹바싹 조여들어오는 것 같기도 했다.

게다가 체중까지 자꾸만 줄어들었다. 육식을 못하는 데다가 식량까지 줄어들었으니 그럴 수밖에 없었다. 그래서 이즈음의 나는 온 신경과 주의력을 먹는 데만 집중하지 않을 수 없었다. 어떻게 하면 영양실조에 걸리지 않고 이 고비를 무사히 넘길 수 있을까 하는 데 온갖 지혜를 짜내야 했다.

1986년 10월 13일

점심때 구내식당에서 된장을 풀어서 끓인 배추국이 나왔다. 제법 구수한 냄새가 식당 밖에까지 풍겨 나와 콧속을 자극해서 오래간만에 식욕을 자극했다. 밥 퍼주는 아줌마에게 식사를 좀 많이 달라고 해서 식판을 들고 나와 식탁에 앉자마자 배추국물부터 한 숟갈 입안에 떠 넣었다.

그런데 기대와는 달리 어딘가 좀 이상했다. 속에서 거부반응이 온 것이다. 국물을 유심히 휘저어 보니 국그릇 밑바닥에서 쇠고기 쪼가리가 나왔다. 대번에 식욕이 달아나 버리고 말았다. 스파게티, 카레라이스, 떡국을 먹고 혼이 난 생각이 떠올라 육류가 든 음식은 아무리 소량이라 해도 먹을 용기가 나지 않았다. 식당 바깥에서부터 먹으려고 잔뜩 별렀던 배추국을 밀어놓고 나니 허전하기 짝이 없었다.

공연히 아무도 하라고 시키지도 않은 선도수련인가 뭔가를 하다가 식성까지 변해서 이 고생을 한다고 생각하니 수련에 대한 깊은 회의마저 일었다. 사람이 산다는 것이 무엇인가? 주어지는 음식을 유쾌한 기분으로 먹고 그것을 제대로 잘 소화시켜 가면서 거기서 나오는 에너지의 활력으로 하루하루를 즐겁게 살아나가는 것이 가장 기본적인 생활 조건이 아닌가?

그런데 그것이 뜻대로 안 되니 그게 무슨 진정한 삶이란 말인가? 그리고 언제까지 이러한 불편한 상황이 지속될 것인가. 또 얼마쯤 지나야 정상으로 회복될 것인지. 아무도 알 수 없는 일이었다. 지금으로서는 나 혼자만이 속으로 끙끙 앓고 고민할 수밖에 없다. 이와 비슷한 고통을 겪었다는 사람을 나는 아직 발견하지 못했기 때문이다. 그리고 내 주위에는 이런 문제를 상담할 만한 대상도 없다.

이러한 고통을 당하면서도 수련을 계속 강행할 것인지 아니면 중단해 버릴 것인지, 얼른 판단을 내릴 수 없었다. 이제 갑자기 수련을 중단한다는 것도 말처럼 쉬운 일이 아니었다. 9개월 동안이나 지속되어 온 단전호흡은 이미 체질화되어 버렸다. 그것을 컴퓨터에 입력했던 프로그램을 지워버리듯 한순간에 중단시킬 수는 없었다.

이제 나는 나도 모르게 단전호흡을 하고 있었다. 그러니까 보통 사람들이 하는 일상적인 호흡이 내 경우는 단전호흡으로 바뀌어버린 것이다. 그것이 하루, 이틀 사이에 이루어진 습관인가. 9개월이라는 시일에 걸쳐서 완전히 체질화되어 버린 호흡법을 이제 갑자기 옛날처럼 보통 호흡으로 되돌린다는 것 역시 떡 먹듯이 쉬운 일은 아니다. 그래도 살자면 먹어야 했다. 배추국 대신에 보리차를 떠다가 말아서 김치와 오이장아찌를 곁들여 겨우 한 공기의 밥을 먹었다. 더이상 먹을 수도 없었다. 그런데도 숟가락을 놓을 때는 여전히 밥을 먹다가 만 것처럼 아쉽고 허전하였다. 타성 때문일까?

이런 식으로 늘 식사를 하니까 두 시간쯤만 지나면 으레 공복감을 느끼곤 했다. 뒤이어 무력감과 피로까지 겹쳐 와서 일을 하기조차 거북할 때가 있었다. 이런 때에 대비해서 미숫가루와 꿀 같은 것을 준비해 두었다가 간간이 물에 타서 들곤 했다. 그래도 충족감은 오지 않았다. 이처럼 몸은 항상 균형과 평정을 잃고 있는데도 이상하게 단전호흡만은 짙게 잘되었다. 호흡만 하면 단전에 뜨거운 기가 무더기무더기 쌓이는 것이었다. 마치 식사로 보충 못한 에너지를 단전호흡으로 흡인된 기(氣)가 보충이라도 해주는 것 같은 느낌이 들었다. 그러나 식사 조절에는 늘 실패를 거듭하고 있었다.

1986년 10월 14일

우리는 흔히 식사는 자연이 요구하는 대로 하면 된다고 한다. 그러나 이 자연의 요구 속에는 늘 함정이 도사리고 있는 경우가 흔히 있음을 간과하기 쉽다. 이날 퇴근 후 집에서 저녁 식사 때 나는 밥 한 공기를 게 눈 감추듯 했다. 그런데도 간에 기별도 가지 않아서 또 한 공기에 게살과 명태찌개, 김치찌개 따위를 정신없이 먹어댔다. 그래도 아직 성이 덜 찬 것 같았지만 억지로 중단하고 사과 한 개를 들고는 저녁 식사를 마쳤다.

10시 반경까지 텔레비전을 보다가 잠이 쏟아지는 통에 눈을 뜰 수가 없어서 곧 잠자리에 들었다. 그런데 이게 웬일인가. 새벽부터 뱃속이 꾸르룩꾸르룩 격렬한 공방전을 일으켰다. 그래도 잠은 계속 쏟아졌다. 그러나 더이상 참을 수 없어서 화장실로 달려가지 않을 수 없었다. 역시 과식으로 인한 설사였다.

이것만 보아도 자연이 요구하는 대로 식사를 한다는 것이 얼마나 어리석은 일인가를 알 수 있다. 그러니까 제아무리 속에서 당긴다고 해도 그러한 자연의 요구에는 속지 말아야 한다. 소화할 능력도 없는 위장이 허욕을 부린 것이다. 이에 속지 않으려면 제아무리 속에서 당긴다고 해도 평소의 정량이 넘으면 과감하게 숟가락을 놓는 용단을 내릴 줄 알아야 한다.

선도수련이란 몸과 마음을 다 함께 다스리는 공부이다. 호흡 수련뿐만 아니고 몸을 관리하는 데도 비상한 주의력과 지혜를 필요로 한다. 함정이 숨어 있는 본능적인 욕구를 제때에 다스릴 수 있는 능력을 기르는 것도 역시 수련을 통하여 양성할 일이 아닐까?

1986년 10월 16일

육식을 못하고 식량은 줄어들기만 하니까 몸은 점점 더 가벼워졌다. 그렇다고 일상생활을 하는 데 지장이 있을 정도로 몸이 쇠약하지는 않았다. 아침저녁으로 30분씩 도인체조를 하는데도 별로 힘이 들지 않았다.

등산을 하는 데는 오히려 몸이 가벼웠다. 어떤 때는 훨훨 나를 것 같이 몸이 가벼웠다. 더구나 호흡할 때마다 기는 단전에 점점 더 많이 뜨겁게 쌓여서 12정경과 기경팔맥을 통하여 온몸을 왕성하게 돌고 있었다. 그러나 편식 때문에 당하는 여러 가지 불편은 더욱더 가중되어 갔다. 생각다 못해 전문기관에 문의해 보기로 했다.

먼저 강남에 있는 W도장에 전화를 걸었더니 여직원이 나왔다. 사정 얘기를 하자, 그 여직원은 '우리 회원들 중에는 육식을 못하는 사람은 하나도 없는데요' 하고는 전화를 일방적으로 끊어버리고 말았다. 전화라는 통신 수단이 편리한 면이 있기는 하지만 이런 때는 별 도움이 안 되는 것 같았다. 망연자실했다. 한참 동안 그렇게 멍청하니 앉아 있다가

이번에는 K단원이라는 데로 걸어보았다. 내 이름과 직업과 직장을 대고 사정얘기를 했다. 전화를 받은 중년 남자 역시 자기 이름을 밝히면서 다음과 같이 말해주었다.

"그렇다면 선생님의 경우엔 수련이 아주 잘되어나가는 중입니다. 혹시 육식 기피 현상 이외에 빈혈 증상 비슷한 것이 일어나지 않습니까?" 하고 물었다.

"가끔 현기증이 일어날 때가 있습니다."

"그럴 겁니다. 그러나 걱정하실 필요는 없습니다. 그러다가 기가 계속 쌓이면 그 증세는 없어집니다. 체중은 얼마나 줄었습니까?"

"3에서 5킬로쯤 줄었습니다."

"그 정도로 줄었다가 그 이상 더는 줄지 않을 겁니다. 1회 호흡 시간은 얼마나 됩니까?"

"30에서 40초입니다."

"9개월 동안이나 수련을 하셨다면 호흡 시간이 너무 짧습니다. 더 늘여보도록 노력해 보십시오. 시간 나시는 대로 한번 직접 저희 단원에

찾아오십시오, 무료 상담해 드리겠습니다."

궁금증이 완전히 풀린 것은 아니지만 오래간만에 그 방면에 종사하는 사람에게서 믿음직한 상담을 받은 것 같아서 불안이 다소 가라앉는 것 같았다. 저녁 6시쯤 직장 동료인 임승규 기자가 자기가 다니는 도장에 가서 진찰을 받아보자고 하기에 따라 나섰다.

30대 전후의 건장하게 생긴 사범이 나를 소개받자 밀실로 데리고 갔다. 비닐을 씌운 나무 침대 비슷한 진찰대에 나를 눕게 하더니 수련 경력과 불편한 증상을 묻고는 곧 내 몸을 골고루 안마하기 시작했다. 머리끝에서 발끝까지 그의 손이 미치지 않는 데가 없었다. 안티플라민으로 피부를 마사지하면서 갖가지 자세를 바꾸어가며 그는 아주 정성스럽게 내 온몸을 누르고, 두드리고 쓰다듬어 주었다. 그의 이마에서는 땀이 비 오듯 했다. 그렇게 하기를 무려 40분. 이제 다 끝났다고 했다. 효험이 있을지는 차치해놓고 그의 정성에 나는 감복했다. 그는 땀을 수건으로 닦으면서 이렇게 말했다.

"수련이 정상적으로 이루어진다면 육류를 소화시키지 못할 리가 없습니다. 아무래도 기가 체한 것 같습니다. 경락이 어딘가 막혀서 기의 순환이 원활하지 못하면 기체(氣滯)현상이 일어납니다."

어쩐지 금방 이해가 가지 않았다. 왜냐하면 기가 체했다면 무엇 때문에 육식만 못하게 된단 말인가? 다른 음식도 못 먹어야 할 것이 아닌가? 이 밖에도 내 나름으로 그의 말에 얼른 수긍이 가지 않는 데에는 언젠가 모 출판사 사장을 통해서 알게 된 단학 수련가 Y씨의 다음과 같은 말이 떠올랐기 때문이다.

"생리적으로 육식을 기피하는 현상은 도승(道僧)들에게서 흔히 볼 수 있는 현상입니다. 10년에서 15년 정도쯤 깊은 산중에서 주로 채식만을 하면서 수도에 열중하다 보면 심신에 변화를 일으켜 자기도 모르게 생리적으로 육식을 못하게 됩니다. 지금 김 선생님과 똑같이 고기 냄새만 맡아도 구역질이 나고 속이 울렁거린답니다.

그것은 그만큼 심신이 맑아졌기 때문입니다. 불가에서 육식을 금하는 것은 다 그만한 이유가 있기 때문입니다. 육식을 하게 되면 아무래도 직접 또는 간접으로 살생을 하게 되고 그것이 업장(業障)이 되어 우리는 이 윤회의 사슬에서 도저히 풀려날 수 없다는 것입니다.

살생을 하지 않는 한 방편으로 다시 말해서 새로운 업을 만들지 않기 위해서라도 살생이나 육식을 금할 수밖에 없습니다. 실제로 인간은 육식을 안 하면 그만큼 심신이 순화되어 생리적으로 장수를 누릴 수 있고 고혈압이나 당뇨병, 뇌졸중 같은 병에 걸리는 율이 훨씬 줄어들게 됩니다. 육식 특히 짐승의 고기가 사람의 몸에 해롭다는 것은 과학적으로 충분히 입증이 되고 있습니다.

우리의 식탁에 일상적으로 오르는 쇠고기, 돼지고기, 닭고기를 예로 들어봅시다. 소는 영물이어서 도살장에 끌려갈 것을 미리 압니다. 외양간에서 도살장에 끌려가기까지 소는 어떠한 생각을 하게 될까요? 소만큼 사람을 위해서 온갖 노역을 제공하고 또 우유까지 제공하는 짐승이 어디 있겠습니까? 사람은 소를 부려먹고 싶은 대로 실컷 부려먹고 나서는 이제 더이상 부려 먹을 가치가 없다고 생각되면 가차 없이 도살장으로 끌고가 죽여버리고 맙니다.

이것을 훤히 다 알고 있는 소는 속으로 얼마나 사람을 괘씸하게 생각할 것입니까? 그러나 소는 이 모든 것을 알면서도 죽을 때까지 사람에게 별로 반항을 하지 않습니다. 단지 도살장으로 끌려나갈 때 또 도살장 문턱을 넘어설 때 본능적으로 네 발굽을 버티고 약간의 저항을 시도할 뿐 자신의 운명을 말없이 감수합니다.

그러나 소가 속으로 인간에게 느끼는 원한은 가히 상상할 수 있습니다. 더구나 도축업자에 의해서 소가 죽임을 당하는 순간의 공포는 사형수의 공포와 조금도 다를 바가 없을 것입니다. 죽는 순간의 그 극도의 경악과 공포 때문에 소의 혈액은 일시에 산성으로 변하고 독성을 띠게 됩니다. 이것은 도살되는 순간에 채취한 혈액과 보통 때의 혈액과의 차이를 분석해 보면 금방 알 수 있는 일입니다.

돼지나 닭의 경우도 죽는 순간의 공포와 경악은 소와 다를 바 없습니다. 이처럼 도살되는 순간의 동물의 피는 강한 독성을 띠게 됩니다. 우리는 바로 이러한 짐승의 고기를 먹습니다. 바로 이 짐승의 고기 속에는 죽는 순간에 발생한 독기가 그대로 배어 있습니다. 그러니까 그 독성까지를 우리는 함께 먹는 것입니다. 채소를 못 먹고 육식만을 상식하는 북극 지방의 에스키모들은 수명이 겨우 40세도 못 된다고 합니다. 동물 중에서 육식 동물은 초식 동물보다도 일반적으로 수명이 짧습니다.

이처럼 육식을 하면 살생을 하거나 그 살생을 간접적으로 조장함으로써 업장을 만들고 또 신체적으로는 육류의 독성까지를 흡수함으로써 수명까지 단축하고 온갖 성인병의 원인이 됩니다. 그러니까 육식을 채

식으로 바꿈으로써 우리는 이 두 가지 멍에에서 해방이 되자는 겁니다.

김 선생님의 경우는 차라리 잘된 것이 아닌가 생각됩니다. 남들이 10년에서 15년이나 피나는 수련을 해서 얻은 성과를 불과 9개월 만에 이룩했으니 말입니다. 요즘은 또 전 세계적으로 의학자들이 건강과 장수를 위해서 채식을 장려하는 경향이 늘어나고 있습니다. 그래서 전통적으로 육식을 많이 하던 서구인들 중에 채식주의자들이 날이 갈수록 늘어나고 있습니다. 채식을 함으로써 암의 발병률도 훨씬 줄일 수 있다는 것입니다.

그 반면에 전통적으로 채식을 위주로 하던 동양 사람들, 예컨대 한국이나 일본인들이 최근에는 소득이 향상되면서 육식을 더 많이 하는 기묘하고 얄궂은 현상이 벌어지고 있습니다. 이 때문에 고혈압, 비만증, 당뇨병 같은 악성 성인병이 점점 더 만연하고 있는 것도 사실입니다.

제가 보기에는 김 선생님은 갑작스러운 식성의 변화로 지금은 좀 고전을 하고 계시지만 이제 대사(代謝)작용이 정착되어 채식이 체질화되면 수련도 더 빨리 진전될 것이고 심신이 다 같이 변화되어 놀라운 현상이 일어나게 될 것입니다. 그러니까 너무 걱정하지 마십시오. 곡식이나 채소 속에는 기본적으로 인간이 필요로 하는 영양과 열량은 다 포함되어 있으니까요. 문제는 채식이 체질화되기까지의 과정이 고통스럽다 뿐이지 그것만 통과하고 나면 아무런 어려움도 없을 것 입니다."

Y씨의 이러한 말은 나에게 큰 위안이 되었다. 사람은 참으로 간사한 동물이어서 언제나 자기 자신의 조건에 유리하게 모든 일을 해석하는 경향이 있다. 담배가 자기 자신의 몸에만 해로운 게 아니고 이웃에서

같이 생활하는 담배 안 피우는 사람에게도 해를 끼친다는 것을 뻔히 알면서도 담배에 중독되어 금연할 수 없는 자가 스스로 자제하는 대신에 담배 피우는 것을 도리어 합법화하려고 시도한다. 담배를 피우면 스트레스가 해소된다느니, 흡연이 수명을 단축시킨다고 하지만 처칠이나 맥아더 같은 사람들은 골초들이면서도 살 만큼 살다가 갔다느니 이웃 사람에게 해를 준다지만 아직은 법에 저촉되는 것은 아니니까 양해해야 한다느니 어쩌구 하면서 말도 안 되는 자기 합리화를 꾀한다.

그와 마찬가지로 내 경우 육식을 못하게 되니까 Y씨의 말이 참으로 그럴듯하게 들려서 과연 그렇겠구나 자위하게 되었던 것이다. 진실성이나 타당성 같은 것은 둘째 치고 우선 자기 자신의 조건에 영합이 되니까 얼른 그것을 받아들이게 되는 것이다.

이러한 나에게 기가 체했다고 하니 먹혀들어 갈 리가 없었다. 그러나 그렇게 열심히 그리고 진지하게 안마를 해 준 사범에게 어떤 사례를 해야 할지 몰랐다. 나를 위해서 근 한 시간 동안이나 애를 쓴 그에게 빈손으로 돌아선다는 것은 양심에 심히 가책되는 일이었다. 그래서 사례금 얘기를 꺼냈더니 펄쩍 뛰면서 "그냥 가십시오" 한다. 동료와 함께 되돌아가면서도 한편으로는 제발 사범의 말대로 기가 체했다면 그의 안마 덕분에 나아주었으면 좋겠다고 생각했다. 그러나 며칠이 지났는데도 증상에는 아무런 변화도 일어나지 않았다. 조금이라도 효험이 있다면 다시 찾아가려고 했었는데 끝내 아무 변화도 없었다.

1986년 10월 23일

오전 10시경에 K단원에 들렀다. 어제 원장인 이시명 씨와 만나기로 시간 약속을 해 놓았던 것이다. 내 체질이 제아무리 수도를 10년에서 15년을 한 수도승을 닮았다고 해도 그것만으로 위안을 삼고 아무런 조치도 취하지 않고 앉아있을 수만은 없었다. 몸이 눈에 띄게 자꾸만 여위어가는 것은 말할 것도 없고 가끔 일어나는 빈혈 증상 때문에 무슨 수든지 쓰지 않을 수 없었다. 이시명 씨와 30분간 대화를 나누었다. 그는 말했다.

"선생님의 육식 기피 현상은 수련 도중에 흔히 일어나는 현상으로서 우려할 정도는 아닙니다. 그리고 일시적으로 일어났다가 때가 되면 곧 사라지게 되어 있습니다. 다만 문제는 얼마나 시간이 걸리느냐 하는 것뿐입니다."

"좋은 치료 방법이 있으면 좀 말씀해 주십시오. 실은 제가 오늘 선생님을 찾아 온 것도 그것 때문입니다."

"육식을 하던 사람이 갑자기 그것을 중단하게 되면 몸에 산성이 부족해지게 됩니다. 우리는 흔히 몸에 산성이 많으면 나쁘다고 하지만 산성이 부족해도 몸에 좋지 않습니다. 산성과 알카리성은 적당한 비율로 균형을 유지해야만 되는데 산성이 부족해서 그 균형이 깨어지면 여러 가지 생리적인 장애가 오게 됩니다.

육식에는 산성이 많고 채식에는 알카리성이 많습니다. 채식만 섭취하니까 선생님의 몸에는 알카리성은 과잉 상태에 있습니다. 따라서 육식을 중단한 데서 오는 산성 부족으로 인한 불균형을 시정해 주면 됩니다. 그러기 위해서는 좌우요동법을 사용하면 됩니다."

"네에, 좌우요동법이라뇨?" 나는 생전 처음 듣는 용어를 얼른 이해할 수 없었다.

"좌우요동법이란 몸을 좌우로 흔드는 것을 말합니다." 그는 그 동작을 시범으로 보여주었다.

"아아, 알겠습니다. 바로 그 말씀이시구만요. 난 무슨 어려운 것인 줄 알았더니 겨우 몸을 좌우로 흔드는 겁니까?"

"네 그렇습니다. 옛날 우리 조상들은 서재나 서당에서 글을 읽을 때 습관적으로 몸을 좌우로 천천히 흔들면서 글을 읽었습니다. 이것도 알고 보면 가난한 선비들이 육식을 할 수 없는 데서 오는 산성 결핍을 보충하기 위한 몸동작이었습니다. 이처럼 몸을 좌우로 흔드는 것을 식전 식후에 50회씩 반복하면 위산액이 분비하게 되어 있습니다. 이렇게 해서 부족한 위산액이 보충되어 알카리성과 조화를 이루게 됩니다. 지금부터라도 한번 해 보십시오. 확실한 효과가 있을 겁니다."

"잘 알겠습니다. 그다음엔 어떤 방법이 있습니까?"

"말씀드리죠. 그 말씀드리기 전에 우선 한 가지 묻겠는데. 수련하신지 얼마나 되었다고 하셨죠?"

"10개월이 다 되어 갑니다."

"한 호흡, 즉 숨을 한 번 내쉬고 들이쉬는 시간이 얼마나 됩니까?"

"1분에서 1분 20초입니다."

"그 상태로 30분 이상 계속 호흡할 수 있습니까?"

"30분 이상은 할 수 없고 2, 3분, 즉 두세 번까지는 계속할 수 있습니다."

"2, 3분 가지고는 안 되죠. 적어도 30분 이상은 가야 됩니다. 가령 1회 호흡을 1분에 할 수 있다면 30분이면 30번 호흡을 할 수 있어야 합니다."

"그렇게는 해 본 일은 없는데요."

"그러면 30분 이상 계속해서 하시려면 1회 호흡 시간이 얼마나 걸릴 것 같습니까?"

"아무래도 30에서 40초 정도밖에 안되겠는데요."

"겨우 그것밖에 안 됩니까? 10개월 동안 수련을 하셨다면 적어도 1회 호흡에 5분에서 6분은 할 수 있어야 됩니다. 보통은 15분쯤은 되어야 합니다."

"아니, 그럼 한 시간 동안에 겨우 네 번밖에 호흡을 안 한다는 말씀입니까?"

나는 그의 말에 깜짝 놀랐다. 15분에 한번 호흡을 한다면 그 사람이야말로 초인이 아닐까? 기록에 의하면 석가모니도 한번 호흡을 하는데 8분이 걸렸다고 한다. 한번 호흡을 3분 동안에 한다는 사람은 현실적으로 우리 주위에도 있다는 말은 들어보았지만 15분이라면 석가모니보다도 호흡 시간이 두 배나 된단 말인가. 얼른 이해가 가지 않았다. 그렇다고 내가 아쉬워서 찾아 온 주제에 그런 걸 꼬치꼬치 따진다는 것도 예의가 아니라고 생각되었다.

하긴 선도에 관한 책을 읽어보면 15분이 아니라 몇 시간, 아니 며칠씩이라도 숨을 안 쉬는 경우도 허다하다. 그런 경우는 숨을 안 쉰다기보다는 호흡기관을 통하지 않고 순전히 피부호흡을 하기 때문이다. 수련이 계속 진척되어 대주천의 경지에 이르면 피부호흡을 할 수 있다고 한다. 호흡기관이 하는 일을 피부가 대신해 줄 뿐이지 호흡 자체를 안 하는 것은 아니다. 하긴 정상적으로 호흡기관으로 숨을 쉬는 사람도 피부호흡을 전연 안 하는 것은 아니다. 피부의 3분의 2가 심한 화상을 입은 사람은 제아무리 호흡기관으로 숨을 잘 쉰다고 해도 결국은 숨을 거두고 만다.

이것만 보더라도 피부호흡이 얼마나 중요한 것인가를 알 수 있다. 오래간만에 목욕을 하고 났을 때 몸이 날아갈 듯이 시원하고 상쾌한 것은 때와 먼지로 막혔던 땀구멍이 씻겨나간 뒤 피부호흡이 원활해졌기 때문임은 두말할 여지도 없다. 이처럼 호흡기관 호흡이 피부호흡으로 바뀔수록 호흡 시간은 길어지는데 이럴수록 정신 집중이 잘되고 지구력도 향상되어 몸에서 모든 병이 사라진다고 한다.

"그렇습니다. 선생님이 10개월이나 수련을 하셨는데도 초능력이 발휘되지 않는 것은 바로 호흡 시간이 1분도 채 안 되기 때문입니다."

이 말을 듣고 나는 지금까지의 나의 수련이 너무나도 보잘것없다는 것을 절감했다. 요컨대 이시명 씨의 말은 좌우요동법을 식전 식후에 50번 정도씩 매일 할 것과 호흡 시간을 연장시키라는 것이었다. 좌우요동법은 금방 할 수 있는 일이었지만 호흡 시간을 늘리는 일은 그렇게 손쉬운 일이 아니었다.

책에는 분명히 기를 임독맥과 기경팔맥, 12정경 등을 통해 전신에 계속 돌리기만 하면 자연 기가 쌓여서 단(丹)이 형성되고 그렇게 되면 점차 호흡 시간도 늘어나고 피부호흡도 가능해진다고 했다. 나는 그것만 믿고 열심히 기를 돌리는 데만 신경을 써 왔는데 이제 보니 그 방법이 잘못되었단 말인가? 호흡 시간을 연장하는 데는 거의 신경을 쓰지 않았던 게 사실이다. 단원을 나서면서 지금까지의 수련 방법에 대해 회의를 느끼지 않을 수 없었다.

호흡 시간을 연장하는 방법으로는 '호(呼)·정(停)·흡(吸)·정(停) 시간을 점차 늘려나가야 합니다'하고 이시명 씨는 말했다. 나는 그때까지 숨을 내쉬고(呼) 들이쉬는(吸) 것을 자연스럽게 반복해 왔을 뿐이지 의식적으로 숨을 멈추는(停) 시간을 늘리려고 애쓰지는 않았던 것이다.

이시명 씨가 가르쳐 준 대로 좌우요동법은 우선 손쉬운 일이니까 열심히 실천해 보았다. 그와 함께 호흡 시간도 늘려보려고 의식적으로 애써보았다. 역시 전자는 어렵지 않게 되었지만, 후자는 보통 힘든 일이 아니었다. 어쨌든 좌우요동법 덕분인지 때가 되어서 그랬는지 빈혈 증세는 차츰차츰 가라앉기 시작했다. 빈혈 증세가 가라앉게 되자 자연 좌우요동법도 하지 않게 되었다. 그러나 육식 기피 현상은 여전했다.

그러니까 86년 10월부터 이듬해 5월 말까지 약 7개월 동안은 나의 선도수련에도 이렇다 할 만한 뚜렷한 변화는 없었다. 그저 그럭저럭 현상 유지 정도에 지나지 않았다. 그렇다고 해서 단전호흡이나 도인체조를 등한시한 것은 결코 아니었다. 다만 겉보기에 눈에 띄는 변화가 없었을 뿐이지 속으로는 수련의 성과가 조금씩 성장해 가고 있었다고 자부한다.

그것을 가장 확실하게 느낄 수 있는 것은 내 체력이 꾸준히 향상되었다는 것이다. 비록 온혈 동물의 고기는 못 먹었을망정 체력만은 계속 늘어난 것이다. 그것을 어떻게 알 수 있느냐 하면 등산을 하면서 험한 바위를 타 보면 금방 알 수 있다. 아주 어려운 바위 코스를 타노라면 어떤 데서는 체력의 한계를 느낄 때가 있다. 도봉산 바위 코스에서 그것을 가장 극명하게 느낄 수 있는 곳이 몇 군데 있다. 그 중 하나가 포대 난코스 직벽(直壁)인데 높이 약 8미터, 경사가 80도쯤 되는 거의 깎아지른 듯한 이 바위에 오르다 보면 내 체력의 한계를 가장 확실하게 느낄 수 있다.

우선 힘이 달리면 다리부터 떨린다. 다음엔 공포심이 인다. 그러나 기력이 차 있을 때는 그렇게 다리가 떨리고 가슴이 두근거리던 것도 언제 그랬더냐 싶게 사라지고 힘이 솟는다. 이와 비슷한 코스가 신선대. 기차바위, 할미바위, 처녀바위에도 있다. 흔히 작년 이맘 때 이곳을 탈 때와 지금 탈 때를 비교해 보면 자기의 체력의 정도를 금방 알 수 있다. 내 체력은 선도수련하기 전 이맘때보다는 확실히 늘었다는 것을 실감할 수 있었다.

또 한 가지 고무적인 것은 기억력이 뚜렷이 향상되었다는 것이다. 수련 전에는 나이가 들면서 대화중에 또는 글을 쓰다가 사람의 이름이나 단어나 연대 따위가 깜빡깜빡 기억에서 사라져서 무척 고생을 했었는데, 이제는 그러한 현상이 현저히 줄어들었다는 것이다. 거의 청년 시절과 비슷한 기억력을 되찾게 되었다는 것은 그야말로 놀라운 일이었다.

그러나 남들이 보기에는 그렇지도 않았다. 체중이 자꾸만 줄어드니까 몸은 삐쩍 말라가고 가죽과 뼈만 남은 것 같아 보인 모양이다. 살이 빠지니까 주름살이 늘어서 늙어 보인다고 말하는 사람도 있었다. 하루는 아내가 제법 진지한 얼굴로 물었다.

"여보, 그 단전호흡인가 뭔가 그만큼 했으면 이제 그만 두면 안돼요?"

"아니 단전호흡을 그만 두다니, 그게 무슨 소리요?"

"당신 자꾸만 젓갈 짝 모양 말라가는 거 못 보아주겠단 말예요."

"무슨 소리를 하는거요. 요즘은 남녀 할 것 없이 체중을 줄이려고 운동을 한다, 식이요법을 쓴다 혈안들이 되어 야단인데, 그런 걸 가지고 뭘 그러오. 그것도 내가 무슨 병이나 있어 가지고 몸이 쇠약해져서 그렇다면 몰라도 당신도 알다시피 수련하기 전보다 내 건강은 더 나아진 건 사실이 아니오?"

"그건 사실이에요. 허지만 너무 살이 빠지니까 품위가 없고 궁상스럽고 어떤 때는 사흘 동안 피죽도 못 얻어먹은 것 같고 눈은 십 리나 들어가고 너무 볼품이 없단 말예요. 꼭 뼈에 가죽만 걸쳐 놓은 것 같아요."

"사람을 외모로만 판단할 것이 아니라 내면이 얼마나 충실한가를 따져야지. 그전 같으면 찬바람 불기 시작한 가을철이면 누구보다 먼저 내복을 껴입곤 하던 내가 이젠 한겨울에도 내복을 안 입게 된 것만 해도 내 건강이 얼마나 좋아졌다는 것을 알 수 있지 않소. 그뿐이오? 그전에는 항상 내 몸보다 당신 몸이 더 더웠었는데 이젠 그 반대 현상이 일어난 것만 보아도 금방 알 수 있는 일이 아니오."

"아무리 그렇다고 해도 난 당신이 무슨 일에나 지나치게 몰두하는 거 원치 않아요. 당신도 항상 그러지 않았어요. 무슨 종교를 믿든 그것은 믿는 사람의 자유지만, 민족의 주체성을 잃고 맹신자나 광신자가 되어 조상과 부모나 가정을 저버리는 행위는 옳지 않다고 늘 말하지 않았어요."

"아니 그럼 내가 단전호흡에 빠져서 가정을 외면했다는 거요, 뭐요?"

"뭐 반드시 그렇다는 것은 아니지만 아무리 생각해도 지나치게 열중하는 것 같아서 불안하단 말예요."

"걱정 말아요. 옛날에는 도를 닦는다면 으레 보따리를 싸 짊어지고 산속으로 들어갔지만 지금은 양상이 달라졌어요. 나 역시 도를 닦는다고 가정을 버리고 산속으로 들어가는 일은 없을 테니까 그런 걱정일랑 시렁 위에 얹어놓고 잊어버려요."

"알았어요. 허지만 수련을 해도 좀 쉬어 가면서 좀 천천히 하시란 말예요. 누가 쫓아와요? 그렇게 몸이 바싹 여위도록 열중하시게."

"알았어요. 그 정도의 충고라면 아내로서 마땅히 할 수도 있는 일이겠지. 하지만 걱정 말아요. 내 체중이 이렇게 줄어드는 것은 일시적인 현상일 거요. 수련에 따르는 일종의 부작용이 아닌가 생각되오.

그리고 이 공부는 소같이 꾸준히 해야지 하다가 말다가 하면 오히려 처음부터 안 하느니만 같지 못하니까 중단을 할 수 없는 일이오. 그러나 가장으로서 남편으로서 아이들의 애비로서 할일을 망각하면서까지 이에 몰두하지는 않을 테니까 그 점은 안심해도 될 거요."

"알았어요."

"그건 그렇고 당신도 하루에 단 10분씩이라도 단전호흡을 해 보는 것이 어떻겠소? 부부가 다 같이 수련을 하면 음양의 조화로 좋은 상승효과를 얻을 수 있다고 하던데. 그렇게 되면 당신 고될 때마다 말썽을 부리는 귓병이나 치통 따위도 근본적으로 치료될 수 있을 텐데. 나 봐요. 30년 동안 찰거머리 모양 안 떨어지던 신경통이 수련한 지 얼마 안 되어 거뜬히 떨어져 버리지 않았나. 소주천으로 기를 순환시킬 수만 있어도 웬만한 고질병은 전부 다 떨어진다오."

"그렇지 않아도 단전호흡을 하려고 해 보았지만, 몇 번 해보다가는 자꾸만 잊어버리게 되고, 또 단전호흡을 할 만한 한가한 시간이 어디 있어요."

"물론 당신이 가정부도 없이 집안 살림하면서 직장까지 다니느라고 일분. 일초가 아쉽게 바쁘게 돌아치는 것을 모르는 것은 아니지만 선도수련이라는 것은 꼭 한가한 사람만이 하는 것은 아니오. 그건 옛날 얘기지. 나 역시 직장에 다니고 창작하고 하느라고 시간이 없기는 당신과 비슷하지만 그래도 꾸준히 하고 있지 않소. 문제는 성의에 달려 있다고 생각하오. 출근길에 걸어가면서, 전철에서 그리고 사무실에서는 글 쓰면서 신문 읽으면서 꾸준히 단전호흡을 하는거요.

생활행공(生活行功)

말하자면 생활행공이라고 하는 것인데, 이것이 쌓이고 쌓이면 티끌 모아 태산이라고 수련 시간을 따로 내어 정진하는 것과 같은 효과를 낸단 말요. 나 보시오. 내가 뭐 하루에 몇 시간씩 꼭 수련 시간을 따로 내는 것은 아니지 않소.

일하면서, 걸으면서, 자면서 계속 단전호흡을 생활화, 습관화했을 뿐이 아니오. 다만 아침저녁으로 30분씩 도인체조하는 것만은 예외지만. 당신은 나처럼 도인체조를 할 시간이 없을 테니까, 아침에 버스 타고 출근하는 시간에라도 의식적으로 배꼽 아래 3에서 5센티 되는 곳에서 다시 안쪽으로 3에서 5센티 되는 단전에 의식을 집중하고 숨을 들이쉴 때는 아래 배를 불룩 내밀고 내쉴 때는 안으로 당기는 동작을 되풀이하기만 하면 되는 거요.

우선 이 동작만 꾸준히 되풀이해도 단전 주위에 퍼져 있는 태양신경 총이라는 신경 집합체를 자극하여 내장 운동을 활발하게 하고 혈액순환을 촉진시키면서 몸 전체의 신진대사를 활발하게 한다오.

심기혈정(心氣血精)이라고, 마음이 가는 곳에 기가 따르고 기가 가는 곳에 피가 있고 그곳에 정이 따라간다는 말과 같이 혈액순환이 활발해지면 기의 순환도 따라서 활발하게 되고 이때 단전호흡으로 흡입되는 공기 속에 포함된 우주의 생체에너지인 기가 직접 단전에 모이게 되고 그것이 단전에 축적이 되고 나면 경락을 따라 온몸으로 흐르게 되어 있는 것이오.

단전호흡을 안 하는 사람은 겨우 생명 유지에 필요한 정도의 생체에너지밖에는 흡입하지 못하지만 단전호흡을 하면 우주 속에 가득차 있는 생체에너지를 얼마든지 빨아들여 심신을 강화시킬 수 있는 것이라오."

"당신은 단전호흡이 그렇게 식은 죽 먹기로 쉬운 것처럼 말하지만 막상 해보면 그렇지도 않습디다. 얼마나 힘이 드는지 뱃살이 당기고 아프고 숨이 칵칵 막히드라고요."

"물론 안 하던 일을 갑자기 하려니까 처음에는 숨도 가쁘고 뱃살도 당기고 거북하겠지. 그러나 그렇다고 자꾸만 어렵게 생각할 것이 아니예요. 갓난 애기가 숨 쉬는 것을 유심히 살펴보란 말이오. 애기들은 조금도 숨가빠하거나 거북해 하지 않고 아랫배로 아주 자연스럽게 숨을 쉬지 않습디까?

우리도 유아 시절에는 다 그런 식으로 숨을 쉬었단 말요. 그 뒤 자라나면서 차차 자기도 모르게 긴장, 불안, 초조, 공포, 스트레스, 원한, 질투, 욕심, 증오심 따위가 생겨나면서 차츰 지금과 같은 흉식호흡으로 바뀌었을 뿐이오. 다시 말해서 우리는 우리 스스로가 생체에너지의 통로를 막아버린 꼴이 되어버린 것이오. 생체에너지, 즉 기의 흐름이 유아 시절의 단전호흡에서 흉식호흡으로 퇴화하면서 어떠한 현상이 일어났는지 아오?'

"어떤 현상이 일어나게요?"

"마치 맑은 물이 흐르던 개천이 오물과 개흙 따위로 메워지고 겨우

갈증이나 풀어줄 정도의 실개천만이 흐르는 것과 같은 꼴이 되어버린 것이오. 단전호흡은 우리가 원래 갓난아기 때부터 해 오던 호흡법인데 이제 의식적으로 그 때의 호흡으로 되돌아가는 것을 말하는 것이오. 다시 말해서 오물과 개흙으로 막혀버린 실개천을 시원히 뚫어버림으로써 옛날처럼 다시 맑은 시냇물이 흐르도록 하는 준설 공사를 한다고 생각하면 된단 말이오. 오물과 개흙으로 막힌 도랑을 치자면 삽으로 떠내고 괭이로 긁어내고 해야 될 것이 아니겠소.

그것이 바로 우리가 어렸을 때 하던 단전호흡으로 다시 돌아가는 공사와 같은 것이오. 일단 수십 년 쌓이고 쌓인 개천은 오물만 한번 힘들여 청소해 놓으면 그다음부터는 맑은 물이 쉴 새 없이 흐르게 될 것이오. 당신은 바로 이 공사가 하기 싫고 힘들고 고되다고, 공사 후에 흐를 맑은 물을 마다하는 것과 같단 말요. 조금만 고생하면 금방 개천은 뚫릴 것이오. 마찬가지로 단전호흡도 자리잡힐 때까지는 조금 힘이 들겠지만 일단 자리만 잡히면 그때부터는 저절로 물 흐르듯이 생체에너지인 천지기운이 흘러들게 될 것이오."

"어이구 알았어요. 당신은 이제 보니까 단전호흡 전도사가 다 되었구려. 말이 아주 청산유수인 걸 보니."

"당신은 기독교의 전도사나 불교의 포교사와 같은 사람으로 나를 아는 모양인데, 그건 근본적으로 생각을 잘못한 거요."

"그 사람들 비슷하게 말이 청산유수란 말이지, 같은 사람이라고는 말하지 않았어요."

"좌우간 나를 그 사람들과 비교하진 마시오. 그분들은 자기가 믿는

종교를 널리 퍼뜨린다는 종교적 사명감을 대의명분으로 삼고 있지만
나에게는 그러한 사명은 없소. 단지 심신을 건전하게 하고 싶어서 처
음에 이 길로 들어서고 보니 과연 기대 이상의 효과를 거두었으니까
이 세상에서 나와 가장 가까운 배우자인 당신에게 권했을 뿐이오. 자
기가 믿는 종교를 믿지 않는 사람들에게 전파하여 교세를 확장할 뿐만
아니라 교회나 사찰의 재정 축적에 혈안이 되어 서로 교인 쟁탈전을
벌이고 있는 전도사와는 차원이 다르다는 것을 알아주기 바라오. 나는
새 교인을 만들어 십일조나 연보나 시주를 바라는 부수적인 효과 따위
는 전연 안중에도 없는 사람이오. 단지 당신이 심신이 건강해지기를
바라는 충정밖에는 없다는 것을 만천하에 두루 밝혀두는 바이오."

"에이구, 왜 그렇게 거창하게까지 나오실까? 이제 알았으니 그 단전
호흡인가 뭔가 한번 다시 해보도록 하죠."

그 후 아내는 몇 번이나 시도를 해 보았으나 번번이 실패하고 말았
다. 무슨 유익한 일을 한번 시작하면 꾸준히 실천해야겠다는 항심(恒
心)이 아내에게는 없는 것일까? 아니면 이것도 전생부터 쌓여 온 인연
일까? 어쨌든 뜻대로 되는 일이 아닌 것 같은 느낌이 들었다. 다시 말
해서 이 우주를 지배하는 불변의 법칙인 인과응보의 원리에 의해서 인
간사는 지배되는 것이란 느낌이 든다. 세상만사는 다 조화와 원리와
이치에 의해서 움직이는 것이지 사람의 뜻은 말할 것도 없고 어떤 전
지전능한 초자연적인 존재의 자의적인 뜻에 의해서 아무렇게나 운영
되는 것이 결코 아니라는 점이다.

인간은 각자가 수많은 전생을 통해서 쌓이고 쌓인 무수한 원인의 결

과로서 이 세상에 태어났으므로, 바로 이 인과응보의 사슬에서 한치도 벗어날 수 없는 것이다. 따라서 현생은 과거 생의 축적의 결과에 지나지 않는 것이다. 현세를 보면 전생을 알 수 있고 금생을 보면 내세를 알 수 있다는 말은 이래서 나온 것이 아닐까? 인과응보율이 지배하는 우주의 변함없는 원리와 조화와 이치에 따라 충실한 삶을 영위한 사람은 그만큼 나은 내생이 약속되는 것이고, 이 원리와 이치에 따르지 않고 제멋대로 방탕하고 사악한 짓을 하고 게으른 사람은 오히려 지금보다도 훨씬 못한 내세가 예비되는 것이라는 생각이 들었다.

선도수련이란 바로 이 우주의 조화, 이치, 화합의 원리에 합당한 심신수련 방법인데, 이를 깨닫고 충실하게 지키면 좋은 미래가 약속될 것이다. 그러나 나는 선도수련만이 반드시 심신수련의 전부라는 독단은 내리려 하지 않는다. 이 밖에도 유사한 심신 수련법은 얼마든지 있다. 다 인연 따라 어느 방법을 택하든 깊이 정진하여 훌륭한 성과만 거둔다면 다 좋은 일이라고 생각된다.

문제는 어떠한 방법이든 종교이든지 간에 그것이 이 우주를 지배하는 조화와 이치와 화합의 원리에 배치되지 않는 범위에서라면 어떠한 방법이든지 좋다고 본다. 목표만 뚜렷하다면 그곳에 도달하는 길은 얼마든지 있을 수 있겠기 때문이다. 문제는 남이 하는 방법은 무조건 나쁘고 자기가 하는 방법만이 옳다고 고집하는 데서 오는 배타주의다. 지금도 중동을 휩쓸고 있는 끊일 줄 모르는 종교전쟁은 모두가 다 이러한 배타주의적인 아집의 산물이다. 이것은 조화와 화합의 원리에 배치된다. 이 때문에 귀중한 인명과 재산이 수없이 잿더미로 화해야 하니까 배타주의야말로 이 지구와 우주에서 사라져야 할 악이다. 배타주의 역시 과거에 쌓이고 쌓인 무슨 원인들의 작용이다.

아내가 선도수련을 외면하는 것 역시 그녀의 과거 생에서 쌓이고 쌓인 결과일까? 그래서 조화와 화합의 원리에 따라 나같이 선도수련에 약간의 열의를 갖고 있는 사람과 짝지워진 것일까? 그렇다면 어떻게 하든지 아내를 설득하여야 할 것이 아닌가? 그것이 나에게 지워진 사명 중의 지극히 작은 일부분인 것만 같은 생각이 자꾸만 들었다.

1986년 12월 8일

12월 8일부터 출판사의 청탁으로 『소설 한단고기』를 집필하기 시작했다. 1985년에 『다물』을 쓴 뒤 지난 1년 동안은 선도수련에 몰두하느라고 집필을 별로 생각하지 못했었다. 그만큼 나에게는 심신의 변화가 눈부셨던 한 해였다.

남보다 두 시간쯤 일찍 일어나지 않으면 하루에 10매에서 15매의 글을 꾸준히 써나갈 수 없다. 그만큼 부지런해야 하고 또 에너지도 소모되어야 했다. 또 『환단고기』라는 어려운 고전을 현대인이 쉽게 이해할수 있고 소설처럼 술술 읽혀나갈 수 있게 써 나간다는 것이 내가 알고 있는 지식의 한도 안에서는 지극히 어려운 일로 여겨졌다. 그러나 우선 시작해 놓고 보니까 그런대로 계속 써 나갈 수 있었다.

전에 『다물』을 쓸 때도 느낀 일이지만 이것은 순전히 내 의지력만으로 되는 게 아니고 어떤 초자연적인 존재가 나라는 인간을 매개로 하여 글을 쓰도록 작용하거나 실제로 누가 뒤에서 독려하고 있는 것 같은 느낌을 받았다. 글을 쓰다가 참고 자료를 뒤적이노라면 내 손가락 끝에 눈이라도 달려 있는 듯 원하는 대목이 척척 짚여 나오곤 하는 것을 보면 신통한 생각이 들었다.

『소설 한단고기』를 집필하기 시작하고 나서부터 식량도 약간 늘기 시작했고 육식도 조금씩이나마 할 수 있게 되었다. 그런데 이상한 일은 호흡 시에 단전에 쌓이는 기의 강도와 농도는 떨어지는 것 같았다. 식량과 기가 쌓이는 농도 사이에는 확실히 서로 반비례하는 상관관계가 있는 것 같다. 글을 쓰면서 소모된 에너지가 단전호흡으로 인한 기의 보충만으로는 모자라니까 자연 음식이 더 먹히는 것 같다.

육식 기피 현상이 완화되는 듯하더니 두 달쯤 지나니까 다시 육류 음식만 보면 속이 울렁대고 현기증이 나는 상태로 되돌아가고 말았다. 게다가 맵고 짠 음식까지도 싫어졌다. 그렇게 되자 체중은 다시 줄어들기 시작하고 남들이 육식하는 것을 보면 마치 날고기라도 먹는 것처럼 끔찍하고 징그럽기조차 했다. 식탁을 대할 때마다 육류가 들어간 것이 아니면 맵고 짠 것뿐이어서 식욕이 떨어지곤 했다. 이럴 때마다 저절로 한숨이 나오곤 했다. 나는 어쩌면 이 세상에 잘못 태어난 존재인 것 같은 느낌이 문득문득 들었다.

짜지도 않고 맵지도 않은 채소로만 된 반찬이 지금의 내 식성엔 꼭 알맞았다. 이러한 음식은 절에서밖에는 찾을 수 없을 것이다. 그러고 보니 당분간 절에라도 들어가 있고 싶은 생각이 간절할 때가 있다. 짜고 매운 것뿐만 아니라 마늘이나 생강, 후추나 카레와 같은 자극성이 강한 양념이나 향신료 따위도 싫었다. 게다가 항상 내 주위에서 떠나지 않는 담배 연기 역시 질색이었다.

이 모든 것을 피할 수 있는 장소는 아무래도 절간밖에 없었다. 산속 깊은 암자 속에서 혼자 수련이나 하고 싶은 유혹이 날이 갈수록 강하게 일었다. 그러나 그렇게 하기에는 내가 이 세상의 스승들에게 진 빚을 갚아야 한다. 또 세상이 나를 필요로 하는 한 일을 해야만 한다. 만약에 지금이라도 내가 이 세상에서 전연 쓸모없는 인간이라는 것이 확실해진다면 미련 없이 보따리 싸 짊어지고 산속으로 들어가고 싶은 심정이었다.

도장을 찾아

단기 4320(1987)년 5월 26일

내 저서의 출판을 맡고 있는 L출판사의 편집 담당 박기웅 사장이 며칠 전부터 W도장 창시자인 G씨가 나를 만나기를 원한다고 전해 왔다. 단학(丹學)에 관한 저서를 통해서 이미 알고 있는 사람이었다. 나처럼 단학을 좀 이해하면서도 글을 쓰는 사람을 찾고 있다는 것이었다. 그렇지 않아도 혼자서 수련을 하다가 음식 문제 때문에 고전을 하고 있는 나는 단학 전문가를 만나기를 은근히 바라고 있던 터였으므로 쾌히 승낙했다.

박 사장과 함께 찾아갔다. 강남의 00빌딩에 자리 잡은 W도장 회장실에 안내되었다. 사범들의 걸음걸이가 씩씩하고 발랄했다. 도장 전체의 분위기는 훈훈한 활기로 가득차 있었다. 그 기운에 감염되어 나 역시 몸속에서 이상한 생기가 솟구치는 것 같았다. 진달래 색깔의 도복을 입은 날씬한 젊은 여자 사범이 가까이 다가오면서 "혹시 『다물』을 쓰신 김태영 선생님이십니까?"라고 물었다.

"네. 제가 바로 그 사람입니다. 그런데 제 이름을 어떻게 다 아십니까?"

여자 사범은 유난히 맑고 빛나는 투명한 눈을 반짝이면서 "아이고 왜 그러세요. 그 유명한 『다물』의 저자 선생님을 왜 모르겠어요? 이곳 사범들은 『다물』을 안 읽은 사람이 없답니다. 오늘 우리 선사(仙師)님과 만나신다는 말을 들었거든요."

뜻밖의 환대가 아닐 수 없었다. 나는 14년 동안 소설을 써 왔지만 아직도 독자로부터 이러한 환영을 받은 일은 없었다. 내가 전연 모르는 독자층이 이렇게 엄연히 존재하고 있다는 사실은 경이였다.

어느 날 아침에 깨어나 보니 갑자기 유명인이 된 자신을 발견했다는 어느 서양 시인의 심정을 가히 이해할 수 있을 것 같았다. 글을 쓴다는 것에 보람을 느끼는 순간이었다. 그러나 나의 독자들 중에는 이렇듯 긍정적인 독자만 있는 것은 결코 아니었다. 또 이 여자 사범처럼 나를 추켜세워 주는 듯한 독자들 중에도 속으로 은근히 비웃고 있는 사람도 있을 수 있다는 것을 나는 잘 알고 있다.

이윽고 원장이 나타났다. 사무실에 모시 고의적삼을 입고 나왔다는 것은 확실히 이색적이었다. 우리 고유의 의상이면서도 명절 때 이외에는 이미 우리의 일상생활에서는 거의 사라져 버린 옷차림이기 때문이었다. 그 역시 나와 첫인사를 나눌 때『다물』을 감명 깊게 읽었다는 말을 빼놓지 않았다. L출판사 박 사장과 G원장, 나 이렇게 세 사람의 대화는 주로 단학에 대한 책을 편집하고 집필하는 문제에 집중되어 있었다. 순전히 사무적인 화제가 진행되는 동안 나는 슬그머니 직업의식이 발동됨을 의식 했다. 무언가 꼬투리를 잡아야 했다. 처음부터 너무나 자신과 영합되는 분위기에 젖어버리면 냉정한 판단력을 잃을 것 같기에 여기서 헤어나 보자는 몸부림 같은 것이었다.

아까 G원장이 들어오기 전에 응접세트 한가운데에 있던 높은 회전의자 등받이에 씌어진 흰 커버가 생각났다. 거기에 금색과 푸른색 수

실로 수 놓여 있던 大仙師(대선사)라는 한자가 유난히 내 눈길을 끌었었다. 무엇 때문에 저렇게 일부러 수까지 놓아서 구별을 해야 했을까? 꼭 그렇게 해야 할 특별한 이유라도 있었을까? 문득 이런 생각도 들었다. 그 흔한 신흥 종교의 교주처럼 남과 뚜렷이 구별하여 위엄을 과시하기 위한 일종의 우상화 작업의 일환인 것만 같기도 했다. 또 이런 생각도 들었다. 선사면 선사지 대선사는 또 뭐란 말인가? 꼭 그렇게 높여야 할 이유가 있을까? 사무적인 얘기가 어느 정도 마무리되자 박 사장이 입을 열었다.

"김 선생님은 1년 반 동안이나 혼자서 단전호흡 수련을 해 오셨는데, 이제는 기를 느끼고 임독맥을 통해서 온몸에 순환까지 시킬 수 있답니다."

"박 사장이 말씀 안 하셔도 이미 직감으로 알고 있었습니다. 그 정도로 수련이 되셨다면 그건 바로 내림입니다. 내림을 받지 않고는 진정한 단학 수련은 이루어지지 않습니다. 김 선생님은 분명 할아버지께서 보내주셨습니다" 하고 G원장은 나에게는 얼른 감이 잡히지 않는 알쏭달쏭한 말을 했다.

내림이라니. 무당에게 신이 내리듯 내게도 신이 내렸단 말인가? 또 할아버지께서 나를 보내주셨다니 무슨 소리일까? 할아버지란 그가 자신의 저서에게 자주 언급한 환웅 할아버지나 단군 할아버지를 말하는 것일까? 좌우간 국조(國祖)를 말하는 것만은 틀림없었다. 그는 분명 역사학자는 아니다. 단학 수련가이다. 더구나 환웅천황이나 단군천제를 신앙의 대상으로 삼는 선교(仙敎) 계통의 민족 종교를 믿는 사람도 아니다. 그런데도 국조를 이처럼 당연지사로 받아들일 수 있었다면 이것은 학문적인 탐구나 종교적인 신앙으로 국조를 받드는 것이 아니라 수련을 통하여 국조를 대한다는 뜻이 아닐까 하는 느낌도 들었다.

만약에 그렇다면 그것은 놀라운 일이다. 여기까지 나는 G원장에게 대해서 내 직업의식을 발동하여 지극히 객관적이고 냉정한 눈으로 내 나름으로 본 것인데 물론 약간의 비판적인 안목도 가미된 것이었다. 그러나 그와 직접 대화를 나누는 동안 나는 전연 뜻하지 아니 했던 사실을 감지했다. 그것은 그와 가까이 앉아 있다는 사실에서 연유된 것이 틀림없었다. 그와 대화를 나누면서 나는 특별히 단전에 의식을 집중하지도 않았고 의식적으로 단전호흡을 하지도 않았는데 이상하게도 내 단전이 서서히 훈훈하게 달아오르는 것이었다. 마치 보이지 않는 화로를 가까이 대하고 있는 것과도 같은 느낌이었다.

혹시 G원장에게 내가 최면을 당하고 있는 것이 아닌가 하는 의문도 일었다. 그러나 최면에 걸리려면 피시술자가 시술자를 신뢰하는 마음이 선결 조건이다. 그런데 나는 그때까지 그에게 다소 비판적인 태도를 취하고 있지 않았던가? 이런 상황 속에서는 비록 그가 일급 최면술사라고 해도 나는 절대로 최면에 걸릴 수 없는 것이다. 이것은 최면에 관한 기본 상식에 속하는 것이다.

G원장에게는 확실히 무엇인가 범인과는 다른 것이 몸속에서 작용하고 있었다. 내 몸속의 기의 흐름은 점점 더 활발해지는 것을 뚜렷이 감지했다. 기의 흐름이 활발해지니까 단전이 뜨거워지지 않을 수 없었다. 마치 한겨울에 모닥불을 쬐고 있는 것 같았다. 이 움직일 수 없는 사실을 앞에 놓고서도 그에게 대해 비판적인 태도만을 취할 수는 없었

다. 과연 저 사람에게는 대선사라는 호칭이 합당한 것 같았다. 나는 그때까지 적지 않은 세월을 살아오면서 고매하다는 성직자를 만나본 일도 있었고 초능력을 발휘한다는 심령과학자도 만나 본 일이 있었고. 선도 수련가도 몇 사람 이미 만나본 일이 있었지만 이러한 변화를 경험한 일은 없었던 것이다.

"그런데 대선사님!" 하고 사범들이 부르던 대로 따라 불렀다.

"네? 말씀하십시오." 그가 말했다.

"아까부터 실은 물어보려고 했던 일인데. 이건 조금은 대선사님한테 아첨하려고 하는 말은 결코 아닙니다. 대선사님하고 이렇게 마주 앉고부터 이상하게도 내 단전이 따뜻하게 달아오르는데 그게 뭣 때문일까요?"

"아아 네, 그건 그럴 수 있습니다. 기가 서로 감응을 일으키기 때문입니다. 유유상종이라는 말이 있지 않습니까? 비슷한 사람들끼리는 서로 감응을 일으키게 되어 있습니다."

"그럴까요. 그럼 오늘 이렇게 만난 용건은 아니지만 제가 혼자서 수련을 해오는 동안 온혈 동물의 고기를 먹지 못하게 되었는데 이건 무엇 때문일까요? 처음엔 한 일주일 동안씩만 그런 육식 기피 현상이 생겼다가 없어지곤 하더니 그 기간이 차차 늘어나서 이제는 벌써 몇 달째 그런 현상이 계속되고 있습니다. 그 때문에 영양실조까지는 가지 않는다고 해도 여러 가지로 불편한 점이 한두 가지가 아닙니다."

"혹시 음양의 조화가 아닌지 모르겠습니다. 언제 한번 시간을 내어서 찾아오십시오. 진찰을 해보아야 하니까요."

이렇게 말하면서 그는 다음 스케줄 때문인지 시계를 보았다. 우리는 아쉬운 대로 헤어질 수밖에 없었다. 다시 일상의 바쁜 생활에 시달리다 보니 금방 그 일은 잊어버리고 말았다. 그를 다시 만났으면 하는 생각이 없는 것은 아니었지만 그는 대단히 바쁜 사람이었다. 그래서 자연 그를 잊어버리고 말았다.

그러나 줄곧 내 머리를 떠나지 않은 것은 아무래도 지금 상태로 수련을 계속하다가는 선병(仙病)에서 헤어나기가 힘들 것 같다는 것이었다. 무슨 변화가 있지 않으면 돌파구를 찾기 어려울 것 같았다. 작년 추석부터 육식을 못하게 된 이후 그 증세는 날로 더해 가기만 했다. 게다가 최근엔 맵거나 짠 음식이 싫어졌다. 그래서 식사 때는 고춧가루가 들어간 김치나, 콩나물 무침이나 총각김치 같은 것은 물에다 씻어 먹어야만 했다.

그런가 하면 마늘이나 생강이나 후춧가루나 겨자 따위 자극성 있는 향신료나 양념이 들어간 음식도 싫어진 데다가 한술 더 떠서 인스턴트 식품도 싫어졌다. 라면을 먹으면 속이 불편하고 구역질이 났다. 라면 뿐만 아니라 콘 프레이크 같은 것도 우유에 타 먹으면 구역질이 났다. 현기증과 구역질이 점점 심해져서 어떤 때는 졸도까지 하는 바람에 제시간에 출근을 못할 정도가 되었다. 설상가상으로 6월에 접어들면서 작년에 선도수련 이후 자취를 감추었던 무좀이 다시 기승을 부릴 준비를 했다.

이것은 분명 기의 흐름이 악화되었다는 증거로 보였다. 하긴 작년(1986년) 1월 28일에 단전호흡을 시작하고부터 15일 만에 소주천이 되었고 53일 만에 전신주천이 이루어질 무렵과 같은 눈에 보이는 뚜렷한 진전은 그 후에 없었다. 다만 이미 열거한 대로 신체적인 여러 가지 변화가 있었을 뿐이다. 그 뒤 추석 이후에는 계속 침체 상태에서 허덕이고 있었던 것이다.

그 후 G원장과는 강남 W도장에서 또 한번 만난 일이 있었는데, 이때에도 내 단전이 따뜻해 왔다. 이로써 그전에 있었던 일은 어쩌다가 우연히 일어난 일이 아니라는 것이 입증되었다. W도장에 들어가기만 하면 우선 기의 흐름이 활발해지는 것도 마찬가지였다. 빈혈 현상 때문에 쓰러진 이후로 아내는 훼로바라는 약과 인삼탕을 고아서 먹으라고 했다. 자기도 빈혈 때 먹고 효험이 있었다고 하면서. 그것을 며칠 동안 먹었더니 한결 증세가 가라앉는 것 같았다. G원장과는 두 번이나 만났지만 시간이 촉박해서 개인 상담은 하지 못했다.

나는 또 다시 심각한 회의에 빠졌다. 이렇게 빈혈까지 일으키면서 선도수련을 과연 계속해야 할 것인가? 그러나 이상하게도 며칠 동안 증세가 심하다가도 금방 완화되어 그 때문에 일상생활에 지장을 받는 일은 없었다. 이렇게 되면 며칠 전에 그렇게 심각한 회의에 빠졌던 일도 깡그리 잊어버리고 만다.

1987년 6월 24일

6월 24일에는 지난번 추석 이후로 근 9개월 만에 닭고기를 포식했다. 무려 세 접시나 먹었는데도 배탈이 나지 않고 거뜬히 소화시켰다. 이것은 내 몸이 그만한 영양분을 필요로 했었다는 것을 말해주었다. 식욕도 왕성해졌다. 그러나 과거의 경험으로 보아 안심할 수만은 없었다. 이렇게 상태가 호전되다가도 언제 또 급전직하로 악화될지 모르는 일이었기 때문이다.

아무리 생각해도 이대로는 안심이 안 되었다. 그동안 빈혈 증세 때문에 선도 전문가도 두 사람이나 만나 보았지만 뚜렷한 효과를 보지 못했다. 최근에 두 번 만난 G원장이나 찾아갈까 생각해 보았지만 그는 너무나 바쁜 사람이어서 우선 만나기조차 여간 힘들지 않았다. 따라서 개인적인 문제를 갖고 그와 상의한다는 것은 적합하지 않았다.

단독 수련은 이제 한계에 도달한 느낌이 들었다. 누구의 지도도 안 받고 혼자서 책만 보고 수련을 했기 때문에 이러한 부작용이 일어났으리라고 생각되었다. 그렇다면 이제라도 도장을 찾는 수밖에 없었다. 그렇다면 어느 도장을 찾아가야 하는가? 나는 망설이지 않을 수 없었다. 현재 한국에는 단학 수련 기관이 여러 군데가 있다. 그 중에서 한 군데를 선택해야 했다. 직장에서의 거리와 시간이 문제였다.

단기 4320(1987)년 6월 29일

드디어 나는 회사 근처에 자리 잡고 있는 W도장 중앙 본원을 찾았다. 나를 맞아준 사람은 김영원 지원장인데 선호(仙號)는 월산(月山)이었고, W도장 내에서의 지위는 선사(仙士)인데 보통 월산장(月山長)이라고 불렀다. 나이는 30 전후로 보이고 헌칠한 키의 미남형이었고 두 눈이 유난히 정기를 발했다. 고구려의 조의선인을 연상케 하는 검은 도복은 특히 인상적이었다.

서로 인사를 하고 나자. "어떻게 오셨습니까?" 하고 의아해 했다. 혹시 취재라도 하려고 온 사람이 아닌가 생각하는 눈치였다. 나는 지난 1년 6개월 동안의 단독 수련 과정을 간단히 말하고 육식 기피와 같은 부작용으로 애를 먹고 있다는 얘기를 했다. 그와 간단한 대화를 하는 동안에 나는 나도 모르게 내 몸의 미세한 변화에도 민감하게 주의를 기울이고 있었다. 강남 W도장 본부에 두 번 찾아갔을 때와 비슷한 현상이 일어났다. 우선 도장 안에 들어오면서부터 내 몸속의 기가 활성화되어 몸이 훈훈해지는 것 같았다.

그는 내 말을 유심히 듣고 있었다. 1986년 연초에 혼자서 수련을 하다가 뜨거운 기가 단전에 쌓이면서 명치 쪽으로 올라가자 당황하여 모 선도수련 기관에 전화로 문의했더니 "기를 독맥과 임맥 쪽으로 돌리라"고 했다는 대목에 이르자 "아니 그렇게 무조건 기를 독맥과 임맥으로 돌리라고만 하던가요?" 하고 물었다.

"네" 하고 내가 대답하자 그의 얼굴이 갑자기 흐려졌다.

축기(畜氣)의 중요성

"수련하신 지 며칠 되지도 않았는데 기를 돌리라고 한 건 아무래도 잘못 가르쳐 드린 것 같습니다. 축기도 제대로 안 된 상태에서 기를 임독맥으로 돌리기부터 했기 때문에 기가 떠버린 것이 아닌가 생각됩니다. 그렇게 되면 각종 부작용이 생기는 수가 있습니다. 까딱 잘못하면 허령(虛靈)에 들려 정신 이상을 일으키는 수도 있습니다. 어쨌든 축기 검사부터 받아보셔야겠습니다."

"축기 검사요?"

"네. 하단전에 기가 얼마나 축적되어 있는가를 알아보는 것입니다" 하면서 그는 사무실 안에 있는 긴 의자에 누우라고 하더니 내 하단전에 오른 손바닥을 대고 왼손으로는 내 왼 손목의 맥을 짚고는 단전호흡을 하라고 했다. 그는 눈을 지그시 감고 있었다. 뒤에 안 일이지만 그는 바로 축기 점검과 단공(丹功) 전문이었다. 단공이란 기를 운용하여 행하는 육체운동인 일종의 태권도나 권법과 같은 것이다. 마치 한의사가 진맥을 하듯 그는 내 몸의 축기 정도를 거의 10분 이상이나 점검하고 나서 아무래도 이상하다는 듯이 고개를 자꾸만 갸웃거렸다.

"이상한데요. 지금 선생님의 단전에서는 기가 하나도 잡히지 않습니다" 하고 말했다.

"아니 그게 정말입니까?"

나는 누웠던 자리에서 벌떡 일어나면서 물었다.

"네. 전연 잡히지 않습니다."

"그렇다면 1년 6개월 동안이나 열심히 단전호흡을 한 건 전연 허사였다는 말씀인가요?"

나는 이렇게 되묻지 않을 수 없었다. 왜냐하면 바로 그 순간에도 단전호흡을 하는 동안 내 하단전은 따뜻한 기를 느끼고 있었기 때문이었다. 혹시 잘못 진단한 것이나 아닌가 의심도 일었다.

"그게 아니고, 기가 어떻게 된 것인지 하단전에는 전연 축적이 되지 않고 전부 온몸에 흩어져 있는 것 같습니다. 제가 보기에는 우리 도장에서 일주일 동안 수련한 사람보다도 단전에 기가 모여 있지 않습니다. 우선 하단전에 충분한 축기(蓄氣)가 되어 있어야 자기가 원하는 곳에 기를 보낼 수도 있고 위급한 경우에는 금방 써먹을 수도 있는 게 아닙니까? 그런데 이렇게 축기가 되어 있지 않은데도 자꾸만 기를 임독맥을 통하여 전신에 돌리기만 하시니까 선생님은 편식 현상도 일어나고 빈혈도 일어나는 것 같습니다. 기의 균형이 깨어졌기 때문입니다."

"그럴까요?"

하도 충격이 심했기 때문에 나는 얼른 시인할 수가 없었다. 1년 6개월 동안을 헛일을 했다는 말인가. 아무래도 납득이 안 가는 얘기였다. 내가 이처럼 반신반의하는 것을 보고 그는, "선생님. 제 단전을 한번 만져보십시오" 하면서 그는 자기의 하단전을 내밀면서 내 손을 가져다 대주는 것이었다. 나는 그가 시키는 대로 만져도 보고 눌러도 보았다. 그의 하단전은 마치 바람이 꽉 찬 고무 튜브처럼 단단하면서도 탄력이 있었다. 뒤이어 내 손은 나도 모르게 내 하단전으로 갔다. 바람 빠진 튜브처럼 말랑말랑하고 탄력도 없었다. 이제 그의 말을 의심할래야 의심할 수도 없게 되었다.

나는 이곳에 와서야 비로소 축기라는 것이 얼마나 중요하다는 것을 알았다. 그렇게 중요한 축기에 대해서 우리나라에서 지금까지 발행된 선도 서적들은 거의 다루지 않은 것은 아무래도 이해가 되지 않았다. 내가 알기에는 기의 존재는 과학적인 실험 장치를 통해서 그 성분이 분석된 일은 아직 없다. 그러나 존재한다는 것은 입증이 되었다. 그것은 마치 우리가 전기를 일상생활에 이용하고 있으면서도 그 정체를 아직 충분히 과학적으로 밝혀내지 못하고 있는 것과도 흡사하다 하겠다.

나는 이 기의 존재를 단전호흡 시에 단전에 모이는 따뜻한 기운을 통해 느끼고 있다. 이 기가 하단전에 축적이 되면 월산장처럼 하단전이 단단해지고 생고무마냥 탄력이 생긴다는 것도 알게 되었다. 그렇다면 그때까진 내가 해 온 단전호흡 수련에는 중대한 잘못이 있었다는 것도 알게 되었다. 더구나 이처럼 중대한 일을 전화 문의를 통해서 모 선도 기관의 사범이 가르치는 대로 경솔하게도 실천해 온 나 자신에게도 문제가 있다는 것을 알 수 있었다.

내가 이 체험기를 쓰게 된 직접적인 동기는 바로 이러한 실수를 내 후배들은 절대 되풀이하지 않게 하자는 데 있다. 이것은 글 쓰는 자의 사명이기도 하다. 또 한 가지 동기는 축기라는 것이 선도수련에서 얼마나 중요한 자리를 차지하고 있는가를 널리 일깨워줌으로써 선도에 관한 책을 앞으로 집필하는 사람들에게도 경고를 하기 위해서이다.

"우리 도장에 찾아오시는 분들 중에는 선생님처럼 단독 수련을 하시다가 부작용 때문에 오시는 분이 가끔 있습니다. 그 중에는 깊은 산속이나 암자 같은 데서 참선을 하든가 선도수련을 하던 분도 있습니다. 그런가 하면 다른 수련원에서 수련을 받다가 충분한 축기가 되기 전에 선생님처럼 기를 임독맥으로 돌리기부터 하다가 현기증을 일으키든가 빈혈 현상을 일으키고 육식 기피 현상을 일으키는 분들도 있습니다.

그 원인은 대부분이 하단전에 축기가 안 되고 중단전이나 상단전에만 지나치게 축기가 되는 바람에 몸 전체의 균형이 깨어지기 때문입니다. 하단전은 우리 몸의 중심입니다. 우리 몸속에 들어오는 기는 일단 하단전에 모아야 합니다. 그것은 논에 물을 대는 저수지와 같습니다. 저수지에 충분히 물이 고여야 물이 부족한 논에 제때 제때에 공급해 줄 수 있는 것과 같습니다.

그런데 저수지에 모여야 할 물이 저수지를 거치지 않고 그냥 논으로 흘러 들어가면 가뭄 때에 어떻게 농수 공급이 제대로 되겠습니까? 우리 가정에서도 어느 정도 저금이 있는 경우는 웬만한 난관이 닥쳐오더라도 별로 크게 타격을 안 받고 가정 경제를 꾸려나갈 수 있지만 저금이 전연 없으면 조그마한 일이 생겨도 돈을 꾸려고 이리저리 뛰어다녀야 되는 것과 같습니다.

또 중단전과 상단전에는 하단전에 충분한 축기가 된 다음에 축기가 되어야 순서입니다. 그런데 하단전보다는 상단전에 더 많은 축기가 되면 역시 몸의 균형이 흔들리게 됩니다. 이런 사람은 자칫 잘못하다가는 저급령(低級靈)에 빙의되어 무당이나 박수가 되거나 심한 경우에는 정신 이상을 일으키는 수도 있습니다."

"잘 알겠습니다. 그대로 내버려 두었다간 큰일날 뻔했네요."

"선생님을 보호하시는 지도신명께서 적절한 때에 인도하신 게 아닌가 생각됩니다. 다 인연이죠."

"그럴까요. 그럼 제 경우엔 어떻게 하면 좋겠습니까?"

"우선 하단전에 충분한 축기를 하셔야 합니다. 하단전에 축기가 되어 강화되면 선생님이 지금 겪고 계시는 부작용도 깨끗이 없어집니다."

그는 자신 있게 말했다. 맑고 깨끗한 정기가 반짝이는 그의 총기 있는 두 눈이 나를 자신 있게 지켜보고 있었다. 바로 이 순간이었다. 내 단전이 다시금 서서히 달아오르기 시작하는 것이었다. G원장의 몸 가까이 있을 때보다는 그 정도가 약하지만 이번에도 보이지 않는 화롯불을 대했을 때 모양 더워오는 것을 느꼈다.

지각(知覺)이 아니라 감각(感覺)을 통한 느낌인 것이다. 지각은 두뇌작용을 통하여 얻어지는 인식으로써 추상성과 개연성이 개재될 여지가 있지만, 감각을 통해서 얻어지는 사실은 온몸으로 직접 느끼는 것이기 때문에 구체적이고 사실적이라고 말할 수밖에 없다. 지각은 환상을 수반할 수도 있지만 감각은 현실적이고 사실적이다. 같은 감각기관을 통해서라고 해도 시각과 촉각은 느끼는 정도에 현격한 차이가 있다. 시각은 착각을 수반할 수도 있지만 촉각은 착각을 극복할 수 있다. 꿈같은 현실을 겪을 때 우리는 흔히 꿈이 아닌가 하고 제 살을 꼬집어 보는 것은 시각보다는 촉각을 더 신뢰하기 때문이다. 어쨌든 월산장 앞에서 내 단전이 더워왔다는 사실은 의심의 여지가 없는 것이었다.

"하단전에 충분한 축기를 할 수 있는 방법은 무엇입니까?"

"가장 확실한 방법은 우리 도장에 들어오셔서 체계적으로 수련을 받아 보시는 것입니다. 선생님은 이미 기를 느끼시니까 곧바로 어떤 변화가 일어날 것입니다. 기를 느낀다는 것 자체는 아주 중요한 것입니다. 옛날에 우리 선조들은 단지 기를 느끼는 데만 보통 10년씩이나 수련을 한 일도 있습니다. 그런 걸 생각하면 선생님은 대단히 빠른 편입니다. 그러니까 기를 느끼는 것도 아무나 되는 일이 결코 아닙니다. 우리 수련생들 중에도 기를 느끼는 일은 드뭅니다. 옛날과는 달라서 지금은 수련 기법도 발달이 되어서 과거와는 비교도 안 되게 수련 기간이 짧아졌는데도 말입니다. 그런 것을 생각하면 선생님은 확실히 선택받은 체질을 타고 나신 게 틀림없습니다."

분위기 때문일까? 그의 말에 고무되어서일까 내 단전은 점점 더 달아오르는 것 같았다. 이미 두 번이나 경험한 일이 있었으므로 결코 착각이 아니었다. 그러나 길고 짧은 것은 대보기 전에는 알 수 없는 일이다. 그가 말한 대로 내 단전에 축기가 안 되어 있다면 그의 권고대로 이곳에서 수련을 통하여 축기를 해 보면 내가 지금 겪고 있는 생리적 장애도 극복될 것이다. 우선 실천해보고 나서 어느 정도 시간이 흐른 뒤에는 그 성패가 드러날 것이 아닌가?

쇠뿔은 단김에 빼랬다고 나는 당장에 수련생 등록 수속을 마쳤다. 수련 시간은 점심시간을 택하기로 했다. 회사 일에 지장을 줄 수 없기 때문이다. 이 도장에는 지원장인 월산장 이외에 법사 한 사람에 사범이 다섯 명이 있었는데 그 중에 두 사람은 여자였다. 나중에 안 일이지만 사범들은 어떻게 된 셈인지 전부가 대학에 적을 두고 있거나 휴학계를 낸 대학생들이었다.

모두가 합장을 하고 인사를 하는 것이 특이했다. 합장을 하고 인사를 나누는 방법은 불교에서만 행하는 예법이 아니라 원래는 우리나라 고유의 선도의 풍습으로서 불교에서 뒤에 우리 것을 채용해 갔다는 것을 나는 역사 공부를 통해서 알고 있다. 그런데 고려 때 선도와 불교를 대표한 묘청대사의 국풍파(國風派)와 유생들을 대표한 김부식의 모화 사대파와의 싸움에서 후자가 승리함으로써 선풍(仙風)은 시들어버리고, 선도의 풍습인 합장 배례법은 불교의 전용물처럼 여겨져 왔을 뿐이다. 수련을 통해 심신이 단련이 되어서 그런지 사범들은 하나같이 패기가 있고 발랄하고 의연하고 친절했다.

등록을 마치자마자 곧 시간에 맞추어 수련에 들어갔다. 도장이 생긴 이래 실업가, 국회의원, 대학교수에서 농부와 공장의 공원에 이르는 온갖 직업을 가진 사람들이 다 왔었지만 신문기자 겸 소설가는 처음이라고 해서 모두가 환영하는 분위기였고 특별히 신경을 써주는 것 같았다. 그러나 그것은 부질없는 착각이었다. 물론 약간의 호기심은 있었겠지만 사범들은 수련생에게는 누구에게나 친절하고 자상했다. 특별한 교육을 받았는지 아니면 수련을 통해서 심성이 그렇게 변했는지 모를 일이었다.

수련은 거의 시간마다 있는데 내가 받은 시간에는 수련생이 12명 정도 되었다. 여자 수련생도 4명이었다. 아침, 저녁 시간에는 30평쯤 되는 도장 안이 입추의 여지가 없단다. 곧 흰 도복이 지급되었다. 수련이 시작되고 15분에서 20분 동안은 행공에 들어가기 전에 몸을 풀어 근육과 뼈를 부드럽고 유연하게 함으로써 기의 유통을 원활하게 하기 위한 도인체조가 실시되었다. 도인체조가 끝나면 각자 수련 정도에 따라 행공에 들어가는데 초보자는 와공 1번에서 9번까지를 했다.

도인체조가 끝난 뒤 와공 1번을 했다. 사범이 시키는 대로 마루에 반듯이 누워서 두 손바닥을 아랫배에 올려놓고 단전호흡을 했다. 도인체조를 통해서 잠자던 기가 활성화되어서 그런지 불볕이 쏟아져 내리듯 하단전이 뜨거워지기 시작했다. 확실히 혼자서 의자에 앉아서 수련을 할 때와는 차원이 달랐다. 책이나 보고 혼자서 할 때는 행공 자세 같은 것도 제대로 되었는지 알 수 없고 수행방법 자체도 엉뚱하게 빗나갈 우려가 있게 마련이다.

도장에서는 우선 이러한 허점에 빠지지는 않을 것이다. 이것이 우선 마음 든든하고 안심이 되었다. 다른 수련생들은 와공 1번에서 9번까지의 동작을 매 동작마다 3분씩 하고 다음 자세로 옮겨가는데 나는 같은 동작인 와공 1번 자세만 계속 취하고 있으라고 했다. 똑같은 동작만 30여 분 동안이나 계속 취하고 있자니까 갑갑하고 지루했다. 그러나 바로 이 와공 1번 자세는 축기를 가장 많이 그리고 효과적으로 할 수 있는 방법이라고 했다. 다른 동작은 행공 도중에 축기한 에너지의 30퍼센트 정도가 소모되지만 와공 1번 동작만은 거의 체력 소모 없이 축기만 집중적으로 할 수 있다고 했다. 그래서 그런지 단전호흡을 할 때마다 하단전은 모닥불을 쬘 때처럼 확확 달아올랐다.

그때까지 내가 읽어온 선도에 관한 책들은 기초 과정으로서 축기를

212

어떻게 해야 하고 어떻게 단전을 형성케 한 다음에 강화시켜야 하는가 하는 문제는 다루지 않았다. 거의 대부분의 책들이 단전에 기가 충만해지면 이것을 미려를 통해서 명문, 협척, 옥침, 이환까지의 독맥으로 올리고 거기서 다시 인당과 전중을 거쳐 임맥을 통하여 하단전으로 되돌리라고만 씌어 있다. 저자들은 왜 축기 과정을 생략해 버렸을까? 하단전에 완전한 축기를 하지 않고 기를 임독맥으로 돌린다는 것은 마치 기초 공사도 제대로 하지 않고 건물 구조부터 올리는 것과 같은 게 아닐까. 나는 와공 1번 수련을 하면서 줄곧 이런 생각을 했다.

30분 동안의 행공이 끝나자 이번에는 20분 동안 마무리 도인체조가 있었다. 행공 뒤에는 반드시 거쳐야 하는 과정이었다. 30분 동안의 행공으로 몸속에 축적된 기운을 온몸에 골고루 퍼지게 하여 정착시키는 단계이다. 마무리 체조를 하고 나니까 몸이 한결 개운해지고 기분은 상쾌했다. 직장에 돌아와서도 평소보다 기가 왕성하게 돌았다. 다른 때처럼 졸리지도 않았다.

갖가지 진동(振動)

1987년 6월 30일

도장에선 와공 1번만을 집중적으로 시켰다. 사범이 행공 중인 나에게 와서 내 단전에 손바닥을 대 보았다. 그의 손이 닿을 때마다 선뜻선뜻 냉기를 느꼈다. 아직 20대의 젊은 사범의 손이 그렇게 차가울 리는 없는데 아무래도 내 단전이 그만큼 뜨겁게 달아오른 것이 틀림없었다.

사범은 내가 수련이 잘되고 있다고 했다. 오늘도 수련 뒤엔 몸이 가볍고, 직장에 돌아와서도 졸림과 피로감이 사라졌다. 그만큼 육체적인 운동을 했으면 피로감을 느껴야 정상일 것 같은데 오히려 숙면이라도 취하고 난 뒤처럼 개운했다. 어제 있은 노태우 민정당 대표의 6·29 시국 수습 선언으로 편집국 사무실이 술렁대고 있었지만 수련 때문인지 나는 이상할 정도로 마음이 차분해졌다.

1987년 7월 2일

어제 수련장에서는 합장한 손이 전후로 약간씩 흔들리면서 반가부좌한 양 무릎이 상하로 진동을 했었는데 오늘은 합장한 손만이 전후로 어제보다 심하게 진동했다.

젊은 여자 하나는 행공 시에 갑자기 떼굴떼굴 구르면서 소리 내어 구슬프게 울어댔다. 엄청난 원한과 울분에 사무쳐서 도저히 참을 수 없는 듯 몸부림까지 쳤다. 젊은 남자 하나는 또 비행기 날개 모양 두 팔을 쭉 편 채 천천히 마루 위를 쓸 듯이 앉은 채 걸어 다녔다. 마치 어린이들이 비행기 뜨는 흉내라도 내는 것 같았다. 또 어떤 여자는 닭이 날갯짓하듯 양손으로 엉덩이를 계속 두드려대고 있었다.

좌우지간에 가지각색으로 진동을 일으키는 수련생들 때문에 수련에 방해가 될 정도였다. 이런 환경에 익숙해진 고참 수련생들은 아무렇지도 않은 것 같았으나 새로 들어온 나에게는 경이였고 혼란마저 일으켰다. 어떤 때는 느닷없는 요란한 소음으로 깜짝깜짝 놀랐고 자연 정신 집중이 안 되었다. 그러나 진동을 제지하는 사람은 아무도 없었다. 수련생이면 거의 누구나가 거치게 마련인 과정이기 때문에 다 양해를 하는 것 같았다. 이처럼 격렬한 또는 부드러운 가지각색의 진동을 겪는 동안에 몸속에 깊이 잠재해 있던 고질병까지 다 낫는다는데 누가 감히 뭐라고 할 것인가?

행공 끝나고 마무리 운동으로 누운 채 엉덩이를 한껏 들어 올렸다가 마루 위에 쿵 하고 내려놓는 동작을 취하는데 왼쪽 엉덩이뼈에 심한 통증이 왔다. 언젠가 등산 때 바위에서 추락하여 엉덩방아를 찧을 때 입은 부상이 아직 완치가 덜 되었다가 도진 모양이다.

1987년 7월 3일

와공 9번인 명상 시간이 생략된 대신에 와공 1번 시간이 길었다. 일정한 시간이 지나니까 단전에 뜨거운 기 대신에 냉기가 돌았다. 발바닥 용천에서도 냉기가 스멀스멀 벌레처럼 기어 들어오는 것이었다. 너무 오래 누워서 와공 1번만 하고 있자니까 몸이 쑤시고 저렸다. 활공을 한 가지 배웠다. 상대를 엎어놓고 허리를 시계 방향으로 원을 그리면서 비벼주고 등과 다리를 쓸어내리는 것이다.

1987년 7월 6일 월요일

W도장에 나간 지 8일째다. 8년 동안이나 생활화된 등산을 일요일인 어제도 했다. 등산 다음 날인 월요일은 보통 식욕이 강해지는데, 오늘은 전과 달리 식욕이 부진했다. 아침 식사도 별로 당기지 않았고 점심 식사도 역시 마찬가지였다. 주기적인 변화일까? 아니 그런 것만은 아닌 것 같다. W도장에 나가면서 확실히 기의 움직임이 활발해진 것은 느낄 수 있는데 그 때문일까?

도장에선 지난주와는 달리 와공 1번에서 9번까지 시켰다. 날씨는 더운데다 생각보다 무척 힘이 들어 진땀이 부쩍부쩍 치솟았다. 적응이 되려면 상당한 시일이 흘러야 될 것 같다. 하도 힘이 들어서 호흡도 제대로 안 되었다. 그러나 기의 흐름은 전보다 더 왕성해진 것이 틀림없었다.

와공 9번 합장 명상 시간엔 사물놀이가 나왔다. 무엇이 얼른대는 것 같아서 감았던 눈을 뜨자 이상한 광경이 벌어졌다. 여자 수련생 하나는 앉은 자세 그대로 팔과 상체만을 놀려 춤을 추고 있었고 나이 지긋한 중년 남자는 일어선 채 춤을 추고 있었다. 물론 한국 고유의 멋지고 유연한 춤사위였다. 한 가지 특이한 것은 두 사람 다 눈을 감은 채 춤을 추고 있다는 것이다. 사범이 다가오기에 얼른 눈을 감았다. 수련 중엔 원래 눈을 감게 되어 있었다. 눈을 뜨면 안구를 통해 기가 흩어져 버린단다. 사범이 날보고 귓속 말로 "단무 추는 것 구경하세요" 했다. 그래서 나는 마음 놓고 눈을 뜨고 두 남녀의 춤추는 모습을 살펴볼 수 있었다. 무대나 텔레비전에서 보는 고전 무용수들의 춤과 비슷하면서도 어딘가 달랐다.

전문적인 무용가들의 춤은 지극히 세련되고 기교적인데 비해서 이들의 춤은 기교나 세련미 따위는 처음부터 아예 무시해버린 춤추는 사람 자신도 모르게 자연 발생적으로 되어져 나오는 율동인 것 같았다.

단무(丹舞)

　내가 보기에는 진동시의 동작들이 기의 작용인 것처럼 단무(丹舞) 역시 기의 작용이 좀더 발전 심화된 형태인 것 같았다. 『단학』이라는 책에 보면 단무는 "운기 심공을 하다 보면 저절로 알게 되는데 기를 터득하고 축적하다 보면 자연적으로 발생한다. 단무 수련을 하다 보면 한국의 춤이 바로 기에 의해 일어나는 자연의 춤임을 깨닫게 되며, 이 속에서 무한한 환희심과 함께 천지에 대한 감사의 마음이 우러나오고, 맺힌 한(恨)과 모든 기(氣)의 병이 풀리고 심기신(心氣身)의 조화를 얻게 된다"고 나와 있다. 여기서 '천지에 대한 감사'라는 '천지'는 무슨 뜻일까. 혹시 우주의 조화나 이치를 말하는 것이 아닐까 생각해 보았다. 말하자면 진동과 유사한 작용이므로 춤추는 사람의 의사와는 관계없이 순전히 기의 인도에 따라 몸을 움직이는 것이었다. 바로 이것이 일반 전문 무용가와 다른 점이었다.

　나는 합장한 손이 약간 떨리기만 할 뿐이었다. 그러고 보니 나는 아직 단무를 추려면 축기가 한참 더 되어야 할 모양이다. 사범이 무엇 때문에 날보고 단무를 구경하라고 했을까? 신문기자이고 작가니까 잘 보아두라고 그랬을까? 하긴 사범이 그렇게 관람을 허락해 주지 않았더라면 이러한 광경을 글로 묘사할 수 없었을지 모른다. 고마운 일이다. 다른 때 같으면 등산 다음날 오후 6시가 넘으면 못 견딜 정도로 배가 고

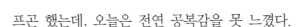

프곤 했는데, 오늘은 전연 공복감을 못 느꼈다.

1987년 7월 7일 화요일

W도장에 나가고부터 확실히 변화가 일어나고 있다. 우선 기의 흐름이 전보다 활발해졌다는 것을 피부로 느낄 수 있다. 그리고 지난 일요일부터는 식욕이 현저히 줄어들었다. 한 시간 십분 동안의 수련 과정이 하도 힘이 들어서 다른 운동은 엄두도 낼 수 없다.

기가 이렇게 왕성하게 흐르면서 단전이 달아오르는데도 사범은 축기가 되어 있지 않다고 했다. 축기를 집중적으로 시키기 위해서 와공 2번서 7번까지는 생략하고 와공 1번만 시켰다. 남들이 7번까지 하는 동안 똑같은 자세로 누워서 단전호흡만 하고 있자니까 갑갑하고 지루했다.

작년에 단독 수련을 시작했을 때도 기가 활발해지면서 식욕이 줄어들었었는데, 이번에도 비슷한 현상이 일어나는 것을 보니 기의 흐름과 식욕 사이에는 상관관계가 있는 것 같다. 좀더 구체적으로 말하면 양자 사이는 서로 반비례하는 것 같다.

1987년 7월 8일 수요일

밥 한 공기 먹기가 가쁠 정도로 식량이 줄어들었지만 아직 육식엔 거부반응이 일어나지 않았다. 사범은 여느 날보다 심한 도인체조를 시켰다. 그는 특히 내 아랫배가 푹 꺼져 있다면서 단전 강화 운동을 집중적으로 시켰다. 와공 1번 자세에서 숨을 한껏 들이 쉬게 한 뒤 사범은

5초 동안 내 단전을 한껏 내리눌렀다.

도인체조 때 나와 짝이 되었던 사람은 전에도 한번 어울렸던 사람인데 그가 먼저 나를 알아보고 인사를 했다. 알고 보니 작년 2월에 『소설한단고기』 청탁을 부하 직원에게 했던 배달문화원의 김종갑 씨였다. 그가 제일 먼저 이 책을 청탁했었고 그 뒤에 정신세계사의 송순현 사장이 청탁했었다. 작년 12월 9일부터 집필을 시작하여 천 매쯤 나갔을 때 송 사장과 의견이 안 맞아 김종갑 씨를 찾았었지만 전화번호가 바뀌어 종내 찾을 수 없었다. 결국 L출판사로 낙착이 되었지만.

저녁에 귀가 후 욕실에서 냉수마찰을 하다가 우연히 아랫배에 눈이 갔다. 그전과는 판이하게 부풀어 오르고 단단해진 것을 발견하고는 나 자신도 놀랐다. 아랫배가 전에는 물컹물컹하고 푹 꺼져 들어가 있었는데 놀라울 정도로 단단하고 탄력이 있었다. 기(氣) 역시 왕성하게 온몸을 순환했다. 마치 작년 2월과 3월에 겪었던 왕성한 운기(運氣)가 연상되었다.

1987년 7월 9일 목요일

사범에게 식량이 갑자기 줄어든 얘기를 했더니 기가 왕성해지면 흔히 그런 현상이 일어난단다. 등줄기가 후끈후끈할 정도로 기가 독맥으로 흘러 백회를 지나 임맥을 지나고 단전에 모였다가 다시 기경팔맥과 12정경으로 흐르는 것을 역력히 느낄 수 있었다. 경락을 통해서 흐르는 기가 어떤 때는 손끝과 발끝이 감전이라도 되었을 때 모양 찌릿찌릿 하는가 하면 따뜻한 물이 흘러가는 것 같은 느낌이 든다.

1987년 7월 10일 금요일

단전이 강화된 것을 확인한 뒤로는 수련에 재미가 더 붙었다. 수련 끝난 뒤에 사범에게 단전을 집중적으로 강화하려면 어떻게 하면 되느냐니까 와공 2, 3, 4, 6번을 하란다. 이것만 계속하면 틀림없이 단전이 아주 좋아진단다. 그는 왜 진작 이걸 나에게 일러주지 않았을까? 축기 때문이었을까? 그런 것 같기도 하다. 단전이 강화되어야 축기도 제대로 될 것이 아닌가? 단전은 기를 담아주는 그릇과 같은 것일 테니까. 역시 길은 자기가 물어서 찾아갈 수밖에 없다.

1987년 7월 11일 토요일

와공 1번부터 9번까지 다 했다. 월산장이 와공하는 내 단전을 만져보더니 기가 잘 통하고 전보다도 강화되었다고 말했다. 이미 내가 느끼고 있는 사실이 객관적으로 확인된 셈이다. 그러나 문제가 하나 생겼다. 기의 흐름이 활발해지면서 지난 1년 6개월 동안 습관화되어 온 대로 단전에서 발생한 기는 독맥과 임맥으로 맞바로 흘러가는 것이었다. 이미 개척 된 통로를 따라 자연스럽게 흘러가는 것 같았다.

그렇다면 축기는 어떻게 된단 말인가? 내 수련의 최대 약점이 축기가 안 되어 있었고, 따라서 단전도 약하다는 것이 아닌가. 나는 월산장에게 이럴 때는 어떻게 해야 되느냐고 물었다. 그는 단전에 의식을 항상 집중하고 기가 다른 곳으로 흘러가지 않게 하되 만약 기가 다른 곳으로 흐르게 되더라도 기를 따라가지 말고 오직 단전에 축기 하는 데만 정성을 쏟으라고 했다.

1987년 7월 14일 화요일

도장에 들어온 지 16일째 되는 날이다. 합장 명상 시간이었다. 청아하고 구성진 단소 소리가 확성기를 통하여 실내에 흘러 넘쳤다. 지금까지 전연 경험해 보지 못한 일이 일어났다. 지그시 감겨 있는 내 눈앞에 1원짜리 동전만한 원이 나타나고 그 원 속에는 검은 콩알 같은 것이 한 자리에 고정된 채 전후좌우로 떨고 있었다. 그 움직임은 마치 자동차 계기판의 바늘의 움직임과도 같이 또르륵 또르륵 떨면서 움직이는 것이었다. 그것을 나도 모르게 주시하고 있자니까 합장한 내 손이 조금씩 조금씩 벌어졌다. 물론 내 의지와는 상관없는 움직임이었다. 마치 어떤 힘이 내 팔과 손에 작용하여 양쪽으로 끌어당기는 것 같았다.

지금껏 다른 수련생들이 이처럼 손이 벌어지는 것을 보아왔고 그때마다 별 이상한 일도 다 있다고 생각해 왔었는데, 이제는 내가 그렇게 되는 것이었다. 양쪽으로 자꾸만 내 팔이 벌어지기에 의식적으로 합장을 하려고 두 손을 한데 모으려고 해 보았다. 그래도 내 팔은 막무가내로 어떤 보이지 않는 힘에 이끌리듯 벌어지기만 하다가 어느 한계에 이르자 두 손은 다시 서서히 합쳐지는 것 같았는데 다시 합장은 되지 않고 양손이 서로 엇갈려 벌어지는 것이었다. 음악이 멎어버리자 두 손은 원상 복귀되어 합장이 되었다.

수련을 끝내고 나오면서 김광석 보조 사범에게 동그란 원과 까만 콩알 얘기를 했더니 그건 기가 상단전에 모였기 때문이라고 했다. 전임 사범이고 경희대학교 물리학과 3학년 재학 중에 단학 서클에서 단학에 심취하여 사범이 된 뒤 일시 학교에 휴학계를 내고 있는 이명수 사범

에게 손이 저절로 벌어졌던 얘기를 했더니 그는 그것이 소위 단무(丹
舞)의 시초라고 했다.진동보다도 한층 높은 경지이고 수련이 잘 진척
되고 있는 징조라며 한턱 내야겠다면서 웃었다. 기의 흐름이 더욱 활
발해지면서 몸이 가벼웠다.

1987년 7월 15일 수요일

수련에 뚜렷한 진전이 있어서 그런지 공연히 기분이 좋았다. 마침『소
설 한단고기』견본이 나왔다. 한턱 쓰는 대신 지원장과 각 사범들에게
한 권씩 나누어 주었다. 이명수, 김영숙 사범이 꽤나 좋아했다.

와공 3번과 4번 사이에 동그란 원 속에서 새까만 콩알이 또 아른댔
다. 명상 시간에는 흥겨운 사물놀이 음악이 나왔다. 어제보다 훨씬 더
팔이 다양하게 움직였다. 춤 가르치는 선생의 보이지 않는 손이 뒤에서
내 손과 팔을 잡고 그 유연한 춤 동작을 움직여주는 것만 같은 느낌이
일 정도였다. 김종갑 씨가 내 뒤에서 어느 틈에 내 춤 동작을 보고서,
"거 김 선생 춤 동작이 아주 멋드러집디다. 언제 그렇게 춤은 배웠습
니까?"하고 칭찬했다.

단무를 추고 나니까 공연히 마음이 느긋해지고 기분이 명랑해졌다.
이러한 상태라면 앞으로 짜증도 화나는 일도 없을 것 같은 느낌이 들
었다.

1987년 7월 16일 목요일

합장 명상 시간에 부드럽고 유연한 서양 배경 음악이 흘러나왔다.

이상한 일이었다. 오늘은 명상 시간이 되기도 전부터 몸속에서 어떤 기운이 불끈불끈 치솟으면서 몸뚱이 전체가 움찔움찔, 들썩들썩했다. 음악이 미처 나오기도 전에 저절로 팔이 움직여지는 것이었다. 드디어 음악이 나오자 기다렸다는 듯이 팔이 전후좌우 또는 상하로 회전 운동을 하는가 하면 양옆으로 축 처져 내리기도 했다. 그런가 하면 마룻바닥까지 내려왔던 양손이 스스로 무엇에 이끌리듯 위로 쳐들리는가 하면 옆으로 뻗기도 하고 앞으로 모아졌다가 양손이 서로 엇갈리면서 전후좌우 상하로 유연한 춤 동작을 멋지게 연출하는 것이었다. 음악이 끝나자 춤사위도 멎었다.

1987년 7월 17일 금요일

제헌절이라 W도장에서도 쉰단다. 아침 6시 20분부터 집에서 그전대로 도인체조를 하고, 새로 배운 와공을 하고 합장 명상에 들어갔다. 음악이 없는데도 내 팔은 전후좌우 상하로 움직였다. 도장에서보다 강도는 덜하지만 동작은 비슷했다. 확실히 단무 추기 전보다도 기가 활성화된 것을 알 수 있었다.

회사에 일찍 출근하여 아무도 없을 때 의자 위에 반가부좌하고 운기심공을 해 보았다. 마음으로 기를 움직여 손과 팔을 움직여 보았다. 신경의 힘을 빌지 않고 순전히 원격 조정 방식으로 마음으로 움직여 본 것이다. 신통하게도 그대로 움직여 주었다. 반가부좌한 발 위에 포개어 놓은 두 손이 마음으로 원하기만 했는데 스르르 위로 들리어 오르는 것이었다. 앞으로 도장 밖에서 수련할 때는 내 약한 단전을 집중적

224

으로 강화하는 수련을 하기로 했다.

안국 지하철역 테이프 상점에서 가야금 산조, 거문고 산조, 사물놀이 등 국악 테이프를 구입했다. 실은 어제 낮에 사무실의 텔레비전에서 국악이 나왔는데, 어느새 들썩들썩 내 팔다리가 내 허락도 없이 움직이려고 속에서 요동을 치는 것이었다. 남들이 보면 웃음거리가 될까 봐서 억지로 참았다. 이에 자극을 받아 남이 안 보는 데서 저녁 식사 후에 혼자서 이 국악 테이프를 서재에서 혼자 틀어보았더니 도장에서와 마찬가지로 손과 팔이 움직였다.

이제는 W도장에 가는 시간이 은근히 기다려진다. 서양 음악이 나왔다. 역시 춤 동작이 시작되었다. 전연 예상할 수 없는 방향과 각도로 내 팔과 손은 움직였다. 이것이 한창 진행된 뒤에는 가부좌한 다리가 갑자기 획 풀리면서 몸이 움찔움찔 스스로 일어나려고 한다. 빨리 일어서서 단무를 추라는 재촉을 받은 것 같은 심정이 되었다. 몸을 벌떡 일으켜 세웠더니 이번에는 다리까지도 내 의지와는 상관없이 전후좌우로 예상할 수 없는 방향과 각도로 움직이고 회전 운동을 하는 것이었다.

단무에 재미가 붙어버렸다. 저녁 식사 후에 거문고 산조, 사물놀이, 가야금 산조를 차례로 틀어놓고 일어서서 무려 1시간 반 동안이나 춤을 추었다. '단소' 테이프도 구하려고 했지만 구할 수 없었다. 수요가 별로 없어서 제조업자가 생산을 중단했단다.

춤을 추면서 내 춤사위를 곰곰이 살펴보았더니 갈데없는 우리 고유의 춤 동작이었다. 팔다리를 유연하게 놀리면서 뻗어 올리는가 하면 몸을 좌 또는 우로 팽그르르 돌리기도 하고 두 팔을 높이 올렸다가 옆 또는 앞뒤로 던지듯 펼치기도 했다.

1987년 7월 19일 일요일

어제 11시 반까지 단무를 추고 잠이 들어서 그런지 깊은 숙면을 취했다. 아침에 깨어나니 온몸이 녹작지근하고 천근같다. 아침밥도 안 먹혀서 도봉산 냇골 정상에서 떡으로 요기를 했다. 포대 정상을 향했다. 오를 때는 몸이 무거운 편이었으나 바로 정상에 올라서면서부터 이변이 일어났다. 꼭 누가 뒤에서 내 몸을 밀어주는 것 같다. 초속 3, 4노트 정도의 바람이 내 몸을 뒤에서 밀어 주는 것 같기도 했다.

수련 초기에도 이와 비슷한 경험을 한 일이 있었지만 이번처럼 강도가 세지는 않았었다. 평지와 오르막에서는 뒤에서 밀어주는 것 같았는데, 내리막길에서는 이와는 정반대의 현상이 일어났다. 뒤에서 보이지 않는 힘이 내 몸을 당겨 주는 것 같았다. 이런 현상을 보고 '기를 탄다'고 하는 모양이다. 기는 마치 의식과 지성을 갖춘 에너지 작용체가 아닌가 하는 느낌도 들었다.

뒤에 따라오는 아내에게 이런 얘기를 했더니 사고날까 봐 걱정이라고 했다. 우의암 앞에 앉아서 합장을 했더니 팔다리가 저절로 움직였다. 일어섰더니 몸이 빙그르르 돌아가면서 원무를 추었다. 쪽바위 지나서 소나무 숲속에서도 단무를 추었다. 단무는 출수록 기혈이 뚫리고 운기(運氣)가 잘된다. 아내는 남들이 보면 돌았다고 손가락질하겠다면서 이제 그만두라고 했다.

1987년 7월 20일 월요일

출근시 전철칸에서 습관적으로 호흡을 하고 있는데, 하단전과 중단전이 동시에 뜨겁게 달아올랐다. 상단전은 달아오르는 대신 그냥 욱씬대기만 했다. 중단전과 하단전이 달아오른 일은 전에도 느껴본 일이 있었지만 오늘처럼 뚜렷하게 감지된 일은 없었다. 이런 현상은 수련 중에도 계속되었다. 수련 뒤에 이명수 사범에게 그 이유를 물어보았다.

"김 선생님은 원래 하단전에는 축기가 안 되어 있었지만 중단전과 상단전에는 축기가 되어 있었는데, 이제 하단전에 서서히 축기가 되어가니까 하단전에 모인 기가 상단전과 중단전으로 이동하면서 공명현상을 일으키기 때문입니다. 그동안 갖가지 부작용이 일어난 것도 하단전에 축기가 안 된 상태에서 중, 상 단전에만 먼저 축기가 되는 바람에 균형이 깨어졌기 때문이었습니다. 그러던 것이 이제 서서히 정상을 회복해 가는 과정입니다."

이 사범의 설명에 충분히 이해가 갔다. 하단전에 기가 모이기 시작하면서 단무도 추게 되었는가 보다. 하단전이 약했던 사람들에게서 일어나는 공통적인 현상이라고 한다. 이럴 때는 될 수 있는 대로 하단전에 의식을 집중하고 모든 기를 하단전에만 집중시킨다는 생각을 가지고 호흡을 해야 한다고 했다. 월산장도 하단전을 강화하는 것이 제일 중요하니까 중, 상단전은 생각하지 말고 하단전에만 의식을 집중하고 호흡을 하면 자연 하단전이 강화된다고 했다. 임성우 사범은 하단전을 시계바늘 방향으로 회전시키면 중, 상 단전에 가는 기가 하단전에 집중적으로 모인다고 했다.

단소 가락에 맞추어 단무를 추었는데 이명수 사범이 처음보다도 춤 솜씨가 점점 멋을 풍겨간다고 했다. 단무는 많이 추어도 좋은데, 단지 기가 빠져 나간다고 생각하면 정말 기가 빠져 나간단다. 오히려 축기 가 된다고 생각해야 되는 모양이다. 길을 걸을 때도 누가 등을 밀어주 는 것만 같고 내 발을 잡고 앞으로 잡아 당겨주는 것 같은 착각을 느낀 다. 층계에 오를 때는 누가 뒤에서 엉덩이를 치받쳐주는 것만 같고 내 려갈 때는 허리띠를 잡고 뒤에서 누가 잡아 당겨주는 것 같다.

1987년 7월 21일 화요일

새벽녘에 잠이 깨었다. 가끔 있는 일이다. 이런 때는 용천에 기를 보 내면 기와 함께 피도 다리로 몰려서 머리에 일시 가벼운 빈혈 현상이 일어나면서 금방 잠이 들 수 있다고 한다. 수련 초기에는 효과가 있는 것 같았으나 그 뒤로는 별로 효험이 없었다. 그런데 오늘 아침에 시험 적으로 기를 용천으로 보내보았더니 곧 용천이 더워지면서 금방 잠이 들 수 있었다. 이제는 하단전에 어느 정도 기가 축적이 되어 이처럼 기 를 마음대로 보낼 수 있게 된 모양이다. 작년 수련 초기에도 이 방법이 효과를 내었을 때는 하단전에 축기가 되어 있었는데, 그 뒤로는 임독 맥으로 돌리는 통에 축기가 안 되어 기를 보내도, 별 효험이 없었던 것 같다.

1987년 7월 22일 수요일

출근시에 교대역에서 3호선 전철을 기다리느라고 무심히 서 있는데

228

갑자기 내 몸이 전후좌우로 자동적으로 움직였다. 손에 들고 있던 가방과 우산만 아니라면 단무가 추어질 것 같은 기분이다. 사무실에서 무심하게 의자에 앉아 있어도 몸이 자연히 좌우로 요동하고 머리 역시 전후좌우로 움직인다. 승유지기(乘遊至氣)란 이러한 경지를 말하는 것이 아닐까?

도장에서 와공 2번을 하고 있는데 옆에서 무엇이 격렬하게 움직이면서 바람을 일으켰다. 눈을 떠보니 김종갑 씨가 팔과 다리를 심하게 상하로 움직이고 있었다. 드디어 진동이 시작된 것이다. 수련 시작한 지 열흘쯤밖에 안 되었는데도 벌써 진동을 시작한 것이다. 민족운동에 헌신해 온 그는 우리나라 상고사에 대한 신념이 확고하다. 대개 민족정신이 강한 사람일수록 수련이 잘되는 예를 나는 수없이 목격해 왔다. 선도가 원래 우리 민족 고유의 심신 수련법이어서 그럴까? 우리 민족의 주체 사관이나 주체 정신과 선도는 어떤 보이지 않는 맥으로 두텁게 연결되어 있다는 확신이 들었다.

1987년 7월 23일 목요일

지금까지 단무를 출 때에는 눈을 감았었다. 그런데 어제 저녁부터는 눈을 뜨고 있는데도 단무가 되었다. 집에 돌아와서 텔레비전을 보면서도 팔이 저절로 움직였다. 기가 점점 더 강하게 이 몸속으로 흐르는 모양이다. 남의 말을 들으면서도 책을 읽으면서도 손과 팔이 움직인다. 눈을 감고 무사무념의 상태가 아니면 처음엔 단전호흡이 제대로 되지 않다가 점점 익숙해지니까 책을 읽으면서도 길을 걸으면서도 되던 것

229

과 같이 이처럼 이제 단무는 때와 장소를 가리지 않고 무슨 일을 하든지 약간의 여유만 생기면 마치 우주 유영이라도 하듯 팔다리가 움직였다. 단무가 활발해질수록 단전도 덩달아 뜨거워졌다.

1987년 7월 27일 월요일

65세쯤 된 노인 한 분이 열심히 와공 수련을 하는데 제일 힘든 와공 3번 4번 수련을 힘 안들이고 잘해냈다. 몸을 바닥에 반듯이 눕히고 팔다리를 수직으로 올려 몸 전체를 디귿자로 굽혀 놓은 형국인데 머리를 들고 좌 또는 우로 45도 기울이고 있어야 한다. 그렇게 각각 3분에서 5분씩 단전호흡을 하면서 버티기는 여간 어려운 게 아니다. 보통 중간에 머리를 바닥에 내려놓는다. 그런데도 그 노인은 이 어려운 수련을 흐트러짐 없이 거뜬히 해 내는 것이었다. 수련 끝난 뒤에 이명수 사범에게 물어보았다.

"그 노인 참으로 힘이 장사입니다. 수련한 지 얼마나 되었습니까?"

"한 달쯤 되었습니다. 심한 노이로제 증상이 있는데, 축기는 아주 많이 되었습니다" 하는 것이었다.

"그래요? 그럼 나도 근 한 달이 되어 가는데 어느 정도 축기가 되었는지 좀 보아주시겠습니까?"

"전 이 방면에 전공은 아닙니다. 월산장님이 축기 점검 전공이신데 나중에 받아보시죠."

"그래도 그동안 얼마나 되었는지 대강이라도 알아볼 수 없을까요?"

"그저 대강밖에 맞출 수 없습니다" 하면서 그는 날보고 바닥에 눕게 하고는 손바닥을 단전에 한참 대고 있었다.

"10점 만점에 5에서 6 정도 되는 것 같습니다. 우선 단전이 충실해야 기를 마음대로 조정할 수 있습니다. 처음 오실 때보다도 축기가 상당히 많이 된 폭입니다. 10점으로 축기가 합격이 되면 그때는 심법수련에 들어갑니다."

"심법수련은 어떻게 하는 건데요?"

"그때 가서는 순전히 마음으로 기를 불러들일 수도 있고 내보낼 수도 있고 축기도 할 수 있습니다. 그리고 단전에 축적된 기를 원하는 곳으로 몸의 구석구석까지도 보낼 수도 있습니다."

1987년 7월 28일 화요일

단무에도 계속 변화가 오고 있다. 한동안은 양손으로 얼래를 감는 것 같은 동작이 되풀이되더니, 뒤이어 두 팔을 엇갈려 안는 동작이 계속되다가, 두 팔을 높이 들어 축원하는 동작이 되풀이되고 있다. 도장에 나간 지 14일째 되는 날부터 단무를 추게 된 후 걷잡을 수 없이 연속적으로 일어나던 변화가 이젠 어느 정도 차분하게 가라앉으면서 정착 단계에 들어가는 느낌이다. 아무 때나 불뚝불뚝 일어나던 충동도 가라앉았다. 혼자서 수련할 때와 도장에 나와서 수련할 때의 효과의 차이는 마치 자전거와 자동차의 속도 차이를 방불케 한다.

1987년 7월 29일 수요일

W도장에 들어온 지 꼭 한 달째 되던 날이다. 어제부터 약간의 감기

몸살기가 있다. 색다른 도인체조를 너무 심하게 해서 그럴까? 아니면 수련이 진전되어 어떤 변화가 일어날 징조일까? 목구멍이 싸아 하고 가래가 약간씩 나올 정도다. 똑같은 음악이 나오는데도 단무 때 팔의 동작이 그전과는 전연 다른 양상을 띤다. 수련 때문인지 금년에는 예년에 비해 더위를 확실히 덜 탄다. 등산 시에도 마찬가지다. 운기가 활발해지면서 더위와 추위를 덜 탄다는 말이 맞는 것 같다.

1987년 7월 30일 목요일

도장에서 와공 1번 행공 시에 뚜렷한 변화를 경험했다. 눈을 감고 누워서 단전호흡에 열중하고 있는데 꼭 누가 내 옆으로 다가와서 다리 근처에 엎드리는 것 같은 인기척을 느꼈다. 사람이 다가오느라고 몰고 온 바람기까지 느낄 수 있었다. 사범이 왔나 하고 생각해 보았지만 어딘가 달랐다. 확인해 보려고 눈을 떠 보았다. 그러나 아무도 눈에 띄지 않았다. 이명수 사범은 그때 앞자리에서 정좌하고 있었던 것이다. 따라서 사람이 지나간 흔적은 어디서도 찾아볼 수 없었다.

다시 눈을 감고 수련에 열중하고 있는데 이번에는 다리에 약간 경련이 일면서 파동처럼 허벅지에서 발바닥까지 훑고 지나갔다. 혹시 쥐가 일어나려고 하는 줄 알고 긴장했었는데, 그것보다는 약하고 부드러운 파동이었다. 이러한 파동은 다리뿐만 아니고 그 후에는 온몸 구석구석을 골고루 훑고 지나가는 것이었다. 명상 시간이었다. 오늘은 플레이어가 고장이 나서 음악은 나오지 않았지만 어제 사물놀이가 나왔을 때와 거의 비슷한 동작이 나왔다.

수련이 끝난 뒤에 이명수 사범에게 이 두 가지 현상을 물어보았다. 첫 번째 것은 일종의 에너지, 즉 기의 파동이 지나가는 것이란다. 가끔 일어나는 현상이란다. 음악도 없는데 일어나는 단무(丹舞) 동작은 어제 했던 기억이 비슷한 시간과 환경 속에서 되살아난 것이라고 했다. 몸에서 에너지 파동이 지나가는 현상은 집에서 잠자리에 든 뒤에 몇 차례 경험했다. 그럴 때는 꼭 몸이 공중으로 떠오를 것 같은 느낌이었다.

1987년 7월 31일 금요일

지원장인 월산장으로부터 수련생 전원에 대한 축기 점검이 있었다. 축기 점검은 한 달에 15일과 월말에 보통 실시되고 있었다. 지난 15일에는 지원장이 출장 중이어서 못했었다. 축기 점검하는 요령은 내가 처음에 이곳을 찾았을 때 월산장이 했던 것과 같았다. 손바닥을 단전에 대봄으로써 축기의 정도를 알아볼 수 있고 왼 손목의 경혈을 통하여 상대방의 기를 끌어들여 돌려봄으로써 역시 축기의 정도를 알아볼 수 있다는 것이다. 물론 고도의 수련을 쌓은 사람 중에서도 특별히 이 방면에 소질이 있는 사람이라야 가능한 모양이다. 그래서 월산장은 다른 도장의 축기 점검까지도 돌아가면서 맡아 하고 있단다.

내 축기 정도는 10급 만점 중에서 겨우 4급이었다. 이명수 사범이 말한 것보다도 한 급이 낮아서 약간 실망이었다. 이 등급은 물론 개인의 노력과 체질에 따라 차이가 많아서 일정한 기간을 정할 수는 없는 일이다. 그러나 대체적으로 정성껏 열심히 수련만 한다면 대개 100일 안으로 10등급을 딸 수 있다고 한다. 각 등급간의 수련 정도와 내용을 알아보면 대략 다음과 같다.

1급에서 3급까지는 기초적인 단전호흡 방법을 터득하는 수련을 쌓는 과정이다. 주로 와공 1번 동작이 이용된다. 4급에서 5급까지는 단전이 형성되는 기간을 말하는데 이때 내기(內氣) 즉 단전 안에 쌓이는 기를 느낄 수 있다. 와공 9개 동작이 이용된다. 6급에서 7급까지는 축기가 한창 이루어지는 기간으로써 와공 9개 동작과 단전 기합술 또는 단전 강화법이라는 독특한 수련법이 이용된다. 8급에서 9급까지는 축기 상태가 안정기에 접어들어 단전에 기가 자리를 잡는 시기를 말한다. 좌공 9개 동작과 사지역근법(四肢力筋法)이라는 수련법이 이용된다. 10급은 비로소 축기가 합격되는 과정인데, 천지기운을 터득하여 심법(心法)수련에 들어가게 된다.

이때는 호흡을 떠나서 의식의 힘만으로 기를 축적할 수 있고 정수리에 있는 백회, 발바닥 앞쪽에 있는 용천, 양 손바닥의 중심 부위인 노궁(장심), 허리 뒤쪽 척추 부분의 명문이라든가 그 밖의 각 경혈을 통해서 기를 불러들일 수도 있고 장심을 통해서 남에게 기를 내보낼 수도 있다. 이것만 보아도 W도장에서는 축기를 얼마나 중요시하고 있는가를 알 수 있다.

이처럼 축기 과정을 설명하는 이유는 바로 이러한 중요 기초 수련 과정을 거치지 않은 단독 또는 그 밖의 방법으로 수련을 하는 사람들 중에는 필자와 같이 부작용으로 고생하는 분들이 의외에도 많기 때문에 주의를 환기시켜 두기 위해서다. 그래도 필자가 겪은 부작용은 약과다. 어떤 수련생은 이 축기 과정을 소홀히 하다가 잡신(雜神) 또는 저급령

(低級靈)에 빙의(憑依)된 나머지 정신 이상자가 되어 본인은 물론이고 가족과 주변 사람들에게 크나큰 피해를 끼치는 경우가 왕왕 있다.

비록 기대에는 못 미쳤지만 4급이라는 축기 점수를 딴 나는 열심히 수련만 하면 합격 점수인 10급을 딸 날도 있으리라는 희망을 갖게 되었다. 4급에서 5급이 된 사람이 있는가 하면 6급에서 7급이 된 사람, 8급에서 9급으로 승급한 사람들도 있었다. 그런데 유독 내 주목을 끈 것은 40대 후반의 강순옥이라는 가정주부가 10급으로 축기에 합격을 하고 백띠를 벗고 청띠를 받은 것이었다.

도장을 나서려고 하는데 이명수 사범이 나를 불러 세웠다.

"저어 김 선생님, 이제부터 보정(保精)을 해야 하니까 단무와 운기 심공을 일체 중단하시기 바랍니다."

"그래요. 그럼 단무나 운기 심공을 하면 보정이 안 된다는 말입니까? 그럼 왜 진작 그런 말을 안 해주었습니까?"

단무와 운기 심공에 한창 재미를 붙이고 있던 판이라 뜻밖이 아닐 수 없었다.

"수련에 재미를 붙이게 하려고 그냥 내버려 두었었습니다. 어떤 수련생은 순전히 단무 추는 재미에 도장에 나오는 사람도 있으니까요."

"그렇게 되면 안 되는가요?"

"안 된다기보다는 단무에만 몰두하다 보면 거기에 잡혀서 헤어나지 못하게 됩니다. 그렇게 되면 정상적인 수련이 불가능해지니까요. 이제 앞으로 수련이 더 진전이 되면 기에 사로잡혀서 그 이상 더 진전을 못 하는 경우도 있는데, 무엇에든지 집착을 하게 되면 수련이 지속적으로 발전하지 못하게 됩니다."

중대한 정보였다. 역시 이래서 도장에서 수련을 해야 되나 보다. 만약 혼자서 단독 수련을 한다면 누가 이러한 결점을 지적해 주었을 것인가?

〈2권〉

생고무 같은 단전

1987년 8월 1일 토요일

단전에 이물감(異物感)을 느끼기 시작했다. 아랫배 단전 부위에 전에 없던 어떤 물건이 들어가서 자리를 잡기 시작한 것 같은 느낌이다. 임성우 사범이 감정해 보고 나서, 축기 4급밖에 안 된다면서 웃는다. 그의 말에서는 아직도 겨우 그 정도밖에 안 되느냐면서 자기네 기준으로는 형편이 없다는 뉘앙스를 풍긴다. 부끄러운 생각이 들었다. 분발해서 빨리 더 많은 급수를 따야지.

1987년 8월 3일 월요일

선원에서 와공 8번을 하고 있을 때였다. 반가부좌하고 단전호흡을 하고 있는데 무엇이 등에 와서 닿는다. 이명수 사범이었다. 그의 등과 내 등이 붙은 채 반가부좌하고 5분쯤 수련을 했다. 그에게서 따뜻한 기운이 내게로 전해왔다.

이것을 '쌍수 수련법'이라고 하는데, 기가 강한 쪽에서 약한 쪽으로 흐르면서 순환하기 때문에 상호보완 작용을 하게 되고 등이 굽은 것도 교정되는 효과가 있다고 한다. 그래서 그런지, 과연 임독맥과 기경팔맥이며 12정경에 뜨거운 기가 왕성하게 흐르고 있었다. 수련을 마치고 옷을 갈아입을 때였다. 청띠 띤 젊은이에게 물었다.

"청띠 딴 지 얼마나 됐습니까?"

"한 3개월 됐습니다."

"청띠는 얼마 만에 땄는데요?"

"아마 한 4개월쯤 됐을 겁니다."

"그럼 수련한 지 한 7개월 됐군요."

"그렇군요."

"그럼 단전에 기도 느끼고 임독맥으로 돌릴 수 있겠군요."

"그런데 그게 그렇게 맘대로 잘 안되네요. 컨디션이 좋을 때는 기가 독맥 중간쯤까지 올라가다가는 멎어버리곤 합니다" 하고 그는 고개를 갸웃거린다.

나는 속으로 생각했다. 그렇다면 축기 합격과 기를 순환시키는 것과는 밀접한 관계가 없는 모양인가. 그렇다면 난 어떻게 된 건가. 역시 난 수련을 거꾸로 한 꼴이다. 호흡 시에 전보다 향상된 운기현상을 느낄 수 있었다. 무의식적으로 호흡을 하는데도 임독맥이 동시에 후끈댄다.

1987년 8월 5일 수요일

단무와 운기 심공을 타의에 의해 중단한 뒤로는 걸어갈 때 뒤에서 누가 밀어주고 앞에서 끌어주는 것 같던 기의 작용을 거의 느낄 수 없었다. 간혹 가다가 전보다 약하게 그런 현상을 느끼는 일은 있지만. 이명수 사범에게 보정을 위한 것이라면 왜 진작 중지시키지 않았느냐는 내 질문에 "재미 붙이라고 그랬다"는 말은 두고두고 쓴 웃음이 나오게 했다. 고객을 묶어두기 위한 일종의 상술 같기도 했기 때문이다.

1987년 8월 6일 목요일

이명수 사범에게 무슨 일이 생겼는지 임성우 사범으로 담당이 당분간 바뀐다고 한다. 그런데 임 사범은 명상 시간에 단무를 하도록 음악을 틀어주었다. 단무를 추었다. 막혔던 것이 시원히 뚫려나가는 것 같아 통쾌하다. 우선 기분이 좋으니 살 것 같다.

수련 끝나고 갱의실에서 옷 갈아입으면서, "허 참, 이 사범은 단무를 추지 말라고 하는데 임 사범은 추라고 하니 누구 말을 들어야 할지 알수 있나" 하고 혼잣소리를 했더니 나보다 일주일 뒤에 들어온 약재사인 이종재 씨가 "현재 맡고 있는 사범의 말을 무조건 따라야죠 뭐" 했다. 하긴 그의 말이 옳았다. 그런 일에 조금도 갈등을 느낄 필요는 없었다. 사실 단무와 운기 심공을 중단한 뒤에는 몸도 걸음도 무거웠었는데 오늘은 선원을 나서자 몸이 날아갈 듯이 가벼웠다. 밤에는 숙면을 취했다.

1987년 8월 14일 금요일

『소설 한단고기』를 출판한 회사가 애초의 약속과는 달리 광고도 내지 않는가 하면 활발한 판촉 활동도 벌이지 않고, 인세조차 제때에 지불하지 않아 우울한 나날이 계속되고 있는데도 수련은 여전히 진전이 있었다. 월산장이 주도하는 두 번째 축기 점검이 있었다. 5급을 넘어서

6급에 가까워지고 있다고 한다. 12일 동안에 2급 가까이 올라간 셈이다.

"숨을 들이쉴 때는 최대한으로 단전을 부풀려 올려야만 축기가 잘 됩니다."

지원장은 내 단전에 손을 대고 호흡 요령을 가르치면서 말했다.

"그런데 지원장님, 요즘은 이렇게 하단전을 힘껏 부풀리면서 호흡을 하면 중단전과 상단전이 동시에 달아오릅니다. 별일 없겠습니까?" 하고 내가 묻자,

"그건 선생님이 단독 수련하실 때 하단전보다도 상단전과 중단에 축기가 먼저 되었었기 때문에 일어나는 현상입니다. 제대로 축기가 안 되었던 하단전에 기가 차면서 활성화되니까 그 기운이 중, 상단전에도 전달이 되어서 그럽니다. 이럴 때는 중, 상단전에는 신경을 쓰시지 마시고 하단전에만 계속 의식을 집중하시고 언제나 하단전에 기가 똘똘 뭉친다고 생각하시면서 일심으로 축기에만 전념하십시오. 하단전에 기운(氣運)의 방(房)이 형성되어야만이 장차 천지기운을 터득하는 심법(心法) 수련에 들어갈 수 있습니다. 선생님은 이미 중, 상단전에 축기가 되어 있으니까 심법에 들어가면 남보다도 의외로 수련이 빨리 진전될 수도 있을 것입니다."

이 말은 나에게 위안이 되었다. 1년 6개월 동안의 단독 수련이 비록 부작용은 따랐지만 헛수고만은 아니라는 것을 알았기 때문이다.

1987년 8월 21일 금요일

W선원에 나간 지 어느덧 한 달하고 20일이 되었다. 그동안 여러 가

지 변화가 있었지만 무엇보다도 뚜렷하게 감지할 수 있는 것은 내 단전이 몰라보게 강화되었다는 것이다. 취약했던 단전을 강화시키기 위해서 그동안 꾸준히 애써온 덕분이었다. 노력을 하면 할수록 그만큼 보람이 있다는 산 증거였다. 이제는 두 주먹으로 힘껏 두드려도 생고무모양 탄력이 있어서 두드리는 주먹이 되튀어 나온다. 또 선원에서 수련할 때보다도 사무실 책상에 앉아 있을 때 더 뜨거운 기를 느끼곤 한다. 기는 단전을 달구고 독맥과 임맥으로 흘러 상단전 중단전까지도 후끈후끈하게 만들어 놓았다. 『소설 한단고기』 때문에 속이 어지간히 상하다가도 이렇게 뜨거운 기를 온몸에 느낄 때는 아쉬운 것도 부러운 것도 없다.

1987년 8월 22일 토요일

어제 선원에서 오후 4시경의 일이었다. 단전호흡을 의식적으로 하지 않고 자연호흡 그대로 맡겨 놓고 있는데도 상·중·하 단전에 기가 쌓이는 것을 느낄 수 있었다. 그런 현상이 지금까지도 계속되고 있다. 선원에서 단공(丹功)을 처음으로 경험했다. 임성우 사범이 가르쳐 주었는데 단공 동작이 제대로 되는 수련생은 나까지 두 사람뿐이었다. 일어선 채 운기 심공 1단계 동작을 취하면서 두 팔을 양쪽으로 쫙 벌리고 양손에 힘을 주고 호흡을 자연에 맡기고 있으면 처음엔 단무 때와 같이 양팔이 움직이다가 마치 태권도 동작 비슷하게 격렬해진다.

이때는 순전히 기의 흐름에 몸을 맡긴다. 정체불명의 상대방에게서 갑자기 공격을 받았을 때엔 이 동작만 취하고 있어도 자연히 방어와

공격이 이루어지면서 몸을 보호할 수 있단다. 온몸의 기를 팔과 다리에 모아 그 기의 흐름에 맡겨버리기만 해도 된다는 것이 특이하다.

수련 끝내고 나오면서 임 사범에게 자연호흡을 할 때도 기가 상·중·하 단전에 쌓인다고 하니까 그런 때는 숨을 들이쉬고 나서 멈춘 상태에서 단전에 쌓인 기를 시계 바늘방향으로 감아 돌리라고 했다. 그러면서 단전을 투시하면 버얼겋게 달아오른 구형의 물체 같은 것이 보이는데 그것은 내단(內丹)이 형성된 것이라고 했다. 평상시에도 기가 상·중·하 단전에 쌓이는 것은 좋은 현상이라고 했다. 그러나 기를 하단전에 우선 집중적으로 축적하는 것이 좋단다.

1987년 8월 26일 수요일

W선원에 다닌 지 벌써 두 달이 가까워 온다. 그동안 건강이 눈에 띄게 좋아졌다. 빈혈 현상이 없어진 것을 제일 먼저 꼽을 수 있겠다. 그 다음에는 회사에서 퇴근할 때쯤이면 엄습해 오곤 하던 두통이 없어졌다. 세 번째로 음식을 가리지 않고 먹을 수 있게 되었다. 한동안 육식을 못했던 것은 결코 단학 수련 정도가 높았기 때문이 아니라 하단전이 약했기 때문에 일어난 심신의 불균형 때문이었다는 것이 체험적으로 입증이 되었다.

15년 수련한 도승이 생리적으로 육식을 못 하게 되었다면 그것은 그의 건강이 무너졌거나 심신의 조화를 잃었기 때문이지 결코 도력이 높아져서 그렇게 된 것은 아니라는 것을 알 수 있었다. 흔히 있는 편식 현상도 곰곰이 생각해 보면 신체의 조화가 상실되었기 때문이라는 것을 알 수 있다. 그러나 이제 단전이 강화되면서 이 모든 장애가 극복이 된 것이다.

1987년 8월 27일 목요일

세 번째 축기 점검이 있었다. 7급이었다. 내 딴에는 아침저녁으로 열심히 수련을 했건만 생각대로 큰 진전이 없는 것 같다. 김종재 씨는 나보다 일주일 늦게 수련을 시작했고 3, 4일씩 빼먹는 일도 있었건만 역시 같은 7급이란다. 그가 나보다 젊기 때문일까?

1987년 8월 28일 금요일

체질이 개선되어서 그런지 요즘은 우유도 잘 소화시킨다. 전에는 우유를 마시면 소화를 시킬 수 없어서 으레 기피해 왔었다. 또 찬물로 목욕을 할 때면 심한 한기까지 느끼곤 했었는데, 지금은 물을 끼얹어도 시원하고 상쾌하다. 그뿐 아니라 사무실에서는 냉방 때문에 전에는 하체가 시려서 못 견딜 지경이었는데 요즘은 별로 그런 고통을 못 느낀다.

1987년 8월 29일 토요일

와공 9번 합장 명상시간에 합장한 손이 눈에 띌 정도로 진동을 일으키기 시작했다. 그 진동은 점점 더 격렬해졌다. 반가부좌한 무릎도 떨리기 시작했다. 직장에서 돌아와서도 나도 모르게 내 손이 자꾸만 어깨며, 척추, 허리 같은 데를 두드리게 된다. 진동을 하고 나면 잔뜩 찌푸렸던 기분이 활짝 개이고 맑아진다. 두드리는 손동작이 그전에 안마를 할 때와는 다르게 힘이 들어가 있고 야무지다. 게다가 이때의 모든 동작은 내 의사와는 관계없이 타의적이다. 좀더 정확히 말하면 기의 힘으로 움직이는 것이다.

1987년 8월 30일 일요일

어젯밤부터 오늘 하루 종일 조금도 쉬지 않고 비가 내리는 통에 79년 가을에 등산을 시작한 지 8년 만에 두 번째로 일요일 등산을 중단하지 않을 수 없었다.

산에 오를 시간에 집에 있자니까 자꾸만 눈이 감겨오고 몸이 나른해지면서 온몸이 쑤신다. 그래서 아침 식사 뒤와 점심 식사 뒤에 강하게 행공을 했다. 진동도 심하게 했고 온몸을 오른손 주먹이 골고루 두드렸다. 기를 타고 손이 움직이니까 팔이 아프지도 피로하지도 않았다. 그러고 보니 이제야 진짜 진동이 온 게 아닐까? 작년에 단독 수련할 때 있은 진동은 지금 것에 비하면 아주 약한 편이었다. 주먹이 자꾸만 명문 근처 척추 굽은 데를 두드렸다.

1987년 9월 2일 수요일

어제부터 왼쪽 귀에서 매미 우는 소리가 난다. 그럴싸해서 그런지 약간의 통증도 수반되는 것 같다. 오른쪽 눈도 약간 충혈되었다. 무엇 때문일까. 이렇게 피로해질 이유가 없는데, 곰곰이 생각해 보니 등산을 거른 것이 그 이유인 것 같다. 생체 리듬이 깨어지니까 이러한 부작용이 온 것이 틀림없다. 그래서 비가 웬만큼만 와도 등산은 중단하지 않았었는데, 지난 일요일은 워낙 비가 종일 억수같이 쏟아졌었다. 어서 수련이 진척되어 기를 맘대로 운용할 수 있으면 혹 이런 장애도 극복할 수 있지 않을까?

수련은 그런 대로 잘되는 편이다. 수련이 잘되고 안되고 하는 것은 단전에 쌓이는 기의 느낌으로도 알 수 있다. 호흡 때마다 뜨거운 기가 단전에 쌓이고 임독맥으로 흐르면 기분도 좋아지고 수련도 잘되는 것을 알 수 있다. 전에는 그때그때 몸의 컨디션에 따라 수련이 잘되는 때도 있고 안 되는 때도 있었는데 지금은 그런 구별이 거의 없다.

1987년 9월 13일 일요일

오래간만에 활짝 개인 등산하기 알맞은 일요일이었다. 비 때문에 3주 만에 난코스를 전부 탈 수 있었다. 2주 동안이나 안 타던 난코스를 다 타서 그런지 마지막 쪽바위를 타고 나니까 거의 기진맥진이었다. 그런데 이상한 일이 있어났다. 그다음 순간부터 단전에 자동적으로 뜨거운 기가 쌓이기 시작하는 것이었다. 버스를 탄 뒤에는 좌석에 몸을 안정시켜서 그런지 더욱더 강한 기가 쌓이기 시작했다. 힘겹게 난코스를 타느라고 빠져나갔던 기가 서서히 다시 모여드는 것 같은 느낌이 들었다. 생기도 되찾았다.

이런 현상은 실은 2, 3일 전부터 있었다. 마감 시간에 쫓겨 황급히 보통 때보다 두 배나 되는 기사를 써 넘기고 나니까 몸이 파김치가 되었다. 귀갓길에 전철칸에 앉으니까 단전에 기운이 차츰 쌓이기 시작하는 것이었다. 10분쯤 그렇게 기가 쌓이더니 피로는 씻은 듯이 사라지

고 다시금 생기가 돌았다. 그러고 보니 몸이 탈진상태가 되면 수련의
효과도 눈에 띄게 나타난다는 것을 알 수 있다. 마치 고갈되었던 우물
밑바닥에 사방에서 샘물이 고여들 듯 빠져나갔던 기가 다시 모여드는
것을 알 수 있다. 의식적으로 단전호흡을 하지 않는데도 이런 현상이
자동적으로 일어나는 것이 신기하기 짝이 없다.

1987년 9월 15일 화요일

네 번째 축기 검사가 있었다. 8급이란다. 단전에 기가 자리를 잡는
축기 안정기다. 이달 말까지는 와공을 계속하란다.

심한 기몸살

1987년 9월 19일 토요일

15일께부터 심한 몸살로 고전이다. 하도 몸살이 심해서 아침 행공도 못 했다. 지난밤엔 도시락 먹는 꿈만 꾸다가 깨어보니 홑이불을 덮었는데도 몹시 추위를 느꼈다. 일어나서 누비이불을 덮고서야 잠을 이룰 수 있었다. 식은땀이 나고 자꾸만 기침이 난다. 출근길에 쌍화탕을 하나 사 먹었다. 하도 괴로워서 선원에 수련하러 가기조차 싫었다. 그래도 중단을 할 수는 없었다.

수련을 마치고 나니 역시 몸이 한결 개운했다. 몸살 기운이 있는데도 행공 중에는 여느 때와 같이 기가 왕성하게 단전에 쌓여서 전신에 순환하는 것을 느낄 수 있었다. 수련 도중에 기침이 나와서 방해가 되기는 했지만. 50일밖에 수련을 받지 않은 최창주 씨는 벌써 9급이 되었단다. 그는 이제 호흡 시에 기를 조금씩 느끼기 시작한단다. 게다가 온갖 지병이 깡그리 다 나아버렸다고 무척이나 좋아했다.

1987년 9월 21일 월요일

감기몸살 때문에 기침이 나고 가래가 끓어서 수련은 고사하고 밤잠도 제대로 이루지 못했다. 무엇 때문에 이렇게 심한 몸살을 앓게 되었을까? W선원을 나오고 나서는 처음 앓는 감기몸살이다. 선도수련 시작한 이래 체질이 변화할 때마다 앓곤 하던 몸살이 재발된 게 아닐까? 그렇지 않다면 9월 15일께부터 시름시름 앓기 시작했으니까 벌써 일주일이 되는데도 조금도 누그러질 기미를 보이지 않을 리가 없다.

1987년 9월 22일 화요일

간밤에는 그 전날 밤보다도 기침이 한층 더 심해서 거의 잠을 이루지 못했다. 등산 시작한 이후 근 9년 동안 감기쯤은 대수롭지 않게 여겨왔는데, 이게 무슨 봉변이란 말인가? 아무튼 된통 혼이 나는 판이다. W선원에서는 이러한 병을 '기몸살'이라고 했다. 수련 도중에 기의 작용으로 일어나는 몸살이라고 해서 그런 이름이 붙은 모양이다.

오늘로써 일단 『소설 한단고기』 속편을 마무리하려고 별러왔었는데 아침에 도저히 제시간에 출근을 할 수가 없었다. 할 수 없이 식후에 한 시간쯤 침대에 누워 쉬고 나서 집을 나섰다. 부득이 집필은 내일로 미룰 수밖에 없었다. 가래가 하도 끓어서 용각산을 한 갑 사서 먹기 시작했다. 웬만하면 감기몸살쯤은 약 없이 버티려고 했었는데 이번에는 도저히 그럴 수 없었다. '기몸살' 또는 '선병(仙病)'의 특징은 제아무리 심하게 앓는다고 해도 일상생활을 포기할 정도는 아니라는 것이다. 평소에 하던 일도 할 수 있고 단학 수련도 할 수 있다. 또 약을 들어도 별 효과가 없고 앓는 기간도 턱없이 오래가는 것이다.

1987년 9월 28일 월요일

오늘 수련은 W선원에 나온 이래 제일 저조했다. 감기몸살 때문에

248

발이 식어 들어오면서 기침이 끊이지 않아 다른 사람들의 수련에 방해가 될까 봐 미안해서 어쩔 줄 몰랐다. 특히 숨을 들이쉴 때 찬 공기가 들어오면서 기관지를 자극하는 바람에 터져 나오는 기침을 참을 수 없었다.

감기몸살은 벌써 2주째나 맹위를 떨치고 있다. 김종재 씨가 보기 딱했던지 자기가 직접 조제해 준 한약과 쌍화탕, 용각산 따위를 계속 복용하는데도 별 차도가 없다. 밤에는 기침이 더욱더 심해서 잠을 이룰 수가 없었다. 이러다가 중병에 드는 것이나 아닌지 슬그머니 걱정이 된다.

'기몸살'에는 양약이 안 든다. 이상하게도 우리나라 땅에서 나는 한약재가 그래도 어느 정도나마 듣는 것 같다. 양약은 복용하면 어지럽고 소화가 안 되어 약의 부작용이 오히려 병 자체보다도 더 심한 것 같다. 선원에서는 자꾸만 한기가 들어서 와이셔츠와 파자마를 입은 채 도복을 입고 양말까지 신고 수련을 했다. 더구나 단열재를 깐 바닥인데도 냉기가 치솟는 것만 같아서 방석을 깔기까지 했다.

1987년 9월 30일 수요일

감기몸살, 기침 그리고 찬 공기가 흡입 시에 들어와 목구멍을 간지럽히면서 폭발적으로 터져나오는 재채기로 무척 고전을 하면서도 단전만은 그 어느 때보다도 딴딴하고 탄력이 있었다. 혹시 내가 착각을 일으킨 게 아닌가 하고 김용재 씨의 단전을 만져보았더니 나보다는 탄력도 없고 한결 물렁물렁했다. 그도 내 단전을 만져보더니 자기보다

딴딴해진 것 같다고 했다. 그나마 위로가 되었다. 또 하나 다행인 것은 식욕이 줄어들지 않았다는 것이고 단전에는 더욱 기가 계속 쌓이고 있다는 것이다.

1987년 10월 1일 목요일, 국군의 날

몸살기가 약간 수그러드는 것 같다. 간밤에는 오래간만에 숙면을 취할 수 있었다. 어제부터 내일까지 추석 연휴여서 선원에서도 쉬고 있었지만 문만은 열어 놓아, 원하는 수련생은 누구나 들어가서 혼자 수련을 할 수 있었다. 몸도 아프고 한데 오늘 하루는 쉴까 망설이다가 시간이 되니까 어느새 몸은 이미 수련원 쪽으로 향하고 있었다. 습관이란 무서운 것이다. 도인법과 와공을 1번부터 9번까지 다했다. 단독 수련이었는데 여느 날보다도 잘되었다.

최창주 씨는 68일간 수련을 했는데 벌써 축기에 합격이 되었단다. 보통 100일간 수련을 해야 합격이 된다는데 그는 특이한 체질을 타고난 모양이다. 부러운 일이 아닐 수 없었다. 약간의 열등감마저 느꼈다.

1987년 10월 2일 금요일

몸살이 어제는 조금 나은 것 같더니 다시 악화되었다. 걷잡을 수 없는 기침 때문에 나만 밤잠을 설친 게 아니라 아내까지도 잠을 제대로 이루지 못했다. 월산장의 지시에 따라 오늘부터 축기 안정기에 하는 좌공을 시작했다. 와공 때처럼 마루에 눕는 일이 없으니까 찬 기운을 덜 받아 살 것 같았다. 그러나 좌공은 생각보다는 힘이 들었고 만만치 않았다. 그러나 기가 팔다리에 잘 유통되는 것 같아서 기분이 좋았다.

선도에서는 사람이 정·기·신(精 氣 神) 세 가지 요소가 유기적으로 결합되어 이루어지고 있다고 한다. 그러면 그 정·기·신은 각각 무엇을 말하는 것일까? 건물을 지으려면 세 가지 요소가 있어야 한다. 우선 인력이 있어야 하고 건축 자재가 있어야 하고 설계도가 있어야 한다. 이 세 가지 중 어느 하나만 빠져도 건물은 올라갈 수 없다.

정은 바로 인력에 해당된다. 기는 건축자재와 같고, 신은 설계도와 같은 것이다. 정은 정력으로 운동 또는 활동의 원동력이고, 기는 원기 또는 기력으로서 체내 구석구석에 경락을 따라 유통되고 있으며, 신은 의식 또는 마음의 원소이다. 한편 정·기·신은 각각 초, 촛불, 밝음과도 비유할 수 있다. 이것은 선도수련의 단계와도 밀접한 관련이 있다고 할 수 있겠다. 정충 기장 신명 견성(精充氣壯神明見性)이 이것을 극명하게 밝혀준다. 다시 말해서 정이 충만해야 기가 장하게 뻗어나갈 수 있고 그렇게 되면 자연히 정신이 맑아지고 그런 연후라야 성 즉, 우주의 본질을 깨달을 수 있다는 것이다.

1987년 10월 6일 화요일

기몸살이 하루가 다르게 조금씩 조금씩 나아가는 것 같다. 겪어놓고 보니 기몸살에는 제아무리 한약을 많이 쓰고 가래를 삭히려고 용각산을 복용해도 대세에는 별 영향을 주는 것 같지 않다. 이것은 단학 수련의 일정한 단계에 이르면 신체 생리 자체가 변하면서 어쩔 수 없이 몸의 구조가 재조정되는 과정에서 일어나는 수련 단계로서 일정한 스케

줄에 따라 진행되어가고 있는 것 같은 느낌이 들었다. 괴롭다고 해서 약을 쓴다든가 짜증을 낸다고 해서 문제가 해결되는 것은 결코 아니라는 것을 알 수 있다.

수련장에서 여러 날 만에 양말을 벗어도 한기를 느끼지 않을 정도로 몸이 회복되었다. 다행이었던 것은 그렇게 심하게 끙끙 앓으면서도 해야 할 일을 못 하고 드러눕거나 써야 할 글을 못 쓰거나 등산을 못 하거나 꼭 참석해야 할 모임에 빠지거나 하지는 않았다는 것이다. 앓으면서도 할일은 다 했다. 그리고 식욕이 떨어지는 법도 없었고, 수련을 거른 일도 없었다.

오래 묵은 나무도 자라던 곳에서 먼 타향으로 옮겨 심으면 몸살을 한다. 그와 마찬가지로 수련을 하면 계속 축기가 되고 그 축기 과정이 되풀이되면 자연 체질이 변화되게 마련인데, 이 변화에 적응하여 생리도 변화되지 않을 수 없다. 마치 수목이 새로운 환경에 적응하려고 몸살을 앓듯 사람도 역시 새 환경에 적응하기 위하여 몸살을 앓게 되는 것이 틀림없다는 자연의 이치가 깨달아지는 것 같다. 전에는 반가부좌한 상태에서는 어쩐지 단전호흡이 막히고 거북하고 했었는데 이제는 그런 일이 없어지고 호흡이 지극히 순조로워졌다.

수련 중에 만난 국조

1987년 10월 8일 목요일 추석 연휴

수련 끝난 뒤에 월산장과 사무실에서 얘기를 나누었다.

"평소부터 늘 궁금해 하고 있는 일이 하나 있는데 물어봐도 되겠습니까?" 하고 내가 먼저 입을 열었다.

"뭔데요, 어서 말씀하십시오."

"다름이 아니라 국조(國祖) 문제인데요. 저는 소설을 쓰면서도 우리나라 상고사 문제에 유독 관심을 가지고 그 방면의 책들을 구해보고 공부를 하는 동안 우리나라 국조이신 배달국을 창건한 거발한 환웅천황과 단군조선을 세운 단군왕검을 알게 되었지만 사범들 말을 들어보니 W선원에서는 이처럼 역사 공부를 통하지 않고 순전히 수련을 통해서 국조와 접할 수 있다고들 하는데 전 아무래도 이 점이 납득이 안 갑니다."

"물론 그러실 겁니다. 단학 수련은 문자 그대로 수련이지 학문 연구는 아닙니다. 선생님은 말하자면 학문 연구를 통해서 국조를 접하게 되셨지만 저희들은 수련을 통해서 감각적으로 국조를 느끼고 있습니다."

"아무래도 이해가 안 가는데요."

"당연한 말씀이십니다. 김 선생님도 좀더 수련이 깊어지시면 제가 하는 말을 이해하실 때가 있을 것입니다. 수련 중에 환웅천황이나 단군왕검의 모습이 나타나게 되는데, 이건 절대로 환상이 아닙니다.

환상이란 자기가 마음속에 그리는 모습이 꿈속이나 비몽사몽간에 나타나곤 하는 현상이지만 수련을 통해 우리가 접하는 국조의 모습은 그것과는 근본적으로 다릅니다. 깊은 수련을 통해서 축기가 일정한 수준에 도달하게 되면 정신이 밝아지게 됩니다. 심성이 맑아지게 되면 시공을 초월하여 우리가 보고자 하는 대상을 실제로 볼 수가 있습니다. 이렇게 정신이 밝아지고 심성이 맑아진 상태에서 보는 것이 우주와 삼라만상의 실상입니다. 그러니까 수련을 하지 않는 범인들이 보는, 욕망의 변형이라고 할 수 있는, 환상과는 차원이 다를 수밖에 없죠. 이것은 결코 이론이나 논리로 입증할 수 없는 것입니다."

"무슨 뜻인지 대강 알 것 같습니다. 그러니까 결국 깊은 수련을 통해서만이 볼 수 있는 현상이란 말씀이군요."

"맞습니다."

"한 가지만 더 묻겠습니다."

"얼마든지 물어보십시오. 제가 아는 한 대답해 드리겠습니다."

"단학 수련을 정상적으로 하게 되면 하단전에 기가 쌓이고 나서 점차 중단전과 상단전에도 축기가 되지 않습니까?"

"그렇죠. 그게 정상적인 과정이죠."

"그런데, 저의 경우는 지난 1년 반 동안이나 혼자서 수련을 하는 과정에 이것이 잘못되어 하단전보다는 중단전과 상단전에 먼저 축기가 됐습니다. 정상적인 경우와 비교해서 어떤 차이가 있을까요?"

"중단전과 상단전에 남보다 먼저 축기가 되어 있으니까, 이제 하단전에 축기가 완전히 되고 앞으로 신공에 들어가면 속도가 아주 빨라질 수도 있을 겁니다."

"신공이라뇨?"

"신공(神功)이란 정충 기장(精充 氣壯)의 단계를 지나면 신명(神明)의 단계에 들어가게 되는데 그때 하는 수련을 신공이라고 합니다."

"그럼 저에게는 아득한 미래에 속하는 일이군요?"

"뭐 반드시 그렇다고 만은 할 수 없습니다. 수련 진도는 누구도 예측할 수 없는 것이니까요. 그 사람의 심성과 전생의 공덕에 따라 빠를 수도 있고 더딜 수도 있습니다. 제가 보기에는 선생님의 경우는 아주 빨리 진행될 것 같은 예감이 듭니다. 우선 수련 초기부터 기를 느끼셨다는 것 자체가 보통 일이 아닙니다. 이런 일은 제 경험에 의하면 아주 드문 현상입니다. 이제 신공 단계에 들어가 보시면 아시게 될 겁니다. 두고 보십시오. 제 말이 틀린 건지."

"그 말 믿어도 되겠습니까?"

"어디 한번 믿어보십시오. 직감이라는 것이 있으니까요."

"격려하시는 것으로 알겠습니다."

1987년 10월 12일 월요일

좌공이 와공보다 곱절은 힘이 더 드는 것 같다. 식욕도 더 나고 피로도 더 심하다. 이 때문에 새로 몸살이 날 지경은 아니지만 피로가 가중되어 오른쪽 눈에 핏발이 섰다. 전보다 운기가 강해져서 그런지 요즘은 화를 내면 두드러지게 부작용이 일어난다. 숙면을 취하지 못하고 수련도 잘 안되고 심지어 현기증까지 일어난다. 그래서 화낼 일이 있어도 억지로 참지 않을 수 없게 된다. 수련이 깊어갈수록 화내는 일을 자제하게 되는 이유를 이제야 알 것 같다. 흡입할 때, 전에처럼 호흡기관을 통해서 기운이 들어오는 것이 아니라 장심과 용천을 통해서도 들어왔다. 그 부분에 느닷없이 찬바람이 일면서 기가 서서히 빨려 들어옴을 느낄 수 있다.

1987년 10월 16일 금요일

6월 29일에 W선원에 들어올 때와는 딴판으로 단전이 강화되었다. 4급에서 7급까지의 축기 형성기에는 단전 안에 이물감(異物感)을 느끼기 시작했었다. 전에 없던 이상한 물건이 단전 속에 들어와 자리를 잡는 것 같은 거북함을 느꼈었다. 그러던 것이 8급이 되면서부터는 양상이 좀 달라졌다. 단전 속에 꼭 나무상자같이 단단한 이물질이 둥지를 틀고 있는 것 같은 거북한 느낌이 드는 것이었다. 이런 과정을 거치면서 단전은 점점 더 단단하고 탄력이 생겨나기 시작했다.

이제는 처음에 이곳 선원을 찾았을 당시 월산장이 만져보라고 내밀었을 때의 그의 단전만큼 내 단전도 충실해진 것 같다. 그의 말대로 이제는 단전이 안정기에 들어선 모양이다. 좌공은 와공보다는 확실히 힘이 더 드는데 바로 이 단전 안정기에 적합한 수련법인 모양이다. 호흡 시에는 전보다 단전에 쌓이는 기가 더욱더 뜨겁게 느껴졌다.

1987년 10월 20일 화요일

갑자기 겨울이 온 듯 날씨가 써늘해졌다. W선원 수련장도 써늘했다. 명상 시간에 음악이 나오길래 단무를 추었다. 눈을 감고 단무를 하다가 나도 모르게 살짝 눈을 뜨고 좌우를 살피니 내 왼쪽에서도 두 여자 수련생이 열심히 단무를 추고 있었다. 그 중한 사람은 일어서서 추고 있었다.

수련이 끝나고 옷을 갈아입으려고 탈의실로 가는데 이명수 사범이 불러 세웠다. 단무하던 세 사람을 한데 불러 모으더니 먼저 날보고 단무할 때 무슨 생각을 하느냐고 묻길래 아무 생각도 안하고 그냥 팔 움직이는 대로 맡겨둔다고 했다. 한 여자 수련생은 팔과 단전에 의식을 둔다고 했다. 그러자 그는 단무를 출 때는 단전에 약간 힘을 주고 의식을 집중하되 팔의 움직임에는 전연 신경을 쓰지 말라고 했다. 사명대사는 활을 쏠 때 과녁을 보기는 하되 의식은 단전에 두었는데 이때 과녁은 실제보다도 훨씬 크게 보였다고 한다. 이게 바로 내관법(內觀法)이란다.

요즘 내 단전은 그전보다 강화되고 충실해져서 걸으면서도 자동적으로 단전호흡이 되고 몸의 중심이 단전에 잡힌 듯 든든한 느낌이 든다.

축기 합격

1987년 10월 27일 화요일

드디어 축기 합격이 되고 청띠를 띠게 되었다. 6월 29일부터 가산하면 꼭 120일 만이다. 사범에게 수련받은 날짜는 96일간이고, 대개 출석일수 100일 동안을 기준으로 하여 축기 합격이 된다니까 보통 수준은되는 셈이다. 이제야 최소한 W선원에서는 공인받은 축기 합격자가 되었다는 것이 내가 생각해도 무척 대견했다.

그러나 앞으로 타고 넘어야 할 수많은 관문을 생각하면 이제 겨우첫 번째 관문을 넘어섰다는 느낌이 들었다. 정충 기장 신명 견성의 네단계 중에서 이제 겨우 정충의 단계를 지나 기장의 문턱에 들어선 게아닌가 하는 느낌이 든다. 다시 말해 지금까지 이룩해 놓은 것은 겨우기초공사에 지나지 않는 것이다. 그러니까 이제부터 본격적인 공사는시작되는 것이다.

1987년 10월 28일 수요일

축기 합격 전과 그 이후의 내 심신의 변화 과정을 좀더 관심을 갖고지켜볼 작정이다. 그럴싸해서 그런지 몰라도 확실히 변화가 일고 있다. 힘든 일을 하고 난 다음이나 밤잠을 설치고 난 뒤에 오는 신체적인피로가 그전보다도 분명 빨리 회복되는 것을 느낄 수 있다. 전에는 어쩌다가 잠을 설치고 나면 하루 종일 졸리고 피곤하고 몸이 찝찝했었는데 지금은 아침 식사 후 출근 시 전철칸에서 거의 무의식적으로 단전호흡을 하고 있노라면 거짓말같이 피로가 빨리 회복되고 활력이 되살아난다.

좀더 자세히 살펴보자. 단전호흡과 동시에 단전이 뜨끈뜨끈 달아오르고 뜨거운 열기가 임독맥을 돌면서 기경팔맥과 12정경에 부채살마냥 퍼져나간다. 물론 W선원에 오기 전에도 나는 전신주천을 경험했었지만, 그때의 운기와 지금의 그것은 하늘과 땅의 차이다. 그때의 운기 상태는 졸졸 흘러내리는 개울물에 비한다면 지금은 도도히 소리 내어 흐르는 시냇물을 연상케 했다.

1987년 10월 29일 목요일

운기(運氣)가 활발해지면서 양기도 부쩍 강해졌다. 그 변화 양상은 '선도수련과 성'이란 항목에서 자세히 다루었으므로 되풀이하지 않겠다. 관심 있는 독자는 그 부분을 참고하기 바란다. 꼭 20대 전후의 한창 때처럼 정력이 넘친다. 힘이 단전에서부터 뿌듯이 전신으로 퍼져나간다. 단전이 항상 팽팽하고 뜨겁다. 수련도 더욱 잘된다.

1987년 10월 30일 금요일

선원에서 수련 끝나고 나서였다. 월산장이 나를 데리고 지원장실로 들어갔다. 그는 엄숙하게 정좌하고 나서 내일 모레 11월부터 심법(心法) 수련에 들어가게 된다면서 그 요령을 가르쳐 주었다. 심법수련이란 단전호흡을 잊어버리고 순전히 마음만으로 기(氣)를 부르고 내보내기도 하고 또 단전으로 모아 축기도 하고 전신에 유통도 시키고 하는 수련법을 말한다.

우선 도인체조는 일반 수련생들과 똑같이 하되 좌공을 20분간만 하고 반가부좌하고 합장한 채 단전에 지긋이 힘을 준 채 호흡을 잊어버리고 마음속으로 다음과 같이 암송한다.

"내 마음은 천지 마음이다. 나는 우주의 중앙이다. 나는 우주의 중앙이다. 나는 우주의 중앙이다. 나는 우주의 중심체다. 나는 우주의 중심체다. 나는 우주의 중심체다."

이상을 도입 부분으로 암송하고 나서, "천지기운, 천지기운, 천지마음, 천지마음."

이상을 합장한 채 암송하는 동안 천지기운이 경혈과 연결되면 합장한 손을 내리고 계속 암송한다. 선도의 궁극적 목적은 성통공완 즉, 우주와의 완전한 합일이다. 이상의 게송(偈頌)은 이를 스스로 확인하는 절차이다. 그러나 주의할 점은 이것은 어디까지나 내 개인에 알맞은 수련법을 월산장으로부터 전수받았을 뿐인 것이다.

1987년 10월 31일 토요일

어제 월산장이 가르쳐 준 심법수련을 실험해 보니 신기할 정도로 잘된다. 지긋이 힘만 주고 있어도 단전은 계속 뜨거워지면서 정신이 맑아지고 피로도 금방 회복되고 용천과 장심을 통해서 시원한 기운이 들어오는 것을 느낄 수 있었다. 용천과 명문 장심뿐만 아니라 손가락 끝

260

이나 엄지발가락 같은 데가 찌릿찌릿 감전현상을 일으킨다. 그 중에서도 가장 신기한 것은 마감 시간에 쫓기어 글을 쓴다든가 힘든 일을 하고 난 뒤에도 피로가 놀랍도록 빨리 회복된다는 것이다. 졸음도 일종의 피로이다. 이것도 단전에 힘만 주고 있으면 금방 달아나 버린다. 그러나 명심할 것은 이 모든 일이 축기 합격이라는 심신의 변화가 있고 난 후의 일이라는 것이다.

백회가 열렸다

1987년 11월 1일 일요일

1986년 1월 28일 선도수련을 시작한 이래 가장 감격적인 순간을 회상해 본다. 우선 진동을 경험한 일이다. 그다음이 단전에 따뜻한 기운을 느끼고 그 기운을 임독맥을 통하여 순환시켰을 때의 일이고, 그다음이 그 기운을 다시 기경팔맥과 12정경을 통해서 전신에 유통시켰을 때의 일이다. 그 뒤에는 육식 기피와 같은 부작용이 있은 뒤에 W선원에 들어와 축기 합격이 될 때까지 단무를 추게 되고 단전이 강화된 일 이외에는 이렇다 할 큰 변화는 사실상 없었다고 해도 과언이 아니었다.

그런데 오늘 가장 뚜렷하고 경이적인 변화가 온 것이다. 그것은 백회가 열리기 시작한 일이다. 백회(百會)는 머리의 정수리 부분으로서 우리 몸의 백개의 경혈이 모인 곳이라는 뜻이다. 바로 이곳을 통하여 천지기운이 들어오므로 이곳을 대천문(大天門)이라고도 한다. 그러면 구체적으로 나에겐 어떤 과정을 통해서 백회가 열리게 되었는지 살펴보자.

11월 1일은 마침 일요일이어서 아내와 같이 등산을 하려고 집에서 직선거리 100미터쯤 떨어진 11번 버스 정류장에서 차를 기다리고 있는데, 느닷없이 정수리가 서늘해지면서 시원한 바람이 스며들어오기 시작했다. 다음 순간 얼음덩이 같은 것이 닿는 선뜻한 느낌이 들어 반사적으로 오른손으로 정수리를 만져보면서 위를 쳐다보았다. 그러나 아무것도 없는 허공뿐이었다. 꼭 무엇에 속은 것 같았다. 나는 아무 일도 없었다는 데 안심을 하고 다시 손을 내리고 무심코 서 있었다. 그러나 바로 그 서늘한 기운은 아무 일도 없었다는 듯이 정수리를 통해서 계속 스며들어오고 있었다. 상쾌한 기운이 끊임없이 백회로 빨려 들어오고 있으니까 기분이 날아갈 듯이 유쾌해졌다. 갑자기 당한 일이라 처음에는 어리둥절해 있었지만 곧 마음을 진정하고 곰곰이 생각해 보았다. 이게 이른바 '백회가 뚫린다' 또는 '백회가 열린다'는 현상이 아닐까 하는 상념이 얼핏 스쳤다.

지난 9월 24일 밤 심야수련 때 대선사가 내 머리에 촉수했을 때도 약 30초가량 지금과 비슷한 느낌을 받은 일이 있었지만, 그때는 지금에다 대면 들어오는 기운이 가늘고 약했었다. 그리고 30초 이상 지속되지도 않았었다. 그리고 나선 그런 일이 되풀이되지도 않아서 금방 잊어버리고 있었다. 그런데 지금은 연속적으로 한줄기의 청량한 바람이 쏴아하니 백회 속으로 몰려들어오는 것이 아닌가. 단전에 힘만 두고 있으면 그러한 기운은 계속 들어왔다. 그렇다고 반드시 단전에 힘을 주고 있어야만 기운이 들어오는 것은 아니었다. 단전을 전혀 의식하고 있지 않아도 들어오는 것이었다.

어렵고 힘든 암벽 코스를 통과하려면 기를 써야 한다. 도봉산에서 난코스가 잇달아 있을 때는 긴장 때문에 미처 의식을 못하고 있었지만 마지막 암벽인 쪽바위(처녀바위라고도 한다)를 타고 난 뒤에는 긴장이 풀리게 된다. 이때부터는 백회로 서늘한 기가 들어오는 것을 의식할

수 있었다. 기를 쓴 만큼 다시 보충이 되는 것이었다. 기를 쓴다는 것
은 이 경우 우물에 고인 물을 퍼내는 것과 비슷한 과정인 것 같았다.
기진맥진이라는 뜻은 우물에 고인 물이 고갈되듯 몸에서 기가 다 빠져
나간 상태이다. 우물에 물이 고갈되어 바닥이 드러나면 샘물이 다시금
고이게 된다. 지금까지는 거의 무의식중에 코나 피부를 통하여 호흡을
함으로써 또는 휴식을 하고 음식물을 보충함으로써 기진맥진한 상태
로부터 회복이 되었었다.

그러나 백회가 열림으로써 바로 이곳을 통하여 직접 생체 에너지를
흡수할 수 있게 되었다는 것이 나에게는 희한하고 대견했다. 특히 이
것이 수련을 통해서 이룩되었다는 것이 아무리 생각해도 꿈만 같다.
그래서 그런지 오늘은 평소보다도 더 기분 좋고 활기차게 등산을 마칠
수 있었다. 피로가 쌓일 틈도 없이 금방금방 회복이 되니 기분이 좋지
않을래야 않을 수 없는 것이다.

1987년 11월 2일 월요일

일주일 전부터 아내는 실로 장장 5년 만에 숙면을 취하기 시작했다.
그전까지 그녀는 잠자리에 들어도 비몽사몽간을 헤매기가 일쑤였다.
자는지 마는지 어중간하게 얕은 잠을 잤고 뜬눈으로 밤을 지새는 일이
허다했었다. 옆에서 이런 광경을 지켜보는 나는 실로 안타깝기 그지없
었다. 그때마다 나는 단전호흡을 권해 보았다. 그러나 그것도 인연이
없었던지 아내는 제대로 실천하지 못했다. 집안일 하랴 직장 다니랴
한순간도 쉴 틈이 없는데 어떻게 한가하게 단전호흡을 할 수 있겠느냐

는 것이었다. 사실 아내는 아침 6시에 깨어나서부터 밤 11시에 잠들 때까지 한시도 쉴 틈이 없이 뱅뱅 돌아가는 것이다. 한때 큰 맘 먹고 W 선원에도 나갔었지만, 닷새밖에 못 버티고 손을 들고 말았다. 너무 힘이 들어서 병이 날 지경인데다가 집안일이 밀려서 어쩔 수 없다는 것이었다. 그렇다면 출퇴근 때 버스 안에서라도 의식적으로 단전호흡을 해보라고 했다. 그러나 그것도 맘먹은 대로 안 된다는 것이었다. 한때는 수면제로 불면증을 치료해 보려 했지만, 오히려 약의 부작용이 더 위험하다고 해서 그만두었다.

그럭저럭 이제 그녀의 불면증은 어쩔 수 없는 고질이 되어가고 있었다. 그렇게 만성적인 불면증에 시달리면서도 그녀는 그런대로 일상생활을 지장 없이 꾸려나가고 있었다. 그녀의 체질이 불면증에 견딜 수 있도록 변화되었는지도 모를 일이었다. 그런데 일주일 전인 10월 25일부터 아내는 숙면을 취하기 시작했다. 이젠 밤에 잠든 그녀를 누가 떠메어가도 모를 정도로 깊은 잠에 곯아떨어지게 되었다. 전에는 부엌에서 쥐가 달가닥거리는 소리에도 금방 튀어 일어나곤 하던 그녀가 이제는 나무토막처럼 세상모르게 깊은 잠에 곯아떨어지게 된 것이다.

나는 그 이유를 곰곰이 생각해 보았다. 그리고 전후 사정을 차근차근 따져보았다. 10월 25일이면 내가 축기 합격하기 이틀 전이다. 그러니까 나는 사실상 이때부터 축기가 거의 완성된 상태였다. 단학 수련은 기혼자의 경우 이왕이면 부부가 함께 하는 것이 좋다고 한다. 음양의 조화로 상승효과가 있기 때문이다. 그러나 부부 중 어느 한쪽이 수련을 해도 다른 한쪽에 영향을 끼칠 수 있다는 것이다.

다시 말해서 수련을 한쪽이 기가 강해질 경우 늘 밤이면 한 이불 속에서 잠을 자야 하는 상대방에게도 기가 강한 쪽에서 약한 쪽으로, 물이 높은 데서 낮은 데로 흐르듯, 흘러 들어가게 되어 있다는 것이다. 기는 또 온갖 병을 고치는 효력을 갖고 있다. 말하자면 생체에너지의 전이현상이 일어난 것이 틀림없었다. 그렇지 않다면 아무런 일도 없었는데 아내의 불면증이 그렇게 갑자기 나을 리가 없는 것이다.

내가 이런 이야기를 하면 선도수련을 전연 해보지 않은 사람들은 무슨 황당무계한 소리를 지껄이느냐는 듯, 멀쩡한 사람이 참으로 안됐다는 눈으로 쳐다보기가 일쑤다. 심지어 직장에서 내 앞자리에 앉아 일하는 동료는 수련 도중에 30년 된 고질인 무좀이 완치되었다고 해도 전연 곧이들으려고 하지 않았다. 그뿐 아니라 그는 내가 약간 돈 사람으로 치부한다. 그러나 선도수련이 어느 경지에 도달한 사람들은 내 말에 금방 수긍을 한다.

심법수련 도중에 백회로 시원한 기가 들어오길래 어떤가 보려고 손바닥을 정수리에 갖다 대 보았다. 그러자 시원한 기가 차단되고 오히려 따뜻한 기가 들어온다. 내 장심에서 나오는 따뜻한 기가 백회로 빨려 들어오는 모양이다. 가부좌 훈련이 안 되어서 그런지 앉아서 20분을 버티기가 힘이 든다. 다리가 아프고 저려서 견딜 수가 없다. 그동안 너무 서양식 의자 생활만 해 와서 그런 모양이다. 그러나 나보다 한달 전에 청띠를 딴 선경건설 이사인 임병호 씨는 40분 동안이나 끄떡도 않고 앉아서 배겨냈다. 갱의실에서 그에게 물어 보았다.

"대단하십니다. 임 선생님."

"뭐가요?"

"난 20분 동안도 앉아서 견딜 수가 없는데 40분 동안이나 끄떡도 않고 배겨낼 수 있으니 말입니다."

"40분 동안을 가지고 뭘 그러십니까. 남들은 서너 시간씩 끄떡도 않고 앉아서 버틴다는데요."

"대단한데요."

"적어도 그 정도는 되어야 무슨 깨달음이 있을 수 있다는 겁니다. 저도 처음에는 10분도 앉아서 배겨내기가 힘이 들었었는데 차츰 훈련을 쌓으니까 그런대로 이력이 생기는군요."

"그래 임 선생님은 40분 동안이나 눈을 감고 무얼 하십니까?"

"『천부경』을 외라고 하드군요."

"월산장이 말입니까?"

"네. 사실 단전에만 의식을 집중한다는 것도 생각처럼 그렇게 쉬운 일이 아니죠. 『천부경』을 속으로 외우고 있으면 정신 집중도 잘되고 기도 잘 들어오는 것 같더군요."

그 후부터는 나도 가끔 심법수련 중에 『천부경』을 외워보곤 했다. 『천부경』은 『삼일신고』, 『참전계경』과 함께 선도의 3대 경전 중에서 으뜸을 차지한다. 말하자면 우주와 삼라만상의 변화의 법칙을 81자의 한자로 축약시킨 지구상에서 가장 오래된 경전이다. 한역(桓易)과 여기에서 갈라져 나간 주역(周易)의 본바탕이 바로 『천부경』이다. 따라서 그 오묘한 『천부경』의 이치를 깨닫는 것 자체가 수련이 된다고 할 수 있겠다.

1987년 11월 3일 화요일

선원에서 수련 끝날 무렵 월산장이 사범과 교대해서 직접 사지역근법(四肢力筋法)을 특별 지도해 주었다. 평소보다 수련 시간이 30분쯤 길어졌다. 수련이 끝나자 월산장은 수련생들을 둥글게 원을 그리고 앉게 했다. 그는 말했다.

"천지기운은 바로 내 기운이고 내 마음은 바로 천지 마음이라는 생각을 잠시도 잊지 않고 언제나 우아일체(宇我一體)라는 마음의 자세를 가다듬어야 비로소 올바른 천지기운이 들어옵니다. 천지기운은 간절히 원하는 사람에게만 언제나 들어오게 마련입니다."

이처럼 수련에 임하는 마음의 자세에 대하여 얘기하고 나서 준비했던 청띠를 들어올리고는,

"오늘은 여러분이 보시는 앞에서 김태영 선생님에게 청띠를 매어드리겠습니다. 김 선생님은 지난 4개월 동안 단 하루도 빠지지 않으시고 열심히 수련에 참가하셨습니다. 지성이면 감천이란 말이 있듯이 지성으로 수련에 임하신 소중한 결과라고 생각됩니다. 여러분도 김 선생님 못지않게 부지런히 수련에 참가하여 한 사람도 빠짐없이 모두 청띠를 띨 수 있게 되기 바랍니다."

이렇게 말하면서 월산장은 그때까지 내가 띠고 있던 백띠를 풀고 청띠를 매어주었다. 수련생들이 일제히 박수를 쳐주었다. 꼭 학교 때 우등상 타는 것 같기도 하고 6개월간의 고된 간부후보생 훈련 끝에 소위 계급장을 달았을 때의 기분과 비슷한 것을 느꼈다. 그러나 그때는 어디까지나 학문이나 사회적인 성격을 띤 것이어서 세속적인 범주를 벗

어날 수 없었다. 그러나 이것은 그러한 세속을 초월한 인격의 완성, 신인일치(神人一致), 영통개안(靈通開眼), 성통공완(性通功完)이라는 인간이 도달할 수 있는 가장 높고, 거룩하고, 소중한 경지로 들어가는 지극히 기초적인 한 관문을 통과했다는 데 특별한 의의가 있었다.

W선원에 들어온 지 며칠 안 되어 협심증으로 고생했었다는 강순옥 아주머니를 무척 부러워했던 일이 어제 같은데 어느덧 4개월이 흘렀다. 그녀는 5개월 동안의 수련 끝에 청띠를 띨 수 있었다고 했다. 그녀에게 대면 나는 한 달 빠른 셈이다. 그러나 68일 만에 축기에 합격한 최창주 씨에 대면 나는 2개월이나 늦었다. 내가 이런 얘기를 했더니 월산장은 그래도 나는 빠른 편이라고 했다. 수련의 진도 같은 데에 너무 집착할 필요는 없다고 했다. 누가 먼저 성통공완에 이르느냐 즉 최후의 목표를 누가 먼저 차지하느냐가 문제이지 그 진도 따위는 중간에 빨라질 수도 늦어질 수도 있다는 뜻인 것 같았다.

1987년 11월 4일 수요일

남을 돕고 사랑하고 싶은 너그럽고 따뜻한 마음이 치밀 때 백회, 용천, 장심, 명문으로부터 시원하고 때로는 따뜻한 기운이 더 많이 들어온다. 나도 모르게 사지(四肢)에서 힘이 불끈불끈 용솟음치는 것 같고, 주먹과 발에 저절로 힘이 꿈틀대어 악한이라도 만나면 흠씬 두들겨 패주고 싶은 욕망이 치솟는다. 머리는 맑고 기분은 상쾌하다. 내 생애에 언제 이러한 때가 있었던가?

유년 시절에는 잔병치레가 끊일 날이 없었고 소년 시절에는 나약한 공부벌레로 책에만 매달릴 줄 알았지 운동을 거의 외면하다시피 했으므로 몸은 언제나 약골을 면할 수 없었다. 18세가 되자 전쟁의 소용돌이에 휘말려 무려 13년 동안을 싸움터, 포로수용소(6·25 때의 인민군 생활 3개월, 포로수용소 생활 3년간의 경험은 최근 『인민군(人民軍)』이라는 3부작 대하소설로 도서출판 유림에서 발간되었다), 훈련소, 전방 생활로 보내고 서른세 살에 예편을 하고, 만학도로서 대학을 마치고 신문기자 생활을 지금까지 20여 년을 해오는 동안 나는 언제나 건강에는 자신이 없었다.

비록 8년 전부터 등산을 시작하여 어느 정도 건강은 회복할 수 있었지만 작년에 선도수련을 시작할 때까지만 해도 만성 신경통에서 헤어나지 못하고 신음하고 있었다. 선도수련을 혼자서 한 뒤로 다행히도 신경통은 나았으나 엉뚱한 부작용으로 고생깨나 했었다.

그런데 이제 선원에 들어와 수련을 받은 지 4개월 만에 건강 하나는 자신을 가질 수 있게 되었다. 아무리 생각해도 잘한 일이다. 세상살이에 건강만큼 소중한 것이 어디 있단 말인가? 억만금이 있다 한들, 명예가 하늘 꼭대기에 닿았다 한들, 권력과 지위가 만인을 누를 수 있다 한들 어찌 건강과 바꿀 수 있으랴. 지난밤에는 6시간밖에 못 잤는데도 숙면을 취하고 나니까 몸이 날아갈 듯이 가볍다. 일하는 것이 즐겁고 조금도 지루하지 않다. 짜증도 신경질도 없어졌다. 자연히 일에도 능률이 오를 수밖에 없다. 대기업체들이 단학에 관심을 기울이고 직원들이 수련을 받게 하는 이유를 알 수 있겠다. 한 회사의 성패는 돈이 아니라그 회사의 구성원인 사원 개개인의 자질과 능력과 열의와 사명감과 창

의력이 좌우한다. 그러나 그것도 건강이 확보된 뒤의 일이다. 기업주
가 사원들의 건강에 특별히 유의한다는 것은 가장 값진 투자가 될 것
이다.

전생의 한 장면

오후 세 시경 심공수련 때였다. 홀연 눈앞에 선명한 컬러 텔레비전 장면 같은 것이 떠올랐다. 자세히 살펴보니 다층 불탑 비슷한 흰 고층 석탑이 웅장하게 하늘 높이 치솟아 있고 그 둘레에는 흰 도복 차림의 도인들이 비잉 원형으로 둘러 앉아 열심히 수련을 하고 있었다. 주위에는 푸른 산이 에워싸고 있었다. 나는 숲속에서 도인들의 수련 장면을 열심히 지켜보고 있었다. 저 도인들 중에 분명 내가 있다는 의식이 나를 사로잡고 있었다. 나는 그 여러 도인들 중에 나를 가려내려고 발돋움하고 있는 사이에 그 장면은 홀연 사라졌다. 그 장면은 그 뒤 두 번 다시 나타나지 않았다.

수련 끝난 뒤에 나는 한동안 이상한 생각에 잠겨 있었다. 그것은 분명 꿈도 환상도 아니었다. 내가 나를 찾았다는 것도 상식으로는 납득이 안 가는 일이었다. 수련이 일정한 경지에 이르면 시공을 초월한 어떤 실상이 나타난다고 하는데 그러한 것일까? 내가 나를 앞에 두고 찾았다는 것은 내가 유체이탈을 했다는 말인가? 그 뒤 여러 사범들이 모여 앉은 자리에서 이 말을 했더니 누군가가, "그것은 김 선생님 전생(前生)의 한 장면입니다. 선생님은 전생에도 도를 닦았었다는 것을 알려드리기 위해서 그런 장면이 비친 것이 틀림없습니다" 하고 자신 있게 말했다.

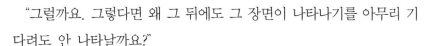

"그럴까요. 그렇다면 왜 그 뒤에도 그 장면이 나타나기를 아무리 기다려도 안 나타날까요?"

나는 옆에 앉은 월산장에게 물었다.

"한번 나타나는 것으로 충분하니까 더이상 나타날 필요가 없었을 겁니다. 수련 중에 그런 선명한 장면들이 나타나는 것은 심성이 그만큼 맑아지는 증거이기도 합니다. 그렇다고 거기에 집착할 필요는 없습니다. 그저 흘러가는 강물처럼 무심히 흘려보내면 그만입니다. 어떤 때는 석가, 예수, 공자, 노자 같은 성인들이 나타나 자기를 따르라고 유혹을 하는 수도 있습니다. 그러나 절대로 그런 데 현혹되어서는 안 됩니다. 우리가 수련을 하는 목적은 성통공완하여 우리 자신들이 영통개안하고 신인일치의 경지에 도달하자는 것이지 어느 성인을 섬기자는 것은 아니니까요. 절대로 그런 데 유혹되거나 현혹되지 말고 오직 천지기운과 일치되기만을 기원해야 됩니다."

월산장의 말이었다.

그건 그렇고 내가 본 장면은 나에게 분명 어떤 일깨움을 주었다. 12년쯤 전에 소설가이며 영능력자로 알려진 안동민 씨를 만났을 때 그는 나를 보고 내 전생이 도인이라고 말한 일이 있었는데, 내가 본 장면은 내가 본 것을 확인시켜주는 것과도 같은 느낌이 들게 했다. 따라서 내가 지금 이렇게 수련을 하게 된 것은 금생에 처음 시작된 게 아니고 전생으로부터 이어져 온 것을 알려주어 더욱 수련에 박차를 가하게 하려는 보이지 않는 하늘의 섭리가 작용한 것이라는 느낌이 들었다.

1987년 11월 6일 금요일

축기 합격이 된 뒤에는 기를 마음대로 전신에 순환시켜도 좋다고 월산장은 말했다. 그래서 나는 지난 4개월 동안 의식적으로 중단했던 기를 순환시키는 일을 다시 시작했다. 일전에 대선사로부터 배운 대로 단전에 모인 기를 배꼽까지 끌어 올렸다가 그곳에서 오른쪽으로 해서 명문 쪽으로 돌려 왼쪽 옆구리로 돌렸다가 단전으로 보내고 나서 다시 회음, 장강을 거쳐 명문, 척중, 옥침, 이환을 거쳐 상단전, 중단전으로 해서 하단전으로 보냈다.

그 다음에는 왼쪽 용천에 보냈다가 다시 오른쪽 용천으로, 그곳에서 대각선으로 왼쪽 장심으로 보냈다가 다시 오른쪽 장심으로 해서 왼쪽 용천으로 보냈다가 하단전으로 회수한다. 그 후 독맥과 임맥을 유통시키고 기경팔맥과 12정경으로 보낸다. 오래간만에 이처럼 기를 유통시키니까 막혔던 하수구라도 뚫린 듯 시원 통쾌할 뿐 아니라 발랄한 생기를 느낄 수 있었다.

오늘은 어쩐지 백회보다도 명문이 더 뜨거워진 느낌이다. 임병호 씨가 황띠를 받았다. 2개월 전에 청띠를 받았는데, 그의 총 수련 기간은 8개월이란다. 그러니까 청띠는 6개월 만에 땄고 2개월 만에 다시 황띠를 띠게 되었다. 비교적 순조로운 진척이다. 황띠는 축기에 합격되어 청띠를 딴 후 내기(內氣)를 터득한 도우(道友)에게 주게 되어 있다고 한다.

내기를 터득한다는 건 무엇일까? 자기 몸에 들어오는 기를 느끼고 그 기를 자유자재로 운용할 수 있는 것을 말한다. 정충의 단계를 지나

기장의 경지를 말하는 것이다. 이 단계에서는 대개가 백회가 열리고 기를 대맥과 임독맥, 기경팔맥, 12정경 등은 말할 것도 없고 전신 구석구석까지 유통시킬 수 있어야 한다.

1987년 11월 7일 토요일

백회와 함께 명문에서도 기운이 활발하게 들어오는 것을 느낄 수 있다. 어떤 때는 명문 쪽이 오히려 백회보다 더 강하게 기운을 끌어들인다. 이상한 것은 의식을 단전에 집중하지 않고, 수련을 안 하는데도 기가 들어온다는 것이다. 글을 쓰면서도, 앉아서 대화를 하면서도 백회와 명문으로 기운이 들어온다.

평생회원 모임이 생겼다. 회원은 모두 11명이란다. 수련 체험담을 기탄없이 나누는 것이 무엇보다도 즐겁고 유익하고 재미있었다. 수련 정도들이 모두가 높아서 그런지 무심코 둘러앉아서 얘기를 나누는데도 단전이 뜨겁게 달아오르고 백회와 명문으로 기운이 들어왔다. 지난 5월에 대선사를 처음 만났을 때도 단전이 달아올랐었고 6월 말에 월산장을 만났을 때도 그랬었는데 이제 같은 수련생들끼리도 그것을 느끼게 되니 감회가 새로웠다. 이제 나는 이처럼 대좌만 해보아도 상대방의 수련 정도를 직감으로 느낄 수 있게 되었다.

1987년 11월 8일 일요일

백회가 열린 지 일주일 만에 하는 등산이다. 처음엔 정수리에 바늘구멍만한 틈으로 기운이 들어오더니 차츰차츰 그 구멍이 넓어져서 송

곳 구멍만해지고 다음엔 젓가락 구멍만해지고 다시 연필 구멍만큼 넓어지는 것을 느낄 수 있었다. 어제까지는 백회와 명문을 통해서 들어오던 기운이 이제는 장심과 용천을 통해서도 들어온다. 놀랍게도 피로가 훨씬 줄어들었다. 보통 다섯에서 여섯 시간 동안 격렬한 암벽 등반을 하고난 뒤, 귀가 길에 우이동 종점에서 28번 버스에 자리를 잡고 앉으면 피로 때문에 한숨 푹 잠을 자곤 했었는데 이제는 눈이 말똥말똥해지고 기분도 상쾌해서 내내 책을 읽을 수 있다. 등산 중에도 내내 기를 타니까 전보다 훨씬 몸이 가볍고 유연해져서 하산 시에는 계속 달리기를 했다.

1987년 11월 9일 월요일

식곤증이 사라지고 있다. 전에는 점심을 들고 나면 으레 눈꺼풀이 무겁고 자신도 모르게 깜박깜박 졸곤 했었는데, 이제는 그런 현상이 아예 없어졌다. 또 아무리 힘든 일을 해도 기운이 자꾸만 들어오니까 피곤을 모르겠다. 하단전에서 기를 대맥에 유통시킨 뒤 이어서 독맥, 임맥, 좌우 용천과 장심에 돌린 뒤 전신 주천을 시키는데, 기의 흐름이 점점 더 빨라지고 있다.

선도수련 시에는 될 수 있는 대로 외국식품은 들지 않는 게 좋다는 말을 들었다. 꼭 그래서라기보다도 나는 체질적으로 서양음식이 맞지 않는다. 커피는 조금만 입에 대도 잠을 설치게 된다. 저녁에 자기 전에 들면 좋지 않다고들 해서 아침에만 들어보았더니 마찬가지였다. 그래서 나는 커피는 일찍이 끊어버렸다. 그 대신 쌍화차, 유자차, 인삼차,

구기자차 같은 것은 잘 받는다.

한국적 풍토 속에서 태어나 자라난 사람은 그 풍토에서 난 식물이 가장 몸에 맞는단다. 그래서 신토불이(身土不二)다. 선도는 바로 한국적 풍토 속에서 생겨난 심신 단련체계이다. 그리고 한국인은 바로 이러한 풍토 속에서 생산되는 음식을 먹고 공기를 마시고, 그러한 배경 속에서 탄생된 문화를 호흡하면서 자라났다. 그러한 한국인에게 한국적 풍토 속에서 생산되는 음식물이 가장 적합할 수밖에 없지 않을까.

1987년 11월 10일 화요일

축기 합격이란 바로 단전에 기운의 방이 형성된 것을 말한다. 이것이 형성되면 호흡은 자동적으로 흉식호흡에서 단전호흡으로 바뀌게 된다. 따라서 일상적인 호흡도 단전호흡이 되는 것이다. 어떤 때는 가만히 앉아서 내 몸의 기의 흐름을 관찰해 보곤 한다.

이제 나는 전연 무의식적으로 단전호흡을 한다. 기가 단전에 쌓인다. 백회를 비롯한 각 경혈에서 들어오는 기운도 기의 저수지라고 할 수 있는 하단전으로 일단 모인다. 하단전에 모인 기는 대맥, 임독맥, 좌우 용천과 장심, 그리고 기경팔맥, 12정경에 활발히 운기되는 것을 느낄 수 있다. 마치 컴퓨터에 미리 입력된 프로그램처럼 작동되는 것 같다. 누구나 가만히 앉아 있을 수만은 없다. 활동을 해야 한다. 내 경우 글도 쓰고, 부지런히 걷기도 하고 동료들과 대화도 하고 도인체조도 하고 가부좌 틀고 앉아 심법수련도 하고 아이디어를 짜내기도 하고 창작도 하노라면 자연히 기를 소모하게 된다. 그때마다 단전에 저장되었던 기운이 소모된 기를 보충해 준다. 단전에 저장된 기가 고갈되면 즉시 호흡을 통하여 그리고 백회를 비롯한 각 경혈로 유입되는 기운이 다시 단전으로 모여든다.

이러한 일련의 순환체계를 형성하면서 기운은 유통되어 피로가 쌓일 틈이 없게 된다. 언제나 생기발랄한 상태로 심신이 유지된다. 따라서 기분은 노상 날아갈 듯 상쾌하고 몸은 새털마냥 가볍고 걸을 때는 보이지 않는 손이 앞에서 잡아당기고 뒤에서 밀어주는 것을 느낀다. 전에는 이러한 상태가 간헐적으로 또는 단속적으로 지속되었지만 이제는 연속적으로 중단 없이 계속된다. 선원에서 축기 점검이 있었는데 월산장이 나만은 그냥 지나쳤다.

"왜 축기 점검을 안 해 주십니까?"하고 물었더니,

"이제는 점검을 할 필요가 없습니다. 그 대신 이제부터는 기를 밖으로 돌려야 합니다" 했다.

"그게 무슨 뜻입니까?"

"외부활동을 더 많이 하시라는 뜻입니다."

"외부활동이라뇨?"

"각자 자기가 맡은 분야에서 더욱 열심히 일하라는 뜻이죠."

그제야 나는 그 말의 의미를 알아차렸다. 내 경우 글을 더 많이 쓰고, 책을 더 많이 읽고, 취재도 더 많이 하고, 그리고 이웃을 위해 다시 말해서 홍익인간을 위해서 더 많은 활동을 하라는 뜻이었다. 활동의 범위를 자기와 자기 가족의 이익을 떠나서 직장과 지역사회와 단체와 향토와 국가와 민족과 그리고 더 나아가 온 인류를 위하여 유익한 일을 하면 할수록 더 많은 천지기운을 받아들일 수 있다는 것이다.

이렇게 받아들인 기운은 몸속에 축적된다. 이 축적된 기운을 바탕으로 우리는 더 많은 일을 하고 그러면 그럴수록 축기는 더 많이 되고 축기가 많이 되면 자연 정신이 맑아지고 자연스럽게 초능력이 발휘된다는 것이다. 석가모니와 예수 그리스도의 초능력은 바로 이러한 과정을 통해서 형성 발휘된 것이라는 것이 선도의 견해다. 따라서 석가모니도 예수 그리스도도 거발한 환웅천황이나 단군왕검과 같은 신선이라는 것이다.

축기가 되는데도 아무 일도 하지 않고 빈둥빈둥 놀고만 있으면 어떻게 되는가. 웅덩이에 고인 물이 흘러갈 데가 없으면 썩어버리고 악취를 풍기는 것과 같이 도리어 몸이 나른해지고 병이 나기 쉽다. 나는 실제로 이러한 경우를 여러 번 겪어보았다. 그럴 때 무슨 일이든지 자기가 할 수 있는 생산적인 일에 착수하면 힘이 용솟음치고 글을 쓸 경우에는 영감이 번득인다. 이때 웅변가는 명연설을 하게 될 것이고 과학도는 획기적인 발명을 하게 될 것이다. 정치가는 희한한 돌파구를 찾게 될 수 있을 것이다.

『천부경(天符經)』 해설

1987년 11월 14일 토요일

심공수련 시 『천부경』을 외웠다.

일시무시일 석삼극 무진본 (一始無始一 析三極 無盡本),

(하나는 시작 없는 하나에서 시작되어, 세 끝으로 나뉘어도 그 바탕은 다함이 없네.)

천일일 지일이 인일삼 (天一一 地一二 人一三),

(하늘 본성이 첫째로 나타나고, 땅의 본성이 두 번째로 생겨나고, 사람의 본성이 세 번째로 드러났네.)

일적십거무궤 화삼 (一積十鉅無匱 化三),

(하나가 쌓여서 열이 되고, 그 커짐이 다하지 않으면, 셋이 되나니.)

천이삼 지이삼 인이삼 대삼합 육생 (天二三 地二三 人二三 大三合 六生),

(하늘에도 둘 셋이 있고, 땅에도 둘 셋이 있고, 사람에게도 둘 셋이 있네. 큰 셋이 합하여 여섯이 되고)

칠팔구 운삼사 성환오칠 (七八九 運三四 成環五七),

(일곱 여덟 아홉이 되네. 셋과 넷으로 운용되어 다섯이 돌아 일곱이 되네.)

일묘연 만왕만래 (一妙衍 萬往萬來),

(하나가 묘하게 퍼져나가 온갖 것이 오고 온갖 것이 가는도다.)

용변부동본 (用變不動本),

(쓰임은 바뀌어도, 바탕은 변하지 않네.)

본심본 태양앙명 (本心本 太陽昻明),

(참 마음은 참 태양일 때 그 밝음을 더해가네.)

인중천지일 (人中天地一),

(사람 속에 하늘과 땅이 하나 되어 들어 있네.)

일종무종일 (一終無終一),

(하나는 끝없는 하나에서 끝나도다.)

『천부경』은 우주와 인간의 존재, 당위 법칙을 함축한 세계에서 가장 오래된 진짜 경전이다. 다시 말해서 『천부경』은 우주와 인간의 존재 양상 및 변화 방식을 81개의 한자로 축약된 우리 민족과 인류 최고의 경전이다. 바로 『천부경』에서 한역(桓易)과 주역이 파생되었음은 이미 말한 바 있다. 그 무궁무진한 진리와 이치를 어찌 짧은 시간에 다 설명할 수 있으랴. 그러나 제아무리 어려운 문장이라도 백 번을 읽으면 뜻이 스스로 통한다는 말이 있듯이 마음을 가다듬고 경건한 자세로 되풀이하여 자꾸만 읽으면 그 오묘한 뜻을 한 꺼풀 한 꺼풀씩 벗겨볼 수 있을 것이다.

심법수련을 하면서 『천부경』을 되풀이하여 외우고 있자니까 축기도 잘되고 기의 유통도 한결 원활해지는 것을 피부로 느낄 수 있었다. 이상하게도 외우다가 막히는 일도 없이 술술 잘도 외워졌다. 아득한 옛날에 외웠던 것을 다시 암송하는 기분이 들었다. 여기서 '하나'는 무엇일까? 그것은 '한'이고 성(性)이다. 또 진리이고 생명이고 도(道)이다. 하나는 또한 하늘이고 주신(主神)이기도 하다. 주신은 무엇인가? 주신은 모든 신을 통활하는 하느님을 말한다.

하나는 또한 한이고, 한은 얼(天, 精), 울(地, 氣), 알(人, 神)로 나뉜다. 『천부경』을 외우면 정신 집중이 잘되고 또한 『천부경』 특유의 신비하고 주술적인 힘이 작용하여 축기와 운기를 활발하게 한다. 『천부경』은 한참 읽다 보면 자기도 모르게 스스로 외워진다. 외우면 외울수록 백회와 장심과 용천으로 기운이 무더기로 들어온다. 이것만 보아도 이 경전 자체 속에 살아 움직이는 힘이 작용하고 있음을 쉽게 알 수 있다.

『천부경』에 대한 한 가지 의문은 왜 하필이면 81자의 한자로 씌어졌는가하는 점이다. 『태백일사(太白逸史)』 '소도경본훈(蘇塗經本訓)'에 보면 "『천부경』은 천제환국(天帝桓國)에서 말로만 전해지던 글이니 환웅 대성존이 하늘에서 내려온 뒤 신지현덕에게 명하여 녹도문(鹿圖文)으로 이를 기록케 했다"고 나와 있다. 녹도문이란 『환단고기』에 나타난 최초의 글이다. 신지가 사슴 발자국을 보고 고안해 낸 문자이다. 녹도문 다음에는 자부선인 시대에 우서(雨書)라는 문자가 있었고 치우천황 때는 화서(花書)가, 복희 때는 용서(龍書)가 있었고 단군 때는 신전(神篆) 즉 가림토문이 있었는데, 이것은 지금 우리가 쓰고 있는 한글의 원형이다.

지금 동양 세 나라에서 쓰이고 있는 한자는 어디서 연유되었을까? 그것은 지나 대륙에 한문화의 씨를 뿌린 복희씨의 용서에서 나온 것으로 그 후 은나라 때 갑골문자로 발달되었다가 다시 지금 쓰이고 있는 한자로 변형된 것으로 보인다. 과거 우리는 한자하면 으레 지나인(중국인)들의 문자로 잘못 알아 왔었는데 사실은 한자 역시 우리 조상이 만든 글이라는 것이 요즘은 지나의 석학들에 의해 입증이 되고 있다. 그 후 수천 년 동안 우리 민족의 언어생활에 가장 알맞은 한글의 원형인 가림토문이 단군조선 시대와 고구려를 거쳐 발해 때까지도 쓰여졌지만 그 후 우리 민족의 문자 생활에서 자취를 감추다시피 했다가 이씨조선조에 들어와서 세종대왕 때 불사조마냥 되살아났다는 것을 알아야 한다.

비록 한자 문화에 밀려 가림토문으로 적혀 내려오던 『천부경』이 발해 때 한자로 번역이 되어 지금까지 전해 내려왔다고 해도 우리는 그 때문에 조금도 저항감을 느낄 필요는 없다고 본다. 한자도 한글도 결국은 다 우리 조상들이 만들어 써 온 것이기 때문이다. 한자가 비록 지나 대륙에서 마치 지나인들의 글인 양 쓰여져 온 것이 사실이지만은 그 글을 만든 사람은 우리 조상들이라는 것을 알아야 한다.

그러나 그것이 비록 우리 조상들이 만든 글이라고 해도 지나인들이 독점하여 써오다시피 했으므로 그들의 문자로 착각이 되었을 뿐이다. 오히려 우리는 조상들의 풍부한 창의력에 감사해야 하지 않을까? 녹서, 우서, 화서(투전문), 용서, 신전(가림토문 즉, 한글)과 같은 수많은 문자체계를 발명하여 써 왔지만 결국은 용서에서 발달된 한자와 신전에서 발달된 한글만이 살아남은 것이다.

선도수련의 의미

1987년 11월 21일 토요일

오후 2시 반에 평생회원 모임이 있었다. 나는 평생회원 자격도 없으면서 예비회원 자격으로 번번이 초대받았다. 임병호 회장이 식사 대접을 했다. 언제나 만나기만 하면 각자의 체험담으로 꽃을 피우게 마련이다. 해외건설협회에 나가는 손수익 씨의 얘기가 단연 두드러졌다. 그의 이름은 묘하게도 전에 교통부 장관을 지낸 사람의 이름과 꼭같았다. 그는 지나의 당산기공(唐山氣功)을 4개월 공부하고 W선원에 들어와서 1개월째 수련을 받고 있는데 상당한 경지에 들어 있음을 알 수 있다. 그는 축기가 충분히 되어 있는 사람은 얼마든지 원하는 사람에게 기를 넣어줄 수 있다고 한다. 단 받아들이는 사람이 마음의 준비가 충분히 되어 있는 한 말이다. 그는 실제로 나에게도 자기의 기를 넣어줄 수 있다고 한다.

어디 한번 넣어보라고 하니까, 날보고 오른손 바닥을 내밀라고 하더니 자기의 손바닥을 3센티 간격을 두고 내 손바닥 위로 포개는 것이었다. 그 순간 과연 서늘한 기가 짜릿한 감전현상을 일으키면서 장심으로 빨려 들어오는 것이었다. 그의 말이 과장이 아님을 알 수 있었다.

그는 또 계룡산에 들어가 수련을 하는 도중에 온갖 잡신들을 다 제 눈으로 똑똑히 보았다는 것이다. 여우가 미녀로 둔갑하는 장면을 직접

목격했단다. 과연 그랬을까? 그에게서 직접 기를 받아들이기까지 한 나였으므로 그의 말을 전연 안 믿을 수도 없었다.

"아니, 그렇다면 전설의 고향에 나오는 이야기들이 모두 다 사실이라는 말입니까?"

"사실이고말고요. 우리 할아버지 할머니 대(代)까지만 해도 이러한 현상은 일상다반사로 받아들여졌는데, 서양의 과학문명이 밀려들어오면서 우리 선대와 우리 대(代)에서 일종의 미신으로 전락해 버렸죠. 허지만 수련을 해보면 이것이 사실이라는 것을 알 수 있습니다. 실제로 수련 도중에 여우가 미녀로 둔갑한 뒤에 천연덕스럽게 저에게 접근하여 유혹까지 했었습니다. 여우는 그때 내가 수련을 쌓아서 자기의 정체를 알고 있다고는 꿈에도 생각지 않고 나를 꾀어보려고 했지만 내가 그렇게 호락호락 넘어갈 수 있겠습니까?"

"그래 어떻게 했습니까?"

"에잇, 요망한 괴물 같으니, 누구 앞에 감히 나타나는고! 썩 물러나지 못할까!'하고 대갈일성을 내질렀더니 꽁지가 빠지게 도망을 쳐버립디다."

그의 말을 어디까지 믿어야 할지 난감했다. 내가 만약에 그에게서 나오는 기를 느껴보지 못했다면 혹세무민하는 사기꾼으로밖에는 보지 않았을지도 모른다. 그는 또 말했다.

"당산기공을 하는 사람들은 자기의 기를 상대방에게 넣어주기도 하지만 남의 기를 마음대로 빨아들일 수도 있습니다. 상대방과 눈만 마주쳐도 당장에 기를 빨아들일 수도 있습니다. 손도 안 대고 말입니다. 그래서 우리는 그런 사람들을 흡기귀(吸氣鬼)라고 합니다. 도덕에 어긋나는 짓은 하지 말아야죠. 선배 중에 한 사람은 조선 왕조 시대에 명성을 떨친 모 명기의 무덤 옆을 밤에 지나가다가 그 명기의 혼을 불러내어 서로 애틋한 정을 나누기까지 했는데요."

이쯤 되니까 듣는 사람들 모두가 어안이 벙벙했다. 진짜 어렸을 때 귀신 이야기를 듣고 머리끝이 쭈뼛했던 일이 불현듯 상기되었다. 신명 (神明)의 단계에 들어간 수련자가 너무 이런 데에 깊이 빠져들면 머리가 약간 이상해져서 저급령에 빙의되는 일이 있단다. 큰길을 걷는 사람이 공연히 마음이 싱숭생숭하여 자꾸만 곁눈질을 하게 되면 자기도 모르게 곁길로 빠져들어 돌이킬 수 없는 실수를 범하게 된다. 수련자들은 깊이 유의할 일이다.

1987년 11월 24일 화요일

가끔 가다가 거울 속의 내 눈빛을 보는 버릇이 생겼다. 선도수련을 한 뒤에 내 눈이 반짝반짝 빛을 낸다는 아내의 말을 듣고부터였다. 과연 눈에서 빛이 난다. 그러나 눈에서 빛이 나지 않는 사람은 없다. 그 빛의 성질이 어떠냐가 문제다. 태양도 빛을 내고 달도 빛을 낸다. 그러나 그 빛의 성질은 크게 다르다. 태양의 빛은 스스로 광원(光源)을 갖고 있는 발광체이고 달은 그저 피동적으로 태양빛을 반사할 뿐이다. 이렇다 할 욕망도 없이 그저 하루하루를 개미 쳇바퀴 돌듯이 그럭저럭 살아가는 사람들의 눈빛과 마음속에 불타는 야망을 품고 있거나 복수심에 불타는 사람들의 눈빛은 다르다. 세속적이고 사리사욕에 사로잡힌 욕망의 불길이 활활 타고 있는 사람의 눈빛은 빛이 나긴 하되 맑고 고상하거나 숭고하지 않다.

그러나 구원한 종교에 깊이 침잠해 있는 사람이나 선도수련의 깊은 경지에 들어가 있는 사람들의 눈빛은 밝고 맑고 어딘지 모르게 엄숙하고 경건한 맛을 풍기게 마련이다. 그런가 하면 왜적과 싸우다 영어의 몸이 된 애국투사들의 황황히 불타는 눈빛은 세상의 불의를 집어 삼킬 듯한 위엄이 서려있다. 사범이나 선사나 법사 또는 선배 수련자들이나 동료 수련생들의 눈빛을 유심히 살펴보는 버릇은 이래서 생겨났다.

전철 같은 데서 나는 승객들의 눈빛을 살펴본다. 그런데 어찌된 일인가? 십중팔구는 눈빛이 살아 있지 않다. 피동적인 눈빛이다. 한물간 생선 눈알모양 외부의 빛을 반사할 뿐이다. 그러나 사범들이나 선사나 법사들의 눈빛은 맑고 밝고 스스로 빛을 내고 있다. 종교계의 거물들의 눈빛도 마찬가지다. 이제 나는 상대방의 눈빛만으로 그 사람의 현재의 심리상태를 알아볼 수 있다. 눈빛은 거짓말을 할 수 없기 때문이다.

월산장이 3개월간 출장을 떠난단다. 그는 고별강연에서 수련에는 다섯 단계가 있다고 말했다. 첫째 진동을 느끼고 둘째는 외기(外氣)를 느끼고 세 번째는 기의 파도를 느낀다. 네 번째는 단전을 영안으로 응시하면 하단전은 붉은 빛, 중단전은 노란빛 상단전은 흰빛을 띤 것을 볼 수 있고, 다섯 번째는 우아일체의 경지를 체험한다고 한다. 나는 겨우 두 번째 단계에 이르렀다는 것을 알 수 있다. 물질계에는 10지(知)까지 있는데, 9지까지는 누구나 갈 수 있단다. 아인슈타인도 9지까지 가서 통일장 원리가 지배하는 10지까지 볼 수 있었단다. 신명계 역시 10지까지 있는데, 계속 수련에 정진하면 스스로 심신이 변하면서 그러한 경지에 도달할 수 있단다.

1987년 11월 25일 수요일

심법수련을 하다가 특이한 경험을 했다. 백회로 기운이 강하게 또는 약하게 끊임없이 들어오다가 어느 한순간에 마치 쇳물을 들어붓는 것처럼 뜨거움을 느끼고 꿈틀 놀라곤 한다.

1987년 11월 27일 금요일

기를 온몸 구석구석까지 자유자재로 돌려보았다. 실은 감기기운으로 출근 시부터 몸이 나른했으므로 전철칸에 앉아서 대맥과 임독맥으로 기를 돌리다가 이처럼 시험해 보았더니 뜻대로 되었다. 대맥은 왼쪽에서 오른쪽으로, 소주천은 임맥에서 독맥으로 순서를 바꾸어 돌려본 것이다. 또 중단전에 모인 기를 양손을 맞잡은 채 좌에서 우로, 우에서 좌로 돌렸다. 그 다음에는 나선형으로 몸통의 좌 또는 우에서, 위에서 아래로 하단전 부위까지 돌렸다.

다리통도 양쪽 다 돌렸다. 양팔 역시 나선형으로 좌 또는 우회전시켰다. 이제 몸안의 기는 구석구석 갈 만한 데는 모조리 보내고 다시 되돌릴 수 있게 되었다. 기는 처음엔 기체 상태로 느껴지다가 이제는 액체로 느껴진다. 몸안에 들어온 기는 따뜻한 양기로 변했다. 기를 활발하게 돌리고 나니까 생기가 찾아왔다.

음식이나 약이 위장 속에 들어가면 곧 기화(氣化)되어 단전에 쌓이는 것을 선명하게 느낄 수 있다. 어떤 선배 수련가는 가령 위장병, 신장병, 간장병, 심장병 등에 듣는 약을 먹으면 금방 그것이 기화되어 해당 부위에 치유작용을 일으키는 것을 선명하게 느낄 수 있어서 가짜 약은 즉시 판별이 가능하단다. 과연 그럴 수 있을 것 같다.

1987년 11월 30일 월요일

양 손바닥을 일정한 거리를 뗀 채 기를 서로 보내보았다. 처음엔 5센티, 다음엔 10, 15, 20, 25, 30, 50센티까지 거리를 두고 기를 보내 보았더니 전달되는 것을 확연히 느낄 수 있었다. 처음엔 장심과 장심끼리, 다음엔 왼손 식지에서 오른손 장심으로, 그 반대로 해보았지만 다 잘되었다. 이젠 반가부좌한 채 40분간 계속 앉아 있을 수 있게 되었다. 기운도 끊어지지 않고 계속 들어왔다. 들어오는 기의 양이 날이 갈수록 늘어난다. 월산장의 권고대로 조타법을 실시해 보았다. 양 손바닥으로 단전, 옆구리, 배, 가슴, 허리, 어깨를 두드리는 것이다. 이것을 규칙적으로 하루에 한두 번씩 한 부위에 30회씩 해보았다. 몸이 강건하고 충실해진 느낌이 들었다.

사람은 기계와 마찬가지로 세월이 흐르면 신체기관이 낡고 고장날 수밖에 없는 모양이다. 이것을 뛰어넘을 수 있는 유일한 방법이 있다. 적어도 천명을 다할 때까지는 몸에 병이 없이 건강하게 지낼 수 있는 방법. 그것이 무엇일까? 얼른 생각하면 운동이 떠오를 것이다. 또 보약도 떠오를 것이다. 그러나 운동과 보약은 어느 한계까지 건강을 유지해 줄 수 있을 뿐이다. 바로 이 운동과 보약을 뛰어넘는 심신 수련체계가 바로 선도이다.

『환단고기』에 따르면 근 1만 년 전부터 우리 조상들이 일상생활화해 온 수련법이다. 그때 기록을 보면 4천 년 전 사람들은 1천 년 이상을 산 사람도 수백 년을 산 사람도 수두룩하게 나온다. 백 살 이상 산 사람이 보통이다. 그렇게 오래 살다가도 병이 들어 사망한 게 아니고 천화(天化)한 것이다. 다시 말해서 하늘로 승천을 한 것으로 되어 있다. 그 대표적인 인물이 단군왕검이다.

재미있는 것은 환임 시대의 천제들의 평균 통치 기간이 471년, 배달국 시대의 환웅천황들의 평균 수명은 118.2세로 나와 있다. 단군 시대를 지나 시간이 흐를수록 임금들의 수명이 짧아진다. 이것은 무엇을 의미하는 것일까? 현재의 지식과 관념에 사로잡힌 사람들은 상고 시대의 이와 같은 긴 수명을 황당무계한 것으로 간단히 넘겨버리려 한다. 그러나 현대의 개념으로 상고 시대를 촌탁하려 하는 것은 마치 장님이 코끼리를 어루만지고 제멋대로 판정을 내리는 것과 같이 어리석기 짝이 없는 것이다.

선도가 무엇인지 제대로 이해하지 못하고는 도저히 이러한 수수께끼는 풀리지 않는다. 약간의 수련을 경험해 본 필자의 견해를 피력해 본다면 역사를 거슬러 올라갈수록 선도가 우리 조상들의 일상생활을 철저히 지배하여 왔다고 본다. 그러한 흔적들을 우리는『환단고기』,『규원사화』,『단기고사』,『부도지』같은 상고사를 읽어보면 얼마든지 발견할 수 있다. 다시 말해서 선도는 시대가 현대에 가까워 올수록 쇠퇴일로를 걸어왔다는 것을 알 수 있다. 그러던 것이 우리 시대에 와서 불사조처럼 다시 재생의 기지개를 켜기 시작한 것으로 보인다.

요컨대 운동과 보약의 한계를 뛰어넘을 수 있는 건강법은 선도수련이 있을 뿐이다. 나는 아내의 건강을 위해서 입이 닳도록 단전호흡을 강조해 보았지만 제대로 먹혀들지 않았다. 이제 내가 택할 수 있는 방법은 나라도 열심히 수련을 계속하여, 심신이 변화발전을 거듭하여, 마침내 내 자신의 건강뿐 아니라 남의 건강도 돌볼 수 있는 경지에 도달하는 것이다. 이것은 수련 정도에 따라 가능한 일이라고 생각한다.

55세인 나는 아내보다 다섯 살이나 위지만 나는 아직도 눈도 귀도 이도 팔도 건강하다. 아내가 꿰지 못하는 바늘귀에 실을 꿸 수도 있다. 아무리 작은 인쇄체 글씨도 거의 다 볼 수 있다. 등산을 해보면 20·30대의 체력과 거의 맞먹는다. 아니 그들을 능가하는 일이 더 많다. 오히려 헉헉대며 내 뒤를 따라오던 젊은 친구들이 끝내 못 따라오고 산길에 널브러지는 것을 숱하게 보아 왔다. 단학에는 의통 수련이라는 것이 있다. 현대의학이 해결할 수 없는 난치병도 기를 이용하여 고칠 수 있다. 나도 이러한 의통 수련을 열심히 하다 보면 가족들의 건강이라도 돌볼 수 있지 않을까 생각해 본다.

내 온몸에 기의 유통이 활발해지면서 내가 생각하기에도 이상한 현상이 벌어졌다. 느닷없이 아내가 자꾸만 사랑스러운가 하면, 아이들이 귀엽고, 매일 만나는 동료와 친지와 이웃이 길에서 스치는 모든 사람들이 사무치게 사랑스럽다.

1987년 12월 9일 수요일

하루 중 기가 제일 잘 들어올 때는 아침 출근 후 사무실에서 30에서

40분 동안이다. 아침 식사 후 한 시간쯤 뒤이고 사무실에 사람이 없고 조용해서 그럴까. 의자에 앉으면 저절로 눈이 감겨지면서 기가 들어온다. 감은 눈앞에는 갖가지 색깔의 눈의 결정체 같은 무늬 모양이 번갈아 나타났다가 사라지곤 한다. 요즘은 어떻게 하든지 시간만 나면 앉아서 수련하는 것이 즐겁고 마음이 편하다. 가부좌하고 있는 수많은 불상의 의미를 이제야 알 것 같다.

불상은 부처가 수련하는 모습일 뿐이다. 손의 위치는 운기 심공과 흡사하다. 부처님들뿐만 아니라 불제자들도 그런 모습으로 앉아서 세월 가는 줄 모르고 수도에 전념하고 있는 것이다. 선도를 모를 때는 도대체 왜 저들은 아까운 시간을 생산적인 일에 쏟지 않고 아무 일도 안하고 앉아서 소일하는가 하고 의아해 했었다. 알고 보니 그들은 수도의 삼매경 속에 있었던 것이다. 이처럼 정좌(靜座) 수련을 할 때는 천지기운이 내 몸 주위를 포근히 감싸주는 것을 알 수 있다.

1987년 12월 19일 토요일

요즘은 때와 장소를 가리지 않고 기가 무더기로 계속 쏟아져 들어온다. 심지어 잠자리에 누워 있을 때도 시원한 기운이 백회로 물밀듯이 들어온다. 앉아 있거나 서 있거나 걷거나 간에 어떠한 자세를 취하고 있어도 끊임없이 봇물 터진 듯이 쏟아져 들어온다. 백회가 처음 열릴 때는 바늘구멍만큼 가는 틈으로 들어오기 시작하더니 송곳 구멍 정도로 차츰 넓어지고 그다음에는 조금씩 조금씩 커져서 동전만해지고 손바닥만해지고 하더니 이제는 머리 전체와 양 손바닥, 발바닥 또는 명문으로 어떤 때는 넓적다리 전체로 마치 피부호흡이라도 하듯 들어온다.

또 어떤 때는 눈을 뜨기가 거북할 정도로 계속 들어온다. 얼굴과 눈은 소주천 시에 머리에서 기가 단전 쪽으로 흐르는 임맥상의 기의 중요한 통로이다. 백회로 들어온 기는 임맥을 통해서 단전으로 흘러 들어가는 것이다. 그렇지 않으면 이렇게 자꾸만 눈이 감겨질 리가 있을까? 기가 흐를 때는 자연 그 부분이 이완되게 마련이어서 그런 것 같다.

기운이 이렇듯 걷잡을 수 없이 쏟아져 들어올 때는 필연코 무슨 이유가 있을 것이다. 하늘은 '나' 라는 매개체를 통해서 무엇인가를 이루려는 것이다. 그러니까 이 기운은 하늘의 뜻에 맞게 바르고 유익하게 써야 한다. 아내를 즐겁게 하여 가정을 화목하게 하는 것도 그 중의 하나가 되겠지만 그보다도 한층 더 시야를 넓혀서 홍익인간 할 수 있는 일이 무엇인가를 생각해 보게 된다. 내 능력과 재능에 알맞으면서도 남을 위해 봉사할 수 있는 일이 무엇인가를 생각해 보아야 할 것이다.

나는 일반사람들과는 달리 약간의 글재주가 있다. 바로 이것이다. 이 재주를 한껏 선용하여 무엇인가 나라와 겨레와 인류를 위해서 이바지할 수 있는 일을 적극적으로 찾아야 한다고 생각되었다. 그것이 바로 하늘이 나에게 맡겨준 사명이다. 나는 그것이 무엇인가를 분명히 알고 있다. 그러면 나에게 내리는 천지기운은 바로 이 일에 쓰라는 것임에 틀림없다고 생각되었다. 나는 집필에 더욱 박차를 가했다. 쏟아져 들어오는 하늘의 기운에 보답하는 길은 바로 이 길뿐이라는 자각이 채찍이 되었다.

1987년 12월 21일 월요일

선도수련을 계속하여 기를 축적하다가 보면 제일 먼저 느낄 수 있는 것이 온갖 육체적인 고질병들이 하나씩 하나씩 낫는다는 것이다. 이것은 기가 몸속에 작용하여 균형이 깨어진 몸을 바로 잡아주기 때문이다. 우선 몸의 균형을 회복하고 나면 그 다음에는 정신적인 균형이 회복된다. 어느 한쪽으로 기울어짐으로써 사회의 한 계층의 이익만을 대변하는 일을 안 하게 된다. 언제나 전체를 보고 한쪽으로 치우친 것을 바로 잡아주는 균형감각이 발달하게 된다. 따라서 원만하고 믿음직한 사회인이 될 수도 있다.

바로 이 전체적인 조화를 첫 번째 덕목으로 여기는 균형감각을 발달시키기 위해서라도 나는 두 아이들에게 기회 있을 때마다 단학 수련을 권해보았지만 어떻게 된 셈판인지 귀를 기울이려고 하지 않는다. 아내만은 남편의 말을 받아들여 한때 W선원에 나가서 며칠 동안 수련을 받다가 힘에 부쳐서 그만둔 일이 있었지만 아이들은 그럴 생각조차 못하고 있다. 인연이 없어서 그런지 때가 안 되어서 그런지 알 수가 없다. 친구나 직장동료들도 호기심만은 가지고 있는 축이 몇 명 있지만 본격적으로 달려들려고는 하지 않는다. 왜 그럴까? 아직 붐이 일어나지 않아서 그럴까?

상고사와 선도수련

1987년 12월 22일 화요일

전보다 안정된 기가 들어온다. 하루가 다르게 진전이 있는 것 같아서 고무적이다. 천지기운을 불러들이던 때가 두 달 전인데도 아득한 옛날 일처럼 생각된다. 선원에서 수련 후 조민호 법사가 보통 때보다 유난히 많이 모인 수련생들 앞에서 체험담을 얘기해 달라고 했다. 호기심으로 자못 긴장된 눈들을 의식하면서 나는 다음과 같은 요지의 말을 했다.

"단학 수련은 덮어놓고 보이지도 않는 신을 믿으라고만 하는 종교와는 차원이 다릅니다. 어떻게 다를까요? 여러분들 중에도 이미 느끼고 계신 분들이 있겠지만 수련이 진척되면서 자신의 몸과 마음이 하나하나 변해가는 것을 스스로 확인할 수 있고 그렇게 변하는 심신을 토대로 다음 단계의 수련을 벽돌장 쌓듯 하나씩 쌓아가기 때문에, 종교적인 협잡이나 사기성 같은 것이 개제될 여지가 없습니다. 물론 정성을 들여 수련 자체에만 몰두하는 것도 좋지만 이와 병행해서 정신적인 무장도 게을리 하지 말아야 한다고 생각됩니다. 『환단고기』와 같은 우리나라의 진정한 상고사와 한 정신을 터득하는 것도 수련에 큰 보탬이 됩니다.

우리의 상고사 즉, 삼국 시대 이전의 역사는 바로 선도의 역사이기도 합니다. 우리는 상고사를 통하여 선도의 맥을 찾을 수 있고 대대로 흘러내린 조상들의 에너지의 흐름을 우리 자신과 접맥시킬 수 있습니다. 그렇게 되면 수련에 놀라운 진전이 있게 됩니다. 실제로 상고사 공부에 몰두했던 사람들은 선도수련에 들어서기만 하면 곧 진동을 일으키는 일을 저는 숱하게 보아왔습니다. 왜 그럴까요? 바로 보이지 않는 조상들의 기의 흐름이 우리의 기와 연결이 되기 때문에 폭발적인 진전이 이룩되는 것이라고밖에 볼 수 없는 것입니다.

조상님들의 혈통줄을 바로 찾아야 한다는 것은 이래서 중요한 것입니다. 그런데도 이것도 모르고 아직도 국내의 일부 단학인들은 태호복희씨가 선도의 창시자인 양 착각하고 있으니 한심한 일이 아닐 수 없습니다. 우리나라 선도를 대중화하여 실질적인 창시자가 된 분은 배달국 제5대 태우의 환웅천황입니다. 태호 복희 씨는 바로 태우의 천황의 막내아들입니다. 그는 서쪽으로 먼 길을 떠나 지나 선도의 창시자가 되었습니다. 그래서 지금도 모화 사대주의(慕華事大主義) 사상에서 헤어나지 못한 사람들은 태호 복희 씨가 우리나라 선도의 창시자인양 착각을 하고 있는 것입니다.

혈통줄을 바로잡지 못하면 남의 뿌리에 접목한 것처럼 나약하기 쉽고 폭풍우나 천재지변이 밀어닥칠 때는 떨어져나갈 우려가 있습니다. 그러나 제 조상의 뿌리에서 튼튼히 자라난 나무는 웬만한 난관이 닥쳐와도 끊어지는 일이 없이 꿋꿋하게 뻗어나갈 수 있습니다. 여러분 생각해 보십시오. 어떤 사람이 자기가 직접 낳은 친자식들과 고아 출신 양자들을 함께 거느리고 있다고 할 때 누구에게 더 애정이 가겠습니까? 더구나 위기에 처했을 때는 누구를 먼저 구하겠습니까? 아무래도 팔은 안으로 굽게 마련입니다. 우리 민족의 공동의 조상으로 환인천제, 환웅천황, 단군천제들이 엄연히 있는데도 자꾸만 이스라엘 민족신인 여호와만을 전능의 하나님으로 찾는다면 우리 자신들의 직계 조상신들의 심정은 어떻겠습니까? 만약에 여러분의 자식들이 엉뚱한 사람을 보고 아버지라고 부르고 자기를 보고도 못 본 척한다면 얼마나 허탈하고 가슴이 쓰리겠습니까?

고려 인종 때(서기 1145년) 김부식이란 사람이 『삼국사기』라는 역사책을 지어 모화 사대주의적 의식구조를 체계화한 지 843년이 흘렀는데 그동안 우리는 내내 우리의 직계조상들을 외면하고 남의 나라 조상들을 자기네 조상으로 떠받들고 살아오는 어리석음을 범해 왔습니다.

더구나 35년간의 일제 강점기에 일본 제국주의자들은 세계에서 그 유례를 찾아볼 수 없는 악랄한 방법으로 우리 상고사를 날조함으로써 우리의 민족정기를 말살하여 영원히 자기네들의 식민지 노예로 만들려고 광분했었습니다. 이 모든 치욕의 역사가 그야말로 역사적인 과거로 일단락되어 정리되었다면 얼마나 좋겠습니까? 그렇지 않다는데 문제의 심각성이 도사리고 있습니다. 바로 일제에 의해 반도 식민사관으로 교육받고 일본의 이익을 위해 봉사하던 식민사학자들과 그 제자와, 그 제자의 제자들이 아직도 우리나라 사학계를 주름잡고 있어서 역사교육을 멍들게 하고 있다는 것이 엄연한 현실입니다.

민족정기가 눈꼽만큼이라도 있는 사람이라면 이러한 치욕을 지금이라도 당장 떨쳐 버려야 할 것입니다. 이처럼 우리의 진정한 상고사를 되찾는 일은 단학 수련과도 뗄래야 뗄 수 없는 관련이 있습니다. 『환단 고기』는 바로 유태교의 구약과 같은 책입니다. 유태교의 구약이 바로 이스라엘 민족의 역사이면서도 종교의 경전이듯 『환단고기』는 우리민 족의 상고사이면서도 선도의 경전인 것입니다. 『천부경』과 『삼일신고』 는 물론이고, 『참전계경』의 핵심 내용이 바로 이 『환단고기』 속에 다 들어있습니다. 부디 여러분의 수련에 참고가 되었으면 고맙겠습니다."

1987년 12월 24일 목요일

백회가 열리고 기가 무시로 들어오면서부터는 이 세상에 부러운 것 이 없다. 공연히 마음이 느긋해지고 대인관계에서도 여유가 생긴다. 피로가 쌓이는 일도 거의 없다. 이명수 사범이 학교로 다시 돌아간단 다. W선원에 들어온 이래 제일 많이 접촉한 사범인데, 아직 한창 젊은 나이니까 정진하면 틀림없이 대성할 수 있을 것이다.

1987년 12월 25일 금요일

선도수련을 하면서 지금까지 큰 난제였던 것은 반가부좌한 채 40분 이상을 견딜 수 없다는 것이었다. 손수익 씨는 세 시간을 참은 일도 있 다는데, 또 고참 수련자들은 열 시간도 더 감내할 수 있다고 한다. 그 러다가 가부좌한 채 선화(仙化)한다고도 한다. 그런데 나는 겨우 40분 이상을 버틸 수 없으니 한심한 일이다. 이 문제를 사범들과 의논했더 니 다리가 몹시 저리더라도 끝까지 참아보라고 했다. 극즉반(極則返) 의 원리에 따라 극단적인 고비를 넘기면 다시 원상태로 복귀된다는 것이었다. 시간을 좀 넉넉히 잡고 이것을 실험해 보았다.

과연 40분이 넘으니까 도저히 참을 수 없을 만큼 다리가 아프고 저려왔다. 의식적으로 참기로 작정을 했다. 어느 정도 시간이 흐르니까 마비되었던 다리와 엉덩이 부위에 뜨거운 기가 흘러 들어오면서 시원한 기운이 유통되고 저렸던 데가 서서히 풀리기 시작하는 것이었다. 이러한 일이 벌어지는 동안 기는 잘 들어오는 것 같지 않았다. 마비가 완전히 풀리자 다시 기운이 정상으로 들어오기 시작했다. 좌우간 중요한 진전이다. 다리가 시원하면서 막혔던 경락이 뚫린 기분이다.

1987년 12월 31일 목요일

1987년도 마지막 날이다. 오늘은 좀 시간을 내어 선원에서 총 2시간 35분간 수련을 했다. 세 번에 나누어서 했는데, 세 번째 수련 때는 괴상한 형상이 떠올랐다. 요괴인지 악마인지 도깨비인지 모를 험상궂은 뿔이 달리고 시커먼 나체의, 형상들이 아프리카 토인 같은 모습을 하고 창을 꼬나 잡고 떼를 지어 나에게로 달려드는 것이었다. 지난 8월 15일에 송동욱 사범이 말한 대로 '천지기운'을 계속 불러댔다. 송 사범은 이 세상에서 천지기운 이상 가는 능력이 없다면서 그런 괴물이 나타나면 천지기운을 부르라고 했다. 과연 괴물들은 순식간에 사라져 버렸다. 내가 아직은 세속적인 욕망에서 헤어나지 못했기 때문에 이런 험상궂은 것들이 나타나는 것일까. 심법수련한 뒤 두 번째 나타나는 형상이다. 반가부좌한 채 60분까지는 버틸 수 있게 되었다.

1988년 1월 4일 월요일

새해(단기 4321년, 서기 1988년)가 시작된 지 벌써 나흘이 되었다. 지난 일 년은 후회 없는 한 해였다고 생각된다. 일 년 내내 쉬지 않고 집필을 계속하여『소설 한단고기』상하권 3천여 매분의 글을 썼고 392매짜리 중편도 하나 탈고하여 잡지사에 보냈다. 열심히 일한 한 해였다.

특히 잊을 수 없는 것은 6월 29일에 W선원에 들어가 제대로 수련을 하게 되었다는 것이다. 그렇지 않았더라면 혼자서 지금까지 방황했을지도 몰랐다. 하단전의 축기 부족으로 빈혈증세와 육식 기피 현상 때문에 계속 고전을 했을 것이다. 10월 27일에 축기에 합격이 되고 뒤이어 백회가 열린 일은 큰 진전이었다. 다른 것은 다 제쳐두고라도 우선 건강만이라도 확보할 수 있게 되었다는 것은 기억할 만한 일이다.

금년 5월말에 지금 다니는 코리아 타임즈에서 55세로 정년퇴직을 하게 된다. 경비를 절약하기 위해서 회사에서는 끝내 진급을 시키지 않고 내보낼 모양이다. 부장 진급이 되면 정년이 3년 더 연장이 되는데 내가 맡아온『해설판』글솜씨만은 필요로 하면서도 3년 동안의 봉급을 절약하자는 의도이다. 막상 13년이나 다니던 직장을 그만둘 생각을 하니 허전하다. 코리아 헤럴드까지 합치면 영자지 기자생활만 꼭 20년을 한 셈이 된다.

오랜 직장생활을 청산할 생각을 하니 약간 섭섭하긴 하지만 55세의 나이가 늙었다는 의식은 조금도 들지 않는다. 우선 건강하니까 앞으로 얼마든지 일을 할 수 있을 것 같다. 마음도 의연하고 든든하다. 내 몸에 천지기운이 잠시도 쉬지 않고 감돌고 있다고 생각하니 부럽거나 아

쉬울 것이 없다. 천지기운이 바로 내 기운이라는 자각 때문일까. 지금
도 백회를 통하여 내 몸에 들어와 계속 순환하고 있는 바로 이 기운이
나와 우주를 합일시키는 매체라는 확실한 자각 때문일지도 모른다. 세
속적인 걱정이나 근심 따위가 내 마음을 상하게 할 단계는 이미 지난
것을 알 수 있겠다.

신령스런 기운

1988년 1월 6일 수요일

청량한 기운이 정수리와 특히 앞머리에 줄곧 머물러 있다. 1월 1일에도 그랬다. 이 신령스러운 기운은 바로 천지기운이다. 또한 우주에 충만한 생체에너지이며 만물의 본질을 피부로 느낄 수 있다는 증거이기도 하다. 선원에서 정좌 수련 시에는 백회 부분에서부터 단전까지 굴뚝모양 속이 텅 비어 있고 그 속으로 천지기운이 거침없이 단전까지 무더기로 쏟아져 들어오는 것 같았다.

1988년 1월 8일 금요일

잔뜩 믿고 기대했던 친구에게서 배신을 당했다. 믿었던 도끼에 발등을 찍힌 꼴이다. 그전 같으면 대단한 충격을 받았을 것이다. 그러나 수련 덕분인지 보통 때의 반 정도밖에는 충격을 받지 않았다. 군대생활 초기에 기합 받을 때 일이 떠올랐다. 그때는 걸핏하면 엎드려뻗쳐 자세로 곡괭이 자루로 엉덩이를 얻어맞곤 했었다. 기합받을 것을 미리 예측한 동료들은 속에다 두꺼운 바지나 내의를 두둑하게 껴입는다. 몽둥이를 맞아도 그 충격이 훨씬 덜하다.

우리가 일상생활을 하다가 갑자기 당하는 충격은 예고 없이 몽둥이 찜질을 당하는 것에 다 비유할 수 있다. 이때 미리 그런 일이 있을 것을 짐작한 사람들은 마음의 준비를 하고 있으면 그 충격을 다소 완화 시킬 수도 있을 것이다. 그러나 그로 인한 심리적인 고통에는 그렇게 큰 차이가 없다.

그러나 선도수련을 하여 축기가 많이 되어 있는 사람은 그러한 심리적인 충격을 훨씬 덜 받을 수 있다는 것을 나는 체험으로 알게 되었다. 그것은 마치 기의 막이 영기(靈氣)가 되어 우리 몸의 주위를 감싸고 있어서 외부의 타격으로부터 두꺼운 솜옷처럼 우리를 보호해 주고 있기 때문이다. 따라서 세속적인 이해관계에서 오는 타격도 덜 받게 된다. 어디 그뿐이겠는가? 비록 죽음이라는 절박한 상황에 처하더라도 태연 자약할 수 있는 것이다.

우주와 일체가 된다는 것은 이미 생사를 초월하는 것을 말한다. 생사를 초월한 사람에게 죽음 따위가 무슨 큰 의미가 있겠는가? 열심히 축기를 하다가 보면 심신은 자연히 변화되어 생명의 본질에 한발 한발 가까워질 것이다. 그러한 과정이 꾸준히 계속되는 동안에 자기도 모르는 사이에 본성을 되찾게 될 것이다. 그것은 원래의 자기 자신 즉, 하느님의 경지에 도달한다는 뜻이다. 아니 하느님 자신이 되는 것이다. 우아일체, 본성광명(本性光明), 성통공완의 경지이다.

조타법을 아침저녁으로 꾸준히 실시해서 그런지 몸 전체가 뿌듯해 오면서 기운이 꽉 차 들어오는 느낌이다. 하단전이 충실해지면서 배짱도 두둑해진다. 목욕을 하면서 내 몸을 살펴보면 지방질은 다 빠져 버리고 근육이 굴곡을 이루고 탄력이 생기고 부드러워진 것을 알 수 있다. 청년 시절에도 가질 수 없었던 건강미를 느껴본다.

1988년 1월 21일 목요일

백회로 들어오는 기는 마치 욕조의 물마개를 뺐을 때 욕조 속의 물이 하수도로 소용돌이치면서 빨려 들어가는 기세와 흡사하다. 백회로 빨려 들어 온 기는 이마, 얼굴, 목구멍, 전중을 거쳐 단전으로 흘러들어오든가 아니면 백회에서 굴뚝을 통해서 직통으로 단전에 쌓이는 것을 생생하게 느낄 수 있다. 내 경우 이 물마개는 항상 열려 있다. 아니 항상 열어놓고 있어야 한다. 그것은 천지기운에 대한 나의 마음의 자세이기도 하다.

1988년 1월 22일 금요일

심법수련 중이었다. 천연색 산 모양과 그 밖에 형체를 뚜렷하게 구분할 수 없는 것들이 비치는데, 이런 때는 내 몸속의 에너지의 파동과 움직임을 느끼게 된다. 텔레비전 브라운관이나 영사막을 볼 때는 그저 눈으로 보기만 하면 되지만, 수련 중에 영상이 나타날 때는 내 몸속의 에너지가 변화를 일으키면서 어떤 형상이 이룩되는 것을 느낄 수 있었다. 이때는 들어오는 기운이 잠시 정체되는 것 같다. 수련 자체에는 별로 도움이 안 되는 것 같다. 그저 시원한 기운이 백회로 막힘없이 들어오면서 아무 장면도 비치지 않는 것이 제일 좋다는 대선사의 말이 맞는 것 같다.

1988년 2월 6일 토요일

월산장이 떠난 뒤로는 수련생 개개인에게 개성과 수련 정도에 맞는 지침을 일일이 가르쳐 주는 사람이 없다. 그래서 할 수 없이 적당히 본인이 알아서 방향을 설정하는 수밖에 없다. 내가 보기엔 이갑성 씨가 가장 뚜렷한 진도를 보이고 있는 것으로 여겨지는데 그는 이미 입공(立功)을 시작했단다. 상당한 효과를 보았다 하기에 나도 시도해 보기로 했다. W선원에 들어온 지 8개월이 되는데, 4개월 동안은 주로 와공을 했고 그 뒤로는 지금까지 좌공을 해왔다. 그러니까 입공도 해볼 만한 것이다.

김동찬 수석 사범과 상의했더니 찬성했다. 오늘부터 실시해 보았다. 실시 첫날부터 기가 온몸에 유통되는 것을 느낄 수 있었다. 기의 유통이 활발해지니까 금방 몸이 달아올랐다. 와공, 좌공, 입공의 순서는 어찌 보면 사람의 성장 과정과 비슷한 점이 있다. 갓난아기 때는 주로 등을 바닥에 대고 누워 팔다리 운동을 하다가 조금 자라면 앉아서 운동을 하게 되고 좀더 자라면 일어서서 운동을 하는 것과 같다. 입공은 일어서서 장심으로 기를 빨아들여 용천까지 내려 보냈다가 다시 장심으로 끌어 모으는 수련이다.

1988년 2월 8일 월요일

새벽녘에 심상찮은 꿈을 꾸었다. 도복을 입고 수련을 하고 있었다. 커다란 제단이 차려져 있었다. 사범 같아 보이는 사람이 와서 날보고 제단으로 가서 정좌하고 평소의 소원을 기도하라고 일렀다. 나는 제단 앞에 가서 단정하게 정좌하고 늘 소원하던 것을 염원했다. 그 중에는 수련이 계속 향상 발전하여 성통공완할 수 있게 해 달라는 것도 있고,

좋은 글을 쓸 수 있게 해 달라는 것, 『소설 한단고기』와 『다물』이 전국 민의 필독서, 애독서가 되어 민족정기를 회복하는 데 보탬이 될 수 있게 해달라는 것 등이 포함되어 있었다.

바로 이러한 기원을 하고 있는 순간, 하늘에서 꼭 유성과 같은 엄청난 기운의 덩어리가 초고속으로 떨어져 내려오더니 바로 내 백회를 뚫고 들어오는 찰나, 내 몸은 사시나무 떨듯 부르르 경련을 일으켰다. 그런데 이상한 일은 그 유성과도 같고 운석과도 같은 기운의 덩어리가 내 백회를 맞바로 뚫고 들어오면서 시원한 기운이 내 몸 전체에 가득 차오르자 뭐라고 표현할 길이 없이 황홀했다.

1988년 2월 11일 목요일

수련에 너무 많은 시간을 할애하니까 문제가 생겼다. 현실에 굳게 발을 딛고 살고 있는 주제에 너무 수련에만 집착하다 보니까 생업 자체에 지장을 초래한다. 나에게 독서는 직업상 큰 몫을 차지하는데, 수련 때문에 이를 소홀히 하게 된 것이다. 갈등을 느끼다가 요즘은 독서 시간을 전보다 더 늘렸다. 글을 쓰는 행위는 쓰기만 한다고 되는 게 아니고 많이 읽기도 해야 한다는 것을 의미한다. 읽으면서 집필에 필요한 정보도 얻고 구상도 가다듬고 새로운 착상도 할 수 있는 것이다. 독서 시간을 늘이자면 자연 수련 시간을 줄일 수밖에 없다. 그런데도 기가 단시간에 백회로 일시에 쏟아져 들어오는 현상이 생겼다. 열심히 일을 하면 그만큼 보상이 따르는 모양인가.

1988년 2월 12일 금요일

입공이 점점 더 매력을 더해가고 있다. 이제는 하루도 거를 수 없게
되었다. 자세 자체가 기의 순환을 활발히 하도록 되어 있다. 아무리 몸
이 으실으실하다가도 입공 1번 자세를 취하고 있으면 금방 몸이 더워
진다. 그럴 것이 장심을 통해 단전에 모아진 기가 용천으로 내려갔다
가 삼음교, 음릉천, 혈해, 장강, 신유, 소해를 거쳐 다시 장심으로 되돌
아오는 과정을 몸으로 느낄 수 있으니까. 이 때문에 운기가 활발해지
면서 온몸이 가열되는 것이다. 순식간에 몇백 미터를 빠른 걸음으로
걸어온 것처럼 몸이 더워진다.

1, 2, 3, 4번 동작까지는 장심, 단전, 용천으로 기가 순환되고 5번은
양맥, 6번은 음맥을 뚫는 것도 분명히 감지된다. 7번 동작에서는 양 장
심에서 들어온 기가 단전에 모였다가 독맥, 임맥을 돌고 12정경과 기
경팔맥으로 운기되는 것을 느낄 수 있다. 8, 9번은 한쪽 발로 서서 기
를 유통시키는 건데 아직 익숙하지 못하다. 10번 동작에서는 백회로
기가 소나기모양 퍼붓는다.

입공을 시작한 이후로서는 확실히 몸이 더워지고 운기가 활발해졌
다. 그뿐 아니라, 감기기운이 있고 재채기가 나는 일이 있어도 운기가
활발해져서 그런지 금방 저절로 나아버린다. 추위도 덜 타고 몸도 가
벼워졌다. 하단전이 항상 덥고 등산 뒤에도 그전처럼 피로하지 않다

칠성정기(七星精氣)

1988년 2월 16일 화요일

수련 중에 대선사와 만났다. "지난 2월 8일 새벽꿈에 마치 운석 같은 기운이 낙하하여 곧바로 내 백회를 뚫고 들어오는 바람에 몸이 부르르 떨리면서도 머리가 시원하고 상쾌한 기분을 느꼈는데, 이게 무슨 뜻입니까?"하고 물어보았다.

"그건 칠성정기(七星精氣)가 내려올 전조입니다."

"칠성정기란 무엇을 말합니까?"

"북두칠성의 정기를 말하는데 지구상의 인류는 북두칠성과 밀접한 관련이 있습니다. 이제 수련이 깊어지면 차차 스스로 깨닫게 될 것입니다. 그런 현상이 생시에 일곱 번 일어나면 심신이 크게 변화하게 됩니다. 꿈에 그것을 경험하신 것은 앞으로 생시에도 그런 일이 있을 것임을 알리는 전조입니다."

대선사는 그 이상 자세한 말은 하려고 하지 않았다.

1988년 2월 23일 화요일

그저께부터 시작된 일인데, 백회를 누가 날카로운 꼬챙이로 쑤시는 것 같은 통증이 간간이 일었다. 작년 11월 1일에 이미 뚫린 백회가 재차 뚫리는 모양인가.

1988년 2월 24일 수요일

백회를 꼬챙이로 찌르는 느낌은 계속된다. 백회에 전연 의식을 집중하지 않는데도 그렇다. 정좌 수련 시에는 물방울 또는 비늘무늬의 흰빛이 소용돌이치고 양 손바닥이 뜨겁게 달아올랐다.

1988년 2월 25일 목요일

보통 사람은 자기 능력의 15퍼센트, 천재와 명사급은 30퍼센트, 영웅호걸과 성인들은 50퍼센트를 활용한다고 아침 KBS 라디오 서울에서 여러 번 듣다가 이제는 아예 외워버렸다. 자기 능력의 한계를 극도로 확장할 수 있는 가장 적절한 방법이 선도수련이 아닐까 하고 생각해 본다.

며칠 동안 백회를 꼬챙이로 찌르는 듯한 통증을 느껴왔는데 이제는 심산유곡의 약수와도 같이 차갑고 시원한 기운이 수도관에서 백회로 쏟아져 들어오는 것 같다. 기분이 상쾌하고 황홀하다. 아무래도 백회로 들어오는 기운의 질이 바뀐 것 같다. 처음에는 차가운 기체가 바늘구멍으로 흘러 들어오는 것 같았으나 이제는 수도관으로 차가운 약수처럼 쏟아져 들어온다. 기체에서 액체로 기운의 질이 바뀐 것 같은 느낌이 든다.

1988년 2월 29일 월요일

정좌 수련 중 몸이 위로 빨려 올라가는 것 같은 경험을 했다. 마치 내 몸을 위에서 기중기 같은 것이 잡아당기는 것 같다. 누가 내 머리를 양손으로 감싸고 위로 치켜올리는 것 같기도 하다. 그런가 하면 몸 전체가 기린처럼 변형되어버린 느낌이 들었다. 양순옥 법사도 요즘 이런 현상을 경험하고 있단다. 양 법사는 나보다 한술 더 떠서 위에서 무엇이 계속 잡아당기는 것 같다가 몸 전체가 물방울 모양 산산이 흩어져 없어지는 것 같고 머리에서 빛이 나는 것 같단다. 대선사와 통화 중에 이런 얘기를 했더니 내 뜻이 하늘에 닿았기 때문이라고 했다. 김동찬 사범은 운기가 잘되기 때문이라고 했다. 좌우간 신기한 일이다. 서서도 앉아서도 위로 계속 빨려 올라가는 기분이다.

1988년 3월 2일 수요일

몸 전체가 계속 위로 빨려 올라가는 것 같은 느낌이 사흘째 계속되더니 낮 수련 시에는 공중으로 불꽃이 터질 때 모양 내 머리에서 빛이 사방으로 퍼져나가는 것 같고 눈앞이 환해지면서 그전 어느 때보다도 밝은 빛이 소용돌이쳤다.

1988년 3월 5일 토요일

어제와 그제는 그동안 계속되던 부양감(浮揚感)이 줄어들고 기운이 소나기처럼 퍼부어지면서 몸 구석구석까지 운기가 잘 되었다. 콧마루가 시큰시큰하는가 하면 눈썹 언저리가 스멀스멀 벌레가 기어가는 것 같고, 손가락 끝이 감전이라도 된 듯 찌릿찌릿하고 발가락 끝이 뜨끈뜨끈하다. 팔, 다리, 머리, 허리, 척추 어디든지 벌레가 설설 기어다니는 것 같다. 잠시라도 무사무념의 상태에 들어가면 몸이 흔들린다. 그

러다가 시원한 약수 같은 기운이 백회를 뚫고 들어온다. 기분이 좋아
지고 힘이 솟아오른다. 무엇 때문에 이런 일이 반복되는지 모르겠다.
생체 리듬인지, 음양 교체 현상인지.

1988년 3월 12일 토요일

전에는 주로 백회로만 들어오던 약수처럼 시원한 기운이 이제는 머
리 왼쪽 정영(正營)혈로도 들어온다. 그런가 하면 머리 이곳저곳 여러
경혈을 통해 들어오기도 하고 몸 전체의 여러 경혈을 통해서도 들어온
다. 수련 때뿐만 아니라 앉아서 타자(打字) 칠 때도 대화할 때도 걸을
때도 시간과 장소를 가리지 않고 들어온다. 기운이 끊임없이 지속적으
로 들어오는 시간도 점점 늘어난다. 50분 동안이나 지속될 때도 있다.

한시 반경에 선원에 들어서니 뜻밖에도 월산장이 와 앉아 있었다.
반갑기 그지없었다. 얼굴은 햇볕에 새까맣게 그을렸고 볼이 약간 부은
것 같았지만 눈빛은 전보다 더 빛을 냈다. 산에서 장기간 수련도 하고
여러 곳을 다니면서 사람들을 만나기도 했단다. 요즘의 내 수련 상황
을 얘기했더니 대주천으로 들어갈 징후라고 한다. 기운을 계속 받아들
이면서 우아일체(宇我一體)임을 염원하면서 계속 정진하란다.

1988년 3월 13일 일요일

기운이 들어오는 경혈이 백회에서 왼쪽 머리의 두유(頭維), 정영(正
營), 낙각(絡却)으로 이동하더니 오른쪽 혈로도 이동한다. 기운이 들어
오는 경혈엔 얼음덩이가 박혀 있거나 아니면 초소형 선풍기나 냉방기

가 붙어 있어서 지속적으로 시원한 기운을 불어넣고 있는 것 같아 그 부분이 시릴 정도다.

1988년 3월 16일 수요일

백회가 열리는 것은 엄격히 말해서 일종의 피부호흡의 시작이다. 호흡기관 이외의 특정 피부 부위가 호흡을 하기 때문이다. 그런데 그게 이제는 백회에만 국한되지 않고 그 주변의 머리의 각종 경혈로 옮겨가더니 어제 아침에는 넓적다리까지 오싹하면서 기운이 들어왔다. 보통 오한이 들었을 때의 기분 나쁜 느낌과는 다른 것이다.

피부호흡

1988년 3월 17일 목요일

몸살기가 있다. 작년 백회가 열리기 전에 한달 이상이나 계속된 몸살기와 비슷하지만, 그때보다는 약하다. 기몸살이 틀림없다. 오전에 누워서 앓고 12시에야 출근했다. 월산장에게 자세한 증상을 얘기했더니 축하한다면서 악수부터 청했다. 피부호흡이 시작될 단계라고 했다. 대주천은 피부호흡부터 시작된단다. 몸살을 앓고 있다니까 단전호흡을 강하게 하면서 한약을 복용하라고 했다. "지금과 같은 상태가 지속되면 기의 바람이 일게 됩니다"하고 월산장은 말했다.

아닌 게 아니라 회사에 와서 자리에 앉았더니 머리의 경혈들이 여기저기 뚫리는 듯하던 증상들이 사라지고 일정한 넓이의 부위에서 바람이 일어나 이리 쏠리고 저리 쏠리곤 한다. 처음엔 밖에서 바람이 들어와 내 머리 위에서 희롱이라도 하는 것으로 알았다. 그래서 창문이 열려 있는가 하고 살펴보았지만 바람 한점 들어올 만한 틈도 없이 꽉 닫혀 있었다. 내가 생각해도 신기하기 짝이 없었다. 발바닥의 연곡(然谷), 대백(大白)혈 부위도 침이라도 맞는 것처럼 뜨끔뜨끔하다. 머리 좌우 전체에서 청량한 바람이 일고 시원한 기운이 들어오는데 마치 머리가 온통 벌집모양 구멍이 숭숭 뚫려있는 것 같다.

1988년 3월 18일 금요일

머리 전체에서 청량한 기운이 파도처럼 이리 밀리고 저리 밀리고 한다. 구허혈(丘墟穴)이 따끔거린다. 넓적다리 근처가 어제는 오싹오싹하더니 오늘은 양팔 상완 쪽이 오싹오싹한다. 물론 오한과는 다르다. 피부호흡 범위가 차츰차츰 넓어져 간다.

1988년 3월 24일 목요일

세속적인 번민 때문일까? 수련이 요즘 약간 소강상태에 빠져 있었다. 그런데 오늘은 회복의 기미가 보였다. 김동찬 수석 사범이 수련을 인도했다. 그에게서는 여느 사범보다는 강한 기를 느낄 수 있다. 그의 수련의 깊이를 짐작할 수 있다. 그의 지시로 오래간만에 와공을 했다. 장심, 용천, 백회에서 동시에 기가 몰려들어 왔다. 머리 왼쪽의 여러 경혈이 뚫리더니 수련 끝난 뒤에도 계속 청량한 기가 들어왔다.

정좌 수련 때였다. 도복을 입고 정좌 수련하는 나 자신의 모습이 어렴풋이 보이기 시작했다. 그 모습은 전후좌우 여러 측면에서 보였다. 좀더 또렷하고 선명하게 보이지 않는 것이 안타까웠다. 수련 끝난 뒤에 이 얘기를 했더니 김동찬 사범은 자기 모습이 또렷하게 보일 때가 완전한 유체이탈이 된 것이라고 말했다.

1988년 3월 31일 목요일

어제부터 몸살기가 또 도졌다. 무슨 변화가 있으려나 보다. 과연 그랬다. 선원에서 정좌 수련 중에 일어난 일이었다. 어쩐지 잠이 자꾸만 쏟아지더니 정신이 몽롱해지면서 머리 전체가 벌집처럼 구멍이 숭숭 뚫린 것 같고 그 구멍으로 시원한 바람이 끊임없이 불어 들어오면서 눈앞이 갑자기 환하게 밝아 온다. 환한 빛무리가 갖가지 형상을 이루면서 변화한다. 내 몸에서는 빛이 나는 것 같다. 다음 순간 몸이 붕 위로 떠오른다. 허공에 떠오른 몸은 무수한 물방울이 되고 차츰 미세한 입자로 변하여 골짜기로 몰려드는 안개처럼 소용돌이치면서 위로 위로 구름처럼 뭉게뭉게 피어오르더니 서서히 사방으로 흩어지다가 아무것도 없는 빈 공간이 되어 버린다.

어느새 내 몸은 공중에서 완전 분해되어 미세한 분말로 분산되고 말았다. 그러나 내 의식만은 살아 있었다. 이것이 나라는 존재의 가시적인 형체를 이루고 있던 기(氣)의 진면목인 것만 같은 느낌이 들었다. 그것은 또 분말처럼 안개처럼 기체화되면서 우주의 기운과 동일한 차원으로 합일된 것 같기도 했다. 기분은 그야말로 우화등선(羽化登仙)이라도 된 듯 황홀하다.

이것이 바로 우아일체(宇我一體)가 되는 순간일까? 이 세상 삼라만상이 다 내 품안에 들어와 있는 것 같고 부러운 것이 없다. 글로 쓰다 보니 길어진 것 같지만 실제로는 몇 순간에 지나지 않았다. 이때는 시간의 개념이 없는 것도 같다. 순간이 영원이고 영원이 순간으로 통하는 것 같다. 이 단계의 수련가는 하늘을 알게 된다. 피부호흡이 되면 전신이 깃털처럼 가벼워지고 우주와 내가 합일되는 경지를 체험한다. 수련 도중 몸이 흩어져 없어짐을 느낄 수 있다.

만약에 선도나 불교의 입장을 떠나서 인간이 변화하여 완전한 공

(空)으로 변해버린다면 이것보다도 더 허무한 일이 어디 있겠는가. 색
즉시공(色卽是空)을 문자 그대로 해석된다면 세상만물은 아무것도 아
닌 공허하기 짝이 없는 존재에 지나지 않는다는 뜻이다. 허무감에 그
치는 것이 아니라 누구나 애끊는 비애로 세상사는 보람을 포기하려고
할지도 모른다.

그러나 실제로 경험해 보니까 허무감이나 비애가 아니라 끝없는 희
열을 느낄 수 있었다는 데 크나큰 인식의 차이가 있음을 알 수 있다.
바로 이 공(空)은 『천부경』에서 말하는 하나는 시작 없는 하나에서 비
롯되는 하나요, 그 하나 속에는 우주만물이 내포되어 있고 온갖 변화
를 거쳐 다시 하나는 끝없는 하나로 끝나는 하나인 것이다. 따라서 여
기서 말하는 공(空)은 만물을 내포한 공인 것이다. 공은 하나요, 한이
요, 하늘이요, 하느님이요, 법이요, 조화요, 이치요 만물을 포용한다.

허무감과 비애 대신에 한없는 충족감과 환희를 다만 일순간이나마
느낄 수 있었던 것은 바로 이 때문이라고 생각된다. 그것은 바로 나와
우주가 한몸이 되는 귀중한 순간이기도 하다. 또한 그 순간은 생사와
영욕을 초월하여 세상에 부러울 것이 아무것도 없는 무상의 환희이기
도 하다. 또 이 순간에만은 이 세상의 희로애락이 한갓 부질없는 어린
애 장난으로밖에는 보이지 않았다.

이런 일이 있고부터는 백회를 비롯한 머리 좌우 혈에서 청량한 기운
이 끊임없이 들어온다. 세상을 살아나가다 보면 이해관계에 얽매여 남
에게 화를 내는 일도 있고 뜻하지 않았던 일에 분노를 터뜨리는 일도
있으며, 어쩔 수 없는 고민을 하는 수도 있는데, 이런 때도 재빨리 이

래서는 안 되겠다고 깨닫고 생각을 돌이켜 마음의 평정을 되찾기만 하면, 기운은 잔뜩 대기하고 있다가 일시에 봇물이 터진 듯 밀려들어온다. 그러다가 점점 시일이 흐르니까 이번에는 갑작스레 나도 모르게 누구에게 화를 내거나 언성을 높이는 순간에도 기는 계속 들어왔다. 바로 이 기운을 느끼면서 치밀어 오르는 울화를 지그시 누를 수도 있었다.

청량한 기운은 백회와 머리 좌우 혈에서 들어오다가 한걸음 더 나아가서 이제는 머리 전체로 들어오는데 마치 무더운 한여름에 얼음 모자라도 뒤집어 쓴 것처럼 시원하고 상쾌하다. 이쯤 되니까 골치가 아프다든가 쑤신다든가 하는 말은 옛이야기가 되어버렸다. 전에는 공복 시에 수련이 잘되지 않았는데, 이제는 기운이 백회를 정통으로 뚫고 들어오는가 하면 제때에 식사를 하지 못해도 그전처럼 공복감을 느끼지 않게 되었고 식량도 현저히 줄어들기 시작했다.

본격적인 단무(丹舞)

1988년 4월 14일 목요일

수련장에서 음악이 나오면 정좌 수련 중이었다가도 처음에는 내 양 팔이 꿈틀꿈틀 저절로 움직인다. 기의 파동이 역동적으로 느껴진다. 허심탄회한 심정이 되어 모든 것을 기의 움직임에 맡기고 있노라면 팔은 저절로 너울너울 일정한 리듬을 타고 춤을 춘다. 한참 정좌한 채 팔로만 춤을 추다가 보면 어느새 나도 모르게 반가부좌 한 다리가 저절로 확 풀어진다. 그대로 놔둔 채 계속 팔을 놀려 춤을 추다가 보면 풀어졌던 다리가 불끈 일으켜 세워지고 뒤이어 엉덩이가 들썩하면서 어느덧 나는 반쯤 일어선 자세가 된다. 그 뒤에 한번 더 불끈 힘이 가해지면서 나는 양발을 딛고 일어나게 된다.

이제 나는 앉은뱅이춤에서 벗어나 일어서서 마음대로 회전 운동도 하고 반회전 운동도 하면서 자유자재로 춤을 추게 되었다. 내가 춤을 추는 게 아니라 기운의 힘에 의해서 추어졌다고 하는 표현이 더 정확하다. 사범들이며 사무실에서 대기 중이던 수련생들이 몰려 들어와 내 춤 솜씨를 유심히 뜯어본다. 그전 같으면 상상도 할 수 없는 일이다. 60대의 깡마른 수련생인 이봉환 씨는, "신선이 춤을 추는 것 같습니다" 하는가 하면 또 어떤 수련생은 "백학이 훨훨 노니는 것 같다"고 했다. 단무를 하고 나면 몸은 좀 나른하지만, 기분은 상쾌하고 밤에는 깊은 숙면을 취할 수 있는 이점이 있다.

1988년 4월 21일 목요일

선도수련을 시작한 지도 어느새 2년 4개월이 되었다. 그동안 내 몸도 많이 변했지만 내 심성도 적지 않은 변화를 겪었다. 진인사대천명(盡人事待天命)이라고 할까? 이 세상에서 무슨 일이든지 내 힘과 지혜와 능력을 최대한 발휘하여 최선을 다한 뒤에는 느긋하게 기다려 볼 수 있는 여유를 갖게 되었다. 어떤 돌발사태가 일어나더라도 당황하거나, 안달을 하여 콩 튀듯 팥 튀듯 하거나, 애통해 하거나 격분을 참지 못해서 안절부절하는 일은 없을 것 같다.

이 세상에는 사람이 할 수 있는 일과 하늘이 할 수 있는 일이 있다. 사람의 힘이 미칠 수 없는 경지에서는 조화와 이치의 법칙에 따라 움직이게 마련인데 인간이 초조해 하고 안달을 하고 근심걱정을 한다고 해서 예정된 일이 바뀔 리는 없는 것이다. 느긋하게 여유를 갖고 지켜볼 줄도 아는 지혜를 터득해야 할 것이다. 이 이치를 깨닫는 데 50여 년의 세월이 필요했단 말인가?

1988년 4월 29일 금요일

해설판을 짜는 사람이 하도 엉성하게 일을 해놓는 바람에 나는 순간적으로 화를 냈다. 다른 때 같으면 이런 때는 들어오던 기도 딱 멈춰버렸을 텐데도 청량한 기운이 더욱더 강하게 들어왔다. 기운이 나에게 화를 누르라고 제동을 가하는 것 같은 느낌이 들었다. 화기를 가라앉히고 있으려니까 이번에는 꼭 팔뚝만한 두께의 얼음 말뚝이 백회에 콱 박힌 듯 시원한 기운이 줄곧 밀고 들어왔다. 일단 백회를 통과한 기운은 온기로 변하여 곧장 하단전으로 내려갔다가 임독맥을 거쳐 온몸에 순환되는 것을 느낄 수 있다.

1988년 4월 30일 토요일

잠잘 때와 졸릴 때 이외에는 백회에 얼음 말뚝이 계속 박혀 있는 느낌이다.

1988년 5월 10일 화요일

5월 5일은 모처럼 맞는 어린이날 공휴일이어서 북한산 원효능선을 탔고, 사흘 뒤인 일요일에는 도봉산 난코스를 전부 타서 그런지 약간 피로했다. 피로한 상태에서는 아무래도 청량한 기운이 덜 들어온다. 그런데 그 피로가 회복되기 시작한 때문일까 오늘은 어제보다도 기운이 훨씬 잘 들어온다. 특히 오후 6시 이후에는 백회에 다시 얼음 기둥이 박혔다. 선도수련에는 언제나 몸이 최상의 컨디션을 유지하도록 각별히 유의할 필요가 있다.

1988년 5월 24일 화요일

2시 반부터 선원서 한창 수련을 하고 있는데 양순옥 법사가 와서, "김 선생님, 대선사님이 만나자고 하십니다" 했다. 웬일인가 하고 2층으로 내려가 보았더니 내 수련 문제를 상의하기 위해서였다. 나의 수련 상황을 자세히 듣고 난 대선사는 손목을 잡고 맥을 짚어보는가 하면 장심을 만져보고 이마에 촉수했다.

"이제 수련은 안정기에 들었습니다. 기도 안정이 되었으므로 이제부터는 삼원조화신공(三元調和神功)을 해야 합니다. 신공을 시작할 날짜는 추후에 알려드리겠습니다."

"그럼 그때까지는 지금과 같은 수련을 계속하면 됩니까?"

"네, 정좌 수련을 주로 하되 단전에 의식을 집중하고 들어오는 기를 지긋이 받아들이면서 즐기기만 하면 됩니다. 이제 신공 수련을 하게 되면 삼태극이 뜨게 됩니다.

1988년 6월 10일 금요일

결국 직장에는 퇴직 후에도 오후에 나가서 지금까지 해온 해설판을 계속 쓰기로 했다. 주위 사람들의 의견을 들어보아도 모두가 그렇게 하는 것이 좋겠단다. 너무 내 고집만 세우는 것도 좋지 않을 것 같았다. 나를 필요로 하는 곳이 있다면 그에 응하는 것이 도리라는 생각도 들었다. 오전에 창작을 20매씩 집필하고 점심을 들고 한 시 반쯤 집에서 출발하여 두 시 반경에 회사에 도착, 일을 끝내고 나면 6시 20분쯤 된다. 선원에 가서 7시 40분까지 수련하고 귀가한다.

선원서 대선사와 만났다. 역시 수련에 대한 상담이 진행되었다.

"요즘은 앉으나 서나 잠잘 때 이외에는 노상 기운이 들어옵니다. 어떤 때는 백회에 얼음 말뚝이 박혀 있는 것 같고요."

"이제 그 정도면 예지력이 생길 때도 되었습니다. 아침에 일어나면 그날 벌어질 일이 내다보인다는 말입니다. 그리고 머릿속에 무엇이 비칠 때도 되었습니다."

"아직은 뚜렷하게 그런 것을 의식해 보진 못했는데요."

"이제 곧 그렇게 될 겁니다. 너무 세상일에 얽매이면 방해를 받게 됩니다. 그래도 진도가 아주 빠른 편입니다. 앞으로 오기조화신공(五氣造化神功)도 해야 됩니다. 곧 삼원조화신공에 들어가야 합니다. 그 날짜는 추후에 알려드리겠습니다."

"음기와 양기가 확실히 있는지 알고 싶습니다."

"음기와 양기는 분명히 있습니다. 그때그때의 신체조건에 따라 음기가 들어올 때도 있고 양기가 들어올 때도 있으니까 일일이 신경 쓸 필요는 없습니다. 가장 좋은 것은 중기(中氣)입니다. 언제나 시원한 청량감을 줍니다. 그러나 냉기는 좋지 않습니다. 차갑고 선득하고 오싹한 냉기가 들어오면 조심해야 합니다. 사기(邪氣)니까 그런 때는 재빨리 몸을 따뜻하게 덥히든가 해서 병이 나지 않도록 조심해야 됩니다."

수면 시간이 줄었다

1988년 6월 11일 토요일

우리나라 옛 신선들은 이슬만 받아먹고도 살았다고 전한다. 그것을 사람들은 한갓 전설로만 여겨왔던 것이 사실이다. 전설은 일면 허황된 얘기와도 통한다. 그래서 사실로 믿지 않는 경향이 있다. 그러나 현대에 와서도 인도의 살아 있는 요기들 중에는 먹지 않고도 한 달씩 거뜬히 버티는 경우가 흔하다고 한다. 음식을 전혀 입에 안 대고 물만 먹고도 한 달 이상씩 살 수 있는 사람들이 수두룩하다고도 한다.

나는 선도수련을 시작한 이래 식량이 획기적으로 줄었다가 조금 늘었다가 하는 경험을 반복해 왔다. 기가 많이 쏟아져 들어올 때는 식욕이 분명 줄어들었다가도 갑자기 무슨 어려운 일을 하든가 심한 운동을 하면 다시 느는 경우는 여러 번 겪어왔다. 이로 미루어 보면 아무 외부의 간섭도 안 받고 일상적인 사회생활에서 떠나 고요한 절간이나 인적 드문 수도원이나 깊은 산속의 암자 같은 데서 오로지 수련에만 정진한다면 조직적으로 식량을 줄일 수도 있는 가능성이 분명 있을 것 같은 느낌이 든다. 시간과 환경만 허락한다면 한번 시도해 보고 싶다.

그건 그렇다 치고, 내 경우 수면 시간만은 이제까지 별 변화가 없는 것으로 여겨 왔었다. 기가 축적이 되고 수련이 계속 진척이 되면 대선사처럼 수면 시간을 1시간 반 정도까지는 줄이지 못한다 해도 적어도 세 시간에서 다섯 시간 정도는 줄일 수 있지 않을까 하고 나는 늘 생각해 왔었다. 만약에 더도 말고 하루에 수면 시간을 두 시간씩 줄일 수만 있다고 해도 한 달이면 60시간, 1년이면 720시간, 이것을 하루 24시간으로 나누어 날수로 환산해 보면 30일이 된다. 그러니까 1년이면 남보다 한 달을 더 사는 셈이 된다.

만약에 네 시간을 줄일 수 있다면 1년에 두 달을 벌게 된다. 다시 말해서 남보다 두 달을 더 사는 셈이 된다. 그만큼 활동 시간이 많아지니까 말이다. 네 시간은 고사하고 하루에 한 시간씩만 우선 줄일 수 있다면 얼마나 좋을까? 처음부터 너무 큰 욕심을 부리면 되어가던 일도 망칠 수 있으니까 말이다.

이제까지 무관심하던 이 분야에 나는 부쩍 관심을 기울이기 시작했다. 곰곰이 생각해 보니 2년 반 전에 수련을 시작할 무렵에는 아침 여섯 시에 일어나기 위해서 보통 저녁에 9시 반부터 잠자리에 들었다. 8시간 반을 잤다. 그러던 것이 나도 모르는 사이에 이제는 7시간 반으로 수면 시간이 줄어들었다. 어느새 저녁 취침 시간이 그동안에 9시 반에서 10시 반으로 바뀐 것이다. 최근에 백회가 열리고 수련이 안정되면서 다시 반시간이 줄어들어 이제는 취침 시간이 11시로 바뀌었다. 그러니까 사실은 2년 반 사이에 수면 시간이 1시간 30분 줄어든 것이다. 이것은 우연한 기회에 발견되었다.

'조선왕조 5백년'이란 MBC 텔레비전 프로를 10시 40분까지 아내와 같이 보고 11시에 잠이 들어도 아침 6시에 일어나는 데 별로 고통을 느끼지 않게 된 것을 알고부터였다. 이것은 분명 수련의 결과임을 조금도 의심치 않는다. 만약에 그렇지 않고 1시간 반이나 잠을 덜 잤다면 낮에 졸음 때문에 굉장한 고초를 겪어야 했을 것이다. 그런데 그런 고통을 조금도 겪지 않게 되었다. 수면이 조금 부족한 듯해도 머리 전체로 들어오는 청량한 기운으로 졸음은 어느 정도 퇴치가 된다.

이것은 실로 나에게는 획기적인 발견이 아닐 수 없다. 마치 식량이 줄었다가 약간 늘었다가 하는 기복이 계속되면서 꾸준히 조금씩 줄어든 것과 마찬가지 현상이 나도 모르는 사이에 수면 분야에서도 진행되고 있었음을 알 수 있다. 그러니까 그전에도 간혹 가다가 며칠씩 수면 시간이 푹 줄어들었다가 다시 원상복귀되는 일이 있었던 기억이 난다. 따라서 수면과 식량은 수련의 진행에 따라 거의 같은 비율로 조금씩 조금씩 줄어든다는 것을 알 수 있다. 다만 식량처럼 금방 눈에 뜨이지 않는 것이어서 무관심했을 뿐이다. 그런데 이제 이 방면에 바싹 관심을 집중하면서부터 그 변화를 또렷이 알 수 있게 된 것이다. 2년 반 동안에 1시간 반의 수면 시간을 줄일 수 있었다면 앞으로 수련 정도에 따라 멀지 않아서 1시간 정도는 더 줄일 수 있지 않을까. 그렇게 되면 자시 수련도 할 수 있게 될 것이다.

어찌 이뿐이겠는가? 나는 아침 6시에 일어나는 것을 철칙으로 삼아 왔기 때문에 모처럼 밤에 친구들과 어울려도 일찍 자리를 뜨곤 해왔다. 직장에 다니면서 집필을 하자니까 남보다 두 시간은 일찍 일어나야만 했기 때문이다. 이 밖에도 또 한 가지 뚜렷한 변화가 있다. 수련 전에는 일정한 취침 시간에 잠이 들지 않으면 숙면을 취하지 못했었다. 생활 리듬이 깨어져서 그런지 심신이 경직되어서 그런지, 어쩌면

이 두 가지 복합요인 때문인 것 같다. 그런데 요즘은 비록 일정한 취침 시간을 지키지 못해도 숙면을 취할 수 있게 되었다. 놀라운 변화다. 전에는 취침 시간에 늦을까 봐 항상 조바심을 치곤했었는데 이제는 그런 걱정을 안 해도 되게 되었다.

1988년 6월 12일 일요일

수면 시간이 일곱 시간대로 줄어들자 욕심을 내어 어젯밤에는 전에 금기로 여겨왔던 심야 텔레비전 영화를 감상했다. '실버 스트릭'이라는 미국 수사극을 11시 30분까지 보았다. 11시 반에 잠들었다가 아침 6시에 평소대로 깨어났으니까 6시간 반밖에 안 잔 셈이다. 지난 수요일부터 연사흘 동안이나 대담하게 수면 시간을 한 시간씩이나 줄여보았지만 별 어려움이 없기에 대담하게 반시간을 더 줄여 보았던 게 탈이었다.

평소대로 아침 6시에 깨어났지만 잠에 듬뿍 취한 상태였다. 아침을 들고 나자 괜찮을 것 같기도 해서 안심했다. 평소대로 아내와 같이 8시에 집을 나섰다. 버스칸에서는 약간 졸음이 왔지만 잠에 곯아떨어질 정도는 아니어서 『현대문학』지를 읽을 수도 있었다. 그런데 문제는 산길에 접어들고 나서부터 벌어지기 시작했다. 냇골 정상까지 오르는 데는 워낙 험한 바위가 많은 난코스인데다가 수면 부족에서 오는 피로로 더욱 고전을 했다. 포대 입구까지는 비교적 평탄한 길이어서 피로가 회복되는 듯했다. 주봉 앞 능선에서 점심을 들고 나니 약간 생기가 되돌아 왔다.

그러나 칼바위를 지나고부터는 역시 졸음기 때문에 내내 고전을 감내해야 했다. 버스칸에서도 내내 졸았다. 집에 돌아와서 목욕하고 나서 한 시간 20분을 누워서 쉰 뒤에야 정상을 회복했다. 너무 수면 시간을 갑자기 줄이려다가 실패한 것이다. 그러나 실망은 안 한다. 수면 부족 상태에서는 기가 제대로 들어오지 않는다. 언제나 심신이 최상의 컨디션을 유지해야만이 수련도 최상의 효과를 거둘 수 있는 것이다.

1988년 6월 16일 목요일

수련 정도가 높아질수록 화를 내면 의외의 피해를 입게 마련이다. 어제 청소 문제로 이웃사람에게 화가 났지만 억지로 참았다. 화를 내지 않아야 된다는 것은 너무나도 잘 알고 있다. 그러나 일상생활을 하다 보면 자기도 모르게 순간적으로 화를 내게 된다. 빨리 이러한 경지까지도 초월해야 될 텐데. 일단 화가 치민 것을 겉으로 터뜨리지 않고 속으로 참는 것도 여간 어려운 일이 아니다. 이 때문에 안면을 취할 수 없었다. 사실 수련 전에다 대면 화를 낸 것도 아닌데도 그 영향은 의외로 컸다. 몸속에 흐르는 기가 강해졌기 때문일까? 거의 하루 종일 불면증으로 고생했다.

6시 20분경 회사 일을 끝내고 W선원에 도착했더니 양 법사가 웬 중년 여성을 소개해 주었다. 인력개발원에 근무하는 곽지영 국제협력책임 연구원이었다. 『다물』과 『소설 한단고기』를 읽고 한번 만나보고 싶어했단다. 반가운 일이 아닐 수 없었다. 나에게도 이런 독자가 있다는 것이 은근히 자랑스러웠다. 광대뼈가 약간 나오고 하관이 빠른 해맑은 얼굴에 도도한 지성미를 갖춘 영기(靈氣)가 도는 여성이었다. 키도 자그마하고 다부지고 야무지게 생겼는데 과민한 신경의 소유자 같았다.

저녁 6시 반 수련은 낮 2시 반 수련보다는 덜 더워서 수련이 잘되는 것 같았다. 잠실 산다는 곽 여사가 차를 태워줬다. 우리집은 바로 도중에 있기 때문이다. 그녀는 이제 수련 시작한 지 2개월여밖에 안 되었는데 벌써 백회로 기를 받아들이고 갖가지 초능력 현상까지도 경험했단다. 아무래도 보통이 아닌 것 같다.

1988년 6월 17일 금요일

집에서 12시부터 1시 사이에 수련을 하다가 전에 없던 현상을 경험했다. 때가 되면 수련 중에 삼태극이 뜬다는 말은 대선사와 양 법사한테서 들은 일이 있었다. 삼태극은 빨강, 파랑, 노랑의 색깔로 된 태극을 말한다. 삼원조화신공을 시작할 단계가 되면 이런 현상이 일어난다고 했다. 그런데 나에게는 자주색, 빨간색, 노란색 비슷한 세 가지 색깔이 혼재된 삼태극 비슷한 형상이 눈 위에 나타난 것이다. 그때는 마치 몸이 위로 빨려 올라가는 것 같은 느낌이 들었다. 이때 무의식중에 상단전을 응시했더니 흰 빛깔의 광채가 환히 비쳤다.

그다음엔 의식적으로 하단전을 응시했다. 이번엔 붉으레한 빛깔이 떠올랐다. 다음에 중단전을 응시했다. 노르무레한 색깔이 보였다. 어느 것이나 선명하지 않았다. 내 심성이 맑지 못한 탓일까? 그렇지만 기분은 전에 없이 좋았다. 수련에 진전이 있을 때는 언제나 그랬다.

의통(醫通) 열린 아주머니

1988년 6월 18일 토요일

음력 오월 단옷날이다. 내 생일이기도 하다. 또 35년 전 이승만 대통령의 영단으로 가야 포로수용소에서 석방이 된 날이기도 하다. 그러고 보니 나에겐 2중의 생일이다. 어렸을 때는 언제나 어머니가 기억하고 꼭 미역국이라도 끓여 주었다. 이제는 아내밖에는 내 생일을 기억해 주는 사람이 없다. 그런데 몇 해 전부터 아내 이외에도 내 생일을 꼭꼭 기억해 주고 찾아주는 분이 한 사람이 있다.

한옥련 아주머니다. 76년부터 84년까지 8년간이나 우리 집안일을 보살펴준 분인데, 쉰두 살에 들어왔다가 환갑 때 자녀들의 만류로 우리 집을 나갔었는데 심성이 곱고 정직해서 우리 식구들의 신임을 받았던 분이다. 그녀는 우리집에 있는 동안 우연히 내 서재에서 불교에 관한 책을 읽어본 뒤로는 정신없이 탐독하더니 드디어 불교에 깊이 몰입하게 되었다. 그녀는 오늘도 먹을 것을 한짐 장만해 가지고 와서 내가 퇴근하기를 기다리고 있었다.

"현아 아빠 참선을 한다면서요?" 하면서 그녀는 반겼다. 우리집에 있을 때보다 모습은 거의 변하지 않았다.

"참선이 아니라 선도수련이에요."

"선도수련?"

"그게 참선 아뉴?"

"물론 참선하고 비슷한 점도 있긴 하지만 그와는 약간 다르답니다."

"스님들도 참선을 많이 한 이들 중에 아주 영험한 분이 많아요. 현아 아빠도 얼굴 피부가 보드랍고 빛이 나는 걸 보니 꼭 참선 많이 한 스님 같아 뵈는데."

"그래요? 아주머니도 절에 열심히 다니시죠?"

"요즘은 그게 소일거리인 걸요."

"글쎄, 아주머니가 도통하신 것 같아요" 하고 아내가 끼어들었다.

"도통은 무슨 도통이유."

"글쎄 강화 전등사에 가서 3천 번이나 절을 하셨대요. 그랬더니 아주머니가 아픈 사람에게 손만 갖다 대도 나을 사람은 금방 낫고, 죽을 사람은 빨리 숨을 거둔대요." 아내가 열심히 보충 설명을 했다.

"정말이세요? 그렇다면 거 정말 축하할 일인데요."

"고맙수다."

"108배도 하기 힘든 일인데 3천배를 하셨다면 보통 정성이 아닙니다."

"늙은이가 할일이 없으니까 한번 해 본 거지 뭐."

"108배를 하는데 대략 30분이 걸리니까 3천배를 하려면 적어도 15시간을 쉬지 않고 절을 해야 하는데 거 정말 대단한 정성입니다."

"현아 아빠, 글쎄 지장보살님에게 절을 3천 번을 하고 나니까 참 이상한 것이 보입디다."

"지성이면 감천이라고 아주머니의 정성이 하늘에 닿았던 모양이군요. 어서 자세히 좀 얘기해 보세요."

아내가 떡과 전과 맥주와 수박을 식탁에 내어놓았다.

"아주머니께서 가져 오신 거예요. 어서 들면서 얘기 들으세요."

"아니, 아주머니께서는 무슨 음식을 이렇게 푸짐하게 번번이 차려오세요? 염치없이 먹긴 하겠지만 용돈도 아들딸들한테서 타 쓰시는 처지에 이렇게까지."

"아주머니께서 이북에 계시다는 어머니 구실을 하시는 거 아녜요?"

아내의 이 말에 나는 순간적으로 목이 콱 메어왔다. 당장에 눈물이 왈칵 솟구치는 것을 억제했다. 38년간 만나지 못한 진짜 어머니가 생각난 것이다. 만약에 살아계신다면 오늘 맏아들인 내 생일을 기억하시고 눈물짓고 계실 것이 아닌가? 그러나 이들 앞에 차마 눈물을 보일 수가 없어서 나는 맘을 다부지게 먹고,

"어머니께서는 너무 연로하셨을 테니까 누님 구실을 하신 거요. 누님의 나이가 아주머니의 연세와 비슷하니까."

"어서 통일이 되어 돌아가시기 전에 만나보셔야 할 텐데. 나도 친척들이 거의 다 강원도 이북 땅에 있다우." 아주머니가 말했다.

"통일은 어쩌면 뜻밖에 빨리 올지 모릅니다."

내가 자신이 있게 말했다.

"그럼 오죽이나 좋겠수."

"그건 그렇고. 3천배 하시고 보셨다는 것이 무엇인지 좀 자세히 말씀해 보세요."

"글쎄, 그날 아침부터 절을 하기 시작해서 힘들면 조금씩 쉬어가면서 그날 밤 열두 시를 넘기고 아마 새벽 서너 시쯤 되었을까. 하도 힘

이 들어서 잠깐 앉아 깜빡 졸았지 뭐유. 비몽사몽간이었어요. 한아름 되는 큰 소쿠리만한 크기의 둥그런 유리 같은 것이 내 앞으로 다가오는데, 글쎄 그 안에서 파란 불빛이 아주 찬란하게 주위를 비춰줍디다. 무척 신기하면서도 어쩐지 조금도 두려운 생각이 들지 않고 마냥 가까이 가고 싶습디다. 그래서 그 둥근 유리를 안고 있다가 깨었지 뭐요."

"그래서 어떻게 되었어요?"

"그런데 그 다음부터는 누가 몹시 아프다고 하면 나도 모르게 그 아프다는 데로 내 손이 갑디다. 그래 나도 모르게 아픈 곳을 쓰다듬어주면 아픔이 사라지곤 해요. 그래서 요즘은 동네에 소문이 나서 심심찮게 사람들이 찾아와서 만져달라고 해요. 배가 아프다 해서 배를 쓸어주면 신기하게도 낫고 어떤 사람은 10년 묵은 간장병을 앓는다기에 만져 주었더니 신기하게도 깨끗이 낫곤 하니까 자연 소문이 날 밖에요."

"고질병이 나으니까 얼마나 고맙겠어요. 양의사 한의사는 물론이고 좋다는 약은 다 써보아도 낫지 않던 고질병이 나으니까 환자 쪽에서는 하도 고마워서 사례금을 주면 아주머니는 한사코 안 받는데요." 아내가 또 끼어들었다.

"그걸 받으면 쓰나? 지장보살님이 이 늙은이에게 그런 능력을 잠깐 빌려 주셨을 뿐인데, 그걸로 치부를 하면 벌받지 벌받아." 아주머니가 극구 변명했다.

"그것 참 잘 생각하신 겁니다. 돈을 받기 시작하면 어느새 황금에 눈이 어두워지고 그런 능력도 사라지고 말 겁니다. 그러니까 그건 아주머니께서 아주 잘 생각하신 겁니다."

"어쩌면 현아 아빠가 내 맘을 그렇게 잘 알아주시오. 우리 아들딸들은 수고비 안 받는다고 성화라오. 그래도 받으면 안 될 것 같아서 일절 안 받는다오."

"아주머니가 그렇게 착한 심성을 갖고 계시니까 그런 능력이 내리신 겁니다."

"며칠 전에는 글쎄, 어떤 아낙이 사람 좀 살려달라고 찾아와서 애걸을 하길래 알아보았더니 80이 넘은 시어머니가 병석에 누운 지 3년이 넘었는데, 대소변을 못 가리고 오늘낼 오늘낼 목숨이 경각에 달한 것 같은데도 결판이 안 나고 몇 개월째 끈다는 거예요. 빨리 나으시든가 돌아가시든가 양단간에 무슨 결정이 나야 할 텐데, 뭣보다도 식구들이 모두 신경쇠약에 걸려서 야단이라는군요."

"그래서요?"

"그래서 내가 가서 아프다는 데를 좀 만져드렸지. 그런데 내가 다녀간 바로 그날 밤에 고이 눈을 감으셨다는 군요. 그래서 나을 사람은 빨리 낫게 하고, 떠나갈 사람은 식구들 고생 안 시키고 속히 떠나게 해준다는 소문이 났다오."

"허어, 그것 참, 아주머니 특별히 알아 모셔야겠는데요."

"진수 할머니가 늘 아주머니 보고 하시던 말이 생각나네요." 아내가 말했다. 진수 할머니란 우리가 5년 전에 살던 학동 2단지 앞집 노파였다.

"뭐라고 하셨게요?"

"아, 자기는 30년을 절에 다니면서 불공을 드리고 정성을 바쳤것만, 이제 절에 다닌 지 몇 해 안 되는 아주머니한테만 부처님 은덕이 내리니 참으로 이상한 일이라고요."

"얼마나 절에 오래 다녔느냐가 문제가 아니라 얼마나 정성을 바쳤느냐가 문제겠지."

아주머니는 확실히 의통(醫通)이 열린 것 같다. 본성을 찾는 길은 여러 갈래가 있을 수 있다. 어느 길을 택하든 얼마나 신실한 마음으로 정성을 쏟느냐가 성공의 열쇠가 아닐까?

1988년 6월 20일 월요일

W선원에서 수련 중이었다. 정좌 중에 무지개와 같은 색깔이 떠올랐다. 그러나 무지개와 꼭같이 호를 그린 것은 아니고 형태는 분명치 않았다. 다만 빛깔이 무지개와 같이 여러 가지였을 뿐이다. 저녁 식사 후였다. 아내가 오른쪽 등이 몹시 당긴다기에 왼 손바닥을 환부에 대고 의식으로 기를 넣어주었다. 한참 지나자 당기던 것이 시원하게 풀렸다면서 좋아했다.

1988년 6월 27일 월요일

요즈음 수련이 전보다 아주 잘된다. 본격적으로 발동이 걸린 것 같은 느낌이 든다. 사실 지금까지는 되다 말다 하면서 그런대로 꾸준히 상승 곡선을 그어 온 폭인데 며칠 전부터는 꼭 봇물이 터진 것처럼 기운이 사방팔방에서 밀려들어 온다. 5월 5일에 입었던 왼쪽 팔목 부상도 많이 회복되었다. 자는 시간을 빼놓고는 기가 언제나 들어오는 것을 느낀다. 자는 시간만은 감각이 무디어지니까 느낄 수 없을 뿐이다.

잠들기 직전까지도 기는 왕성하게 들어오는 것을 감지할 수 있다.

1988년 6월 28일 화요일

청량한 기운이 하루 종일 들어오니 기분이 마냥 상쾌하다. 오래간만에 만난 도우들 중에서 손수익 씨와 박종구 씨가 "김 선생님 얼굴에서 빛이 납니다" 했다. 특히 손 씨는 내 얼굴을 자꾸만 유심히 뜯어보더니 그전보다도 격이 몇 급 더 높아진 것 같다고 했다. 이 밖에도 만나는 도우들이 다 이와 비슷한 말을 하니까 마치 내가 갑자기 거물이라도 된 듯 공연히 우쭐해진다. 곰곰이 생각해 보아도 이런 말을 하는 도우들의 말이 노상 인사치레만은 아닌 것 같아서 더욱 그랬다. 나 자신을 객관적으로 바라볼 때도 수련이 잘될 때는 얼굴이 훤해지면서 단전에 축적된 기운이 빛이 되어 밖으로 발산하는 것 같다.

삼원조화신공(三元調和神功)

1988년 6월 29일 수요일

삼원조화신공을 대선사가 가르쳐 준 대로 시험해 보았다. 아직 시행 날짜는 받지 않았지만 미리 예행연습을 해 본 것이다. 오전에 서재에서 정좌하고 왼손 장심에 "정(精)" 하고 기를 보내고 나서 오른손 장심에 "기(氣)" 하고 기를 보낸 뒤 "신(神)" 하고 상단전에 기를 보내는 일을 계속했다. 기를 삼각형으로 시계방향으로 돌리는 것이다. 그러자 곧 반응이 왔다. 하단전이 금방 화끈화끈 달아오르고 좌우 장심과 상단전의 3점으로 이동하는 기운을 느낄 수 있었다. 오른쪽 넓적다리의 기문(箕門)혈이 뜨끔뜨끔했다.

1988년 7월 2일 토요일

오전 9시가 되면서부터 기운이 활발하게 밀려들어왔다. 이처럼 기운을 대량으로 보내주는 하늘의 뜻이 무엇일까? 기필코 무슨 큰일을 시키려는 복안이 서 있는 것만 같은 느낌이 든다. 아무 이유도 없이 무엇 때문에 이처럼 양질의 시원한 중기(中氣)를 아낌없이 보내줄 것인가?

여섯 시 반에 선원에서 삼원조화신공 중 과연 삼태극이 나타났다. 처음엔 희미하다 차츰 제 모습을 갖추기 시작했다. 황금색, 붉은색, 흰색이 주조를 이룬 삼태극이었다. 어디서 많이 본 것 같은 느낌이 들었

336

다. 눈을 떠보니 W선원 기(旗)가 5미터 앞에 세워져 있었다. 다가가서 펼쳐 보았다. 삼태극 마크가 나오는데 방금 신공 중에 본 것과 비슷하다. 색깔이 하나가 다를 뿐이다. 내가 본 것은 흰색인데 기에는 자색이었다. 혹시 투시가 된 것이 아닐까? 의문이 일었다. 그래서 자리를 서쪽으로 옮기어 기(旗)에서 멀찌감치 떨어진 자리에 앉아서 다시 신공을 했다. 그래도 역시 삼태극은 나타났다. 삼태극 도안은 아득한 옛날 선배 도인들이 그렸을 것이다.

1988년 7월 4일 월요일

아침 식사 후부터 이상할 정도로 머리의 상하좌우의 여러 혈에서 기운이 활발하게 들어오기 시작했다. 토요일까지만 해도 9시부터나 기운이 감지될 정도였다. 숙면을 취했는데도 어쩐지 피로가 약간 덜 풀린 듯 했지만 기운이 계속 왕성하게 들어오니까 머리는 상쾌하고 손발이 언제나 따스하다.

선원에서 6시 50분부터 8시 5분까지 내내 삼원조화신공에 몰입했다. 벌써 5일째 삼원조화 신공을 했는데, 그저께부터 전에 없던 현상이 일어났다. 기운을 양 장심과 상단전으로 돌리니까 어느 정도 시간이 흐르면서 의식을 두지 않아도 자동적으로 돌기 시작했다. 그러다가 오늘은 내 머리를 중심으로 원을 그리면서 기운이 빙빙 돌고 있었는데, 그 기운의 중심이 지나는 머리의 혈에서 기운이 집중적으로 들어왔다. 삼태극이 큰 원형이 되는가 하면 작은 구형으로 바뀌기도 했다. 수련을 끝낸 뒤에도 계속 돌고 있었다.

1988년 7월 10일 일요일 23~30도

아침 6시에 기상하여 잠기가 사라지는 순간부터 기운이 줄곧 들어오기 시작했다. 얼마 전까지도 식후에야 기운이 들어오기 시작했었는데. 점점 더 발전해 가는 것 같다. 이처럼 지속적으로 들어온 기운은 단전에 쌓이면서 단을 형성하여 온갖 경락을 타고 온몸을 순환하면서 수련자의 심신을 서서히 변화시키고 있는 것은 물론이다.

신기한 일은, 기는 아침잠이 좀 부족하다 싶을 때도 졸음이 오지 않게 하고, 피로감을 줄여주고, 수면 부족으로 인한 두통도 없애주는 역할을 한다는 것이다. 그것은 잠이 좀 부족하더라도 글을 써보면 알 수 있다. 글을 쓸 때에는 평소보다 더 많은 기운이 들어온다. 따라서 머리는 맑고 상쾌해진다. 전보다 더 질이 좋은 글을 쓸 수 있는 것은 물론이다. 특히 오후 4시쯤 쓰기 시작하는 해설판에서 전에는 가끔 발견되던 오역도 요즘은 좀처럼 발견되지 않는다. 번역이 좀 까다롭다 싶으면 시원하고 청량한 기운이 기다렸다는 듯이 쏠려 들어오므로 집중력이 그전보다 훨씬 높아진다.

이뿐만이 아니다. 이처럼 양질의 중기(中氣)가 중단 없이 날이 갈수록 더 많이 들어오기 시작하니까 수면 시간도 비록 조금씩이나마 줄어들고 식량도 마찬가지로 줄어들고 있다. 이러한 나 자신의 직접적인 경험을 통해서 나는 일단 본성에 불이 붙으면 자지 않아도 졸리지 않고 먹지 않아도 배고픈 줄 모른다는 말은 허구가 아니라는 것을 알게 되었다. 그러나 그러한 변화는 결코 갑자기 오는 것이 아니고 서서히 조금씩 조금씩 온다는 것을 경험을 통해 알 수 있을 것 같다. 기운을

많이 받아들일수록 그러한 과정은 빨리 진행되는데, 기운의 유입량에
비례한다고 본다.

1988년 7월 13일 수요일

평소보다 한 시간 늦게 일곱 시에 기상하여 아내와 같이 아침 들고
아내가 출근한 뒤에 잠이 약간 부족한 듯하여 8시부터 9시까지 한 시
간 동안 취침, 모두 6시간을 잤는데 더이상 잠이 안 왔다. 오전 11시
반부터 삼원조화 신공에 들어갔다. 전보다 몇 배의 강한 에너지가 시
계 방향으로 회전했다. 제사 전과 제사 후의 기가 들어오는 차이가 마
치 자동차로 달리다가 비행기로 날아가는 차이를 방불케 했다.

지금껏 나는 제사라고 하는 것을 어디까지나 하나의 예식 행위로만
알아왔었다. 그러나 이처럼 현격한 차이가 나는 것을 보고는 결코 그
렇지만은 않다는 것을 알게 되었다. 지극한 정성으로 하늘에 구하면
반드시 보답이 있다는 것을 체험으로 알게 되었다. 우리는 흔히 지성
이면 감천이라는 말을 입버릇처럼 말해 오지만 그 진실성 여부를 체험
을 통하여 자신을 가지고 말할 수 있는 사람이 과연 얼마나 될까.

1988년 7월 14일 목요일

정오쯤이었다. 서재에서 독서를 하고 있는데, 갑자기 백회로 기운이
수압이 센 수도꼭지를 갑자기 열었을 때처럼 집중적으로 강하게 들어
오기 시작했다. 꼭 신공을 하라는 신호와도 같았다. 곧 반가부좌를 틀
고 앉아 삼원조화신공에 들어갔다.

기다렸다는 듯이 엄청난 에너지가 돌기 시작했다. 어제와는 비교도 안 될 정도로 강력한 기운이었다. 그 기운은 점점 다른 기운들을 몰고 오면서 내 몸 전체를 휩싸 안는 것이었다. 그런가 하면 따뜻한 기운이 가득 들어찬 크나큰 풍선을 한아름 안고 있는 것 같은 풍만감이 들기도 했다. 그런데 바로 이 풍선이 신공을 하면서 서서히 시계방향으로 내 의지와는 상관없이 자동적으로 돌아가기 시작했다.

이처럼 기운은 계속 돌았다. 마치 하늘에 붕 떠오른 것같이 황홀했다. 순식간에 1시간이 흘렀다. 그래도 기운은 계속 돌아가고 있었다. 반가부좌한 다리를 바꾸었다. 그 통에 돌아가던 기운이 일단 정지하더니 좌정이 끝나자 다시 돌아가기 시작했다. 기운은 머리 전체로 물밀듯이 들어왔다. 1시 15분에야 좌정을 풀었다. 일하러 나가려면 점심을 들어야 하기 때문이다. 만약에 수련에만 전념할 수 있는 처지라면 몇 시간이든지 좌정을 풀지 않고 기운을 받아들이고 싶었다. 신선이나 도승들이 한번 입정(入定)하면 며칠이고 시간 가는 줄 모르고 삼매경에서 깨어나지 않는다는 말은 결코 헛말이 아니라는 것을 알 수 있다.

나는 이번 제사의 효험에 대해 거듭 속으로 감탄을 금할 수 없었다. 제천의식은 결코 때가 오면 의무적으로 치러야만 하는 예식이 아니라 이처럼 실질적인 효력을 가져온다는 것을 뼈저리게 실감했다. 오후 6시 반 선원에서의 수련 시에도 낮과 마찬가지로 강한 기운이 들어왔다.

1988년 7월 16일 토요일

오전 11시 30분부터 12시 30분까지 신공. 과거 어느 때보다도 강력한 기운이 회전 운동을 벌이는 통에 내 상체마저 그 기운에 휩쓸려 회전 운동을 하는 것 같았지만 실제로는 좌우로 요동을 했을 뿐이다. 기운이 강하게 회전할수록 내 상체도 따라서 심하게 요동했다. 30분쯤 지난 뒤에 상단전에 의식을 걸었더니 밝고 환한 빛의 무리가 소용돌이치다가 쌍태극 같기도 하고 어떻게 보면 삼태극 같기도 한 현상이 나타났다. 그와 함께 선녀와 같은 형상들이 어렴풋이 나타나 일제히 절도 하고 춤을 추기도 했다.

1988년 7월 18일 월요일 23~30℃ 흐림

요즘은 대개 11시경이면 어김없이 강한 기운이 들어오는데, 마치 수련을 시작하라는 신호와 같다. 입정 상태에 들자, 종잡을 수 없는 갖가지 형상들이 나타나다가 갑자기 대선사의 합장한 모습이 한꺼번에 여럿이 나타나다가 어느덧 그 여러 형상들이 하나로 통일되어 큰 모습으로 변하기도 했다.

7시 40분경 선원에서 수련하는 내 모습을 본 곽 여사가 뒤에 말했다.

"오늘 아주 수련 잘되셨죠?"

"왜요?"

요즘은 늘 수련이 잘되는 편이었다. 오늘도 여느 날과 같이 강한 기운이 회전 운동을 일으켰던 것이다.

"김 선생님 몸에서 아주 환한 황금빛이 발산되는 것이 보였어요."

"그래요? 난 그런 줄은 전연 모르고 있었는데요."

확실히 영안(靈眼)이 떠 있는 사람의 눈에는 남이 볼 수 없는 것도

341

보이는 모양이다.

1988년 7월 19일 화요일 23~27℃ 비

삼원조화신공을 하면 뜨거운 기운이 하단전과 중단전에 쌓이면서 온몸이 화롯불 모양 확확 달아오르는 바람에 상의를 벗지 않을 수 없다.

1988년 7월 21일 목요일 23~28℃ 갬

선원에서 오후 7시와 8시 사이. 삼원조화신공 중 입정. 대선사의 좌정한 모습이 정면과 측면으로 나타났다. 뒤이어 오색이 영롱하고 세련되고 우아한 단청을 한 전각들이 나타나고 옛날 책에 나오는 신선들의 모습을 한 형상들이 분주히 오가고 있는가 하면 한편에서는 모여 서서 담론을 하기도 한다. 전각 층계 앞에 서서 여기가 어딜까 하고 혼자 생각하는데 홀연 대부전(大府殿)이라는 한자가 하나씩 또렷이 심중에 떠올랐다. 그 중 제일 큰 전각 정면을 바라보니 大府殿이라고 쓴 현판이 뚜렷이 보였다. 그 다음엔 삼태극 같은 둥근 물체가 머리 위에서 빙글빙글 돌면서 더운 기운을 훅훅 내 얼굴에 끼얹어 주었다.

수련을 통하여 내 심신에 큰 변화가 오고 있다는 느낌으로 적지 않게 흥분이 되었다. 하도 감격도 하고 기분이 들떠서 이 사실을 혼자만 알고 있기에는 좀이 쑤셔서 못 견딜 지경이었다. 그러나 당장 대화를 나눌 마땅한 상대가 없었다. 양 법사를 찾아보았지만, 눈에 띄지 않았다. 물어보아도 행방을 모른단다. 하릴없이 혼자서 집으로 돌아오는 전철칸에서도 기운은 유난히 강하게 들어왔다.

저자 약력

경기도 개풍 출생
1963년 포병 중위로 예편
1966년 경희대학교 영어영문학과 졸업
코리아 헤럴드 및 코리아 타임즈 기자생활 23년
1974년 단편『산놀이』로《한국문학》제1회 신인상 당선
1982년 장편『훈풍』으로 삼성문예상 당선
1985년 장편『중립지대』로 MBC 6.25문학상 수상

저서로는 단편집『살려놓고 봐야죠』(1978년), 대일출판사, 민족미래소설『다물』(1985년), 정신세계사, 장편『소설 한단고기』(1987년), 도서출판 유림,『인민군』3부작(1989년), 도서출판 유림,『소설 단군』5권(1996년), 도서출판 유림, 소설선집『산놀이』①(2004년),『가면 벗기기』②(2006년),『하계수련』③(2006년), 지상사,『선도체험기』시리즈 등이 있다.

약편 선도체험기 1권

2021년 1월 20일 초판 인쇄
2021년 1월 30일 초판 발행

지 은 이   김 태 영
펴 낸 이   한 신 규
본문디자인 안 혜 숙
표지디자인 이 은 영
펴 낸 곳   글터
주소   05827 서울특별시 송파구 동남로 11길 19(가락동)
전화   070 - 7613 - 9110   Fax 02 - 443 - 0212
등록   2013년 4월 12일(제25100 - 2013 - 000041호)
E-mail geul2013@naver.com

ⓒ김태영, 2021
ⓒ글터, 2021, Printed in Korea

ISBN 979 - 11 - 88353 - 24 - 8   04800   정가 20,000원
ISBN 979 - 11 - 88353 - 23 - 1(세트)